U0115757

唐詩選注評鑒

十卷本

八

刘学锴 撰

中州古籍出版社
·郑州·

目录

李贺

白居易

李　贺

李贺（790—816），字长吉，河南府福昌县（今河南宜阳）昌谷人。元和三年（808）秋，至洛阳以诗谒韩愈，受赏识，劝其举进士。四年春在长安应举求仕，受挫归。五年以荫入仕，任太常寺奉礼郎，三年后辞病归。八年秋，北游潞州依张彻。十年南游吴越。十一年归昌谷，寻卒。贺诗多写怀才不遇的强烈苦闷和对人生短促的抑郁悲愁，想象奇特诞幻，造语奇峭秾艳，风格幽峭冷艳，在当时独树一帜，对晚唐五代及后世诗、词均有深远影响。生前曾将诗二百二十三首编为四编。后世传本已非唐本原貌。清王琦有《李长吉歌诗汇解》，今人叶葱奇有《李贺诗集》，吴企明有《李长吉歌诗编年笺注》。

李凭箜篌引[①]

吴丝蜀桐张高秋[②]，空白凝云颓不流[③]。江娥啼竹素女怨[④]，李凭中国弹箜篌[⑤]。昆山玉碎凤凰叫[⑥]，芙蓉泣露香兰笑[⑦]。十二门前融冷光[⑧]，二十三丝动紫皇[⑨]。女娲炼石补天处[⑩]，石破天惊逗秋雨[⑪]。梦入神山教神妪[⑫]，老鱼跳波瘦蛟舞[⑬]。吴质不眠倚桂树[⑭]，露脚斜飞湿寒兔[⑮]。

[校注]

①李凭，中唐著名宫廷女乐师，善弹箜篌。顾况《李供奉弹箜篌歌》云：“李供奉，仪容质，身才稍稍六尺一……指剥葱，腕削玉，饶盐饶酱五味足。弄调人间不识名，弹定天下崛奇曲。”杨巨源《听李凭弹箜篌》之二云：“花咽娇莺玉漱泉，名高半在御筵前。汉王欲助人间乐，从遣新声坠九天。”箜篌，古代拨弦乐器，有卧箜篌、竖箜篌。《史记·孝武本纪》：“祷祠泰乙、后土，始用乐舞，益召歌儿，

作二十五弦及箜篌瑟自此起。”裴骃集解引徐广曰：“应劭云：武帝令乐人侯调始造箜篌。”《隋书·音乐志下》：“今曲项琵琶、竖头箜篌之徒，并出自西域，非华夏旧器。”《旧唐书·音乐志》：“（卧箜篌）形似瑟而小，七弦，用拨弹之……竖箜篌汉灵帝好之，体曲而长，二十有二（三）弦，竖抱于怀，用两手齐奏，俗谓之擘箜篌。”李凭所弹奏者，为竖箜篌。诗约作于元和五年（810）秋诗人在长安任太常寺奉礼郎时。箜篌引，系乐府《相和歌·瑟调曲》旧题。②吴丝，吴地所产蚕丝，用来制作箜篌的弦。蜀桐，蜀地所产桐木，用来制作箜篌的身架和柱。此以吴丝蜀桐借指箜篌。张，指紧弦调试。张籍《宫词》之二：“黄金捍拨紫檀槽，弦索新张调更高。”引申为弹奏。杜甫《夜宴左氏庄》：“林风纤月落，衣露静琴张。”此处“张高秋”即指在深秋弹奏。③空白，指天空。白，《全唐诗》校：“一作山。”颓，低垂貌。流，流动。《列子·汤问》：“秦青……抚节悲歌，声振林木，响遏行云。”此句化用“响遏行云”之意。④江娥，指湘娥，舜之二妃。《初学记》卷二十八引张华《博物志》：“舜死，二妃泪下，染竹即斑。妃死为湘水神，故曰湘妃竹。”“江娥啼竹”用此典。素女，传说中古代神女。《史记·孝武本纪》：“泰帝使素女鼓五十弦瑟，悲，帝禁不止，故破其瑟为二十五弦。”⑤中国，指京师（长安）。《诗·大雅·民劳》：“惠此中国，以绥四方。”毛传：“中国，京师也。”《史记·五帝本纪》：“夫而后之中国，践天子位焉。”裴骃集解引刘熙曰：“帝王所都为中，故曰中国。”⑥昆山，昆仑山，产玉。《书·胤征》：“火炎昆冈，玉石俱焚。”⑦芙蓉，荷花的别称。荷花上沾有露珠，似哭泣，故云“芙蓉泣露”，此则状其声。⑧十二门，指长安四面的城门。《三辅黄图·京城十二门》：“《三辅决录》曰：‘长安城，面三门，四面十二门，皆通达九逵，以相经纬。’”⑨二十三丝，指二十三弦之箜篌。紫皇，道教传说中最高的神仙。《太平御览》卷六百五十九引《秘要经》：“太清九宫，皆有僚属，其最高者，称太皇、紫皇、玉皇。”此借指皇帝。⑩《淮南子·览冥训》：“往古之时，四极废，九州裂。天不兼覆，地不周载……于是女娲炼五色石，以补苍天。”⑪逗，透也，漏也。⑫《搜神记》：“永嘉中，有神见兖州，自称樊道基。有妪号成夫人。夫人好音乐，能弹箜篌，闻人弦歌，辄便起舞。”⑬《列子·汤问》：“瓠巴鼓琴，而鸟舞鱼跃。”此化用其意。⑭吴质，三国时魏人，《三国志·魏书》有传。其《答东阿王书》有“秦筝发徽，二八迭奏。埙箫激于华屋，灵鼓动于左右”等语，抒发欣赏音乐之情。王琦《汇解》引刘义庆《箜篌赋》“名启瑞于雅引，器荷重于吴君”，谓：“岂即用吴质事，而载籍失传，今无可考证欤?”今人多引《酉阳杂俎》以为吴质即吴刚。《酉阳杂俎》卷一：“旧言月中有桂，有蟾蜍。故异书言月桂高五百丈，下有一人常斫之，树创随合。人姓吴名刚，学仙有道，谪令伐树。”姚文燮《昌谷集注》引明何孟春《馀冬绪录》：“吴刚字质，谪月中砍桂。”则近于附会，未知其所据。⑮露脚，唐人习用“日脚”“雨脚”之语，日脚指太阳射向地面的光线。此从“日脚”“雨脚”引申而来，以为露水亦如雨水自天而降，故曰“露脚斜飞”。寒兔，神话传说中说月中有兔。《楚辞·屈原〈天问〉》：“厥利维何，而顾菟在腹。”王逸注：“言月中有兔，何所贪利，居月之腹，而顾望乎?”傅咸《拟天问》：“月中何有? 白兔捣药。”

[笺评]

杨万里曰：诗有惊人句。杜《山水障》：“堂上不合生枫树，怪底江山起烟雾。”……李贺云：“女娲炼石补天处，石破天惊逗秋雨。”(《诚斋诗话》)

刘辰翁曰：状景如画，自其所长。箜篌声碎有之，昆山玉，颇无谓。下七字妙语，非玉箫不足以当。石破天惊，过于绕梁遏云之上。至教神妪，忽入鬼语。吴质懒态，月露无情。“老鱼跳波瘦蛟舞”，其形容偏得于此，而于箜篌为近。(《吴刘笺注李长吉歌诗》卷一)

董懋策曰：说得古古怪怪。分明说李凭是月宫《霓裳》之乐，却说得奇怪。(《徐董评注本长吉诗集》卷一)

无名氏曰：由箜篌轻轻挈起，淡淡写落，跌出李凭，顺手摹神，何等气足。一结正尔蕴藉无限。(于嘉刻本《李长吉诗集》引)

郭濬曰：幽玄神怪，至此而极。妙在写出声音情态。(《增定评注唐诗正声》)

姚文燮曰：吴之丝，蜀之桐，中国之凭，言器与人相习。“中国”二字，郑重感慨。天宝末，上好新声，外国进奉诸乐大盛。今李凭犹弹中国之声，岂非绝调！更兼清秋月夜，情景俱佳。至声音之妙，“凝云”言其缥缈也，“江娥”言其悲凉也，“玉碎”“凤鸣”，言其激越也。“芙蓉”“兰笑”，言其幽芬也。帝京繁艳，际此亦觉凄清，天地神人，山川灵物，无不感动鼓舞。即海上夫人，梦求教授；月中仙侣，徙倚终宵。但佳音难觏，尘世知希。徒见赏于苍玄，恐难为俗人道耳。贺盖借此自伤不遇。然终为天上修文，岂才人题咏有以兆之耶！(《昌谷诗注》卷一)

黄周星曰：本咏箜篌耳，忽然说到女娲，神妪，惊天入月，变眩百怪，不可方物，真是鬼神于文。(《唐诗快》卷一)

叶矫然曰：长吉耽奇凿空，真有“石破天惊”之妙，阿母所谓是儿不呕出心不已也。然其极作意费解处，人不能学，亦不必学。义山古体时效此调，却不能工，要非其至也。(《龙性堂诗话初集》)

方世举曰：白香山“江上琵琶”，韩退之《颖师琴》，李长吉《李凭箜篌》，皆摹写声音至文。韩足以惊天，李足以泣鬼，白足以移人。二句、三句状其弹时合于“悲哉秋之为气”。“空白”，天也。“中国”……只作“都中”解，即下“十二门”。(“昆山”句）此句高弹。(“芙蓉”句）此句低弹。(“十二门前”二句）此二句言在京城秋月下。“十二门前”二语，谓尝奏伎宫中也。(“二十三弦”句）此句指动君上赏音。(“女娲”二句）此二句叹其非人间有。(“梦入”四句）以下四句，谓下而渊，上而天，亦皆为之感悟。更不复结一语，有如季札观止矣，写尽移情，渊天两际，犹《庄子》鱼见之深入，鸟见之高飞。“吴质”二句董云，“分明说李凭是月中《霓裳》之乐”。亦说得有着落，然不必求着落。(《李长吉诗集批注》卷一)

曾益曰：结句即景，零露夜滴，凉月微茫，时何闲暇。(《昌谷集》)

王琦曰：丝桐咏其器，高秋咏其时，空山凝云咏其景，江娥啼竹素女愁咏其声能感人情志。玉碎，状其声之清脆；凤叫，状其声之和缓；蓉泣，状其声之惨淡；兰笑，状其声之冶丽。(“十二门前”二句)上句言其声能变易气候，即邹衍吹律而温气至之意，下句言其声能感动天神，即圜丘奏乐而天神皆降之意。(“石破天惊”句)吴正子注：言箜篌之声，忽如石破而秋雨逗下，犹白乐天《琵琶行》“银瓶乍破水浆迸”之意，琦玩诗意，当是初弹之时，凝云满空；继之而秋雨骤作；洎乎曲终声歇，则露气已下，皓月在天，皆一时实景也。而自诗人言之，则以为凝云满空者，乃箜篌之声遏之而不流；秋雨骤至者，乃箜篌之声感之而旋应。似景似情，似虚似实。读者徒赏其琢句之奇，解者又昧其用意之巧。显然明白之词而反以为在可解不可解之间，误矣。(“梦人”二句)言其声之妙，虽幽若神鬼，顽若异类，亦能见赏。(“吴质”二句)言赏音者听而忘倦，至于露零月冷，夜景深沉，尚倚树而不眠，其声之动人骇听，为何如哉！(《李长吉歌诗汇解》卷一)

史承豫曰：(“石破天惊逗秋雨”)七字可作昌谷诗评。(《唐贤三昧续集》)

陈本礼曰：此追刺开、宝小人祸国之由始也。考贺生于德宗贞元七年，殁于宪宗元和之十二年，距李凭弹箜篌供奉内庭时，五十余年，长吉何得尚闻李凭之箜篌耶？李凭以一梨园小人，而玄宗昵之，初不料其即为祸国衅首。贺以有唐王孙，追恨当时，故著此篇，以补国史之阙，与《春秋》书法相表里。通首皆愤恨讽刺之词，乃一毫不露本意。此所谓愈曲愈微愈深愈晦者也。各家注释，均未发明此义。徒以

写声之妙，重复谬赞，不顾叠床架屋，失其旨意。（《协律钩玄》卷一）

黄淳耀曰：结三句皆梦中所见。黎简批“昆山”句，形容声之高；下句，声之幽。“十二门前”二句，声之和，能使景色亦和也。“梦入”二句，叹其伎之神，如叔夜授《广陵散》于鬼意。结句吴刚亦来听，不知久也，即白露沾衣也。（《黎二樵批点黄陶庵评本李长吉集》卷八）

吴汝纶曰：通体皆从神理中曲曲摹绘，出神入幽，无一字落恒人蹊径。（《唐宋诗举要》）

王闿运曰：（“昆山”二句）接突出。（《手批唐诗选》）

罗宗强曰：李贺诗艺术上的又一个重要特点，是意象的密集。在一首诗甚至一个诗句里，他往往压缩进许多意象，让它们直接衔接层层叠合。他写乐声引起的感觉，说是“昆山玉碎凤凰叫，芙蓉泣露香兰笑”。如玉碎的声音，如凤凰叫的声音，这是两个比喻。从这两个比喻，使人由声象而联想到某种物象。但是芙蓉泣露香兰笑就不同了，这是两个意象的叠合，而且这两个意象中的每一个，又都压缩进若干个意象。乐声的悲伤，如泣如诉，这是一个声象；带露的明丽的荷花，这是一个形象，想象带露的荷花在哭泣，露珠乃是它的泪水。这个明丽的形象便变成了一个明净的带着感伤意味的意象。这个意象很容易使人联想到纯真的少女淡淡的哀伤。“芙蓉泣露”这样一个意象，是这一系列意象压缩成的，它也就带有很大的容量，足以使人回味寻绎以至无穷。“香兰笑”也是如此。乐声的明丽，使人想到欢笑，这是声象；由欢笑而联想到明丽的兰花，如兰花那样明丽的欢笑，笑得有如明丽的兰花等等，可闻的声象变成了可视的形象，可视的形象又包含着音乐韵律的暗示。（《唐诗小史》）

［**鉴赏**］

《李凭箜篌引》作为一首写音乐的诗，在艺术手段上虽亦不出描摹声音及表现效果两端，但其奇思幻想所创造的种种超人间的境界，却使这首写音乐的诗充满了神奇虚幻的色彩，显示出独特的艺术个性。

“吴丝蜀桐张高秋”，这句不过交代秋天演奏箜篌之事，却摒弃平直的叙述而改用起势高远的描写。用“吴丝蜀桐”指代箜篌，不仅以其材质之优良显示箜篌制作的精良华美，以突出名家之必用名器，方能相得益彰，而且妙在其下突接“张高秋”三字，一下子就创造出一幅以无限高远寥廓的秋空广宇为背景的演奏场景，那原本不过置于演奏者怀抱之间的箜篌在读者的印象中也似乎放大了无数倍，呈现在面前仿佛是在高天广宇之间竖立着一架硕大无比的箜篌。普通的乐器无形中被神奇化了，以下的种种感天地泣鬼神的描写才不显得突兀。

“空白凝云颓不流”，上句“张”字方言拧紧弦调试声音，并未直接描写弹奏，这句却已越过弹奏的情景而直接写到弹奏的神奇效果。妙在它只貌似写景——高远空阔的天空中，原本飘浮不定的云彩这时却突然凝止不动了，“颓”字传神地写出凝止不动的云彩向下低垂的神态。这句的意境固自“响遏行云”的成语化出，但它略去了“响遏”，而只写行云凝重低垂的情态，言外便透露出一种受到强烈感染之后的凝神倾听，若不胜情之意。这就把原成语中单纯的夸张渲染进一步变为对云的情态化描写，从而更突出了箜篌演奏的强烈感染力。

“江娥啼竹素女怨”，接下来一句，仍写箜篌演奏的艺术效果，却由天上的云彩转向神话中的人物——江娥、素女。这音乐不仅使悲伤善感的湘妃泪洒斑竹，啼泣伤感，而且使善奏悲声的素女也悲怨不已。这是写音乐“泣鬼神”的艺术效应，也从侧面透露了箜篌所奏出的声音充满了悲怨。

二、三两句，分别从物和神两方面极力渲染箜篌的感染力，第四句“李凭中国弹箜篌”方一笔兜转，落到弹奏者和所弹的乐器上来。采用倒叙的写法，不仅是为了避免平直，制造悬念，渲染气氛，取得先声夺人的艺术效果，而且由于前三句已从寥廓背景、强烈效果上对箜篌的演奏作了充分的铺垫，第四句这孤立地看似平淡无奇的叙述才显得特别郑重、大气，富于力度。“中国”二字，意指京都，但词语本身却能唤起更广泛的联想，它与首句所展现的高远寥廓之景相呼应，创造出宏阔的意境，给人以国手张乐于高秋，响传于国中的感受，读来自具一种磅礴的气势。

“昆山玉碎凤凰叫，芙蓉泣露香兰笑。”五、六两句，正面描摹箜篌演奏的各种声响，与其他写音乐之作多主描摹形况乐声不同，这首诗只此二句是对乐声的描摹，却又打破常规，不用人们熟悉的生活中常见的事物作比况，而是出奇制胜，用不平凡的神奇的事物或想入非非的手段来表现。昆仑山之玉，是珍奇的宝物，常人所不经见，用“昆山玉碎”来形况箜篌之声，当是取其清脆，但由于它是宝玉，故在表现其“碎”声之清脆的同时又给人一种尖锐细碎之感；凤凰是神话传说中的祥瑞之鸟，凤凰之“叫”声常人实所未闻，但用“叫”而不用“鸣”，可以看出诗人所要表现的恐怕不是所谓“和”，而是它的清亮高亢。“昆山玉碎”与“凤凰叫”正形成一清脆细碎、一响亮高亢的鲜明对照。芙蓉和香兰都是常见之物，但用“芙蓉泣露”和“香兰笑”来形容箜篌演奏之声，却匪夷所思。这句诗的中心自然是“泣”与“笑”，前者状声之幽咽哀伤，后者状声之欢快愉悦。但说“芙蓉泣露”“香兰笑”，则这幽咽哀伤、欢快愉悦之声中却分别蕴含了艳丽的色彩和幽香的气息。诗人运用通感手法，使听觉、视觉、嗅觉融为一体，使听到的声音不但有形体、有气味，而且有感情色彩。

“十二门前融冷光，二十三丝动紫皇。”七、八两句，又随即转过头来写箜篌的艺术力量。时值深秋之夜，长安的十二门前，寒气凛冽，但箜篌演奏发出的热烈声响和热闹气氛却仿佛将冷光消融了。古有邹衍吹律而寒谷生温的传说，诗人师其意而全不用其词，虽写音乐之改变自然界寒冷的效果而其声响、气氛之热烈可想。如此强烈的感染力，甚至连天上的紫皇、人间的至尊也被感动了。“二十三丝”借指箜篌，与上句“十二门”均用数字相对应，而“紫皇”则兼绾人间天上的最高统治者。箜篌演奏的艺术感染力至此，仿佛已臻绝顶，无以为继。

不料诗人的诗思却翻空出奇，由奇入幻，更翻出一层惊天动地的意境。

“女娲炼石补天处，石破天惊逗秋雨。”上句已写到箜篌之声感动“紫皇”，此处更由“紫皇”而联想到远古混沌时代女娲炼石补天的神话传说。这种联想虽荒远渺茫，却并不突兀奇辟，妙在将这一神话传说与李凭演奏箜篌的神奇艺术力量联结在一起，与眼前的实景（天上忽然下了一阵秋雨）联系起来，创造出前无古人，后无来者的警辟奇绝之境。在箜篌发出一阵突如其来的潇潇之声时，诗人仰首望天忽有所悟，这阵急骤如雨的潇潇之声，仿佛就是当年女娲炼石时的某一块石头突然破裂了，惊动了整个天宇，从而在破裂处漏下了一阵秋雨吧。不仅写出了乐声的感天地的神奇力量，而且传达出了诗人聆听时产生的奇警感、惊讶感、神秘感。古今写音乐的神奇力量的诗文虽多，但境界如此奇幻，想象如此奇特，力度如此强烈的却不多见。

“梦入神山教神妪，老鱼跳波瘦蛟舞。”这两句又由奇幻的想象而进一步发展到入梦。“梦入神山教神妪”者，自然是弹奏箜篌的李凭。乐境又由奇幻强烈转入缥缈。在诗人的想象中，演奏箜篌的李凭似乎梦中进入了神山，在教神姬成夫人弹奏箜篌，美妙的乐声使得神山涧中的老鱼也跳出波间倾听，连瘦蛟也伴着箜篌的节奏而尽情起舞，这同样是化用《列子》“瓠巴鼓琴，而鸟舞鱼跃”的典故，但运用“老”“瘦”形容“鱼”和“蛟”，却显示出李贺一贯的喜用带有衰颓色彩的形容词的偏好和独特的艺术个性。

“吴质不眠倚桂树，露脚斜飞湿寒兔。”秋雨乍歇，月光复现，箜篌的演奏声虽然停歇了，但音乐的强烈感染力仍然在继续。月中的吴质（刚）因闻乐而陶醉不眠，斜倚着桂树，连月兔也受到了感染，悄然不动，任凭露水飘洒斜飞，打湿了全身。吴质当即神话传说中的谪令伐桂的吴刚，而非历史上的实有人物。这既与“倚桂树”及“寒兔”相合，亦与全篇所写事物人物均为超人间者相合。诗写到这里，即戛然而止，对李凭箜篌演奏的技艺不更着一辞赞叹评论。李贺的乐府古诗，往往在仿佛尚未尽言时突然煞住，给人以斩截奇峭之感，此篇亦复如此。然细味落句，于斩截之中仍有摇漾不尽之致。

此诗写音乐，与白、韩二作最明显的区别当为多用超人间的神话传说中的人物事物描摹声音，显示效果，这既使诗的艺术效果更为强烈而带神奇色彩，也使诗所描摹的声音带有某种朦胧性和多义性。

全诗从“张高秋”到“露脚斜飞”，实际上包含了一个渐进的过程。王琦是最早发现这一点的解读者：“当是初弹之时，凝云满空；继之而秋雨骤作；洎乎曲终声歇，则露气已下，皓月在天，皆一时实景也。而自诗人言之，则以为凝云满空者，乃箜篌之声遏之而不流；秋雨骤至者，乃箜篌之声感之而旋应。似景似情，似虚似实。”在音乐描写的过程中描写景物，本很平常，巧妙处在将眼前所见实景与耳中所闻箜篌演奏之声，心中所感之情以及由音乐所唤起的种种联想、想象乃至幻觉融成浑然一体的意境，方见其艺术构思的精妙独特。

雁门太守行①

黑云压城城欲摧②，甲光向日金鳞开③。角声满天秋色里，塞上燕脂凝夜紫④。半卷红旗临易水⑤，霜重鼓寒声不起⑥。报君黄金台上意⑦，提携玉龙为君死⑧。

［校注］

①《雁门太守行》，汉乐府相和歌辞瑟调三十八曲之一，古辞历叙东汉洛阳令王涣之治行。《乐府诗集》卷三十九《雁门太守行八解》古辞解题引《乐府解题》曰：“按古歌词历叙涣本末，与传合。而曰《雁门太守行》，所未详。若梁简文帝‘轻霜昨夜下’，备言边城征战之思，皇甫规雁门之问，盖据题为之也。”李贺此篇，亦叙边城征战之事。唐张固《幽闲鼓吹》：“李贺以歌诗谒吏部，吏部时为国子博士分司，送客归极困，门人呈卷。首篇《雁门太守行》曰：‘黑云压城城欲摧，甲光向日金鳞开。’却援带命邀之。”按：李贺元和三年

(808）十月自昌谷至洛阳，以诗谒韩愈，此诗即所呈献之卷首一篇。诗当作于此前。②黑云，或云喻攻城敌军，或云形容出兵时尘土大起，均非。详鉴赏。③甲，指将士身穿的铠甲。甲光，指铠甲映日所发出的光芒。日，《乐府诗集》作“月”。金鳞，金色的鱼鳞。开，张开。④燕脂，即胭脂。《古今注·都邑》：“秦筑长城，土色皆紫，汉塞亦然，故称紫塞焉。”⑤易水，河名，在今河北易县境。《元和郡县图志·河北道三·易州》：易县，“易水，一名故安河，出县西宽中谷。《周官》曰：‘并州，其浸涞、易。’燕太子丹送荆轲易水之上，即此水也”。易水附近一带，当时是河北藩镇的巢穴。⑥霜重，霜浓。鼓寒，鼓声低沉，即下“声不起”。⑦黄金台：台名，又称金台、燕台，故址在今河北易县东南北易水南。《上谷郡图经》：“黄金台，易水东南十八里。燕昭王置千金于台上，以延天下之士。”黄金台上意，指君主的知遇之恩，厚遇之意。⑧玉龙，借喻宝剑。中唐王初有“剑光横雪玉龙寒”之句。《晋书·张华传》载二宝剑入水化为龙事，故以龙喻剑。

［笺评］

王得臣曰：长吉才力奔放，不惊众绝俗不下笔。有《雁门太守》诗曰：“黑云压城城欲摧，甲光向日金鳞开。”王安石曰“是儿言不相副也。方黑云如此，安得向日之甲光乎？”（《麈史》）

曾季貍曰：李贺《雁门太守行》语奇。(《艇斋诗话》）

刘辰翁曰：（“角声满天秋色里”）有此一语，方畅。(“塞上燕脂凝夜紫”二句）此等景色不可无。又曰：起语奇，赋雁门着紫土，本嫩。后三语无甚生气，设为死敌之意。偏欲如此，颇似败后之作。(《唐诗品汇》卷三十八引）又曰：语少而劲，转出死敌意，愤咽。(《删补唐诗选脉笺释会通评林》引）

杨慎曰：或曰：此诗韩、王二公去取不同，谁为是？予曰：宋老头巾不知诗，凡兵围城，必有怪云变气。昔人赋鸿门有“东龙白日西

龙雨”之句，解此意矣。予在滇，值安凤之变，居围城中，见日晕而重，黑云如蛟龙在其侧，始信贺之诗善状物也。(《升庵诗话》)

范梈曰：作诗要有惊人句，语险，诗便惊人。如李贺“黑云压城城欲摧，甲光向日金鳞开”。此等语，任是人道不出。(《删补唐诗选脉笺释会通评林·中七古下》引)

周敬曰：萃精求异，刻画点缀，真好气骨，好才思。(同上)

顾璘曰：语奇而峻，前辈所称。(同上引)

陆时雍曰：“塞上燕脂凝夜紫”，“燕脂”二字难下。“霜重鼓寒声不起”语甚有色。(同上引)

周珽曰：今观其全首，似为中唐另树旗鼓者。至末二句，雄浑犹不减初、盛风格……长吉诗大抵创意奥而生想深，萃精求异，有不自知为古古怪怪者。他如《剑子》、《铜仙》等歌什，颇多呕心语，宜为昌黎公所知重也。(同上)

曾益曰：此言城将陷敌，士怀敢死之志。以望气，则云黑而城将摧矣。然甲光向日，犹守而未下地。势危则吹角愈急，故曰“满天”。逢秋则其声甚哀也。而夜将入矣，塞土本紫而以夕照临之，则如胭脂之凝。时则红旗半卷临易水之上，众方击鼓作气，思以御敌也。而鼓声不起，胡不利也？遂将提携玉龙，矢死以循，以报君平昔待士之厚意而已。(《昌谷集》卷一)

无名氏曰：云压城头，日射金甲，何等声势笔力！(明于嘉刻本《李长吉诗集》批)

姚文燮曰：元和九年冬，振武军乱，诏以张煦为节度使，将夏州兵二千趋镇讨之。振武即雁门郡。贺当拟此以送之。言宜兼程而进，故诗皆言师旅晓征也。宿云崩颓，旭日初上，甲光赫耀，角声肃杀，遥望塞外，犹然夜气未开。红旗半卷，疾驰夺水上军。勿谓鼓声不扬，乃晨起霜重耳。所以激厉将士之意，当感金台隆遇，此宜以骏骨报君恩矣。(《昌谷集注》卷一)

黎简曰：“声满天地”，似昌黎“天狗堕地”之作篇中活句，贺真不愧作者。“霜重”句，即李陵“兵气不扬”意。（“半卷”二句）写败军如见。（末二句）以死作结势，结得决绝险劲。（《李长吉集》）

杜诏曰：此诗言城危势亟，擐甲不休，至于哀角横秋，满目悲凉，犹卷旆前征，有进无退。虽士气已竭，鼓声不扬，而一剑尚存，死不负国。皆描写忠诚慷慨。（《中晚唐诗叩弹集》）

薛雪曰：李奉礼“黑云压城城欲摧，甲光向日金鳞开”，是阵前实事，千古妙语。王荆公訾之，岂疑其“黑云”、“甲光”不相属耶？儒者不知兵，乃一大患。（《一瓢诗话》）

王琦曰：“塞上燕脂凝夜紫”，当作暮色解乃是，犹王勃所谓“烟光凝而暮山紫”也。此篇盖咏中夜出兵，乘间捣敌之事。“黑云压城城欲摧”，甚言寒云浓密。至云开处逗漏月光（按：王本作甲光向月）与月光相射，有似金鳞。此言初出兵之时，语气甚雄壮。“角声满天”，写军中之所闻；“塞上胭脂”，写军中之所见。“半卷红旗”，见轻兵夜进之捷。“霜重鼓寒”，写冒寒将战之景，末复设为誓死之词，以报君上恩礼之隆，所以明封疆臣子之志也（《李长吉歌诗汇解》卷一）

沈德潜曰：（“黑云”二句）阴云蔽天，忽露赤日，实有此景。字字锤炼而成，昌谷集中独推老成之作。（《重订唐诗别裁集》卷八）

宋宗元曰：（“黑云”二句）沈雄乃尔。（“霜重鼓寒”三句）警绝。（《网师园唐诗笺》）

史承豫曰：（“黑云压城”句）闪烁纸上。结尾陡健。（《唐贤小三昧集》）

董伯英曰：古乐府曲当是指李广、刘琨辈。鲍照《出自蓟北门行》：“募骑屯广武，分兵救朔方。投躯报明主，身死为国殇。”长吉全仿此。长吉谒退之首篇即此诗，正取“报君”二句意，以况士为知己者死也。（《协律钩玄》卷一引）

陈沆曰：乐府《雁门太守行》，古辞咏洛阳令王涣德政，不咏雁门太守也。长吉以借古题寓今事，故“易水”、“黄金台”语，其为咏幽蓟事无疑。宪宗元和四年，成德军节度使王承宗自立，吐突承璀为招讨使讨之，逾年无功。故诗刺诸将不力战，无捐国死绥之志也。唐中叶，以天下不能取河北，由诸将观望无成，故长吉愤之。王氏之有恒、冀，正易水、雁门之地。若以为拟古空咏，何味之有？（《诗比兴笺》卷四）

叶葱奇曰：首二句说黑云高压城上，城像立刻就要摧毁一般；云隙中射出的日光，照在战士们的盔甲上，闪现出一片金鳞。这是描绘敌兵压境，危城将破的情景。三、四两句中，“角声满天”，是说日间的鏖战；“燕脂凝夜紫”是说战血夜凝。是描写激战后退去的情景。五、六两句是形容撤退时，军旗半卷，鼓声不扬。结尾两句是表明寸土必争，奋死抗敌，以尽忠报国之意。这首诗意境非常苍凉，语气非常悲壮，很像屈原《九歌》中的《国殇》。杜牧说贺诗是“骚之苗裔”，所见甚确。集中像这一类的诗实在都是胎息的《楚辞》，而很能得其神理的。（《李贺诗集》）

[鉴赏]

《雁门太守行》系乐府古题，但现存古辞系咏东汉洛阳令王涣之德政，与题意无涉。《宋书·乐志三》录《雁门太守行》古辞，其前有《洛阳行》之题，故《全汉诗》注云：“按其歌辞历叙涣本末，与本传合。其题当作《洛阳行》。其调则为《雁门太守行》也。”可备一解。自梁简文帝起，《雁门太守行》始咏边城征战之事，李贺此篇，当沿袭此意。梁简文帝《雁门太守行》其二云：“陇暮风自急，关寒霜自浓……潜师夜接战，略地晓摧锋。悲笳动胡塞，高旗出汉墉。”似与李贺此篇内容及意象有关，可供参照。

本篇历来被视为李贺最有代表性的作品，但自明末曾益发为“此言城将陷敌，士怀敢死之志”之解以来，对这首诗的首句便一直存在着一种“敌兵压境，危城将破”的误解，而对首句的误解，又导致对全诗内容意蕴的误解。其中比较有代表性的疏解是，诗写一次战争的全过程：开头两句写敌兵压境，形势紧张；三、四两句，写角声满天，双方激战；五、六两句，写旗卷鼓寒，战况危急；最后两句，写奋勇杀敌，以死报国。这看似非常顺理成章的解释，如果和诗的原文一对照，稍加推敲，就会发现显然的漏洞。首先，如果说开头两句是写敌军压城，城陷重围，形势危急，为什么打了一阵之后，反而“半卷红旗临易水”，跑到河北藩镇的巢穴去了呢？越打越远，只有在大破敌军之后，乘胜一直追击的情况下才有可能出现，但又说“霜重鼓寒声不起”，情况危急，最后又表示要以死报君。明明大获全胜，穷追不舍，何以如此缺乏壮盛之气，悲凉激楚呢？这就显得前后矛盾，无法自圆了。其次，“角声满天”不像是写双方激战。军中号角并非如现代战争那样作为发起进攻、冲锋的信号，而是用作警昏晓、振士气、肃军容的信号，即所谓“画角”。陈子昂《和陆明府赠将军重出塞》：“晚风吹画角，春色耀飞旌。”所写即警昏晓所用。发起进攻例用击鼓而非画角。再次，“半卷红旗”更不像是写作战时的情景。在战斗中，旗帜起着指挥全军、激励士气的作用，战旗总是迎风招展飞扬，而不能是“半卷”的。“半卷红旗”是在急速的行军过程中，为了减少风的阻力，以加快行军速度而这样做的，王昌龄《从军行》“大漠风尘日色昏，红旗半卷出辕门”正是写急速行军的情景。总之头一句理解错了，全篇的内容也都弄得扞格难通，无法自圆。那么，这首诗究竟写什么呢？概括地说：应该是写一次虚拟想象中的讨伐河北藩镇的出征情景，时间是从傍晚到次日黎明前。

“黑云压城城欲摧，甲光向日金鳞开。”开头两句，写出征将士集结城下待发。浓重的黑云低低地压在城头上，看上去就像是要把城头压塌一样。在城下列阵整装待发的将士身披铠甲，迎着透过乌黑的云层照射下来的耀眼的阳光，像金色的鱼鳞开张时那样，闪耀着光芒。“黑云压城城欲摧”这个发端，不但奇警峭拔，突兀劲挺，而且在景色描绘中透出一种紧张、沉重的气氛。孤立地抽出这一句，也许可以理解为强敌压境，危城将破。但联系全诗，则明显可见这种理解与实际不符，因为下面并没有接着写敌我双方在城下惨烈的战斗。说这句诗带着某种象征暗示色彩自属事实，但它的象征暗示色彩，仅仅是在总体上渲染一种氛围：当时藩镇割据势力猖獗，严重威胁着国家的统一和中央集权。这种总体的时代氛围，使诗人在描写景物时，自然地渗透了一种沉重而紧张的危机感、压抑感。“黑云压城”的“压”字，不但写出了黑云低垂紧贴城头的态势，而且写出了它的质感、重量感；而句末的“摧”字，更显示出一种危急感。这样，整个诗句在写景中就自然渗透了诗人对当时那种强藩割据叛乱，形势严峻危急的总体时代氛围的强烈感受。而第二句则将画面由黑云低压的城头移向列阵整装待发的将士。诗人撇开将士的面部表情、心理状态的正面描写，单写透过浓密乌黑的云层射出的耀眼阳光映在将士的铠甲上，闪耀出金鳞般的光芒这一细节。黑云、日光，一黑一白，正是光线明暗的两个极端。强烈耀眼的阳光与周围大片漆黑的乌云，与将士身上黑色的铁甲，形成强烈的对比，造成视觉上心理上的强烈刺激。这种色彩的结合映衬，已经隐隐传出一种严肃、沉重而带庄严感、神秘感的气氛。不说“日光映甲”，而说“甲光向日”，加上句末的“开”字，更表现出一种向上跃动的气势和生命力。上句的沉重感、压抑感和危急感与这句的严肃感、神秘感和跃动感，实际上都是出征将士在危机重重的背景下背负着庄严赴战使命的复杂心态的表现。

“角声满天秋色里，塞上燕脂凝夜紫。”三、四两句，写行军途中情景，上句写所闻，下句写所见。悲壮嘹亮的号角声在充满秋色的寥廓天宇和广阔原野上回荡，在夕阳余晖的映照下，塞上紫色的泥土犹如胭脂凝成。上句境界开阔，声调高亢；下句色彩浓烈，情感凝重，表现的也正是出征将士复杂的情感心绪。下句遣词设色极富创造性。“塞上燕脂”既可理解为塞上的泥土呈现胭脂之色，也可理解为塞上傍晚的红色霞光。“凝夜紫”三字，显示出在行军的过程中，塞上的红色泥土和天边的红色霞光逐渐黯淡，最后凝结成一片入夜后的深紫。

从写景的角度说，自是极精练形象、奇警独特的诗句，但更主要的，却是它所具有的象征暗示色彩，这“塞上燕脂凝夜紫”的景象，使人自然联想到即将到来的战斗之惨烈，联想到将士的鲜血。其意味类似毛泽东《忆秦娥·娄山关》的结尾“残阳如血”，但前者暗示，后者明喻，手法各异。毛泽东喜李贺诗，此等描写可谓深得贺诗之神髓而又别具明快之风格。

“半卷红旗临易水，霜重鼓寒声不起。”五、六两句，续写出征部队到达作战的前线。上句明点“易水”，无论就内容，就风格而言，都是一个关键的意象。易水流域一带，是河北藩镇的巢穴，说明这次将士行军赴敌，其作战的对象就是盘踞这一带恃强作乱的强藩，从而显示出战争的正义，也预示战争的悲壮惨烈。“半卷红旗”，是夜间急速行军偃旗息鼓的需要，而这在苍茫夜色中的“红旗”也给画面增添了鲜明的色彩。此时天已接近黎明，浓霜密布，战鼓也沾上了霜露，鼓声显得低沉不扬，似乎带着寒意。红旗与浓霜的色彩对比，易水风寒的气氛渲染，鼓寒声沉的声响描写，预示着即将开始的将是一场艰苦惨烈的血战。“易水风寒”的历史典故更使人自然联想到“壮士一去兮不复还”式的决心誓言和悲剧气氛。这就自然引出结尾两句来。

“报君黄金台上意，提携玉龙为君死。”末二句写临战前将士慷慨赴死，报答君恩的决心。黄金台就在易水边上，故由“易水”自然联想到黄金台。“黄金台上意”，亦即君主的信任重用的厚意，所谓“知遇之恩”。为了报答君主的知遇之恩，决心手持锋利如雪、夭矫如龙的宝剑，与强敌决一死战。喜用“死”字一类狠重之词，固是李贺遣词的特色，但用于结尾末字，却非寻常修辞，而是出征将士抱着必死心理赴敌的自然流露。因此，它可以说是对全诗悲剧气氛、心理、结局的一种凝聚与概括。

这首诗并不是写当时现实中某一次具体的讨伐藩镇的出征行军过程，而是出自诗人的艺术想象与虚构。根据张固《幽闲鼓吹》的记载，诗当作于贞元末到元和三年这段时间内。而在此期间，唐王朝根本没有对河北藩镇用过兵。为什么李贺要虚构这样一场实际上不存在的讨伐河北藩镇的战争呢?这是因为河北藩镇自安史之乱以来,一直是藩镇割据叛乱势力的代表,根深蒂固,骄横跋扈,势力最强。从当时情况看,平定了河北藩镇,全国的统一乃至中兴也就实现了。李贺这首诗,特意虚构这样一场实际上并不存在的讨伐河北藩镇的出征,主要是表现一种强烈的主观愿望,不妨说是诗人的浪漫激情和理想的产物。而表现理想和愿望的作品,有时往往失之浮浅,忽视现实的严峻而流于盲目的乐观和单纯的畅想。李贺这首诗在表现将士的以身报国、誓死杀敌的壮烈情怀的同时,对整个局势的危急、战争的艰苦都作了充分的描写。诗中始则通过"黑云压城城欲摧"的描写,表现藩镇割据势力的猖獗,继则通过"塞上燕脂凝夜紫"的描写,暗示即将进行的战斗之惨烈,然后以"霜重鼓寒声不起"的描写,渲染环境之艰苦,最后又通过将士临战前"提携玉龙为君死"的誓言,暗示战斗的悲剧气氛。这一切,都使得整首诗在悲壮激越中含有深沉凝重的情调,带有浓重的危机感和压抑感。这正是诗写得比较深刻,富于时代感的表现。

这首诗还寄寓了诗人渴望投笔从戎、为国赴难的感情。李贺政治上郁郁不得志,他往往将满腔"哀愤孤激"之思寄寓在抒写从戎杀敌的诗歌中。《南园》其二说:"男儿何不带吴钩,收取关山五十州。请君暂上凌烟阁,若个书生万户侯!"这首《雁门太守行》虚构了一场讨伐藩镇的出征场景,不但表现了对国家统一局面的向往,同时也是为了抒发身带吴钩,"收取关山五十州"的渴望,为了排遣报国无门的抑郁苦闷。从结尾的"报君黄金台上意,提携玉龙为君死"来体味,诗人所表达的深层意蕴正是寻章摘句老于雕虫,求为君主一顾而不得,求为国难而捐躯亦不能的深沉强烈悲愤。

此诗色彩斑斓,宛如油画。浓墨重彩的着意描绘渲染,营造出浓烈的气氛。全诗从头至尾,充满了激越悲壮又沉重压抑的氛围感。一开头,黑云压城,其势欲摧,甲光映日,金甲闪耀,就充满紧张、沉重、神秘的战斗气氛，给人以屏息凝神、喘不过气来的感觉。接着是号角悲鸣，大地呈现凝重黯淡的血色，是易水风寒，红旗半卷，浓霜遍地，鼓声低咽。最后是刀光剑影，森寒逼人。从“黑云压城城欲摧”到“提携玉龙为君死”，首尾呼应，从天上到地下，从周围的空气、气温到声音、色彩，处处充满浓烈的气氛。这种气氛的渲染，既与特定的季节、时间的选择有关，又与多用仄声韵（除开头两句外，后六句均为仄声韵），特别是大量运用色彩浓重的字眼构成鲜明强烈的映衬对照有密切关联，如“黑”“甲光向日”“金”“秋色（白）”“燕脂”“夜紫”“红”“易水（寒）”“霜”“黄金”“玉”。一首只有八句的乐府短篇，竟连用了十几个带有强烈色彩的词语，可以想见它们的串连组合给读者造成的色彩感、氛围感有多么浓烈，再加上一系列硬语奇字的着意运用（如“压”“摧”“凝”“重”“寒”“死”），遂使这种浓烈的氛围感更具强烈的刺激性，给读者以感官与心理的双重刺激。尽管诗中色彩繁富浓烈，用语峭奇瘦硬，但给人的整体印象却是阴暗、低沉、惨淡中透出悲壮、刚烈，这种阴刚式的美感，正是李贺所独具的。

苏小小墓①

幽兰露，如啼眼②，无物结同心③，烟花不堪剪。草如茵，松如盖④，风为裳，水为佩⑤。油壁车，夕相待⑥。冷翠烛⑦，劳光彩⑧。西陵下⑨，风吹雨。

［校注］

①《乐府诗集》卷八十五杂谣辞三录《苏小小歌》古辞，题解云：“一曰《钱塘苏小小歌》。《乐府广题》曰：‘苏小小，钱塘名倡也，盖南齐时人。西陵在钱塘江之西，歌云‘西陵松柏下’是也。”古辞云：“我乘油壁车，郎骑青骢马。何处结同心？西陵松柏下。”李

绅《真娘墓诗序》："嘉兴县前有吴妓人苏小小墓，风雨之夕，或闻其上有歌吹之音。"李贺元和十年（815）至十一年曾南游吴越，此诗或其时所作。②二句谓沾着晶莹露珠的幽香兰花花瓣，如同苏小小悲啼的泪眼，兰花花瓣细长如眼，故云。③《苏小小歌》古辞有"何处结同心"之句，"结同心"指男女双方缔结同心相爱之情。此句化用古辞，曰"无物结同心"，含义略有变化。古代有同心结，系用锦带编成的连环回文样式的结子，用以象征坚贞的爱情。此连下句，意谓苏小小墓上没有东西可以用来编结成表达坚贞爱情的同心结，虽然长着如烟的野草花也不堪剪取作同心结。④茵，垫褥。盖，指车盖。⑤水为佩，晶莹而叮咚作响的泉流作为她身上的玉佩。⑥油壁车，一种以油涂壁的车，或谓系用青油布蒙壁的车。《苏小小歌》古辞有"我乘油壁车，郎骑青骢马"之句。夕，《全唐诗》校："一作久。"⑦冷翠烛，指墓上的磷火，即所谓鬼火。因其有光无焰，给人以幽冷之感，而其形似红烛其光冷碧，故云"冷翠烛"。⑧劳，烦劳。劳光彩，烦劳其发出幽冷的光彩。⑨西陵，今浙江杭州市萧山区西兴镇的古称，朱长文《送李司直归浙东幕兼寄鲍将军》："水到西陵渡口分。"但此诗中之"西陵"乃指今杭州西湖孤山西泠桥一带，此处旧称西陵。

[笺评]

刘辰翁曰：参差苦涩，无限惨黯。若为同心语，亦不为到。此苏小小墓也，娇丽闪烁间，意故不欲其近《洛神赋》也。古今鬼语无此惨澹尽情。本于乐章，而以近体变化之，故奇涩不厌。"冷翠烛，劳光彩"，似李夫人赋西陵，语括《山鬼》，更佳。"幽兰露，如啼眼"，便是墓中语。"无物结同心，烟花不堪剪"，妙极自然。（《吴刘笺注评点李长吉歌诗》卷一）

黎简曰：通首幽奇光怪，只纳入结句三字，冷极鬼极。诗到此境，亦奇极无奇者矣。（《昌谷集》）（《黎二樵批点黄陶庵评本李长吉

集》）

无名氏曰：仙才、鬼语、妙手、灵心。《洛神赋》是神，李夫人赋是想，此诗是鬼。试于夜阑人静时，将此诗吟至百遍，若无风裳水佩之人，徘徊隐现于前，吾不信也。（于嘉刻本《李长吉诗集》）

曾益曰：西陵之下，与欢相期之处也。则维风雨之相吹，尚何影响之可见哉！平昔之所为，无复可睹；触目之所睹，靡不增悲。凄凉、楚惋之中，寓妖艳幽涩之态，此所以为苏小小墓也。（《昌谷集》卷一）

姚文燮曰：兰露啼痕，心伤不偶。风尘牢落，堪此折磨。迄今芳草青松，春风锦水，不足仿佛嬛妍。若当日空悬宝车，空烧翠烛，而良会维艰，则西陵之冷雨凄风，不犹是洒迟暮之泪耶！贺盖慷慨系之矣。（《昌谷集注》卷一）

叶葱奇曰：这首诗通篇皆从幻想中的幽灵着笔，说墓旁兰花上缀的露珠，仿佛是死者的泪痕一般。死后一切都消灭了，更没有东西可以绾结同心。坟上脆薄如烟的幽花也不堪剪来相赠。“草如茵”以下都是就眼中所见幻想到鬼的服用。“油壁车”是想当然的话。说她生时乘惯的车子，死后一定还在那里等待着她。后四句是写鬼火冷冷地发出绿光森然照着，一阵阵的凄风吹拂着飒飒的冷雨。（《李贺诗集》）

［鉴赏］

在李贺的诸多“鬼诗”中，这首《苏小小墓》是写得最美也最富人情味的一首，它的情调和意境，令人自然联想到《聊斋志异》中一系列写人鬼感情的名篇。不管是否自觉，至少作为一种艺术修养，像《苏小小墓》这类作品应该对《聊斋志异》的上述作品的创作起过潜在而深刻的影响。

全篇所写，均为诗人面对苏小小墓的景物气氛时的想象和联想。

而这种想象和联想，又离不开《苏小小歌》古辞“我乘油壁车，郎骑青骢马。何处结同心？西陵松柏下”所提供的这一基本情节：自己乘着油壁车，所爱的男子骑着青骢马，相约到西陵的松柏之下永结同心。她的美丽和多情，使诗人徘徊墓前，面对景物时浮想联翩，不但幻化出苏小小惝恍飘忽的身姿面影，而且表现出她那种生死不渝的对美好爱情的执著追求，创造出极富幽洁凄迷情调的意境美。

“幽兰露，如啼眼。”开头两句，从墓旁的幽兰引发联想，即景设喻。说那缀满露水的幽兰的花瓣，像是苏小小哀怨悲泣的泪眼。这个比喻，不但抓住了兰花花瓣细长如眼的形似特征，而且用一“幽”字传出了兰花的幽洁芳香和幽独哀怨风神。虽只写“啼眼”，但却传神阿堵，将苏小小的悲剧气质和风貌都透露出来了。

“无物结同心，烟花不堪剪。”三、四两句，是目睹墓旁如烟笼雾罩的野花而兴感。这两句可以作两种不同的理解：一种理解是，诗人因同情爱慕苏小小而生“结同心”之想，但仓促之中又感到没有东西可以表达自己“结同心”的美好心愿，纵有烟花亦不堪剪取以表衷情。这表现了诗人那种虽幽明相隔，却与苏小小异代同心的爱慕之情，情感真挚淳厚，语气亲切自然。但联系《苏小小歌》古辞“何处结同心？西陵松柏下”之语，似乎理解为诗人代苏小小抒感更为恰当。诗人想象苏小小虽然长眠地下，却仍然执著地追求爱情，仍然像生前那样前去与情郎约会。但墓地空有烟花，别无他物，没有东西可以作为“结同心”的信物赠给对方，故不免有“烟花不堪剪”的遗憾。这种理解，不仅切合古辞原意，也更能表达苏小小对真挚爱情的珍视。在全篇中，其他各句均为三字句，独此二句用五字句，似亦更能突出苏小小自我抒慨的神情意味。不妨看作诗人意中的苏小小的心灵独白。

“草如茵，松如盖，风为裳，水为佩。”接下来连用四个结构相同的三字句，就眼前所见、所感、所闻之景展开一系列美好的想象。俯视墓地，碧草萋萋，像是她的茵褥；仰望墓旁，青松繁茂，像是她的车盖；轻风飘拂，仿佛是她的裳衣飘荡；泉水叮咚，又像是她的环佩作响。碧草青松、轻风流泉，不过是墓间寻常景物，但诗人的心灵和诗心，却将它们幻化成苏小小的茵盖裳佩，在它们之间，正活动着苏小小的身姿面影，美好灵魂。这些比喻，每一个都只涉及一个局部，并不求全求细，更不直接涉及其具体的容颜，而是用轻灵飘忽、亦幻亦真、似虚似实之笔作随意点染，结果反而为读者的想象预留了巨大的诗意空间。这种描绘形容，貌似赋笔，实为最高妙的诗笔。

“油壁车，夕相待。冷翠烛，劳光彩。”这四句，上承“结同心”，进一步想象苏小小的芳魂将前去西陵与情郎相会的情景。值此暮夜时分，小小生前乘坐的油壁香车，想必已经在等待着她，墓上那对幽冷碧色的蜡烛，正烦劳它幽幽地泛出光彩，为小小乘车上路照明。前两句是纯粹的凭空想象，却因古辞“我乘油壁车”之句使读者于恍惚迷离中仿佛若见，信假为真。后两句以诗人的灵心妙笔，将原属恐怖的事物化为凄美而极富人情味的物象，可谓古往今来写鬼火和鬼境的绝唱。在李贺诗中，曾不止一次出现过鬼火的形象，如“漆炬迎新人，幽圹萤扰扰”（《感讽五首》之三），“百年老鸮成木魅，笑声碧火巢中起”（《神弦曲》），“回风送客吹阴火”（《长平箭头歌》），“鬼灯如漆点松花”（《南山田中行》），均不同程度地带有恐怖阴暗的色彩，独有这“冷翠烛，劳光彩”的想象和比喻，虽仍带凄清的况味，却完全祛除了恐怖阴暗的色彩，表现为一种极具人情味的凄美，那“冷翠烛”仿佛特具温暖的人情，在默默地为小小前去赴情人的约会照明送行。特别是那个极富感情色彩的“劳”字，仿佛透露出了小小心灵中的无限感谢之情和温暖情意。

“西陵下，风吹雨。”末两句从古辞“何处结同心？西陵松柏下”化出，想象小小所前往约会的西陵的氛围意境。“风吹雨”的描写孤立地看似乎有些凄清，这自然跟苏小小的鬼魂身份有关。但如果联系《诗·郑风·风雨》“风雨如晦，鸡鸣不已。既见君子，云胡不喜”的描写来体味，这“风吹雨”的氛围不正反衬出了与情人相会的欢乐与喜悦吗？它在凄清中带有爱情的温柔甜蜜，并不是纯然的凄伤。

李贺的诗，每多幽峭奇险、瘦硬生涩之语，这首《苏小小墓》虽写鬼魂的爱情，却几乎看不到这种峭硬奇险之笔，而是写得极温柔缱绻、婉丽多情，语言也极明畅流丽，毫无生涩之弊。

梦　天①

老兔寒蟾泣天色②，云楼半开壁斜白③。玉轮轧露湿团光④，鸾佩相逢桂香陌⑤。黄尘清水三山下⑥，更变千年如走马⑦。遥望齐州九点烟⑧，一泓海水杯中泻⑨。

[校注]

①梦天：梦游天上。作年未详。②老兔，指月中玉兔。傅咸《拟天问》："月中何有？玉兔捣药。"寒蟾，指月中蟾蜍。《太平御览》卷九百四十九引张衡《灵宪》："羿请不死之药于西王母，姮娥窃之以奔月。遂托身于月，是为蟾蜍。"又卷九百七引《典略》："兔者，明月之精。"泣天色，为天色之昏暗不清朗而愁泣。③云楼，层层叠叠的云高耸如同楼阁。壁斜白，因云层半开，斜透出白色的月光，看上去像露出的楼阁的白色墙壁。④玉轮，指皎洁的圆月。轧（yà）露，碾着露水。古人误认露水自天而降，故云。湿团光，圆月的清光似乎被露水沾湿了。李商隐《燕台诗四首·秋》："月浪衡天天宇湿。""湿"字用法与贺诗此句"湿团光"类似。⑤鸾佩，雕着鸾鸟的玉佩，借指月宫中的嫦娥。桂香陌，充满桂花香气的路上。传月中有桂树，故云。⑥黄尘清水，指海水忽变为陆地的黄尘。三山，指蓬莱、方丈、瀛洲三座海上神山。《史记·秦始皇本纪》："齐人徐市等上书，言海中有三神山，名曰蓬莱、方丈、瀛洲，仙人居之。"⑦句意谓人间千年才能发生的沧桑巨变在天上看来只是像快马奔驰一样瞬息即变。⑧齐州，指中国，《尔雅·释地》："岠齐州以南，戴日为丹穴。"郭璞注："齐，

中也。”邢昺疏：“中州，犹言中国也。”九点烟，古代分中国为九州。《书·禹贡》中九州指冀、兖、青、徐、扬、荆、豫、梁、雍。他书所载略有不同。九点烟，谓自天上下视，中国之九州不过如九点烟雾那样渺小。⑨一泓，犹一汪，形容其小。《神仙传》：“麻姑自说云：‘接待以来，已见东海三为桑田，自到蓬莱，水又浅于往时略半耳，岂将复为陵陆乎?’王远曰：‘圣人皆言，海中行复扬尘也。’”以上四句，极言世事变化之巨大与迅速，均用《神仙传》。

[笺评]

刘辰翁曰：意近语超。其为仙人口语，亦不甚费力。使尽如起语，当自笑耳。“黄尘清水三山下”，即桑田本语。(《吴刘笺注评点李长吉歌诗》)

董懋策评：分明说游月。(《徐董评注李长吉诗集》)

黎简曰：意境重叠。论长吉每道是鬼才，而其为仙语，乃李白所不及。“九州”二句，妙有千古，即游仙诗。(《黎二樵批点黄陶庵评本李长吉集》)

黄周星曰：命题奇创。诗中句句是天，亦句句是梦，正不知梦在天中耶？天在梦中耶？是何等胸襟眼界。有如此手笔，《白玉楼记》不得不借重矣。(《唐诗快》卷一)

姚文燮曰：滓滓既尽，太虚可游，故托梦以诡世也。蓬莱仙境，尚忧陵陆，何况尘土，不沧桑乎！末二句分明说置身霄汉，俯视天下皆小，宜其目空一世耳。(《昌谷集注》卷一)

方世举曰：此变郭景纯游仙之格，并变其题，其为游仙则同。“老兔寒蟾泣天色”二句，月之初起。“玉轮轧露湿团光”二句，月正当空。“黄尘清水三山下”二句，言世易变迁，“黄尘清水”，即沧海桑田意。“遥望齐州九点烟”二句，言世界促缩，“齐州”如“齐民”之谓，人多用之青、齐，非。(《李长吉诗集批注》卷一)

范大士曰：分明一幅游月宫图，转赠张丽华，桂宫应称艳绘。（《历代诗发》）

吴汝纶曰：后半豪纵似太白。（《评注李长吉诗集》卷一）

王琦曰：（前）四句似专指月宫之景而言，（“黄尘”二句）蓬莱、方丈、瀛州三神山俱在海中。今视其下，有时变为黄尘，有时变为清水，千年之间，时复更换，而自天上视之，则又走马之速也。（“遥望”二句）九州辽阔，四海广大，而自天上视之，不过点烟杯水，梦中之游真豪矣。（《李长吉歌诗汇解》）

陈允吉曰：《梦天》的前四句，已显示出这篇作品最主要的理蕴，这就是作者感念人生的短促，因为梦想超尘绝尘，到天国灵境当中去追求生命的永恒……他写了大量的神仙为题的诗，就是把内心的冲突加以升华，在描绘天国的幻想中寄寓作者的永生意志……《梦天》的后面四句……描写“沧海桑田”……“黄尘清水三山下，更变千年如走马”，在于表现作者企图摆脱“沧海桑田”的超时间的幻想，而“遥望齐州九点烟，一泓海水杯中泻”，则是着重在表现从空间方面超绝现实世界。李贺表现“沧海桑田”，并非肯定物质世界不断运动变化的客观规律，而是作为一种人的生命的否定力量，在诗歌中加以诅咒和悲叹的……诗人在厄塞迫促的环境中向往轻举，有感于生命的短暂而希慕长生，幻想自己能够飞升到一个无尘世沧桑变化的天国，从时间和空间两个方面挣脱现实世界对他的羁绊……诗人倾注其全部感情向往的理想乐园，却是一个绝对永恒而没有矛盾变化的世界。（《〈梦天〉的游仙思想与李贺的精神世界》）

罗宗强曰：因为重主观，所以诗的思路、诗的形象结构便常常表现为大的跳跃。《梦天》……首句为人间所见天上之月，接下去立刻又到了天上；到了天上后仅看到了月中宫殿的景色，而且在幻想中与月中仙女相逢。转而又感叹人生短促，沧海桑田，思路瞬息万变，跨度极大。《天上谣》正是如此。（《唐诗小史》第 241 页）

[鉴赏]

《梦天》和《天上谣》，描写的重点虽有别，但内容和构思都有相似之处，是带有李贺思想印记和艺术个性的变化了的游仙诗。

诗共八句，明显分为前后两段。前段四句，写梦游天上所见，后段四句，写自天上下视尘寰所见。

首句“老兔寒蟾泣天色”，写梦游月宫，见到玉兔和蟾蜍在面对灰暗的天色时都显露出一副愁容惨淡的模样，仿佛为天色的阴沉而哭泣。“兔”而曰“老”，“蟾”而曰“寒”，自是诗人梦游时的主观感受，以突出渲染玉兔和蟾蜍因天色的昏暗而愁惨寒瑟之状，着一“泣”字，将这种愁惨寒瑟情状进一步强化了。看来，诗人梦游的初境并不怎么美好，看到的是“愁云惨淡万里凝”的天色。

次句“云楼半开壁斜白”，所见的天上景象有了变化：灰暗的云层半开，从缝隙中斜射出白色的月光，看上去就像云楼的白色墙壁一样。这种景象，在始则云层重重、天色昏暗，继则云开月出、月光斜射的夜晚本属常景，但李贺却将它们写得很奇幻。如果说“老兔寒蟾泣天色”所写的是“空白凝云颓不流”的景象，那么“云楼半开壁斜白”所写的景象则有些类似“黑云压城城欲摧，甲光向日金鳞开”的景象，只不过色彩不像后者那样浓烈。将平常的景象通过想象描绘得很奇幻，正是李贺诗的一大特点。

“玉轮轧露湿团光”，第三句所写的景象较之第二句又有了更显著的变化：浮云散尽，碧空万里，一轮皎洁的明月正碾压着露水在缓缓运行，由于清露的沾润，那圆月的清光也仿佛被沾湿了。用“玉轮”来喻运行中的明月，尚属常语，但说“玉轮轧露”，却属奇想。月行于虚空之中，而古人以为露自天降，故诗人忽发月轮轧碾在露水之上缓缓行进的奇想。露水怎能承受玉轮的碾压？但诗人却想入非非，认为“玉轮”是碾在露水铺设的天路之上。“团光”与“玉轮”本属一物，不过一状其光，一状其形而已。“湿团光”的“湿”字极富想象力，它将碧空皓月行于清露泫泫之夜所特具的那种皎洁、明亮而又润泽的光感、色感和触觉上的湿感都传神地表现出来了，从中可以体味到诗人此际的舒畅愉悦之感。学李贺深得其神髓的李商隐的名句“月浪衡天天宇湿”即从此变化而来，但境界更为广远，连整个天宇都被“月浪”沾湿了。

如果说开头两句所写的是梦游升天过程中所看到的景象，那么第三句所写已然是升入月宫，乘“玉轮”行进时所见所感。因此第四句“鸾佩相逢桂香陌”便调过头来写在月宫中所遇：在长着高大的桂树，飘满桂花芬芳的路上，遇见了佩戴着雕有鸾鸟佩饰，行进时环佩叮咚作响的仙女嫦娥。嫦娥是月中最美好事物的代表，遇见嫦娥也是“梦天”的高潮。和《天上谣》用三分之二的篇幅描绘渲染天上神仙世界的美好、和谐、安闲不同，这首诗的前段用了三句来写梦游天上所见景象的变化，正面写天上美好情事的仅此一句。可以看出，在这首诗中，诗人在写“梦天”时更侧重于写梦游的过程。

后段四句，转写自天上下视尘寰所见所感，这当然也属于梦游的范畴，但已非单纯的“梦天”，而是梦游天上下视尘寰。

“黄尘清水三山下，更变千年如走马。”五、六两句，化用《神仙传》麻姑所言“接侍以来，已见东海三为桑田”，极力渲染天上所见人间变化之急速：那东海之中的三神山下，清深的海水倏忽之间变成了滚滚的黄尘，顷刻之间又从黄尘变成了沧海，在人间经历千年才能发生的变化，在天上看去就像快马奔驰那样迅疾。这既是感慨人间变化之疾，也是用此反衬天上时间之永恒。

“遥望齐州九点烟，一泓海水杯中泻。”七、八两句，极力形容天上所见人间世界之局狭渺小。“遥望”二字，承上启下，连接五、六句和七、八句，说明均为自天上“遥望”所见。中国之广大，九州之辽远，自天上“遥望”，不过如“九点”渺小的烟尘而已；而沧海之浩渺无涯，自天上“遥望”，不过如一汪清水，若置于杯中顷刻泻尽。

这既是感慨人间世界（包括陆海）的局狭渺小，也是反衬天上空间的无限。

综合前后两段，诗人既在梦天的过程中逐层深入地表现天上景象的奇特美好，又在下视人间的过程中极力渲染人间世界变化的迅速和空间的局狭渺小，从而有力地反衬出诗人渴望摆脱人间世界各种羁束和对天上世界无限空间永恒时间的追求向往。这种追求向往，既反映了诗人深感人生之短暂，生命之无常，又深慨境遇之艰困、处境之狭小。因此，尽管诗的后段气概豪纵，境界开阔，但感情的深层底蕴却是对生命短暂、境遇困厄的深悲。

天上世界是否真的如诗人所想象的那样，是永恒而无限的呢？诗人在另一些诗中对此自有解答。

浩　歌①

南风吹山作平地②，帝遣天吴移海水③。王母桃花千遍红④，彭祖巫咸几回死⑤。青毛骢马参差钱⑥，娇春杨柳含细烟。筝人劝我金屈卮⑦，神血未凝身问谁⑧？不须浪饮丁都护⑨，世上英雄本无主。买丝绣作平原君⑩，有酒唯浇赵州土⑪。漏催水咽玉蟾蜍⑫，卫娘发薄不胜梳⑬。羞见秋眉换新绿⑭，二十男儿那刺促⑮？

［校注］

①浩歌，放声高歌、大声唱歌。以宣泄自己的种种牢骚不平、苦闷忧愤。《楚辞·九歌·少司命》："望美人兮未来，临风怳兮浩歌。"据诗之末句"二十男儿那刺促"，此诗当作于元和四年（809）春。②作，成为。③帝，天帝。天吴，神话中的水神。《山海经·海外东经》："朝阳之谷，神曰天吴。是为水伯。"又《大荒东经》："有神人，八首人面，虎身十尾，名曰天吴。"④《汉武帝内传》："王母仙桃，

三千年一开花，三千年一生实。”⑤彭祖，传说中殷商大夫。刘向《列仙传》：“彭祖，殷大夫也。姓篯名铿，帝颛顼之孙，陆终氏之子。历夏至殷末，八百馀岁。常食桂枝，善导引行气，后升仙而去。”巫咸，传说中古代神巫。或云黄帝时人，见《太平御览》卷七十九引《归藏》；或云唐尧时人，见郭璞《巫咸山赋序》；或云系殷中宗时贤臣，见《楚辞·离骚》“巫咸将夕降兮”王逸注。⑥青毛骢马，毛色青白相间的马。参差钱，指马身上有深浅斑纹不齐的连钱花纹。《尔雅·释畜》：“青骊驎驒。”郭璞注：“色有深浅，斑驳隐粼，今之连钱骢。”⑦筝人，弹筝的伎人。屈卮，一种有弯柄的酒器。宋孟元老《东京梦华录·宰相亲王宗室百官入内同上寿》：“御筵酒盏皆屈卮，如菜碗样，而有手把子。”⑧神血未凝，指精神血脉尚未凝冷，犹满腔热血之谓。身问谁，即此身不知何属，亦即下“本无主”之意。⑨浪饮，狂饮，纵酒。《丁都护》，南朝乐府歌曲名，又作《丁督护歌》。《宋书·乐志一》：“《督护歌》者，彭城内史徐逵之为鲁轨所杀，宋高祖使府内直督护丁旿收敛殡埋之。逵之妻孥，高祖长女也，呼旿至阁下，自问敛送之事，每问，辄叹息曰：‘丁督护！’其声哀切，后人因其声，广其曲焉。”李白《丁督护歌》：“一唱都护歌，心摧泪如雨。”句意谓不必纵酒狂饮，唱《丁都护歌》，心情过于哀痛。⑩平原君，战国时代招贤纳士的四公子之一。《史记·平原君虞卿列传》：“平原君赵胜者，赵之诸公子也。诸子中胜最贤，喜宾客，宾客盖至者数千人……是时齐有孟尝，魏有信陵，楚有春申，故争相倾以得士。”⑪赵州，唐河北道州名。《元和郡县图志》卷十七：赵州，“春秋时属晋，战国时属赵，秦为邯郸郡也”。今河北省赵县。因平原君系赵国人，故此句“赵州土”实即泛称赵国之土地。据《元和郡县图志》，平原君墓在洺州肥乡县东南七里，洺州为赵土，赵都邯郸在焉。⑫漏，指铜壶滴漏，古代一种计时器。铜壶中贮满清水，中置竹箭，箭上刻有度数，随着壶中水滴漏渐少，箭上度数渐次显露，视之以知时刻。水从铜龙口流出，下置一玉蟾蜍，张口接水，使水转流入另一壶中。“漏催水咽玉蟾蜍”，谓铜壶中的水不停地滴漏，注入玉蟾蜍中，直至漏声咽绝。表明时间不停流逝，如同相催一样。⑬卫娘，汉武帝皇后卫子夫，以美发得宠。《汉武故事》：“子夫得幸，头解，上见其美发，悦之。”后以“卫娘”借指冶容女子，此处当即指席上奉觞侑酒之女子。“发薄不胜梳”是说随着时间的流逝，眼前的冶容女子亦将形容衰老，鬓发疏薄而不堪梳理。⑭秋眉，衰老稀疏的眉毛。换，替代，替换。新绿，指年青乌黑浓密的眉毛。⑮那，奈。刺（qì）促，劳碌不休。《晋书·潘岳传》：“时尚书仆射山涛，领吏部王济、裴楷等并为帝所亲遇。岳内非之，乃题阁道为谣曰：‘阁道东，有大牛。王济鞅，裴楷鞧，和峤刺促不得休。’”

［笺评］

刘辰翁曰：从“南风”起一句，便不可及。迭荡宛转，沉着起伏。真侠少年之度，忽顾美人，情境俱至，妙处不必可解“不须浪饮丁督护”，李白有《丁督护歌》云：“一唱都护歌，心摧泪如雨。”“世上英雄本无主”，跌荡愁人。“买丝绣作平原君，有酒唯浇赵州土”，“世上英雄本无主”，杰特名言，绣作酒浇，肝肺激烈。“卫娘发薄不胜梳”，亦不知何以至此。（《吴刘笺注评点李长吉歌诗》卷一）

吴师道曰：毛泽民诗：“不须买丝绣平原，不用黄金铸子期。”本李贺、贯休诗语。（《吴礼部诗话》）

胡应麟曰：退之《桃源》、《石鼓》模杜陵而失之浅，长吉《浩歌》、《秦宫》仿太白而过于深。（《诗薮·内编·古体下·七言》）

顾元庆曰：李贺诗：“买丝绣作平原君，有酒唯浇赵州土。”得非“黄金铸范蠡”之意耶？（《夷白斋诗话》）

黄淳耀曰：见筝人之美而神荡，故曰“神血未凝”，“身问谁”，即“胡然问天”之意也。（《黎二樵批点黄陶庵评李长吉诗集》）

黎简曰：黄谓起二句沧桑之意，非也。意谓山水险阻，行路艰难，促人之寿，安得山水俱平，人皆长命，见千遍桃花开，几回彭祖死，于是长生安乐，得美遨游地。“不须浪饮”以下，乃转言人生未有不死，如平原之豪，卫娘之美，皆不可留，况我身乎！结句自伤也。篇中奇奇怪怪，而大意只是三段。若从沧桑上说，未得作者之意。长吉沉顿之作，命之修短岂在长吉意中。卫娘，卫夫人也，如此称谓，与以“茂陵刘郎”称汉武，皆昌谷自造语。昌谷最有此等字。那，何也。刺促，急速也。(同上)

徐渭曰：此篇雕率相半。(《删补唐诗选脉笺释会通评林·中七右》引)

周珽曰：一粒慧珠，参破琉璃法界，真腹有笥，腕有鬼，舌有兵，乃有此诗。珽意此篇总叹生世无几，倏忽变易，戚戚风尘，何徒自苦也。“神血”二字当作“魂魄”二字看，“未凝”犹言未枯冷。(同上)

陆时雍曰：“买丝”二句，苦而脱。(同上引)

黄周星曰：诗意只在“世上英雄”、“二十男儿”两句中。前后无非沧桑隙驹之意，此之谓浩歌。(《唐诗快》卷一)

吴震方曰：读《昌谷集》去其苦涩怪诞割锦斗草之句，自有长吉真面目。如此数章（指《浩歌》《高轩过》《苦昼短》《将进酒》），可以撷其菁华，佩其膏馥矣。(《放胆诗》)

叶矫然曰：长吉“有丝绣作平原君，有酒唯浇赵州土”，语极爽快，但不及高达夫“只今（按本集作“不知”）肝胆向谁是，令人却忆平原君”之澹永不尽。(《龙性堂诗话初集》)

史承豫曰：变徵之声，读罢辄欲起舞。(《唐贤小三昧集》)

姚文燮曰：此伤年命不久待而身不遇也。山海变更，彭咸安在？宝马娇眷，及时行乐。他生再来，不自知为谁矣！世上英雄，一盛一衰，真朝暮间事耳。丁都护勇何足恃。虽好士如平原，声名满世，至今只存抔土。时日迅速，卫娘发薄，谁复相怜？秋眉换绿，能得几回新耶！如何年已二十，犹刺促不休哉！在下者之妄求荣达，与在上者

之妄求长生，均无用耳。(《昌谷集注》卷一)

方世举曰：此篇又与《天上谣》不同。彼谓人事无常，不如遗世求仙，此则言仙亦无存，又不如及时行乐。但得一人知己，死复何恨！时不可待，人不相逢，亦姑且自遣耳。(《李长吉诗集批注》卷一)

薛雪曰："买丝绣作平原君，有酒唯浇赵州土。"读之令人泪下。但李王孙何至作此语？金雷琯《送李汾》诗云："明日春风一杯酒，与君同酹信陵坟。"虽共此机轴，亦自可悲。(《一瓢诗话》)

王琦曰：浩歌，大歌也。("南风")四句言山川更变，自开辟至今，不知几千万岁。人生其间，倏过一世，不能长久。("神血未凝身问谁")谓精神血脉然不能凝聚长生于世上，此身果谁属乎？犹庄子身非汝有之意。("青毛")四句见及时行乐，亦无多时。丁都护当是丁姓而曾为都护府之官属，故以其官称之，或是武官而加衔都护者，与长吉同会……告之以不须浓饮，世上英雄本来难遇真主。古之平原君虚己下士，深可敬慕；今日既无其人，惟当买丝绣其形而奉之，取酒浇其墓而吊之已矣。深叹举世无有能得士者。"漏催水咽玉蟾蜍"，见光阴易过；"卫娘发薄不胜梳"，见冶容易衰。漏水，必是饮酒筵侧所设仪器；卫娘，亦是奉觞之妓。皆据一时所见者而言，末二句自言其志，不能受役于人也。刺促，谓受役于人也。徐文长以不开怀解之，非也。(《李长吉歌诗汇解》卷一)

董伯英曰：诗须有感动关切处，否则亦不必作。长吉《浩歌》与《金铜仙人辞汉歌》，读之使人气青血热，百端俱集，非止泛泛作悲世语。(《协律钩玄》卷一引)

吴汝纶曰：("南风"四句)洞观古今之变，神仙千劫亦一瞬间耳。设想奇幻而用笔俊伟。("青毛"二句)此二句春游。("筝人"二句)言不能久。("不须"四句)此下四句破空而来，气变神变。此感慨不遇之词，因世无知己，故追慕平原也。("漏催"三句)此三句言时光迅速，美人易老。(末句)一句兜转，复作宽解之词，言我方二十，那遽刺促乎！(《唐宋诗举要》卷二引)

叶葱奇曰：这是同朋友欢宴，酒后自行宽解、奋勉的诗。山变成海，神仙也死而又死。着想奇辟，气势雄伟。接着借此身行勉励。然后转到时无爱惜人材的人，不免感叹。后四句含意虽很牢骚，而语气却很奋发，和一般的及时行乐的颓废作品截然不同。（《李贺诗集》）

［**鉴赏**］

人生苦短的悲慨和怀才不遇的愤郁，是李贺诗歌的基本主题。二者往往相互交织，相互影响，因人生苦短而益感怀才不遇之苦闷抑郁，难以忍受；亦因怀才不遇而愈感短促人生之可悲。这首题为《浩歌》的诗，正强烈地表现了诗人因人生苦短而加深的怀才不遇的愤郁，又因怀才不遇的愤郁而更加深了人生苦短的悲慨这一感情变化发展过程。诗共四段，每段四句，组成一个内容单元。

首段四句，以叙述描写为议论，起势突兀，笔意凌厉，想象奇特，造语警拔，创辟出宏放奇伟的境界。首句“南风吹山作平地”，从眼前景（南风吹拂、山势嶙峋）起兴，却神驰天外，心观古今。想象眼前这突兀耸拔的高山在世世代代、永无休止的南风劲吹之下，终将变成一片平地。诗人将历经千万年才显现的自然界的巨变浓缩为仿佛转瞬间就发生的事，用的正是类似电影特技的手法。在我们面前，仿佛在顷刻之间亲眼目睹了高山在南风劲吹下化为平地的过程。融千万载于一瞬的奇境，使诗的开端极具气势。紧接着又引入神话的意境，想象眼前这一望无际的平地，千万年前也许是一片渺无边际的沧海，是天帝派遣水神天吴将它们一下子移走了。高山变为平地，沧海变为平陆，在常人看来是不大可能发生的变化，仿佛瞬息之间就完成了。

“王母桃花千遍红，彭祖巫咸几回死。”自然界既不能永恒不变，那么仙界的人和物呢？王母的碧桃仙树，三千年一开花，较之人间，可算是最长寿的仙树了，但从茫茫远古至今，这桃花恐怕也开过千遍了。花开必有花谢（否则如何三千年一结果），可见仙界的桃花也不可能长盛不衰。彭祖、巫咸，都是神话传说中著名的长寿者，后来还飞升登天成了仙人。但诗人却断定，号称长寿成仙的彭祖、巫咸实际上也不知道死过多少回了。这和诗人在《官街鼓》中所说的“几回天上葬神仙”是一个意思。诗人并不信神仙长生之事，这里故意用调侃戏谑的口吻说神仙也不免一死，而且死过不知多少回，令人在哑然失笑的同时深感生命永恒的虚妄与无奈。以上四句，总言自然界、仙界都不存在任何永恒的事物，一切都会衰减、变化、消亡，意在突出人的个体生命之短促与无常。由于诗人不循常规，驰想天外，想人之所不能想，言人所不能言，故特具警动的效果。

“青毛骢马参差钱，娇春杨柳含细烟。筝人劝我金屈卮，神血未凝身问谁?”第二段四句，写春日出游宴饮，诗人骑着青白杂色有连钱花纹的骢马，到野外寻春赏景，看到新春的杨柳枝繁叶茂，含烟笼雾，深感春光的韶丽。在郊宴上，弹筝的妓人举起华美的酒碗殷勤劝饮。前三句所写，都是怡情快意的游春宴赏场景，第四句却突作转折，说自己正值满腔热血的少壮之年，却遭遇蹭蹬，怀才不遇，不知此身究竟何属，更不知向谁诘问。这突如其来的转折，实际上正植根于上段四句所抒的悲慨。既然一切都不能永恒不变，人的生命更加短暂，不如及时行乐，赏春游宴，排遣苦闷。但当筝妓举杯相劝时，却又深感这种苦闷根本无法排遣，相反地还更激起“我当二十不得意，一心愁谢如枯兰”的愤郁。“神血未凝”即下“二十男儿”；“身问谁”即下“本无主”，意本明白，因突作转折，与上句似不相属，故时有误解。这一句意虽沉痛愤激，但却是典型的少年人神情口吻。

“不须浪饮丁都护，世上英雄本无主。买丝绣作平原君，有酒唯浇赵州土。”第三段四句，就眼前宴饮场景抒发感慨，是全诗感情发展的高潮，也是全诗意蕴的集中表达。诗人好像是劝慰宴席上痛饮自遣的友人，又好像是自我劝慰：不要纵酒狂饮，唱着《丁都护歌》来抒发自己满腔怀才不遇的哀愤了吧，古往今来，英雄才杰，本来就难遇到赏识自己的主人。不如买丝线来绣一幅平原君的画像，对其焚香礼拜，有酒也只浇平原君故国赵州的土地。这四句，感情较前更加愤郁沉痛，“世上英雄本无主”七个字，不仅是对现实中一切才人志士怀才不遇境遇的沉痛控诉，而且是对古往今来一切英雄豪杰之士共同悲剧遭遇的高度概括，虽是议论，却具有极强烈的抒情色彩和艺术震撼力。“买丝”二句，愤激之中包含了对现实中一切掌权者的绝望情绪，但由于其中包含了对自己才能的高度自信，故情调并不阴暗低沉。盛唐诗人高适的《邯郸少年行》“未知肝胆向谁是，令人却忆平原君”，意蕴与李贺此数句相近，但感情的郁愤激烈而不如贺诗，从中亦可见李贺此诗感情的强烈沉痛程度。这既与时代相关，亦与李贺个人的遭遇心境有关。

“漏催水咽玉蟾蜍，卫娘发薄不胜梳。羞见秋眉换新绿，二十男儿那刺促？”末段四句仍就眼前宴席生发想象，抒发感慨。不知不觉当中，时间已经入夜，铜壶滴漏的水声一声声地像是催促着时间流逝，承接水滴的玉蟾蜍中发出水滴声像是咽住了一样，表明夜漏将尽，时间飞逝。不由得联想到宴席上侑酒侍宴的妙龄歌妓很快也会变得形容衰老，鬓发稀疏，不堪梳理，羞见那青春美好的翠眉也将变得衰白稀疏，更感到人生的短暂。但写到这里，诗人却不再抒发感慨，而是一笔兜转，发为慷慨激昂之音：我这样一个年方二十的七尺男儿，岂能如此劳碌不休，无所作为，坐视光阴的流逝呢？这也是诗人在《致酒行》一诗的结尾所说：“少年心事当拏云，谁念幽寒坐呜呃。”这种在结尾处突然出现的转折，正说明诗人悲慨时间流逝、人生苦短，原是出于强烈的建功立业的宏愿和对生命的珍惜。故虽极端苦闷愤激，而不陷于颓废消沉。史承豫说这首诗是“变徵之声，读罢辄欲起舞”，董伯英说“读之使人气青血热，百端俱集”，正是缘于深刻感受到诗中饱含的对人生对事业的执著追求和热烈感情。“沉饮聊自遣，放歌破愁绝”，“浩歌弥激烈”，李贺此诗，正是一首因深感人生短暂、怀才不遇而激发的浩歌。

秋　来[①]

桐风惊心壮士苦[②]，衰灯络纬啼寒素[③]。谁看青简一编书[④]，不遣花虫粉空蠹[⑤]。思牵今夜肠应直[⑥]，雨冷香魂吊书客[⑦]。秋坟鬼唱鲍家诗[⑧]，恨血千年土中碧[⑨]。

［校注］

①据诗之首句，诗当是因风吹梧桐叶落而惊秋，引发人生的悲慨。作年不详。②桐风，掠过梧桐树的秋风。《广群芳谱·木谱六·桐》："立秋之日，如某时立秋，至期一叶先坠，故云：梧桐一叶落，天下尽知秋。"《岁时广记》卷三引唐人诗："山僧不解数甲子，一叶落知天下秋。"③衰灯，残灯。络纬，虫名，即莎鸡，俗称络丝娘、纺织娘。因其夜间振羽作声，声如纺线，故名。啼，悲鸣。寒素，指寒冷的素秋。李白《长相思》有"络纬秋啼金井阑"之句，"络纬啼寒素"即"络纬秋啼"之意。王琦注解谓络纬"其声如纺绩，故曰啼寒素"。或谓"犹趣织"，非。古代五行之说，秋属金，其色白，故称素秋。④青简，指写书用的竹简。竹简以绳串联成册卷，故曰一编书。⑤遣，让。花虫，指蛀书的蠹虫，或称蠹鱼。体小。身上有银色细鳞，尾有三毛，与身等长，看去甚美，故称花虫。此谓不让辛苦著成的书被书虫白白蛀蚀，屑粉狼藉。竹简编成的书久无人看，则生粉蠹。⑥肠盘曲回环于腹腔内，因忧愤之"思"所"牵"引，回肠亦为之直。极言忧愤之思之强烈与难堪。⑦香魂，当指年青女子的亡魂，亦即下句"秋坟鬼唱鲍家诗"之"鬼"魂。吊，慰问。书客，书生，诗人自指。《题归梦》："长安风雨夜，书客梦昌谷。"⑧鲍家诗，刘宋诗人鲍照的诗。借指诗人自己的诗。按《南齐书·文学传论》谓鲍照诗"发唱惊挺，操调险急，雕藻淫艳"，钟嵘《诗品》谓鲍照"不避危仄"，《旧唐书·李贺传》谓贺之"文思体势，如崇岩峭壁，万仞崛起"，可见

二人风格之相近，照诗多抒寒士怀才不遇之悲愤，亦与贺诗相类，故诗人以“鲍家诗”自喻其诗。钱钟书《谈艺录》八云：“《阅微草堂笔记》谓‘秋坟鬼唱鲍家诗’，当是指鲍照，昭有《代蒿里行》《代挽歌》颇为知名。长吉于古代作家中，风格最近明远，不独诗中说鬼已也。”⑨《庄子·外物》：“苌弘死于蜀，藏其血，三年而化为碧。”此谓秋坟之鬼，虽千年之后，而余恨未消，怨恨之血，化而为碧。而已亦如之。按鲍照《松柏篇》有句云：“大暮杳悠悠，长夜无时节。郁湮重泉下，烦冤难具说。”设想死后怨愤难平，似可为此句作注解。

[笺评]

刘辰翁曰：非长吉自挽耶？只秋夜读书，自吊其苦，何其险语至此，然无一字不合。(《吴刘笺注评点李长吉歌诗》卷一)

黎简曰：(“谁看”二句）言谁能守此残编，如防蠹然，愤词也。(末二句）恐老死似此也。至此诗佳，亦何济耶！(《黎二樵批点黄评本长吉集》)

黄周星曰：唱诗之鬼，岂即书客之魂耶？鲍家诗，何其听之历历不爽！(《唐诗快》卷二)

姚文燮曰：衰梧飒飒，促织鸣空。壮士感时，能无激烈！乃世之浮华干禄者滥致青紫，即缃帙满架，仅能饱蠹。安知苦吟之士，文思精细，肠为之直。凄风苦雨，感吊悲歌。因思古来才人怀才不遇，抱恨泉壤，土中碧血，千载难消，此悲秋所由来也。鲍明远《代蒿里行》云：“赍我长恨意，归为狐兔尘。”(《昌谷集注》卷一)

方世举曰：(“衰灯络纬啼寒素”)“寒素”作素秋解。徐注：“素丝。”未免死在句下，且与下文无关。(“雨冷香魂吊书客”)徐注：“吊书客”乃祖价为文吊商山中佛殿南冈之诗鬼也。出《太平广记》，见《独孤穆传》，今采入《艳异编》。不必援据穿凿。(《李长吉诗集批注》)

叶矫然曰：（贺诗）至七言则夭拔超忽，以不作意为奇而奇者为最上。如《高轩》之“二十八宿罗心胸”、“笔补造化天无功”，《昆仑诗者》之“金盘玉露自淋漓，元气茫茫收不得”，《官街鼓》之“槌碎千年日长白，孝武秦皇听不得”，“几回天上葬神仙，漏声相将无断绝”……《梦天》之“遥望齐州九点烟，一泓海水杯中泻”，《秋来》之“不遣花虫粉空蠹”、“雨冷香魂吊书客”，诸如此类真所谓“咳唾落九天，随风生珠玉”者耶！（《龙性堂诗话续集》）

《四库全书总目》：（贺）所用典故，率多点化其意，藻饰其文，宛转关生，不名一格。如“羲和敲日玻璃声”句，因羲和御日而生“敲日”，因“敲日”而生“玻璃声”，非真有“敲日”事也。又如“秋坟鬼唱鲍家诗”，因鲍照有《蒿里行》而生“鬼唱”，因“鬼唱”而生“秋坟”，非真有“唱诗”事也。循文衍义，讵得其真！

王琦曰：秋风至则桐叶落，壮士闻而心惊，悲年岁之不我与也。衰灯，灯不明者。络纬，莎鸡也。其声如纺织，故曰啼寒素。或曰络纬故是蟋蟀，鸣则天寒而衣事起，故又名趣织。《诗疏》“趣织鸣，懒妇惊”是也。啼寒素，犹趣织云。花虫，蠹虫也。竹简久不动，则蠹虫生其中。苦心作书，思以传后。奈无人观赏，徒饱蠹虫之腹。如此即令呕心镂骨，章锻句炼，亦存何益！思念至此，肠之曲者亦几牵而直矣。不知幽风冷雨之中，仍有香魂慰吊作书之客。若秋坟之鬼，有唱鲍家诗者，我知其恨血入土，必不泯灭，万千年之久，而化为碧玉者矣。鬼唱鲍家诗，或古有其事，唐宋以后失传。（《李长吉歌诗汇解》卷一）

罗宗强曰：他的鬼诗的基本特点，便是怨郁哀艳与诡幻斑烂。《秋来》……写才华不被赏识的悲哀，而幻想知音之来，竟为“香魂”；然而虽有“香魂”给以同情与慰藉，终于无法排解不被赏识的悲哀，而想到生命之短促，终将遗恨千载，如秋坟之鬼，寂寞凄苦，唱人生之无常而已。在这首诗里，鬼成为寂寞人生的知音。（《唐诗小史》）

[鉴赏]

李贺优秀的鬼诗，意境虽有幽冷凄清的一面，却写得极富美感和人情味。《苏小小墓》和《秋来》，堪称这类作品的代表。所不同的是，《苏小小墓》是就墓前景物展开想象，描绘苏小小美好的身姿面影和对美好爱情的执著追求；而《秋来》却是从悲秋抒愤引出人鬼之间的感情交流，境界更加奇幻哀艳，感情则更加沉痛愤郁。前者柔婉幽丽，后者则多哀愤孤激之思。

“桐风惊心壮士苦，衰灯络纬啼寒素。”开头两句，紧扣题目“秋来”，写秋夜景物给抒情主人公带来的惊心愁苦感受。秋风起而梧桐叶落，这本是常见的秋天景象，常人或根本无所察觉，或虽察觉而不以为意，但“壮士”却闻之而“惊心”，而深感愁“苦”。李贺以多病而羸弱的身体而自称“壮士”，正是为了突出强调自己素怀“收取关山五十州”，“提携玉龙为君死”的壮烈报国情怀和“拏云”心事，这种情怀心志和英雄无主、沉沦困顿、“地老天荒无人识”的现实境遇之间的巨大反差，使他对时间的消逝、生命的短暂的感受较之一般的失意寒士倍加敏锐而强烈，故虽闻风吹桐叶而知天下秋，“一年容易又秋风”的感受引发的是生命凋衰、壮志蹉跎的悲愤，自然闻“桐风”而“心惊”，而愁苦了。“惊”字突出感受的突然与强烈，“苦”字突出其悲苦的深沉与无奈。次句进一步渲染秋夜凄凉凋零的氛围。室内，残灯荧荧，发出幽静的光芒；室外，络纬哀啼，仿佛因生命的秋天而悲鸣。“啼寒素”的字面同时还能引发对诗人寒苦生命境遇的联想。

“谁看青简一编书，不遣花虫粉空蠹。”三、四两句，承“壮士苦”和“惊心”，进而抒写“苦”与“惊”的感情内涵与引起这种感情的原因，是全诗中表达思想感情的核心诗句。想到自己每日每夜辛勤著书，彻晓达旦，可是这心血铸成的“青简一编书”，在当下的现实中，又会有谁去瞧上一眼呢？自己又怎能不让它白白地为蠹虫所蛀蚀，化为粉尘，没世无闻呢？“青简”“粉虫”，色彩鲜明，语取对照，情抱奇悲。本应济时匡世的著述，却根本无人赏识，化为蠹虫之食，这才是“壮士”最大的悲哀。这两句以“谁看”“不遣”领起，勾连呼应，语气愤激，表达了怀才不遇的强烈郁愤。“谁看”二字语似泛指，意实针对当权的统治者。或引贺诗谓“青简一编书”乃指其苦吟而成的诗歌创作，恐未必。李贺虽为诗歌呕心沥血，但那只是因怀才不遇、英雄无主而发泄苦闷不平的行为，而非其作为“壮士”的素志。从“因遗戎韬一卷书”之句看，这里的“一编书”，指的应是有关治国理政的著作，而非“寻章摘句”的“雕虫”“文章”。

“思牵今夜肠应直”，第五句明点“今夜”，总揽以上四句，说明前四句所写均系“今夜”所闻所见、所感所思。用一“牵”字，生动形象地表现出种种思绪互相牵引，互相缠绕，复杂交织，纷至沓来的状态。由“牵”字又引出“肠应直”的奇想。肠本盘曲回环，用以形容思绪之萦回缠绕，本属顺理成章，但用“肠一夕而九回”来形容愁思之百结，早成诗文熟套，这对追求词必奇辟独创的李贺来说是完全不可接受的。因此他别出蹊径，从“牵”字生发出“直”字，创造出“肠应直”这一前无古人的奇语。有谁见过回肠变“直”？但在诗人的形象思维逻辑中，这被愁“思”所“牵”的“肠”就是“应直”的。它突出了“思”的强度，“牵”的力度，“肠”的那种被生拉硬拽、不堪忍受的痛感。这一句是对前四句内容和思想感情的概括，也是前四句感情的进一步发展和强化。

第六句却突作转折，出现幻境。在秋窗冷雨、残灯明灭的凄冷幽清氛围中，在心灵备受痛苦思绪的折磨中，诗人由思入幻，眼前恍惚出现了一位芳香幽洁的倩女幽魂，满怀深情地劝慰自己这个孤寂凄清、怀才不遇的书生。李贺诗受屈原《九歌》及南朝写艳情的乐府影响很深，往往思入幽艳，涉及神鬼之境，且往往与艳思结合，因此这里的“香魂”，无论是从词语本身的色彩和韵致看，或是从诗人所继承的传统看，都明显是指年轻女子的魂灵，而非指前代诗人的幽魂。这种幽艳奇幻之思，也正是李贺诗的重要特征。秋风落叶，秋雨清冷，残灯荧荧，氛围凄清幽冷，但“香魂”之“吊”，却使这幽冷凄清的氛围中平添了温馨芳香的气息，透出了浓郁的人情味。这想入非非中出现的“香魂”的同情慰问，使鬼魂充满了人间的气息，也使诗人痛苦的心灵得到了抚慰。她是诗人孤寂中的伴侣，也是诗人的知音。后世多写鬼境的《聊斋》，最能得李贺这类诗之神髓。

“秋坟鬼唱鲍家诗，恨血千年土中碧。”恍惚中，诗人仿佛听到了秋夜的坟墓之中，鬼魂在吟唱鲍照的诗篇，抒发怀才不遇的怨愤，不由得联想到，这吟唱鲍家诗的鬼魂，虽身死千年，但怀才不遇的怨恨却永远难以消解，恨血积聚，渗入土中，千年之后，依然碧血隐隐，永怀长恨。在南朝诗人中，鲍照的诗因其抒发怀才不遇的忧愤，“发唱惊挺，操调险急，雕藻淫艳”，最近李贺诗风。诗人特别标举“鬼唱鲍家诗”，言外自含以“鲍家诗”自况之意，当然也就蕴含了鬼亦赏音之意。但自己的诗，竟要到鬼域去寻觅知音，就像上面所写唯有香魂相吊一样，却更透露出了人间的冷漠，因此那“恨血千年土中碧”的长恨中自然也包括了诗人自己的无穷怨愤。最后两句，虽仍写鬼境，但感情却由温馨转为愤激，以变徵之声作结，正透露出诗人的愤郁无可排解。

南园十三首（其一）[1]

花枝草蔓眼中开[2]，小白长红越女腮[3]。可怜日暮嫣香落[4]，嫁与春风不用媒[5]。

［校注］

①南园，在河南府福昌县昌谷，系李贺家居南面的园子。十三首杂咏昌谷景物与闲居期间的情思。除第十三首为五律外，其余均为七

绝。昌谷又有北园，见《昌谷北园新笋四首》。这组诗可能作于元和八年（813）因病辞官归昌谷以后的一段时间内。②草蔓，犹蔓草，生有长茎能缠绕攀缘的杂草，蔓生的野草。③小白长红，形容盛开的花朵于艳红之中，略带白色。越女腮，犹如越地少女红润白皙的脸庞。或谓“小白长红”指花朵或小或大，或白或红，但下接云“越女腮”，则自指一朵花白中透红，而非指或白或红的众花。萧统《十二月启》：“莲花泛水，艳如越女之腮。”亦指莲花之红艳中泛白。④可怜，可惜、可羡。嫣香，娇艳芳香，此借指花。⑤花为春风吹落，随风飘去，故曰“嫁与春风”。

[笺评]

吴正子曰：前辈谓此诗末句新巧。（《吴刘笺注评点李长吉歌诗》卷一）

姚文燮曰：元和时，十六宅诸王既不出阁，其女嫁不以时。选尚者皆由宦官，贿赂方得自达，上知其弊。至六年十一月，诏封恩王等六女为县主，委中书、门下、宗正、吏部选门第人才者嫁之。贺伤其前此之芳姿艳质不得嘉偶，至此日暮色衰，始得听其自适，恐亦未免委曲以徇人耳。贺盖借此以讽当世之士也。（《昌谷集注》卷一）

方世举曰：“嫁与春风不用媒”，“春”一作“东”，佳。好句，却不可袭。人每于落花用“嫁春风”，数见不鲜。此悲慨流光易去。（《李长吉诗集批注》卷二）

王琦曰：眼中方见花开，瞬息日暮，旋见其落，似见容华易谢之意。（《李长吉歌诗汇解》卷一）

[鉴赏]

这首诗写南园的花朝开暮落，内容似乎很明白单纯，但细味诗的格调意趣，却并不一览无余，字里行间，别有一种隽永耐味的情韵，这也正是此诗的艺术魅力所在。

前两句写园中花开。花枝，指挂满枝头的花朵；草蔓，指长在地上蔓生延伸的草花。无论高处低处，枝头草间，到处都开满了绚丽的花朵。着“眼中”二字，不仅写出这是正在盛开的花朵，而且传出仰观俯视之间，处处新艳，目不暇接的情景。用“小”来修饰“白”，用“长”来修饰“红”，固是长吉一贯的避熟求生的作风，但如果不和“越女腮”的生动比喻结合起来，不但易生歧义误解，而且传达不出“小白长红”这四字特具的风韵。越女之美艳，天下闻名。“越女天下白，鉴湖五月凉”（杜甫《壮游》），这“白”乃是一种红润的白，一种白里透红的“白”。因此用“越女”白里透红的面频来形容盛开的花朵，不仅将它的色彩之美描绘得真切传神，而且传出其特有的青春气息与风采，真正将花写活了。尽管“越女腮”之语并非李贺新创，但“小白长红越女腮”之句却完全是意新语奇的李贺式诗风。

“可怜日暮嫣香落，嫁与春风不用媒。”三、四两句写园中花落。“可怜”二字，在唐人诗中有可惜、可爱、可叹、可羡多种含义，这里用“可怜”二字作转，似自指可惜，但之所以可惜，首先由于它的惹人怜爱，故“可怜”之中自亦含“可爱”之义。日暮风起，枝头草间，娇艳馨香的花朵纷纷凋落，随风飘扬。这种景象，本极易触动青春易逝、芳华易凋的感伤，如果诗人按照这种习惯的思路来写诗的三、四句，则这首诗也未能摆脱俗套。但诗人却别有灵心慧感、奇思妙想，将纷纷扬扬随风飘荡的落花想象成“嫁与春风”，而且这个“嫁”竟又如此轻松自由，无须父母之命、媒妁之言，春风一来，就悄无声息地跟着走了。评家盛赞诗句的“新巧”，其实在这新巧的比喻之中自含一种隽永的情趣韵味。诗人好像是以欣喜的心情，庆幸这“嫣香”的落花终于有了一个美好的归宿，而不致沦落成尘，化为泥淖了。诗句的声情口吻，不是沉重的叹息，而是风趣的调侃，也说明它与传统的叹惜青春易逝、芳华易凋的感伤有着明显的区别。回过头去再体味第三句句首的“可怜”，则“可怜”之中似乎又带有可羡的意味了。

北宋词人张先著名的《一丛花令》词化用李贺此句，写出“沉恨细思，不如桃李，犹解嫁东风”的警句，似乎也正确地理解了李贺原诗的含意与情味。

南园十三首（其六）

寻章摘句老雕虫①，晓月当帘挂玉弓②。不见年年辽海上③，文章何处哭秋风④。

［校注］

①寻章摘句，搜求、摘取前人诗文著作中的词语、句子和典故，指读书时只推求文字或写作时运用前人词语典故。语出《三国志·吴书·孙权传》：“屈身于陛下，是其略也。”裴松之注引《吴书》：“（孙权）志存经略，虽有馀闲，博览书传历史，藉采奇异，不效书生寻章摘句而已。”老雕虫，老于雕虫之技，指写作诗文。扬雄《法言》：“或问：‘吾子少而好赋？’曰：‘然。童子雕虫篆刻。’俄而曰：‘壮夫不为也。’”雕虫，雕刻虫书（一种字体），常用以喻雕琢词章的微末技能。②玉弓，玉白色的弓形，指下弦月。③辽海，泛指辽河以东沿海地区。此处是指靠近辽海地区的幽燕一带，为河北藩镇多年割据的地区，战伐不断。④哭秋风，指抒发悲秋之感，感伤身世、时世。语本宋玉《九辩》：“悲哉秋之为气也，萧瑟兮草木摇落而变衰。”

［笺评］

黎简曰：与上首（男儿何不带吴钩）同意，凌烟无封侯书生，辽海无悲秋诗客。辽海用兵之地，用不着苦吟悲秋之士也。（《黎二樵批点黄陶庵评本李长吉集》）

曾益曰：此言老于章句，达曙不寐，而辽海之上，战伐年年，奚用是文章为也？（《昌谷集》卷一）

无名氏曰：千古才人，一齐下泪。(明于嘉刻本《李长吉诗集》)

黄周星曰：尝见长吉所评《楚辞》云："时居南园，读《天问》数过，忽得'文章何处哭秋风'之句。"则此一句中，有全卷《天问》在。(《唐诗快》卷三)

姚文燮曰：章句误人，倏忽衰暮。仰视天头牙月，动我挽强之思矣。丈夫当立勋紫塞，何用悲秋摇落耶？(《昌谷集注》卷一)

王琦曰：夫书生之辈，寻章摘句，无间朝暮。当晓月入帘之候，犹用力不歇，可谓勤矣。无奈边埸之上，不尚言词，即有才如宋玉，能赋悲秋，亦何处用之？念及此，能无动投笔之思，而驰逐于鞍马之间耶？哭秋风，即悲秋之谓。(《李长吉歌诗汇解》卷一)

叶葱奇曰：这一首比前一首（男儿何不带吴钩）措辞含蓄，韵味也高超。(《李贺诗集》)

[鉴赏]

《南园》的四、五、六、七四首，内容相近。其四云："三十未有二十馀，白日长饥小甲蔬。桥头长老相哀念，因遗戎韬一卷书。"其五云："男儿何不带吴钩，收取关山五十州。请君暂上凌烟阁，若个书生万户侯！"其七云："长卿牢落悲空舍，曼倩诙谐取自容。见买若耶溪水剑，明朝归去事猿公。"均悲书生无用于世，有弃文习武，报效国家之意。连章抒慨，可见其时诗人这种感情的强烈持久，萦绕胸间。四诗各有特点，而此首感情尤为深沉愤激，韵味也更为隽永深长。

"寻章摘句老雕虫，晓月当帘挂玉弓。"首句突起抒慨，概写自己日日耽于寻章摘句，从事诗歌写作这种雕虫小技。"寻章摘句"与"雕虫"分别用典，它本身就体现了寻章摘句为雕虫小技，随手拈来，自然贴切，宛如己出，表现出诗人对此道的纯熟精通。点眼处在中间的那个"老"字。李贺以"笔补造化天无功"自负，但其志却并不在终身从事诗歌创作，而是把"男儿何不带吴钩，收取关山五十州"作为自己的宏远抱负。怀着这样的人生追求，却不得不终日寻章摘句，施展雕虫之技，眼看就要终老于此道了。这个“老”字，正透露出因无法施展抱负而耽于文章小技的无限悲愤与无奈。“三十未有二十馀”的青年人，就自悲老于雕虫之道，仿佛有些夸张，但读到他的“日夕著书罢，惊霜落素丝”（《咏怀》其二）、“长歌破衣襟，短歌断白发”（《长歌续短歌》）就不难明白，这“老”字绝非无病呻吟，而是下得极其痛切！次句紧承“雕虫”之意，宕开写景：一弯残月，正透过窗帘，映入室内，就像帘上挂了一把玉弓一样。这正是诗人“吟诗一夜东方白”的景象。如此以诗抒悲遣愁，竟夕达旦，废寝忘食，早非一日，又岂能不加速生命的衰老？写景中含叙事，更饱含凄清孤孑的况味。以“玉弓”喻残月，自是形象而真切，它与下句辽海上的战伐，是否有意金针暗度，不好妄测，不过读者有此联想，倒是自然顺理成章的。

“不见年年辽海上，文章何处哭秋风。”三、四两句，由日夕作诗、老于雕虫之技的悲叹联想到整个国家的深重危机，对自己的悲剧境遇有了更深刻的体认，从而发出更深沉的悲慨。河北强藩，长期割据叛乱，垂六十载。元和四年（809），以神策军中尉吐突承璀为镇州行营招讨处置使，率众军攻讨成德镇王承宗，至五年正月，因威令不振，屡败，至七月不得已罢兵。元和七年，魏博节度使田季安卒，军乱。所谓“年年辽海上”，即指河北强藩割据地区战乱不断的现实。而处于腹心之地的淮西藩镇，同样是割据五十载而“长戈利矛日可麾”，气焰极其嚣张。在这样一个战乱不断，危机深重的时代环境中，诗人联想到自己的现实境遇，发出了“文章何处哭秋风”的深沉悲慨。这句诗明快而含蓄，具有多重意蕴。战乱频仍的时代，朝廷重用武将，而轻视文人，文章之士无用武之地，只能哭向秋风而徒叹穷途，此其一；“何处”二字，有虽欲哭秋风亦无处可诉之意，其中既含无地自处之意，又含无人可诉之意，此其二；“哭秋风”即所谓“悲秋”，其中自含时世、身世之悲，说“文章何处哭秋风”，也就意味着自己和一切寒士的抒写时世、身世之悲的诗歌在这样的时代环境中是找不到任何知音的，此其三。而在这三层意蕴之外，更隐含着深层的意蕴：既然“文章何处哭秋风”，那么唯一的出路便是“男儿何不带吴钩，收取关山五十州”。这是改变国家命运和自身命运的唯一途径。因此，这句诗又并不只是徒唤奈何的悲慨，其中自含有弃文习武、报效国家的积极意涵。在深刻体认到“文章何处哭秋风”的同时，“明朝归去事猿公”“收取关山五十州”的意趋也就自然产生了。

金铜仙人辞汉歌并序①

魏明帝青龙元年八月②，诏宫官牵车西取汉孝武捧露盘仙人③，欲立置前殿。宫官既拆盘，仙人临载④，乃潸然泪下⑤。唐诸王孙李长吉乃作金铜仙人辞汉歌⑥。

茂陵刘郎秋风客⑦，夜闻马嘶晓无迹⑧。画栏桂树悬秋香⑨，三十六宫土花碧⑩。魏官牵车指千里⑪，东关酸风射眸子⑫。空将汉月出宫门⑬，忆君清泪如铅水⑭。衰兰送客咸阳道⑮，天若有情天亦老。携盘独出月荒凉，渭城已远波声小⑯。

［校注］

①金铜仙人，指汉武帝所建造的铜铸仙人像。武帝迷信神仙，于建章宫筑神明台，立铜仙人舒掌捧铜盘承甘露，希望饮以延年。《汉书·郊祀志上》：“其后人作柏梁、铜柱、承露仙人掌之属矣。”颜师古注引《三辅故事》云：“建章宫承露盘高二十丈，大七围，以铜为之，上有仙人掌承露，和玉屑饮之。”《三辅黄图》卷三引《庙记》：“神明台，武帝造，祭仙人处，上有承露台，有铜仙人，舒掌捧铜盘玉杯，以承云表之露，以露和玉屑服之，以求仙道。”金铜仙人辞汉，指魏明帝青龙五年将金铜仙人像拆运到洛阳，离开西汉都城长安事，参诗序及注。此诗可能作于元和七年（812）因病辞奉礼郎归昌谷时，

见朱自清《李贺年谱》。②青龙，魏明帝年号。青龙元年为公元 233 年。按：此记载有误。《三国志·魏书·明帝纪》：“景初元年（即青龙五年，公元 237 年）……三月，定历改年为孟夏四月。”裴松之注引甲子诏曰：“其改青龙五年三月为景初元年四月。”《魏略》曰：“是岁（指景初元年），徙长安诸钟虡、骆驼、铜人承露盘，盘折，铜人重不可致，留于霸城。”又引《汉晋春秋》曰：“帝徙盘，盘折，声闻数十里，金人（指铜人）或泣，因留于霸城。”据以上记载，“青龙元年八月”或为“青龙五年八月”之误，然青龙五年无八月，实当为景初元年（237）八月。③牵，一作“𨏥”，同“辖”，驾驶。叶葱奇《李贺诗集》校：“诸本均讹作‘牵’，此从《弹雅》改正。”④临载，临上车运载。⑤潸（shān）然，泪流貌。⑥李贺系唐宗室郑王李亮（唐高祖李渊之叔）的后裔，故自称“唐诸王孙”。⑦茂陵，汉武帝刘彻的陵墓，在今陕西兴平市东北。茂陵刘郎，即指汉武帝刘彻。汉武帝曾作《秋风辞》，故称为“秋风客”。⑧《太平御览》卷八十八引《汉武故事》：“甘泉宫恒自然有钟鼓声，候者时见从官卤簿等似天子仪卫，自后转稀。”此句化用其事，谓建章宫中夜闻武帝仗马嘶鸣之声，似其魂灵仍来巡游，至晓则踪迹全无。⑨画栏，指宫中彩画的栏杆。秋香，借指桂花。桂花秋天开放，香气浓郁。⑩《文选·班固〈西都赋〉》：“西郊则有上囿禁苑，林麓薮泽，陂池连于蜀汉，缭以周墙，四百馀里。离宫别馆，三十六所。”汉武帝扩建秦上林苑，苑中分为三十六个小区域的苑囿，各由宫观、池沼、园林组成。建章宫即其中之一。土花碧，指碧绿的苔藓。⑪指千里，指车行指向千里之外的魏都洛阳，《三国志·魏书·文帝纪》：“黄初元年……十二月，初营洛阳宫，戊午幸洛阳。”⑫东关，指长安城东门。酸风，刺眼的寒风。眸子，指铜人的眼珠。⑬将，与、伴。汉月，或谓指圆形的承露盘。恐非。⑭君，指汉武帝。铅水，形容泪之沉重。⑮客，指金铜仙人。咸阳，秦朝都城，在今西安市西北。此借指长安。⑯渭城，秦都咸阳，汉代改称渭城。此亦借指长安。波声，指渭水的波涛声。

[笺评]

杜牧曰：贺复能探寻前事，所以深叹恨古今未尝经道者，如《金铜仙人辞汉歌》、《补梁庾肩吾宫体谣》，求取情状，离绝远去笔墨畦径间，亦殊不能知之。(《李长吉歌诗叙》)

司马光曰：李长吉歌"天若有情天亦老"，人以为奇绝无对，曼卿对"月如无恨月长圆"，人以为无敌。(《温公续诗话》)

何汶曰：《梁魏录》云：李贺歌造语奇特，首云"茂陵刘郎秋风客"，指汉武帝言也。又云"魏官牵车走千里"，此言魏明帝遣人迁金铜仙人于邺也。又云"空将汉月出宫门，忆君清泪如铅水"，此语尤警拔，非拨去笔墨畦径，安能及此！(《竹庄诗话》)

刘辰翁曰：此意思非长吉不能赋，古今无此神妙。神凝意黯，不觉铜仙能言。奇事奇语，不在言。读至"三十六宫土花碧"，铜人泪堕已信。末后三句可为断肠。后来作者，无此沉著，亦不忍直言其妙。(《吴刘笺注评点李长吉歌诗》卷二)

钟惺曰："天若有情天亦老"，词家妙语。(《唐诗归》卷三十一)

郭濬曰：深刻奇幻，可泣鬼神。后人效之，自伤雅耳。(《增定评注唐诗正声》)

董懋策曰：古今奇语。(《徐董评注李长吉诗集》)

无名氏曰：前四句有黍离之感，方落出铜人泪下，无光怪之病。又：铜驼荆棘之情，言下显然。铅字用在铜仙分上，妙。(明于嘉刻本《李长吉诗集》)

王夫之曰：寄意好，不无稚子气，而神骏已千里矣。(《唐诗评选》卷一)

黄周星曰："天亦"句老天有情，亦当潸然泪下，何但铜人。(《唐诗快》卷二)又曰：(茂陵刘郎秋风客)徽号甚妙，使汉武闻之，亦当哑然失笑。(同上)

唐汝询曰：创意极奥，摘词却质，乃长吉真妙处，今人拟其艳冶，反入魔境。殊不知此君呕心处，正不在此。(《唐诗归折衷》引)

刘敬夫曰：缀事属言，多求其称。似此幽奇事，有长吉以绘之，仙人可以拭泪矣。(同上)

姚文燮曰：宪宗将浚龙首池，修麟德、承晖二殿，贺盖谓创建甚难，安得保其久而不移易也。孝武英雄盖世，自谓神仙可期，作仙人以承露，糜费无算。中流《秋风》之曲，可称旷代，今茂陵寂寞，徒存老桂苍苔。而魏官牵车蹂践，悲风东来，唯堪拭目。“汉月”即露盘也。言魏官千里骚驿，别无所补，空将仙人露盘以去。无情之物，亦动故主之思，苍苍者自难为情矣。道远波遥，永辞故国，情景亦难言哉！嗟夫！以孝武之求长生且不免于死，所宝之物已迁他姓，创造之与方术，有益耶？无益耶？读此当知辨矣。(《昌谷集注》卷二)

方世举曰：《序》“仙人临行，潸然泪下”，此事不记《三国志》有否？金马、铜驼及翁仲等，皆可此一泪。“茂陵刘郎秋风客”，杨铁崖有“大唐天子梨园师”，仿此，然人所能。“秋风客”人则不能。“衰兰送客咸阳道”，“客”指魏官。“渭城已远波声小”仙笔。(《李长吉诗集批注》卷一)

沈德潜曰：汉武有《秋风辞》遂名“秋风客”，好奇之过也。多情者天，以生物为心可见。兹以无情目之，写胸中愤懑不平，而年命之促，已兆于此。“茂陵刘郎秋风客，夜闻马嘶晓无迹”，少承露盘意，便嫌无根。“天若有情天亦老”，奇句。(《重订唐诗别裁集》卷八)

王琦曰：“秋风客”，谓其在世无几。虽享年久远，不过同为秋风中之过客。吴正子谓汉武尝作《秋风辞》，故云尔者，非也。然以古之帝王而渺称之曰“刘郎”，又曰“秋风客”，亦是长吉欠理处。“夜闻马嘶晓无迹”，谓其魂魄之灵，或于晦夜巡游，仗马嘶鸣，宛然如在，至晓则隐匿不见矣，何能令人畏服如生时耶？土花，苔也。武帝既没，国事又殊，西京宫室，日就荒芜，桂树徒芳，苔钱满地，凄凉之状，不堪在目。汉之土宇已属魏氏，而月犹谓之“汉月”。盖地上之物，魏可攘夺而有之，天之日月，则不能攘夺而有也。铜人在汉时，朝夕见此月体，今则天位潜移，因革之间，万象为之一变，而月体始终不变。仍似汉时，故曰“汉月”。将，犹与也。人行不分远近，举头辄见明月，若与人相随者。然铜人既将徙移许都，向时汉宫所见之物，一别之后，不复再见。出宫门而得再见者，唯此月矣。本是铜人离却汉宫花木而去，却以送客为词，盖反言之。又铜人本无知觉，因迁徙而潸然泪下，是无情者变为有情，况本有情者乎？长吉以“天若有情天亦老”反衬出之，则有情之物见铜仙下泪，其情更何如耶！至于既出宫门，所携而俱往者，唯盘而已，所随行而见者，唯月而已。因情绪之荒凉，而月色亦觉为之荒凉。及乎离渭城渐远，则渭水波声亦渐不闻。一路情景，更不堪言矣！此诗上言“咸阳”，下言“渭城”，似乎犯复而不拘者。咸阳道，指长安之道路而言；渭城者，指长安之地而言，似复而实非复也。玩二语（指“天若有情天亦老”及石曼卿对以“月如无情月长圆”）终有自然勉强之别，未可同例而称矣。(《李长吉歌诗汇解》卷二)

张文荪曰：泪如清水，切铜人精妙。大放厥词，忽然收住，馀音袅袅，尚飘空。(《唐贤清雅集》)

史承豫曰：此首章法正显，结得渺然无际，令人神会于笔墨之外。(《唐贤小三昧集》)

董伯英曰：曰“忆君泪”，曰“出”，曰“携”，曰“波声小”，觉铜仙手足耳目栩栩欲活。“忆君”，仙人忆孝武也，“如铅水”，方的是铜仙之泪。末更得意外之意，回首长安，何能已已！(《协律钩玄》卷二引)

陈沆曰：自来说此诗者，不为咏古之恒词，则谓求仙之泛刺，徒使诗词嚼蜡，意兴不存。试问《魏略》谓魏明帝景初元年，徙长安诸钟虡、骆驼、铜仙承露盘，而此故谬其词曰“青龙元年”，何耶？既举其事足矣，而又特称曰“唐诸王孙”云云，何耶？此与《还自会稽歌》，皆不过咏古补亡之什，而杜牧之特举此二篇，以为离去畦町，又何耶？《归昌谷》诗云："束发方读书，谋身苦不早。终军未乘传，颜子鬓先老。天网信崇大，矫士常慅慅。京国心烂漫，夜梦归家少。发轫东门外，天地皆浩浩。心曲语形影，只身焉足乐。岂能脱负担，刻鹄曾无兆。"而后知"空将汉月出宫门，忆君清泪如铅水"，"潸然泪下"之意，即宗臣去国之思也。"衰兰送客咸阳道"，即《还自会稽歌》之"辞金鱼"、"梦铜辇"也。"渭城已远波声小"，即王粲诗之"南登汉陵岸，回首望长安"也。长吉志在用世，又恶进不以道，故述此二篇以志其悲。特以寄托深远，遂尔解人莫索。(《诗比兴笺》卷四)

黎简曰：第二句言武帝之幽灵。(《黎二樵批孟黄陶庵评本李长吉集》)

吴汝纶曰：("茂陵"四句)以上言故宫荒废，神灵夜归。("东关"句)先为堕泪垫笔。("魏宫"四句)以上记铜人出宫时景况。("衰兰"句)横空掉转，意境从"皋兰被径斯路渐"化出。("天若"句)接得悲凉沉痛，言天公屡阅此兴亡之变，假使有情，必有不能堪者矣。("携盘"二句)此二句以铜人就道后设想，行远则波声愈小矣。(《唐宋诗举要》卷二引)

高步瀛曰：悲凉深婉。(同上)

吴挚甫曰："天若有情"句，古今兴亡之感，写来特别痛切；"月如无恨"句，义蕴甚浅，相去不足以道里计也。(同上引)

[鉴赏]

这首诗从杜牧开始，就被视为李贺最重要的代表作。除了取材的新颖、想象的奇特和语言的独创外，从内容看，又兼容对国家命运的深忧与对身世命运的哀伤，亦即所谓荆棘铜驼之忧与宗臣去国之悲。在李贺诗中，这是思想感情最深沉的一篇。

李贺现存的二百多首诗中，有序的不过八首，多数仅为交代作诗的事由，但杜牧序中提到《金铜仙人辞汉歌》和《还自会稽歌》，不但都有序，而且前者明显蕴含易代之悲，后者则明点“国势沦败，肩吾先潜难会稽，后始还家”，可见二诗内容上的一致性和相关性。如果二诗的创作时间确在元和七年（812）辞奉礼郎归昌谷后，则铜人辞汉、肩吾归家与诗人归昌谷之间的联系便可以看得比较清楚了。陈沆的《诗比兴笺》以比兴说诗，常有穿凿附会之弊，但他联系《还自会稽歌》和《春归昌谷》诗来发明诗人的“宗臣去国之思”，确为有得之见。不过他似乎没有注意到“铜人辞汉”这个故事中所包蕴的易代之感，因此他的所谓“宗臣去国之思”中就缺少了原诗中已经明显表露的家国沦亡之忧这个最主要的内容。

“茂陵刘郎秋风客，夜闻马嘶晓无迹。”开头两句，写汉武帝的幽灵夜间在汉宫出没。用“茂陵刘郎秋风客”来称呼早已故去的汉武帝，确实是前无古人的奇语。“茂陵”是武帝陵墓，点出“茂陵”自指武帝早已长眠于陵墓之中。武帝在位五十四年，卒年已七十一岁，埋葬在茂陵的武帝早已不是少壮的“刘郎”，“秋风客”自是由于武帝写过一首流传后世的著名《秋风辞》。解者或因武帝迷信神仙、企求长生、以金盘承露之事而谓其亦如秋风中之过客，甚至认为语有讥讽之意。李贺在《马诗》之二十三中的确讽刺过武帝求仙：“武帝爱神仙，烧金得紫烟。厩中皆肉马，不解上青天。”不过，这首诗中的汉武帝却并不是一个讽刺的对象，而是作为一个已经沦亡的王朝的代表，被“金铜仙人”所追思忆念的对象。因此，“茂陵刘郎秋风客”这个称谓，给人的感觉倒是在怀念追思中透出了几分亲切，仿佛长眠茂陵的不是一位功业威权盖世的年过古稀的帝王，而是一位英俊潇洒的年轻诗客。王琦说“以古之帝王而渺称之曰刘郎，又曰秋风客，亦是长吉欠理处”，固然是出于封建君臣伦理观念的批评，反过来说这正表现了李贺兀傲不羁的性格和不受封建等级观念束缚的精神，似亦有些拔高。“夜闻马嘶晓无迹”，是说汉宫中夜间似乎听到马嘶鸣的声音，大约汉武帝的幽灵曾在此出没徘徊，一到清晨就杳无踪迹。把虚幻荒诞的景象写得恍惚迷离，意在渲染汉宫的荒凉凄寂，也兼写武帝幽灵对旧日宫苑的怀恋。

“画栏桂树悬秋香，三十六宫土花碧。”三、四两句，进一步正面描绘汉宫荒凉景象。彩画栏杆旁的桂树开满了芬芳的桂花，宫中的奇花异草、珍奇树木依旧像以前一样开花结实，但宫苑的主人却早已不在，昔日豪华美丽的三十六宫，宫观寂寂，满目苍凉，只见满地苔藓，一片碧绿。用“悬秋香”来借代枝头悬挂秋天开花的桂花，不但造语新颖，而且符合月夜看不清细小的桂花却闻得到浓郁的桂香的特定情境。用“土花碧”来借代碧绿的苔藓，更给人一种古铜锈绿式的色感，在月色的映照下，更显出了汉宫别苑的荒寂。两句一诉之于嗅觉，一诉之于视觉，它们相互映衬，创造出一种幽艳凄清的氛围意境。其中隐隐透露出诗人对这样一座荒宫旧苑的深沉悲慨。杜牧《李长吉歌诗叙》说：“荒国陊殿，梗莽丘垄，不足为其怨恨悲愁也。”上面四句诗，杜牧在写序时恐怕是可能浮现于脑际的。

接下来四句，叙写魏官拆运铜人之事和铜人辞别汉宫的情景，也就是诗序中所说的“诏宫官牵车西取汉武帝捧露盘仙人……仙人临载，乃潸然泪下”之事。“魏官牵车指千里”句是对事件的总叙，“指千里”是说指向千里之外的洛阳（文帝黄初元年冬，魏已迁都于洛阳，旧注或谓邺都，或谓许昌，均误）。铜人因为过重，最后并未运至洛阳，而留在了霸城，但诗人只说“指千里”，并未道及是否运抵，并不违反历史。紧接着一句“东关酸风射眸子”，便设身处地，化身为铜人，写铜人出长安东城门时的感受。时值秋天，夜风凛冽，出城关时风力凝聚，直射铜人。诗人用“酸风射眸子”来形容秋风刺眼的感受，极见精彩。不说“寒风”“凄风”，而说“酸风”，不仅传神地表现出凄厉的寒风直射眼目时的那种生理上的酸痛感、刺激感，而且透露出铜人心理上无法忍受的凄楚伤痛感；它和“射”字并用，更能表现这风的劲厉、迅疾，给人以一种冷箭直射眸子似的刺痛感。写到这里，诗人已身化铜人，感同身受了。

“空将汉月出宫门，忆君清泪如铅水。”李贺写诗，对章法每大不理会，即使像“金铜仙人辞汉”这样一个带有叙事性的题材，也不大讲究叙次的先后，前面已经讲到车出东关、酸风射眸，这里又回过头来说铜人空自伴着汉月出了宫门，不免先后颠倒。但李贺只是跟着自己的主观感受走，故忽起忽落，忽前忽后，常有这种出人意料的跳跃。这里是因为要写铜人的悲伤下泪，先要用酸风射眸衬垫一笔，使“清泪”之下显得更加自然合理，就没有顾及“东关”与“宫门”在地理上的反转了。这种“少理”处，正是李贺诗重主观、重感受造成的。“汉月”姚文燮认为即“露盘”，依据大概是下面的“携盘独出”之语，殊不知此四字下还有“月荒凉”三字，可见在李贺笔下，盘和月明显是二物而非一事。“汉月”之语，王琦分析最详而切，其中蕴含的正是铜人离开汉宫时那种孤独寂寞、哀伤沉痛的易代之悲。汉宫中过去熟悉的一切都将永远与自己告别，与自己相伴出宫的只有曾经照临故宫的那一轮明月。着“空将”二字，正暗示汉宫中的一切，包括旧日的主人都离自己远去了，全句所表达的正是一种时代沧桑感，这就自然逼出“忆君清泪如铅水”来。铜人在被拆卸临载时下泪，是《魏略》的记载中原有的，这事本身就带有神异的传奇色彩，而且蕴含了汉魏易代的沧桑之悲。李贺把它写到诗里，作为全篇思想感情的重点，本属自然，但李贺的表达方式却极奇特。在他的想象中，铜人因为思忆故君而不禁流泪，而这泪竟是“如铅水”的“清泪”。这似乎很荒诞无稽，但诗人自有其思维逻辑。在天真的诗人想来，铜人是一个“高二十丈，大七围”的铜像，如果掉泪，也一定是沉重的、金属性质的眼泪；而泪珠，按生活经验，是透明的液体，即所谓“清泪”。又要有沉重的质感和金属性质，又要是透明的清泪，符合这个条件的，非“铅水”而莫属了。通过这一系列想象，才创造出了“忆君清泪如铅水”的奇句，既写出了铜人的“人性”，又写出了铜人的“物性”，而在宛若童话的天真想象中透露的却是铜人辞别故园、故土时的沉重的悲凉。

最后四句，写铜人上车就路后的情景。“衰兰送客咸阳道”，是说秋天凋衰的兰草在长安道旁，默默相送铜人寂寞地离去，表明无知的草木也为此而感伤留恋；而紧接着“天若有情天亦老”这一奇句，则是全诗感情的集中迸发，也是诗人感情的集中表现。这一警动千古的奇句，既有其合理的思维逻辑，又和景物的烘染触发有密切关联。在常人心目中，相对于短暂的人生和沧桑的历史来说，自然界的代表——天，是永恒的、不变的，自然也不会衰老，但诗人却认为，天如果有情感，看到人世的这种沧桑变化，看到铜人辞汉潸然泪下和衰兰送客的情景，恐怕也会因悲伤而变老吧。强调无知无言的天尚且会因为人间的巨变而动情以至变老，正是为了反托人世的易代巨变对生活在人间的人们的心灵巨创和无限伤痛。在诗人想象中，铜人辞汉时正值夜间，虽有月而天色黯淡阴沉，看上去像是满怀愁绪，衰容满面，因此才不禁想到，老天这样阴凄，恐怕也是由于愁绪过多而变老的吧。由于诗人略去了触发联想的景物描写，读者便只感到设想的奇警而莫寻思路了。这句诗貌似议论，却饱含强烈深沉的悲慨，又隐含特定景物的触发，实际上兼含了议论、抒情和写景。而它的情感内核，即是对人间易代的沧桑巨变的深沉悲慨。

“携盘独出月荒凉，渭城已远波声小。”结尾二句，从突然迸发的悲慨转回铜人身上，写铜人登车就道、离长安渐行渐远的情景。在“携盘独出”的铜人眼中，月色是荒凉冷寂的，透露出辞别汉宫后铜人独登长途的孤寂感和满目荒凉的故国之悲。上句写视觉，下句转从听觉角度写：长安故城渐行渐远，渭水的波声也越来越小了。通过这种细腻的听觉感受，写出了铜人对故都的深切留恋和无限怅惘。李贺的诗往往直起直落，不刻意于收处作含蓄之词，但这首诗的结尾写铜人的视听感受所寓含的心理活动，却写得很富韵味，像是在铜人辞汉的道路上留下了一串余味深长的省略号。

全篇奇思妙想迭出，其核心情节不过是铜人下泪，而抒发的主要感慨则是铜人辞汉所象征的易代沧桑的悲感。客观地看历史，李贺所处的贞元、元和时代，唐王朝虽经安史之乱后已走向衰颓，危机深重，但远未到崩溃灭亡之日。不过像李贺这样一个自身遭遇不偶而又生性极为敏感的诗人却凭自己的主观感受甚至是直觉感受，察觉到国势沦亡的易代危机正在逼近。在他眼中，当时的现实世界是“天迷迷，地密密。熊虺食人魂，雪霜断人骨。嗾犬狺狺相索索，舐掌偏宜佩兰客”，一片阴暗凄迷、到处布满危机的衰颓之世。因此，在离唐亡还有近一个世纪，史家号称“元和中兴”的时代，他却唱出了沉痛悲凉的前朝亡国哀音，以抒发对唐王朝前途命运的深沉忧虑，感到唐王朝也不免要演出金铜仙人辞汉这种悲剧性的易代场面。诗人在序中特意标明“唐诸王孙”的宗室身份，正是为了表现自己作为宗室后裔，对王朝的命运有着一种特殊的关切和深忧。陈沆用“宗臣去国之思”来概括全诗的主旨，但他只从李贺“志在用世，又恶进不以道，故述此二篇以志其悲”的个人遭际之悲着眼，不免见其小而遗其大。如果要说是“宗臣去国之思”，那也应该是一个对国家命运怀着深切忧思感、危机感的“宗臣去国之思”。铜人辞汉与宗臣去国（辞奉礼郎即归昌谷）的重合，国家命运之忧患与个人遭际之不偶的重合，使李贺对唐王朝的深重危机感受更加痛切，更加沉重，于是便有了铜人辞汉时“忆君清泪如铅水”的沉重悲感描写，有了从内心深处迸发出来的“天若有情天亦老”的悲慨。借用鲁迅评《红楼梦》的话来说，“悲凉之雾，遍布华林，然呼吸而独领之者”，唯李贺而已。

马诗二十三首[①]（其四）

此马非凡马，房星是本星[②]。向前敲瘦骨[③]，犹自带铜声[④]。

［校注］

①《马诗二十三首》，是李贺一组以五绝为体裁，以咏马为题材，

以抒写怀才不遇为基本主题的托物寓怀组诗。作年未详。这是组诗的第四首。②是本星，《全唐诗》原作“本是星”，校：“一作是精。”按：作“房星本是星”或“房星本是精”均不通，且与上句不对。兹依叶葱奇《李贺诗集》改。叶本未注明所据何本。房星，星宿名，即房宿，古时以之象征天马。《晋书·天文志上》：“房四星……亦曰天驷，为天马，主车驾。”古代认为超凡的人或马上应列宿，“房星是本星”，犹谓房星乃是此马之本星，即此马系天马之意。③瘦骨，指马的肢体骨骼强壮而不痴肥。骏马多瘦劲。杜甫《房兵曹胡马》：“胡马大宛名，锋棱瘦骨成。”④带铜声，形容其骨坚劲，故敲之铿然而带铜声。

[笺评]

曾益曰：慨世不用，意寓言外。(《昌谷集》卷二)

姚文燮曰：上应天驷，则骨气自系不凡，敲之犹带铜声，总以自形其刚坚耳。(《昌谷集注》卷二)

方世举曰：“此马非凡马”，自喻王孙本天潢也。下二句言《相马经》但言隅目高匡等相，犹是皮毛。支遁之畜马，以为爱其神骏，亦属外观。毕竟当得其内美，骨带铜声，即此马之贞之理。(《李长吉诗集批注》卷二)

王琦曰：马之骏者，多瘦而不甚肥。铜声，谓马骨坚劲，有如铜铁，故其声亦带铜声也。(《李长吉歌诗汇解》卷三)

董伯英曰：言与金马门所铸之马骨格相同，故虽瘦而犹带铜声也，上应天象，下表国门，总写“非凡”二字。(《协律钩玄》卷二引)

富寿荪曰：长吉为唐室宗枝，此诗殆自况。以“铜声”状骏骨之坚劲，妙于想象，奇警无匹。(《千首唐人绝句》)

[鉴赏]

这一首以天马神骏、瘦骨坚劲自喻，妙在设喻奇警，生动展现出诗人的气骨个性、精神风采。

“此马非凡马，房星是本星。”前两句对起，而语意一气贯注。说这匹马并非凡庸之马，它本是天上的房星之精所化，乃是一匹“天马”。这两句似乎说得很直白，但言语口吻之间，可以体味出一种本为神骏，却被世俗视为凡马的不平之气和自负自信。

“向前敲瘦骨，犹自带铜声。”谓予不信，那就不妨近前敲一敲它的瘦骨，原来它所发出的声响犹自带着铜声啊！“瘦骨”之语，首先给人的印象是瘦骨嶙峋的外形。杜甫在《瘦马行》中说：“东郊瘦马使我伤，骨骼硉兀如堵墙。”外形的瘦和骨骼的突兀意味着它“食不饱，力不足，才美不外见”，这样的马往往被不识者误认为是“凡马”甚至“病马”，弃而不用；但真正的骏马又往往如杜甫在《房兵曹胡马》中所描绘的那样，是“锋棱瘦骨成”而非痴肥者。因此，这首诗的“瘦骨”就兼具两方面的含义，一是它的外形的骨瘦嶙峋，不被赏识，没有好的际遇；二是它的骨骼坚挺，具有骏马的骨骼素质。两方面的含义实际上揭示了骏马不被赏识的悲剧。第四句用“犹自”领起，突作转折，说尽管“瘦骨”的骏马不被人所赏识，但它的骨骼却依然坚挺，如铜铁般坚硬，试敲其瘦骨，仍然发出敲打铜铁所发出的铮铮声响。这“带铜声”的“瘦骨”，既是骨骼坚劲的千里神骏的表现，更是其坚刚不屈的气骨品格的象征。“犹自”二字，突出强调的正是虽见弃于时、生活困顿，而铮铮铁骨依然如故的气节品格。由骨骼之坚联想到铜铁之坚，又由铜铁之坚联想到铜铁之声，辗转联想，创造出“向前敲瘦骨，犹自带铜声”这样出人意想、含义深刻的奇警诗句，展现的正是怀才不遇的才俊之士在困顿境遇中坚刚不屈的精神风格。其自负、自傲、自赏、自强之情，充溢于字里行间。前两句的平直正衬托出后两句的警拔。

马诗二十三首（其十）

催榜渡乌江①，神骓泣向风②。君王今解剑③，何处逐英雄④？

［校注］

①榜，船桨，此指船。乌江，水名，在今安徽和县东北。附近原有乌江亭，相传为西楚霸王项羽兵败自刎处。《史记·项羽本纪》："项王军壁垓下，兵少食尽，汉军及诸侯兵围之数重。夜闻汉军四面皆楚歌，项王乃大惊曰：'汉皆已得楚乎？是何楚人之多也！'项王则夜起，饮帐中。有美人名虞，常幸从，骏马名骓，常骑之。于是项王乃悲歌慷慨，自为诗曰：'力拔山兮气盖世，时不利兮骓不逝。骓不逝兮可奈何，虞兮虞兮奈若何！'歌数阕，美人和之。项王泣数行下，左右皆泣，莫能仰视……至东城，乃有二十八骑，汉骑追者数千人……于是项王乃欲东渡乌江，乌江亭长舣船待，谓项王曰：'江东虽小，地方千里，众数十万人，亦足王也，愿大王急渡。今独臣有船，汉军至，无以渡。'项王笑曰：'天之亡我，我何渡为！且籍与江东子弟八千人渡江而西，今无一人还，纵江东父兄怜而王我，我何面目见之！纵彼不言，籍独不愧于心乎！'乃谓亭长曰：'吾知公长者，吾骑此马五岁，所当无敌，尝一日行千里，不忍杀之，以赐公。'……乃自刎而死。"催榜渡乌江，即指乌江亭长催促项羽急渡乌江之事。②神骓，指能日行千里的神骏乌骓。③君王，指项羽。解剑，谓解下佩剑自刎。④逐，追随。

［笺评］

刘辰翁曰：（三、四句）悲甚。此语不可复读。元不苦涩。（《吴刘笺注评点李长吉歌诗》卷二）

曾益曰：言主不易遇。时既逝矣，谁可佐以霸者？（《昌谷集》卷二）

姚文燮曰：此即《垓下歌》意。“时不利兮”之句，千古英雄闻之泪落。骓之得遇项羽可谓伸于知己矣。乃羽以伯业不终，致骓之为知己者死，逢时之难如是乎！（《昌谷集注》卷二）

方世举曰：此亦居今思古。（《李长吉诗集批注》卷二）

沈德潜曰：项羽虽以马赠亭长，然羽既刎死，神骓必不受人骑也。十余首中，此首写得神骏。（《重订唐诗别裁》卷十九）

王琦曰：诗意言当日亭长既得项王之马，催榜渡江而去。马思故主，临风垂泣，理所必有。末二句代马作愁酸之语，无限深情，英雄失主，托足无门，闻此清吟，应当泪下。解剑谓解去其剑而自刎也，仍属项王说。或者以为即櫜弓戢矢，天下不复用兵意，属汉王谓者，非是。（《李长吉歌诗汇解》卷二）

［鉴赏］

《马诗二十三首》虽有奇警之句，而大都明快直截，而此首独具神韵，言外有无限悲凉之意。须透过一层，方能领略诗人的深沉悲慨。

“催榜渡乌江，神骓泣向风。”首句叙事，谓乌江亭长见汉兵追急，乃催促项羽乘船渡过乌江。着一“催”字，便见当日项羽为汉兵穷追不舍，势单力孤，万分危急的情景。王琦认为亭长得马渡江而去，非是。此句写项羽处于穷途末路的境遇，正是为了逼出下句神骓在这种境况下的感情反应。项羽英雄末路，万绪悲凉，深知大势已去，即归江东，亦无面目见江东父老，追随项羽转战五载的乌骓马也好像感染了这英雄末路的悲凉气氛，向风悲泣，既为主人的遭遇而悲，亦为自己的遭遇而悲。用“神骓”来形容此马，既指其神骏日行千里，亦见其通人性，会主人之情绪，恍若有神。五字中不仅写马之神情，且将当日项羽面临末路时的一系列情事均涵盖其中。

“君王今解剑，何处逐英雄？”三、四两句，解者多谓系代马抒情，其实诗人在写到“神骓泣向风”时，已将自己的英雄无主之悲深深渗到“神骓”身上。神骓与诗人，无形中已融为一体，故三、四两句，既是神骓自抒其悲，也是诗人自抒其悲。两句表层的意思是说，自己追随多年的君王如今已经饮恨解剑自刎，我又到哪里去追随英雄呢？这里蕴含了多重意蕴：君王对自己有知遇之恩，如今虽饮恨自尽，自己仍深怀恋主之情、知遇之感，既不以成败论英雄，更不因成败而易其节。更进一层体味“何处”二字，则项羽虽兵败自刎，却仍然是自己心目中唯一的英雄，英雄既死，自己也就失去追随的对象。这是一种世无英雄的深沉悲慨。参较“买丝绣作平原君，有酒唯浇赵州土”之句，这种现实中无真正值得追随的英雄的悲慨便显而易见。而对照李贺自身的遭遇，则连“神骓”的遭际也比不上。“神骓”虽深怀英雄失主之悲，但毕竟曾深受项羽的知遇之恩，自己却只能悲叹“世上英雄本无主”，连悲慨英雄失主的机会也没有，这才是才俊之士最大的不幸与悲哀。诗的深层意蕴，正在于此。由于两句中包蕴如此多重的意涵，又以咏叹语出之，诗的韵味便显得特别深长。

老夫采玉歌①

采玉采玉须水碧②，琢作步摇徒好色③。老夫饥寒龙为愁，蓝溪水气无清白④。夜雨冈头食蓁子⑤，杜鹃口血老夫泪⑥。蓝溪之水厌生人⑦，身死千年恨溪水⑧。斜山柏风雨如啸⑨，泉脚挂绳青袅袅⑩。村寒白屋念娇婴⑪，古台石磴悬肠草⑫。

[校注]

①诗写老年男子被官府强征入蓝溪水采玉的情景。《元和郡县图志·关内道·京兆府》：“蓝田县，畿，东北至府八十里。本秦孝公置。按《周礼》：‘玉之美者曰球，其次为蓝。’盖以县出美玉，故曰

蓝田。’”“蓝田山，一名玉山……在县东二十八里。”诗可能作于李贺任奉礼郎［宪宗元和五年至八年（810—813）］期间。②水碧，碧玉的一种。《山海经·东山经》：“耿山无草木，多水碧。”郭璞注：“亦水玉类。”王琦谓“水玉是今之水精，水碧是今之碧玉”。③步摇，妇女头饰，附于簪钗之上。《释名·释首饰》：“步摇上有垂珠，步则摇动也。”《后汉书·舆服志下》“步摇以黄金为山题”数句王先谦集解引陈祥道曰：“汉之步摇，以金为凤，下有邸，前有笄，缀五采玉以垂下，行则动摇。”徒，徒然，只不过。好色，美好的颜色，犹漂亮、华美。④蓝溪，在蓝田山下，水中产碧玉，名蓝田碧。无清白，谓浑浊。二句谓老夫饥寒交迫，入蓝溪采玉，使水中的龙亦为之愁苦，蓝溪水因人之采玉与龙之愁苦搅动而失去了清白，变得浑浊。⑤蓁，通“榛”。榛（zhēn）子，榛树的果实。《山海经·西山经》“下多榛楛”郭璞注：“榛子似栗而小，味美。”⑥杜鹃口血，传说杜鹃鸟（即子规）系古蜀王杜宇之魂所化，春末夏初，常昼夜悲鸣，直至口中出血。⑦厌，吃饱。生人，活人。采玉者入深水采玉，常被淹死。⑧谓被淹死的采玉者虽身死千年，犹恨溪水。王琦谓“夫不恨官吏，而恨溪水，微词也”。⑨柏风，吹过柏树的风。雨如啸，形容雨势之大，其声如同呼啸。⑩泉脚，流泻而下的泉水。袅袅，摇动貌。此句写采玉者从山顶挂悬绳索，身系于绳，顺着泉流下到蓝溪水中采玉。⑪白屋，穷苦人家所住的简陋房屋。⑫古台石磴，古老的有石台阶的山路。悬肠草，一名思子蔓，蔓生植物。

［笺评］

刘辰翁曰：谓长绝悬身，下采溪水，其索意之苦，至思念其子，岂特食蓁而已。又云肠草，不必草名断肠之类，以其念子，视此悬磴之草如断肠然，苦甚。(《吴刘笺注评点李长吉歌诗》卷二)

无名氏曰：不言恨时政，而言“恨溪水”，与其死于苛政，不若

死于虎也。征求无已，不念民生者戒之哉！（明于嘉刻本《李长吉诗集》）

贺裳曰：此诗极言采玉之苦，以绳悬身下溪而采，人多溺而不起，至水亦厌之。采时又饥寒无食，惟摘蓁子为粮。及得玉，仅供步摇之用，充玩好而已。伤心惨目之悲，及劳民以求无用之意，隐隐形于言外。此真乐天所云“下以泄导人情，上可以补察时政”者，而曰贺诗全无理，岂其然！(《载酒园诗话又编》)

姚文燮曰：唐时贵玉，尤尚水碧。德宗朝，遣内给事朱如玉之安西于阗求玉，及还，乃诈言为回纥取去。后事泄，流死。复遣使四出采取。蓝田有山三十里，其水北流，产玉。山峡险隘，水窟深杳。此诗言玉不过充后宫之饰，致驱苍黎于不测之地，少壮殆尽，耄耋不免，死亡相继，犹眷妻孥，而无益之征求，竟不知民命之可轸念也。可胜浩叹！(《昌谷集注》卷二)

方世举曰：（“夜雨冈头食蓁子”）按韦左司有《采玉行》云：“官府征白丁，言采蓝田玉。绝岭夜无家，深榛雨中宿。”其言与长吉此篇仿佛。(“蓝溪之水厌生人”）厌作“餍饫”解亦得，作“厌恶”亦得。(“泉脚挂绳青袅袅”）“挂绳”犹瀑布之谓。(“古台石磴悬肠草”）“肠”字下得奇稳。(《李长吉诗集批注》卷二)

黎简曰：讽民役之苦。水碧，玉之至佳者，须者，官吏须也。采玉而食榛子，苦可知也。死人多恨溪水，反言之耳，所云民怨其上也。系绳而入水，入水恐死，念其爱子。(《黎二樵批点黄陶庵评本李长吉集》)

王琦曰：《三秦记》：“有川方三十里，其水北流，出玉。”今蓝田犹出碧玉，世谓之“蓝田碧”。诗言玉产蓝溪水中，因采玉而致蓝溪亦不能安静，不特役夫受饥寒之累，即水中之龙亦愁其骚扰，至于溪水为其翻搅，有浑浊而无清白矣。冈头夜雨，则寒可知；所食者唯榛子，则饥可知。《尔雅翼》：“子巂出蜀中，今所在有之。其大如鸠，以春分先鸣，至夏尤甚，日夜号深林中，口为流血……亦曰杜鹃。”

"杜鹃口血老夫泪"者，乃倒装句法，谓老夫之泪如杜鹃口中之血耳。"厌生人"者，因采玉而溺死者甚多，故溪水亦若厌之。"身死千年恨溪水"，谓身死之后，虽千年之久，其怨魂犹抱恨不释。夫不恨官吏，而恨溪水，微词也。（"斜山"四句）挂绳，谓结绳于身，悬挂而下以入溪采玉也……石磴，石山之上可以登陟之道。《述异记》：悬肠草一名思子蔓，南中呼为离别草。夫己之生死正未可必，乃睹悬肠之草大动思子之情，触物兴怀，俱成苦境，深可哀矣。按：韦应物《采玉行》云："官府征白丁，言采蓝溪玉。绝岭夜无人，深榛雨中宿。独妇饷田还，哀哀舍南哭。"与此诗正相发明。（《李长吉歌诗汇解》卷二）

罗宗强曰：《老夫采玉歌》全诗都是这一类意象（指意象的密集，直接衔接甚至叠合）的高密度压缩。"老夫饥寒龙为愁，蓝溪水气无清白"，写采玉工为饥寒所驱使无休止的劳动。"老夫饥寒"是一个意象，"龙为愁"是一个意象，两个意象之间省略了在险恶的环境中日复一日无休止地采玉的若干意象，这若干意象都压缩进这两个意象的衔接处，由暗示表现出来，使这一句留下了许多联想的馀地。写采玉工的悲惨生活："夜雨冈头食榛子，杜鹃口血老夫泪。""杜鹃啼血"是由一个传说表现出来的带有浓烈哀伤情思的意象，"老夫泪"是现实的悲哀图象。二者之间又有若干意象被压缩了。杜鹃啼血中有多少怨郁不平，老夫血泪中有多少凄凉辛酸。二者之间在悲哀这一点上衔接，或在愁郁不平这一点上衔接，或者都有，含蕴是很丰富的。写采玉工采玉时惊险的情景和内心活动，又是一系列意象的叠合："斜山——柏风——雨如啸，泉（脚）——挂绳（青袅袅），村寒白屋——（念）娇婴，古台石磴——悬肠草。"陡峭的山崖，柏林，风雨，挂在悬崖上垂下的瀑布间的飘摇的绳子，飘洒的瀑布（拴在飘摇绳子上的采玉的老人），他眼前展现的古台石磴那古台的磴上长着的又名思子蔓的悬肠草，忽然使他想起了寒村茅屋中幼小的儿女。全诗的情思，就在一个一个画面的叠合中抒发出来，浓烈而且层次丰富。（《唐诗小史》第243~244页）

[鉴赏]

不少评家都注意到稍早于李贺的中唐诗人韦应物有一首所咏题材相同、地点相同、主题相近的《采玉行》，这似乎可以说明官府强征百姓上蓝田山、下蓝溪水采玉，弄得百姓妻离子散、饥寒交迫、身历险境的现象已经非常突出，以致冲澹如韦应物、重主观如李贺这样的诗人也都关注这一民不堪命的社会现象，并表现出对被役使的百姓的深切哀悯同情。值得注意的是，韦诗中官府强征的对象就是“白丁”——平民中的丁壮，而李诗中则连“老夫”也在所不免，统治者为满足私欲而奴役百姓、草菅人命已经不择对象、不循章法了。韦诗简约含蓄，犹如素描，李诗则感情浓烈，色彩斑斓，描绘细致，犹如油画。它所咏系符合时代诗歌主潮——“歌生民病”的题材，却极具贺诗的独特风貌与独创性。

“采玉采玉须水碧，琢作步摇徒好色。”开头两句，以抒情性的议论起，直接入题，揭出官府强征百姓采玉之事的不合理。重复“采玉”二字，以咏叹笔调传出采玉者的怨愤，也透露出采玉之事的无休无止。官府所“须”的不是普通的玉石，而是藏于深水中的“水碧”，这就为下文以绳悬身、入蓝溪采玉等一系列描写预留了广阔的空间，使官府之“须”与百姓之“苦”与“恨”挂上了钩。而如此辛苦采来的水碧只不过雕琢成步摇上所缀的玉饰，徒然华美漂亮而已。这说明官府之所“须”不过为上层社会的妇女奢华生活添色，也说明统治者为自己的奢华私欲可以丝毫不顾民命。这样的开头，一针见血，直接将逼民采玉者推向被告席。

“老夫饥寒龙为愁，蓝溪水气无清白。”三、四两句，出现了这首诗的主要描写对象——一位饥寒交迫的采玉老人。他忍受饥寒，被迫入水采玉，这种惨痛的景象连蛰伏于深水中的龙也为之愁苦烦怨，它不安地搅动着溪水，使清莹的蓝溪和笼罩其上的一层水汽都变得浑浊不堪。“老夫饥寒”和“龙为愁”之间，上句与下句之间，省略了诗人的推想所构成的联系，乍看似接非接，细味自有诗人的思想逻辑。在诗人心目中，龙也像人一样，善体人情，为老夫之愁苦而愁苦，且因此而躁动不宁，搅动翻腾。写龙之愁、水之浑正是为了突出老夫饥寒交迫入水采玉的愁苦怨愤。这种想象和笔法，纯然是长吉体特有的。

“夜雨冈头食蓁子，杜鹃口血老夫泪。”第五句承上“饥寒”，进一步作具体描绘渲染。夜间凄风冷雨，露宿山头，寒冷瑟缩之状可想；无食可以充饥，只得采野生的榛子为食，其饥饿难忍之状可知。韦诗中同样写到采玉者“绝顶夜无人，深榛雨中宿”，可见这句所写并非出之想象，而是真实生活的反映。第六句将“杜鹃口血”与“老夫泪”这两个似无直接关联的景象串连起来，构成写实与象征融合，意蕴丰富深长的诗句。夜宿深山茂林，听到杜鹃鸟啼血般的哀鸣声，老夫联想到自己饥寒交迫的悲惨境遇，不禁辛酸下泪。这是触景生悲，是写实，但杜鹃啼血的神话传说及由此构成的典故意象中又积淀了无穷的哀怨悲苦的意蕴，因此“杜鹃口血老夫泪”的诗句中又含有丰富的象征色彩，使人联想到那哀鸣不止直至泣血的杜鹃，仿佛就是怀着无穷怨恨愁苦的老人的化身，“杜鹃口血”与“老夫泪”之间也就构成了一种象征。

“蓝溪之水厌生人，身死千年恨溪水。”七、八两句，又由眼前的采玉老人的悲惨境遇推想开去，想到千余年来，蓝溪水不知吞食了多少采玉人的生命，以致他们虽身死千年，幽魂仍然怨恨这无情的溪水。采玉人要潜入深潭，在潭底长时间地寻觅、采取水碧，稍有不慎，便会葬身水中，成为冤鬼。上句着一“厌”字，写出溪水的可怖狰狞；下句着一“恨”字，写出无数因采玉而死的冤魂的怨恨郁愤。其实，说“水厌生人”或“人恨溪水”都是微词，真正吞食生人、冤魂真正怨恨的都是凶残无情的官府乃至更高层的封建统治者。这两句由个别的典型联及千余年来官府强逼百姓造成的无数牺牲，使揭露统治者的主旨更深入一层，说明这种悲剧，千余年来一直在上演。

写到这里，由近及远，由点而面，由“老夫”而无数为采玉而死的冤鬼，似已将诗意推向极致。结尾四句，将笔墨又转回到采玉老夫身上，描绘出下水采玉的瞬间一幅惊心动魄的图景。三十里蓝溪，傍蓝田山迤逦北流。产玉的深潭，两岸峭壁悬崖，入水采玉必须从山顶悬绳挂身而下。这四句所写的正是这一最能表现采玉劳动之艰苦，也最能揭示主人公内心活动的典型场景：倾斜欹侧的山势，狂风吹过茂密的柏树，暴雨倾泻而下，发出呼啸般的声响，一条绳索，从山顶悬下，采玉老人身系长绳，悬空而下，直到飞泉之底。风雨中绳索在摇曳晃动，显出一条袅袅青色。就在这时，身系长绳的老人瞥见了生长在古老的石级台阶上的悬肠草（思子蔓），不由得思念起寒村茅屋中的娇婴。

诗写到这里，忽然收住，老人“念娇婴”时的具体思想感情活动，以及诗人对此的感慨，都不再置一词。而这宛如电影特写镜头的典型场景，却因其浓墨重彩的氛围渲染和细节描写，引发读者丰富的联想。那倾斜欹侧的山势，那狂暴的风雨，不但表现出劳动条件的艰苦，也透露出采玉老人内心的躁动不安；而那条悬挂向下的袅袅绳索和系身其上的老人，更展现出主人公命悬一线的处境和内心的艰危恐怖感。在这种情景下，因瞥见断肠草而念及娇婴，其中蕴含的思想感情活动便不难默会：自己万一坠落深渊，葬身溪水，茅屋中的娇子婴孩将遭到怎样悲惨的命运？“断肠草”的名称有丰富的暗示性：由于它一名“思子蔓”，故由此而自然联想到白屋中的娇婴；又由于“断肠”二字，透露出主人公于自己命悬一线时对娇婴的牵肠挂肚的思念。这一切，融合成极富悲剧气氛和象征暗示色彩的意境，将诗情、诗境、诗意推向最高潮，诗就在最高潮时煞住，点而不破，不加任何说明，而诗的韵味更加浓郁。

哀悯民生疾苦，是中唐诗歌的时代潮流和重要主题。但这类诗，由于种种原因，写得深刻细致，富于艺术感染力的作品为数不多。特别是注重氛围渲染、深刻揭示人物心理活动的作品更属罕见。李贺的这首《老夫采玉歌》在这方面提供了一个成功的范例。

致酒行[1]

零落栖迟一杯酒[2]，主人奉觞客长寿[3]。主父西游困不归[4]，家人折断门前柳[5]。吾闻马周昔作新丰客[6]，天荒地老无人识[7]。空将笺上两行书[8]，直犯龙颜请恩泽[9]。我有迷魂招不得[10]，雄鸡一声天下白。少年心事当拏云[11]，谁念幽寒坐呜呃[12]。

[校注]

①致酒，奉酒。致，奉献。《文苑英华》卷三百三十六歌行录此诗，题下有自注："至日长安里中作。"至日，农历夏至或冬至日。杜甫《冬至》诗："年年至日长为客，忽忽穷愁泥杀人。"冬至已届岁暮，作客他乡者容易触动久滞不归之感。此"至日"疑为冬至。如为夏至，唐人每云"南至"或"长至"。或谓此诗系元和五年（810）李贺受"家讳"之毁后应进士试受阻而作，或云任奉礼郎期间所作，恐非。诗似为任奉礼郎之前客游长安时作。贺另有《崇义里滞雨》诗，中有"落漠谁家子，来感长安秋……南宫古帘暗，湿景传签筹"之句，似为应试落第后留滞长安之作，与此诗所述情景有相似处，可能为同时先后之作。则题注"里中"或即指崇义里。②零落，飘零、流落。栖迟，滞留。③奉觞，举杯敬酒。客长寿，祝客长寿，此系旅店主人祝酒之辞。"客"指李贺。李白《将进酒》："主人何为言少钱，径须沽取对君酌。"此"主人"亦指旅店（或酒店）主人。④主父，主父偃，汉武帝时人。《史记·平津侯主父列传》："主父偃者，齐临菑人也，学长短纵横之术，晚乃学《易》、《春秋》、百家言。游齐诸生间，莫能厚遇也……乃北游燕、赵、中山，皆莫能厚遇，为客甚困。孝武元光元年中，以为诸侯莫足游者，乃西入关见卫将军，卫将军数言上，上不召。资用乏，留久，以宾客多厌之，乃上书阙下，朝奏，

暮召入见。所言九事，其八事为律令，一事为谏伐匈奴……于是上乃拜主父偃……为郎中。偃数见，上疏言事，诏拜偃为谒者……一年中四迁偃。”“西游困不归”，盖指上书阙下之前久滞长安之事。此处借以自况久滞长安不遇。⑤《三辅黄图·桥》：“霸桥在长安东，跨水作桥，汉人送客至此桥，折柳赠别。”折柳本为送别，因主父偃西游久留不归，故家人盼归而屡屡折柳，直至“折尽门前柳”。⑥马周，唐太宗时人。《旧唐书·马周传》：“马周……少孤贫好学，尤精《诗》、《传》。落拓不为州里所敬……遂感激西游长安。宿于新丰逆旅，主人唯供诸商贩而不顾待周。遂命酒一斗八升，悠然独酌，主人深异之。至京师，舍于中郎将常何之家。贞观三年，太宗令百僚上书言得失，何以武吏不涉经学，周乃为何陈便宜二十馀事，令奏之，事皆合旨。太宗怪其能，问何，何答曰：‘此非臣所能，家客马周具草也……’太宗即日召之……与语甚悦，令直门下省。六年，授监察御史。”后拜相。⑦天荒地老，极言时间之长。⑧空，只，仅。刘长卿《平蕃曲》：“绝漠大军还，平沙独戍间。空留一片石，万古在燕山。”李白《江上吟》：“屈平诗赋悬日月，楚王台榭空山丘。”将，持。笺上两行书，指上呈给皇帝的书疏条陈。⑨龙颜，借指皇帝，《史记·高祖本纪》：“高祖为人，隆准而龙颜。”请恩泽，请求皇帝的恩泽，加以任用。按：“空将”二句所言之事，兼包上举主父偃、马周二人。主父偃是自己直接上书阙下，马周则是代常何陈事为太宗所赏识，诗人均用二语加以概括。⑩迷魂，迷失的魂灵。古代有招生人之魂的习俗。《楚辞·招魂》王逸题解云：“《招魂》者，宋玉之所作也……宋玉怜哀屈原，忠而斥弃，愁懑山泽，魂魄放佚，厥命将落，故作《招魂》，欲以复其精神，延其年寿。”杜甫诗有“剪纸招我魂”之句，亦指招生魂。⑪拏云，犹凌云。心事拏云，指志向高远。⑫念，怜念。幽寒，幽隐贫寒之士。坐，徒然。王融《和王友德元古意》：“坐销芳草气，空度明月辉。”呜呃（è），悲泣之声。

[笺评]

刘辰翁曰：起得浩荡感激，言外不可知，真不得不迁之酒者。末转慷慨，令人起舞。“零落栖迟一杯酒”，好。“主父西游困不归”，此语谓答四句（家人折尽门前柳），好。流动无涯。“我有迷魂招不得”，又入梦境。(《吴刘笺注评点李长吉歌诗》卷三)

徐渭曰：率。绝无雕刻，真率之至者也。贺之不可及，乃在此等。(《徐董评注李长吉诗集》)

黄淳耀曰：(末句）言己亦不必自念幽寒，以足上句。(《黎二樵批点黄陶庵评本李长吉集》)

黎简曰：长吉少有此沉顿之作。(同上)

无名氏曰：“零落栖迟”四字，着“一杯酒”三字，何限悲凉！按：“主人”句七字，更使人哭不得笑不得也。(明于嘉刻本《李长吉诗集》)

黄周星曰：惟其天荒地老，所以有招不得之迷魂也。似此零落幽寒，则雄鸡可以无声，天下可以不白。(《唐诗快》卷七)

毛先舒曰：《致酒行》主父、宾王（马周字）作两层叙，本俱引证，更作宾主详略，谁谓长吉不深于长篇之法耶？(《诗辩坻》卷三)

姚文燮曰：被放慷慨，对酒浩歌，自谓坎轲正似偃之久困关西，周之受辱浚仪，然皆以书奏时事，逆龙鳞以邀知遇。乃我则羁魂迷漫，中夜闻鸡，不寐达旦。虽少年有凌云之志，而岑寂沉滞，谁为悯恻耶！(《昌谷集注》卷二)

方世举曰：“少年心事当拏云”，俗吻冗长，切去结佳，再读又歇不住。(《李长吉诗集批注》卷四)

王琦曰：主父偃西入关见卫将军，卫将军数言上，上不省。资困乏，留久，诸侯宾客多厌之。长吉引以自喻。“家人折尽门前柳”，谓攀树而望征人之归，至于折断而犹未得归，以见迟久之意。“拏云”，

喻言高远。(《李长吉歌诗汇解》卷二)

何焯曰："迷魂"句，言从来做尽痴梦也。(《协律钩玄》卷二引)

范大士曰：在此公集中，是平易近人之作。(《历代诗发》)

史承豫曰：淋漓落墨，不作浓艳语尤妙。此亦长爪生别调诗。感遇合也，结得显甚。(《唐贤小三昧集》)

叶葱奇曰：前两句说落拓蹭蹬中，承蒙杯酒相招，并举杯祝其健康。三到八句是主人劝勉的话。主父偃久客困顿，他的家人攀柳盼望，意思是说家人多么希望他有所成就，"折断"柳条是表示攀望的长久。马周作客新丰时，也是久无人识，后来不过写了几行条陈，遂获显达。九句到末句是贺回答主人，自行宽解的话，说我的深忧积闷是无法排遣的，惟有当天晓的时候，偶尔想开，觉得一个青年人心意应当振作，老是悲伤叹息，究竟有谁会怜你的幽寒呢。这首大致是客店洛阳，友人招宴，有感而作。主人劝勉的话分作两层：主父上书得到通显，先不说出，只说家人如何殷切盼望，而在第二层马周上才说了出来，这是很有剪裁的。大概主人劝他干谒请托，不必一味孤高愁苦，而他却绝不愿干求。既不便明加驳斥，只好说"我有迷魂招不得"。这一句里含有无限深意，用语隐微而深刻。结两句强作达词，而意味却更加愤慨。(《李贺诗集》)

[**鉴赏**]

这是一首因店主人向客敬酒祝寿触发自己怀才不遇的感慨并自我劝勉的诗，但总体情调激昂慷慨，风格雄放明快，体现出初涉仕途，虽受挫折，而锐气信心犹存的少年意气。

"零落栖迟一杯酒，主人奉觞客长寿。"开头两句，分写自己客中饮酒与主人奉觞祝酒。"零落栖迟"四字，概写自己飘零流落，滞留异乡的境遇，下面突接"一杯酒"三字，便凸显出在困顿蹉跎的境遇中借酒浇愁遣闷的意蕴，其中自含感慨与无奈，亦见豪情与意兴，并不纯是消极的悲叹。次句写店主人奉觞敬酒，祝客长寿，这是对眼前场景的叙写，也是诗题“致酒行”的由来。

“主父西游困不归，家人折断门前柳。”三、四两句，因自己“零落栖迟”的境遇而联想到前代古人曾经经历的相似境遇，并以之自况。说自己就像当年西游长安、久困不归的主父偃那样，家中的亲人因为盼望自己的归来，将门前的柳树枝条都折断了。这两句看似用典，实际上却是自我抒慨，借古人自喻。因为“家人折断门前柳”之句纯出诗人的想象。有此一句，则第三句的“主父西游困不归”则完全可以看作是借主父偃以自喻。“折柳”之俗起于汉代，本用以送别，此处却用以表现家人之盼归，可以说是活用故典，饶有新意。李商隐的《离亭赋得折杨柳二首》(其二)云：“为报行人休尽折，半留相送半迎归。”由折柳相送生发出折柳迎归，与李贺此句可谓一脉相承。

“吾闻马周昔作新丰客，天荒地老无人识。”由自己的“零落栖迟”境遇又联想起另一位本朝名人曾经历的类似境遇：马周昔日宿于新丰旅店，受到店主人的冷遇，对待他连商贩都不如，真可以算得上是“天荒地老无人识”了。这句的写法与“家人折断门前柳”类似，都是用夸张渲染之词极形“零落栖迟”时间之长远。“天荒”一词，汉代已有，指边远荒僻之地，但用“天荒地老”来形容时间之久远，却是李贺的新创，下接“无人识”三字，造成强烈的反差，极具感情的冲击力。此语今人每习以为常，实为李贺一系列奇警之句中之佼佼者。第五句句首用“吾闻”提起，既用以贯连“主父”二句与“马周”二句，也使诗的节奏稍作顿挫，不使这四句诗过于直遂，并不表明“吾闻”之后的四句诗是店主人的劝慰之词。其实，李贺诗中用“吾用”或“吾”作提顿语的，除此首外，还有《苦昼短》，可以参较。这种用语，略近于乐府中之“君不见”“君不闻”。将“吾闻”二字删去，并不影响诗的内容意蕴，但对诗的节奏及诗人的神情口吻有明显的影响。

“空将笺上两行书，直犯龙颜请恩泽。”这两句从用韵上看，似乎只是直接上两句，专指马周的。但实际上，在意脉上与“主父”二句也一脉贯通。因为主父偃与马周二人，不但开始时失意困顿的境遇相似，后来因上书言事得到君主赏识的际遇也大体近似，而且主父偃是直接上书阙下，较之马周因替常何代写条陈而为太宗所赏识更符合“直犯龙颜请恩泽”之语。两句意在强调主父偃与马周的才能与胆识，“空将”是只持、仅凭的意思，与通常“徒然”“空自”之义正好相反，是赞赏他们仅凭一纸奏疏，就博得了皇帝的赞赏与恩泽。“空将”“两行书”与“直犯龙颜”相呼应，写出了才杰之士的豪情与自信。诗写到这里，情调由感慨激愤转为振奋高昂。

“我有迷魂招不得，雄鸡一声天下白。”这两句从前贤的由穷转达的典型事例中得到启发，获得信心与力量。说自己目前虽也像主父偃、马周早年落拓失意一样，如同迷失道路的游魂，在茫茫暗夜中不知所之，难以招寻，却坚信终有雄鸡一声，天下光明之日。两句均用象喻。如果说上句的意蕴似李白之“行路难，多歧路，今安在”，那么下句的意蕴便近似李白之“长风破浪会有时，直挂云帆济沧海”。两相比较，既可见两位诗人虽身处困境而坚信前景的光明，又可见其不同的艺术个性。李白诗自然豪放，兴会飙举；而李贺诗则转折突兀，语言奇警。

“少年心事当拏云，谁念幽寒坐呜呃。”结尾二句，是对全诗意蕴的总结，说少年人应该有凌云的志向抱负，有谁会同情怜悯因自己的幽寒境遇而徒自叹惜的人呢。改变处境，只能凭借自己。类似的意思在李贺的另一些作品中也常有表露，如“二十男儿那刺促”，“男儿屈穷心不穷，枯荣不等嗔天公。寒风又变为春柳，条条看即烟濛濛”。都表现出他积极奋发的心态和对将来的自信。

长歌续短歌[①]

长歌破衣襟，短歌断白发。秦王不可见[②]，旦夕成内热[③]。渴饮壶中酒，饥拔陇头粟[④]。凄凉四月阑[⑤]，千里一时绿。夜峰何离离[⑥]，明月落石底。徘徊沿石寻，照出高峰外。不得与之游[⑦]，歌成鬓先改。

［校注］

①《乐府诗集》卷三十相和歌辞五《长歌行》解题："《乐府解题》曰：'古辞云：青青园中葵，朝露待日晞。言芳华不久，当努力为乐，无至老大乃伤悲也。'……崔豹《古今注》曰：'长歌，短歌，言人寿命长短，各有定分，不可妄求。'按古诗云'长歌正激烈'，魏文帝《燕歌行》云'短歌微吟不能长'，晋傅玄《艳歌行》云'咄来长歌续短歌'，然则歌声有长短，非言寿命也。唐李贺有《长歌续短歌》，盖出于此。"诗题虽本傅玄诗句，诗意则言长歌、短歌相续以抒内心之苦闷。作年未详。②秦王，姚文燮《昌谷集注》谓指唐宪宗。王琦《李长吉歌诗汇解》则谓"时天子居秦地，故以秦王为喻"，称姚说"亦一说"。今人或谓指唐太宗李世民，因其曾封秦王。按：李贺又有《秦王饮酒》诗，姚以为追诮德宗，王则认为秦王虽指德宗，但无诮意。同一秦王，似不可能或指宪宗，或指德宗。从本篇看，秦王显系诗人所追慕之对象，是诗人向往的君主。③旦夕，日日夜夜。内热，内心焦灼煎熬。《庄子·人间世》："今吾朝受命而夕饮冰，我其内热与！"成玄英疏："诸梁晨朝受诏，暮夕饮冰，足明怖惧忧愁，内心熏灼。"又《孟子·万章上》："不得于君，则热中。"热中亦近内热之意，均指内心焦灼。④陇头，田头。⑤阑：尽。⑥离离，清晰貌、分明貌。李白《扶风豪士歌》："抚长剑，一扬眉，清水白石何离离！"⑦《史记·老子韩非列传》："人或传其（指韩非）书至秦。秦王见

《孤愤》《五蠹》之书，曰：‘嗟呼！寡人得见此人与之游，死不恨矣！’”此句活用此事，谓己不得见秦王面与之游，实为千古遗憾，故下句云“歌成鬓先改”。

［笺评］

刘辰翁曰：非世间人，世间语。起六句皆有古意，春去之感，岁月之悲，皆极言“秦王不可见”之恨。题目《长歌续短歌》，复以歌意终之。“凄凉四月阑，千里一时绿。”好。（《吴刘笺注评点李长吉歌诗》卷二）

黄淳耀曰：亦干禄不得之作。（《黎二樵批点黄陶庵评李长吉集》）

无名氏曰：起二句掣清题旨，正文顺手也。故无一联纵出题外者。（明于嘉刻本《李长吉诗集》）

姚文燮曰：紫绶未邀，玄丝将变。秦王指宪宗，言骋雄武，好神仙，大率相类也。觐光无从，忧心如沸，饥渴莫慰，荣茂惊心。仰看夜峰，明月自低渐高，遐尔照临，犹之明王当宇，乃遇合维艰，故不禁浩歌白首耳。（《昌谷集注》卷二）

方世举曰：（“夜峰”四句）“明明如月，何时可掇”，此魏武歌行也，此诗亦仿其意。（“不得”二句）“与之游”，言与月也，犹太白“举杯邀月”之流，承上文“夜峰”“明月”四句耳。若谓人则须题有寄某人等字。（《李长吉诗集批注》卷二）

王琦曰：（“秦王”二句）时天子居秦地，故以秦王为喻。“成内热”，即所谓“不得于君，则热中”之意。（“夜峰”六句）上已言秦王不可见，此复借明月而喻言之。落石底，谓其光明未尝不照临下土，及俯仰求索其光，忽又在高峰之外。月为山峰所隔，则不得常近其光；君为左右所蔽，则不得亲沐其泽。引喻微婉，深得楚骚遗意。“离离”即罗列之状。（《李长吉歌诗汇解》卷二）

陈沆曰：唐都长安本秦地，宪宗又雄武好仙有秦皇之风，故长吉诗中多以秦王喻天子。此篇则君门九重，远于万里之思也。明月喻君，落石底，谓其光明何尝不照临下土，然欲寻其光所由来而从之，则孤轮九霄，远出高峰之外矣，可望而不可即，何日得与之亲哉。孤远小臣望堂廉如天上也。《诗》云："明明上天，照临下土。念彼共人，涕零如雨。"（《诗比兴笺》卷四）

吴汝纶曰：奇愤幽思。（《评注李长吉诗集》）

叶葱奇曰：首两句是交互而言，合起来说就是高歌苦吟，而衣破发白。三、四两句说因为不能致身通显，见着天子，以致积日企盼，内心炽热。五、六两句中渴便饮酒，是说心中郁闷；饥拔陇粟，是说处境贫苦。七、八两句从对面反说自己的憔悴，说首夏将尽时，万物葱翠，生趣盎然，惟独自己贫困潦倒，所以用"凄凉"，表示看到万物的茂盛，而自感凄凉。后六句又换一笔法，使用比喻来作结，夜峰罗列，月光下照石底，是比皇帝高居卿相之上，而恩光未尝不达于下。沿石寻觅，而光来从峰上，是比自己的辛勤求进，而卿相阻隔，高不可达，以此忧苦愤闷，悲歌发白。前面用秦王，后面用明月来比拟，是不愿显说，看上去仿佛泛拟古乐府。这是微婉而有深意的。孟郊诗："万物皆及时，独余不及春。"诗里七、八两句正是这个意思。（《李贺诗集》）

[鉴赏]

李贺抒写怀才不遇的苦闷，除《马诗二十三首》《昌谷北园新笋四首》等系托物寓怀之外，大都采取直抒方式。这首《长歌续短歌》却写得极富象征色彩，诗思跳跃飘忽，诗境迷离惝恍。如果不明白这个特点，把它作为普通的直抒其情怀的诗或寻常的比喻来读，往往会解得过于拘泥着实，破坏诗特有的风神韵味。

"长歌破衣襟，短歌断白发。"开头两句"长歌""短歌"，自然可以看作是点题的诗句，但李贺这种点题方式却显得既奇特又突兀。诗的本意可能只是说自己衣襟破损、白发萧骚，唱着长歌短歌来抒发苦闷。像《开愁歌》中所写的那样，“衣如飞鹑马如狗”，或像《野歌》中所写的那样，“麻衣黑肥冲北风，带酒日晚歌田中”。但“长歌”下紧接“破衣襟”，“短歌”下紧接“断白发”的句子结构，却使人感到“长歌”所含的强烈悲愤足以“破衣襟”，“短歌”所含的深沉忧伤足以“断白发”，则“长歌”“短歌”所具有的感情喷发力、投射力便给人一种强烈的惊奇感。而这种一开头就喷溢而出、毫无前奏酝酿的感情喷发，又给人以奇峭突兀、平地拔起的感受。

“秦王不可见，旦夕成内热。”如此强烈深沉的感情喷涌而出，原因何在？三、四两句便明白揭示出“破衣襟”“断白发”的原因。“秦王”在诗中究竟指谁，或说指宪宗，或说指太宗李世民，其实把它理解为一个象征符号——一个理想化了的君王也许更符合实际。正由于像这样的理想君王在现实中根本就找不到，故说“秦王不可见”，因此诗人日日夜夜，为自己的生不逢时而内心焦灼不已，像时时刻刻都受到煎熬。陈子昂登幽州台而慷慨悲歌“前不见古人，后不见来者。念天地之悠悠，独怆然而涕下”，他所说的“古人”“来者”，和李贺所说的“秦王”，其实质性内容并无二致，而“独怆然而涕下”与“旦夕成内热”的感情反应也大体近似，不过一则悲慨一则郁闷而已。

“渴饮壶中酒，饥拔陇头粟。”五、六两句，续写因“秦王不可见”的“内热”引起的“饥渴”。追求向往理想中的圣主贤君而“不可见”导致的“饥渴”，并非生活需求上的饥渴，而是一种精神饥渴，因此所谓“渴饮壶中酒，饥拔陇头粟”的描写，更多具有象征色彩。如果说“渴饮壶中酒”紧承“内热”还可以理解为传统意义上的以酒浇愁遣闷，那么“饥拔陇头粟”便无论如何不能理解为因生活贫困而拔田头粟充饥，这完全是由于精神需求的极端饥饿而导致的一种如痴如狂的精神状态的象征化描写，如果是指生理饥饿而导致的行动，与

“内热”又有何涉！将象征理解为写实，诗的意蕴风神便大为减色。

“凄凉四月阑，千里一时绿。”七、八两句，因“陇头粟”而瞻望四野，写特定季节景物给自己的特殊感受。四月将尽，千里原野，一片碧绿，这种生机茂盛、生意盎然的初夏景象，在诗人的感受中，竟是“凄凉”二字。这种完全违反常情的感受，只能理解为诗人主观感情的强烈投射，使景物均染上自己的感情色彩。这种主观化的特殊感受，不必亦不能用常情常理去解释。在他看来，这“千里一时绿”无非是满目凄凉的惨绿。

写到这里，却突然中断，诗境忽又转到月夜景色。“夜峰何离离，明月落石底。徘徊沿石寻，照出高峰外。”仰望月夜中的山峰，一座座都显示出清晰分明的剪影，俯视水中石底，明月的倒影也清晰可见。但当自己沿岸徘徊走动，去寻找明月时，却又忽然见到它远在高峰之外。这种夜峰历历，月出峰外，影落水底的景象，本属常境，但在这首诗中，却完全是一种象征化描写：一位孤独的诗人对明月的追寻和追寻过程中那种近在咫尺，却属幻影；忽又远出天外，杳不可即的恍惚迷离之感。就诗境言，它有些类似李商隐的《无题》：“紫府仙人号宝灯，云浆未饮结成冰。如何雪月交光夜，更在瑶台十二层。”只不过追寻的对象，一为明月，一为仙姝而已，而追寻的杳远难即、虚缈飘忽之感则同。这里的“明月”和前面的“秦王”，都是诗人追寻而不得的对象，也都是象征化的符号，它们是二是一，不必深究，但在意脉上、精神上则无疑是贯通的。如果硬要把“明月”实解为宪宗，把“高峰”实解为遮蔽的群臣，将通脱虚缈的象征化为着实的比喻，未免过于拘泥了。

“不得与之游，歌成鬓先改。”从上下文的联系看，这里的“不得与之游”似乎顺理成章地是指不得与明月游。但当我们知道“不得与之游”这句话的来历是秦王渴望与韩非交游时，就不难明白诗人活用故典，除了慨叹自己不能与理想中的君主同游外，还寓含着一种君臣之间精神上彼此契合神通的意念，这在封建时代，也许是更奢侈的理想。但李贺却抱定这种理想信念，为“秦王不可见”而内心备受煎熬，为“不得与之游”而“歌成鬓先改”。然则，“秦王”与“明月”是二是一，从精神追求的方面看，完全可以贯通，便十分明显了。“鬓先改”照应“白发”，“歌成”呼应“长歌”“短歌”。两句正为全诗作了总束。

昌谷北园新笋四首（其二）①

斫取青光写楚辞②，腻香春粉黑离离③。无情有恨何人见？露压烟啼千万枝④。

[校注]

①昌谷北园，指李贺家乡福昌县昌谷的家园，因其在所居之北，故称北园。参《南园十三首》（其一）注①。这组诗的第四首有“茂陵归卧叹清贫”之句，用《史记·司马相如列传》“相如拜为孝文园令……既病免，家居茂陵”之典实，当为元和八年（813）因病辞奉礼郎归昌谷家居之后。②斫，刀削。取，表示动态的助词，犹“得”。青光，指泛出光泽的青色竹皮。竹面光滑，须削去表皮后方能在上写字题诗。楚辞，借指诗人自己的诗作，因其内容意蕴、精神风貌与楚骚一脉相承，故称。《南园十三首》（其十）说：“舍南有竹堪书字。”可见李贺确有题诗竹上之事，也有可能包括此四首。③腻香，指刚削去表皮的竹子所泛出的浓郁清香。春粉，指竹皮上的一层白粉。黑离离，指写在竹上黑色的字，“离离”，状其鲜明。④“露压烟啼”互文。二句意谓：竹似无情而实有恨，它的千万枝条为露水所压，为烟雾所笼，那沾露含烟的枝条正像在含愁而啼泣。

[笺评]

刘辰翁曰：（“无情”二句）好语。昌谷新笋，写得如此渺茫。

(《吴刘笺注评点李长吉歌诗》卷二)

杨慎曰：陆鲁望《白莲》诗：“素蘤多蒙别艳欺，此花端合在瑶池。无情有恨何人见，月晓风清欲堕时。”观东坡与子帖，则此诗之妙可见。然陆此诗实祖李长吉。长吉咏竹诗云：“斫取青光写楚辞，腻香春粉黑离离，无情有恨何人见？露压烟啼千万枝。”或疑“无情有恨”不可咏竹，非也。竹亦自妩媚。孟东野诗云：“竹婵娟，笼晓烟。”左太冲《吴都赋》咏竹云：“婵娟檀栾，玉润碧鲜。”合而观之，始知长吉之诗之工也。又曰：杜子美《竹》诗：“雨洗娟娟净，风吹细细香。”李长吉《新笋》诗：“斫取青光写楚辞，腻香春粉黑离离。”又昌谷诗：“竹香满凄寂，粉节徐生翠。”竹亦有香，细嗅之乃知。又：李贺《昌谷北园新笋》，汗青写楚辞，既是奇事，“腻香春粉”，形容竹尤妙。结句以“情”“恨”咏竹，似是不类。然观孟郊《竹》诗“婵娟笼晓烟”，竹可言婵娟，情、恨亦可言矣。然终不若咏《白莲》之妙。李长吉在前，陆鲁望诗句非相蹈袭，盖着题不得避耳。胜棋所用，败棋之着也；良庖所宰，族庖之刀也。而工拙则相远矣。(《升庵诗话》卷二《白莲诗》，又《竹香》；卷一《李贺昌谷北园新笋》)

无名氏曰：若不写楚辞，任其露压烟啼而已，可不悲也？斫取青光，不写别文而写楚辞，与堆金买骏骨，将送楚襄，同一可怜。(明于嘉刻本《李长吉诗集》)

唐汝询曰：通篇化用“泣竹”事，却不说出。(《汇编唐诗十集》)

周珽曰：乃知“露压咽啼”为斫写楚辞，则恨从情生。谁谓竹终物也，花草竹木，终无情物也？但不比有情者，能使人可得见耳。此咏物入化境者。“黑离离”含斑意，盖竹亦自妩媚；情、恨之语，善于描景。(《删补唐诗选脉笺释会通评林·中七绝》)

焦竑曰：汗青写楚辞，既是奇事；“腻香春粉”，形容竹光尤妙。(同上引) 按：此与前引杨慎《升庵诗话》第三条前数语同。

贺裳曰：用修曰“……结句以‘情’、‘恨’咏竹，似是不类……然终不若（陆龟蒙）咏《白莲》之妙……”愚意“无情有恨”，正就“露压烟啼”处见。盖因竹枝欹邪厌浥于烟露中，有似于啼，故曰“无情有恨”。此可以形象会，不当以义理求者也。悬想此竹必非琅玕巨干，或是弱茎纤柯，不胜风露者。长吉立言自妙，不得便谓之拙。（《载酒园诗话》卷一《升庵诗话》）

黄生曰：咏竹而言啼，正用湘妃染泪之事而隐约见之。不写他书，而写《楚辞》，其意益显。用修所评，黄公所释，皆似隔壁话也。（《载酒园诗话》评）

姚文燮曰：良材未逢，将杀青以写怨。芳姿点染，外无眷爱之情，内多沉郁之恨。然人亦何得而见之也？深林幽寂，对此愈难为情。（《昌谷集注》卷二）

董伯英曰：首句是“有恨”，次句是“无情”。末于“无情”中又写出“有恨”来。（《协律钩玄》卷二引）

王琦曰：刮去竹上青皮，而写楚辞于其上。自谓“楚辞”者，乃长吉所自作之辞，莫错认屈、宋所作《楚辞》解。“腻香春粉”，咏新竹之美。“黑离离”，言竹写字迹之形。“无情有恨”，即谓所写之楚辞，其句或出于无心，或出于有意，虽具题竹上，无人肯寻觅观之，千枝万干，惟有露压烟啼而已，慨世上无人能知之也。《南园》诗有“舍南有竹堪书字”之句，是长吉好于竹上书写，与此诗可互相印证。（《李长吉歌诗汇解》卷二）

刘永济曰：亦文人不得志于时之作也……诗多抑塞之词、愤慨之语与讥世疾俗之言，而情辞亦极其瑰诡，诗家竟至以鬼才目之，或且诋为险怪、为牛鬼蛇神，亦诗人中最不幸者矣。（《唐人绝句精华》）

叶葱奇曰：上两句说刮却竹上的青皮来写自己的诗，竹香、竹粉掺和着一行行的黑字。下两句说自己的诗有的并无深寄，不过是一时闲咏，有的则确有所慨，常把它们一一写在竹上，又有何人相知相赏呢？无非在千枝万叶中给露滴烟蒙罢了。这完全是感叹无人相知的意

思，而遣辞、措语却非常微婉，饶有情意。(《李贺诗集》)

富寿荪曰："无情"二句，谓竹本无情，而所书之诗却有感慨，却无人见赏，一任其在千枝万叶中为露滴烟笼而已。措语微婉，饶有情韵。杨慎、贺裳、黄生所论，皆未得其旨。陆龟蒙咏《白莲》亦有"无情有恨无人见"句，然寓意不同，未可并论。(《千首唐人绝句》)

[**鉴赏**]

李贺的七绝中，这一首无论在描绘物的情态，还是传达物的精神气韵方面都很成功，是咏物诗中极富风调情韵之美的佳作。

"斫取青光写楚辞，腻香春粉黑离离。"前两句写削竹题诗。昌谷南园、北园均有竹，从"舍南有竹堪书字"之句看，李贺有题诗竹上的习惯，这首诗的前两句，就把削竹题诗的过程写得奇瑰而富于美感。关键在于创造性地运用借代与极富色彩美和想象力的描绘。"青光"指竹的青皮。新竹的皮碧绿而泛着青光，用"青光"来借指新竹的青皮，正突出了它所特有的光感、色感和润泽感。它与"斫取"组合连接，又给人一种新奇感（因为在人的感觉中，"光"似乎是不能"斫取"的），将自己的诗直接说成是"楚辞"，更是一种富于创意的借代。他在《赠陈商》诗中亦称"长安有男儿，二十心已朽。楞伽堆案前，楚辞系肘后。"可见其对楚辞的爱好。他的诗，在抒发怀才不遇的苦闷怨愤和想象的瑰奇、色彩的秾艳等方面，都深得楚辞神韵，故杜牧称其为"骚之苗裔"。这里以"楚辞"借代己之诗歌创作，正揭示出其诗的突出特征，也隐然含有以"骚之苗裔"自命的意蕴。第二句描绘题诗竹上的情形。"腻香"形容新竹之香气浓烈而持久。竹之香气，本属幽洁之芳香，但刮去青皮后发出的香气，却有一种袭人的清香，用"腻"字来形容，正道出此际的强烈嗅觉感受。"春粉"形容新竹皮上附着一层白粉，说"春粉"不仅指这是今春刚生长的新竹，而且给人以鲜嫩的感觉。"黑离离"则是形容题诗竹上，墨迹淋漓之状，因为是刚刚写上去的，所以看上去特别鲜明夺目。一句之中，连用"腻""粉""黑"这三个在嗅觉、视觉上感觉强烈的字眼，营造出一种浓烈的感受氛围，而它所显示的整体形象，则又带有鲜明的女性色彩，这种独具匠心的描绘，使得刻竹题诗这样一个本来平常的行为过程，显示出瑰丽多彩的风姿。而"青光""腻香""春粉""黑离离"这一切秾艳的色彩又和所写的"楚辞"抒发的苦闷幽愤形成了鲜明的对照。

"无情有恨何人见？露压烟啼千万枝。"三、四两句，从前两句的赋写题诗于竹忽然转到借物自寓上来，似感突兀，但又觉得转得自然而合乎情理。关键就在于"写楚辞"这三个字在前后过渡上所起的作用。由于题诗竹上，这诗又是蕴含怀才不遇的怨愤苦闷的"楚辞"式诗篇，因此在不知不觉当中，这"写楚辞"之竹也就成了自己的化身。它看似无情之物，却满怀怨愤苦闷。它那千枝万枝为露水所压、为烟雾所笼，那沾露笼烟的身影正像在含愁而啼泣。诗人移情于物，遂使眼前的竹含愁怀恨，凄悲啼泣，成为自己感情的载体，亦竹亦人，人竹一体，浑融莫辨。"无情有恨"四字，重点落在"有恨"上；而这"有恨"，正紧承"写楚辞"而来。故前后幅之间，意思虽有转折（从刻竹题诗到以竹自寓），但过渡却很自然，全篇仍给人以浑然一体的印象。"何人见"三字，感慨深沉，如此身世境遇，如此怨愤苦闷竟无人理解同情，其悲愤郁闷更难以禁受。

王琦的疏解，将"无情有恨"理解为所写之"楚辞"，谓"其句或出于无心，或出于有意，虽俱题竹上，无人肯寻觅观之，千枝万干，惟有露压烟啼而已，慨世上无人能知之也"。这种解释，表面上看似乎将诗的前后幅勾连得更紧，实际上却既误会了"无情有恨"的本意，又误解了"何人见"的所指对象，好像诗人所慨叹的只是其题在竹上的诗不为人所见，不为人所知，这就大大缩小了后两句以竹自寓的意涵。

感讽五首（其一）[1]

合浦无明珠[2]，龙洲无木奴[3]。足知造化力[4]，不给使君须[5]。越妇未织作[6]，吴蚕始蠕蠕[7]。县官骑马来[8]，狞色虬紫须[9]。怀中一方板[10]，板上数行书。“不因使君怒[11]，焉得诣尔庐[12]？”越妇拜县官：“桑牙今尚小。会待春日晏[13]，丝车方掷掉[14]。”越妇通言语[15]，小姑具黄粱[16]。县官踏飧去[17]，簿吏复登堂[18]。

［校注］

①感讽，有所感触、讽喻。《感讽五首》，除第一首近于元白张王乐府中之讽喻诗外，其他四首或咏史，或抒慨，或写景，题材、手法不一，写作时地亦并不相同。此首有“越妇”“吴蚕”字，似为元和十年（815）至十一年南游吴越期间作，当作于十一年（816）春。②合浦，汉郡名，治所在今广西合浦县，以产珠闻名。《后汉书·孟尝传》：“（孟尝）迁合浦太守，郡不产谷实，而海出珠宝。与交阯比境，常通商贩，贸籴粮食。先时宰守并多贪秽，诡人采求，不知纪极，珠遂渐徙于交阯郡界。于是行旅不至，人物无资，贫者饿死于道。尝到官，革易前敝，求民病利。曾未逾岁，去珠复还，百姓皆反其业，商货流通，称为神明。”③龙洲，指武陵（今湖南常德市）龙阳洲，以种植柑橘著称。《襄阳记》：“李衡每欲治家，妻辄不听。后密遣客十人于武陵龙阳汎洲上作宅，种甘橘千株，临死敕儿曰：‘汝母恶吾治家，故穷如是。然吾洲里有千头木奴，不责汝衣食，岁上一匹绢，亦可足用耳。’衡亡后二十馀日，儿以白母。母曰：‘此当是种甘橘也……’吴末，衡甘橘成，岁得绢数千匹，家道殷足。”④造化力，大自然生养万物的力量。⑤给，供给。使君，对州郡长官的称呼。此处带有泛指统治者的意味。须，须求。⑥越妇，越地的妇女。⑦吴蚕，产于吴地的

蚕种。吴地多养蚕，故称蚕的优良品种为“吴蚕”。左思《吴都赋》：“乡贡八蚕之绵。”注：“《交州记》曰：‘一岁八蚕，茧出日南。’”李贺《南园十三首》之二有“将倭吴王八茧蚕”之句。蠕蠕，微动貌。⑧县官，县的长官。⑨狞色，面容狰狞。虬紫须，紫色的卷曲胡须。⑩方板，王琦注引明陈开先注：“板，即纸也。如今之牌票，古所谓符檄也。”指催缴赋税的文告。⑪使君，指本州的刺史。⑫诣尔庐，到你家。庐，舍。⑬春日晏，暮春时节。⑭掷掉，转动。⑮通言语，指向县官陈情。⑯具黄粱，备办黄粱米饭。指置办饭菜。⑰踏飧，胡震亨《唐音癸签·诂笺九》：“李贺《感讽》诗：‘县官踏飧去，簿吏复登堂。’《礼记》：‘毋嚃羹。’嚃，大歠也。又《说文》：‘舔，歠也。’若犬之以口取食，并托合切。今转用俗字达合切为踏，见暴吏践躏小民无顾恤之意。”踏飧，犹龙吞虎咽。⑱簿吏，指县里管簿书财税的官吏。

［笺评］

刘辰翁曰：此亦非经人道语。（《吴刘笺注评点李长吉歌诗》卷二）

郭濬曰：前辈谓长吉诗失之险怪，如此篇朴雅婉至，已有逼真汉魏。（《增定评注唐诗正声》）

无名氏曰：此苦征赋之扰也。狞色紫髯，写得贼形可畏；再加使君在上，为之声援，虎而翼也；簿吏在下，为之犄角，民有遗类乎！悲哉！（明于嘉刻本《李长吉诗集》）

邢昉曰：此题五首，后三首习气未佳，此二作（指本篇及“星尽四方高”）入神境。乃伯谦遗其二，廷礼复遗其一，岂犹蔽于眉睫乎？（《唐风定》卷六）

姚文燮曰：数诗皆感讽往事也。德宗以裴延龄判度支事，延龄务掊克酷敛，染练丝纩，取支用未尽者充羡馀，以为己功。县官市物，再给其值，民不堪命。此言珠本出于合浦，橘多生于龙洲，天产地产，总不足以供诛求。其追呼不时，方春蚕桑未出之日，即索女丝，吏胥迭至，饔飧亦觉难具，况机轴乎！应对炊作仅两妇子，则丁男又苦于力役远去可知矣。(《昌谷集注》卷二)

方世举曰：元和间，正以人人新格擅场。若此之学乐府，有何可取！况以感怀为言，而为此田家苦，不切身世，岂王孙亦苦征输耶？(《李长吉诗集批注》卷二)

何焯曰：不敢斥言尊者，故但以使君为辞，剧有古意。(《协律钩玄》卷二引)

黎简曰：此五首何减拾遗、曲江诸公，刺政。“越妇”以下，极似《秦中吟》。长吉可以为元、白，元、白决不能为长吉也。(《黎二樵批点黄陶庵评本李长吉集》)

王琦曰：此章催科之不时也。蚕事方起，而县官已亲自催租，何其火迫乃尔！狞色虬须，画出武健之状，彼却又能推卸以为使君符牒致然，似乎不得已而来者。果尔，言语既毕，即当策马而去，乃必饱餐，不顾两妇子之拮据，为民父母者固如是乎！县官方去，簿吏又复登堂。民力几何，能叠供此辈之口腹耶？夫于女丁犹不恤乃尔，男丁在家者，其诛求之可想矣！(《李长吉歌诗汇解》卷二)

陈沆曰：唐自中叶后为节度使者，多赂宦官得之，数至亿万，皆倍称取息以求节钺。及至镇，则重聚敛以偿负，当时谓之债师。此诗所谓使君，谓刺史也。县官则迫于檄而督赋者也，陈民困以刺吏贪，陈吏贪以刺朝廷举措之失也。(《诗比兴笺》卷四)

叶葱奇曰：这首的格调和意趣跟杜甫的《石壕吏》、白居易的《秦中吟》很相像，纯粹是站在老百姓的立场对当时政府的苛捐重税和官吏的贪婪残暴加以尖锐的讽刺和深恶痛绝的斥责的。前四句先推进一步说，天生一切都不是咄嗟可办，以反接下面的提前征收。这是贺独具的深拗的笔法。“狞色虬紫须”活脱画出了一副狰狞的面目。“不因使君怒，焉得诣尔庐”两句，把装腔作势的口吻写得跃然纸上，

而用“嚜飧”形容他的狼吞虎咽，也极其传神。收句将农民的情况更缓缓地道出，意味凄怆不尽。(《李贺诗集》)

[鉴赏]

李贺诗集中，正面描写百姓所遭受的诛求奴役之苦的作品仅《老夫采玉歌》与《感讽五首》（其一）两篇。数量虽少，艺术质量却相当高。《老夫采玉歌》以浓墨重彩描绘渲染采玉老人的苦况与心理活动见长，而本篇则以白描手法活现催租官吏的丑恶嘴脸和农民不堪诛求之苦的情景。在中唐同类作品中，均属上乘之作。

“合浦无明珠，龙洲无木奴。足知造化力，不给使君须。”开头四句，活用两个典故，揭示封建统治者赋税诛求之苛重。合浦，本是盛产珍珠的地方；龙洲，原为盛产柑橘的地方，如今却再也见不到它们的踪影。两个“无”字所透露的是统治者对物产财货竭泽而渔式的无休止、无限度的残酷掠夺。由这极为反常的现象，诗人愤慨地得出极具震撼力的结论：大自然化育生长万物的力量，无论如何也满足不了官府对财物的无尽贪欲。这实际上是对古往今来一切贪婪无厌的剥削者的行为与后果的高度概括。诗人用它来作为全篇的开头，正是为了给后面所描绘的官吏催租的场景提供一个广阔的时代背景，它高屋建瓴，笼盖全篇，使官吏催租的场景成为这典型时代环境中具有典型意义的一幕。

“越妇未织作，吴蚕始蠕蠕。县官骑马来，狞色虬紫须。”接下来四句，写吴越之地的织妇还没有开始织作，孵化的幼蚕刚刚开始蠕动，县官就骑着马，凶神恶煞般地到乡下来催缴夏税了。唐代自德宗建中元年（780）起，用宰相杨炎建议，废租庸调，行两税法，规定夏税的缴纳不超过六月，秋税不超过十一月。而现在蚕才刚刚蠕动，一县的长官竟亲自骑马下乡催缴赋税，可见征敛之急已经到了根本不顾农时，也不顾法令的程度。写县官，只用“狞色虬紫须”五个字，就简洁而传神地画出了其狰狞凶恶，类似后世戏台上阴司判官的嘴脸。虽有几分漫画化的夸张，却形神兼备。李贺之前，像这样来描绘县官形象的，似乎未见。笔墨之间，透露出诗人对这类人物的憎恶鄙视之情。

“怀中一方板，板上数行书。‘不因使君怒，焉得诣尔庐？’”县官上场之后，先是亮出官府的催租文告，表明此行的目的就是催缴租税。但诗人在描写这一行动时，却纯从越妇的视角来写：只见县官怀中揣着一张方纸，纸上写了几行字，谁也不知道这上面究竟写了什么。口吻在幽默中透出几分怀疑和不屑。接着又写县官半是威吓，半是作态的话：如果不是因为刺史老爷因为赋税的事发了火，我这个县令怎么会亲自下乡来催租呢。一方面将催租的责任推给州郡长官，一方面为自己的行为作开脱。刺史的动怒自是实情，自己的无情催租也不容掩饰。在这里，诗人故意让这位“狞色虬紫须”，长着一副凶神恶煞嘴脸的县官说出一番仿佛体恤民情、极不愿意下乡逼租的虚假言语，使二者之间构成鲜明的反差，从而更深刻地揭示出其凶恶而伪善的丑恶面目。

“越妇拜县官：‘桑牙今尚小。会待春日晏，丝车方掷掉。’”这四句是越妇对县官的拜告陈词。说眼下桑叶刚刚长芽，蚕儿又刚刚孵出。要等到暮春时节，家里的丝车才能开始转动。言下之意是，要等到丝织成绢，再将绢卖出去，才能用来缴纳赋税。现在就来催税，未免太早了一点。但直接埋怨官府的话，越妇是不敢说的，只能说到“会待春日晏，丝车方掷掉”为止。话说得朴直而又委婉，对官府提前催逼赋税的不满乃至怨愤就深藏在这表面上质直而平静的口吻当中。

“越妇通言语，小姑具黄粱。县官踏飧去，簿吏复登堂。”结尾四句，全用简洁的叙述，而内蕴丰富，意味深长。就在越妇跟县官互通言语、对话拜告的同时，小姑已经准备好了黄粱米饭。在农村，黄粱米饭是待客的上品，为了招待县官，自己还得杀鸡打酒来款待。两句透露出官府借催征下乡打抽丰的现象，越妇们早已司空见惯，故应对已经非常熟练。下两句写县官狼吞虎咽地饱餐一顿，刚刚离去，专管簿书财税的县吏又上门登堂了。看来，这催逼赋税的场面还要日复一日地上演，农民不但饱受赋敛之苦，而且饱受催逼的官吏无休止的扰民之苦。诗写到这里，不等下一幕展开，随即收住，留下空白，读者自能想象。这种陡结直收中含蓄无尽的笔法，正是李贺的长技。

李贺是一位极重主观感情抒发的诗人，但这首诗除“足知造化力，不给使君须”两句，在议论中带有强烈的主观感情色彩外，全篇均用朴素的白描手法，对催租场景作客观的描述。不但生动地刻画出催租县官凶恶而虚伪的嘴脸，而且通过对话和叙述，描写出百姓在繁重的赋敛重压下难以为生的苦况，诗人的主观感情完全融化在客观的叙述描绘中。这种表面上不动声色的叙述描写，是一种更纯熟的艺术手段。

诗中两次提及“使君须”“使君怒”，仿佛苛重赋税的罪责全在州郡刺史身上。这自然并非诗人的本意。实际上，州郡刺史之所以如此急征暴敛，背后自有朝廷的规定和催逼这一更根本的原因。两税法规定，“岁除以户赋增失进退长吏”，州郡刺史、县官为了升官和保官，自然要竭尽全力对百姓催逼；同时，中唐元和时期，朝廷对藩镇用兵，军费支出增加，更加重对百姓的诛求。吴越之地素称富庶，百姓遭受急征暴敛之苦尚且如此，其他可以想象。这首诗写官吏催逼赋税场景如此生动逼真，当是诗人游吴越的亲历。这和白居易的新乐府有些缺乏生活体验、流于概念化有明显区别。

苦昼短[①]

飞光飞光[②]，劝尔一杯酒[③]。吾不识青天高，黄地厚[④]。唯见月寒日暖，来煎人寿[⑤]。食熊则肥，食蛙则瘦[⑥]。神君何在[⑦]，太一安有[⑧]？天东有若木[⑨]，下置衔烛龙[⑩]。吾将斩龙足，嚼龙肉，使之朝不得回，夜不得伏[⑪]。自然老者不死，少者不哭。何为服黄金，吞白玉[⑫]？谁是任公子，云中骑白驴[⑬]？

刘彻茂陵多滞骨⑭，嬴政梓棺费鲍鱼⑮。

[校注]

①《古诗十九首》之十四："生年不满百，常怀千岁忧。昼短苦夜长，何不秉烛游。"本篇诗题当从"昼短苦夜长"句化出。苦，恨。②飞光，指日月之光，飞逝的时光。《文选·沈约〈宿东园〉》："飞光忽我遒，宁止岁云暮。"张铣注："飞光，日月光也。"③《世说新语·雅量》："太元末，长星见，孝武心甚恶之。夜，华林园中饮酒，举杯属星云：'长星，劝尔一杯酒，自古亦何时有万岁天子?'"④《荀子·劝学》："故不登高山，不知天之高也；不临深渊，不知地之厚也。"《易·坤》："夫玄黄者，天地之杂也，天玄而地黄。"⑤煎，煎熬。此处引申为销熔之意。⑥古以熊掌及熊白脂为珍馐美味，富贵者方能享用；蛙则为易得之粗鄙食物，贫贱者食之，故云。⑦神君，汉武帝时有长陵女子，死后被其妯娌奉为神，传有灵异，称神君，武帝病时，曾向其祈问。《史记·封禅书》："是时上（武帝）求神君，舍之上林中蹏氏观。神君者，长陵女子，以子死，见神于先后宛若。宛若祠之其室，民多往祠……及今上即位，则厚礼置祠于内中，闻其言，不见其人云……文成死明年，天子病鼎湖甚，巫医无所不致，不愈。游水发根言上郡有巫，病而鬼神下之。上召置祠之甘泉。及病，使人问神君。神君言曰：'天子无忧病，病可愈，强与我会甘泉。'于是病愈，遂起，幸甘泉，病良已。大赦，置酒寿宫神君。"⑧太一，寿宫（供神的宫）中最尊贵的神。《史记·封禅书》："（寿宫）神君最贵者太一，其佐曰大禁，司命之属，皆从之，非可得见。闻其言，言与人音等。时去时来，来则风肃然。居室帷中。时昼言，然常以夜。天子祓，然后入。因巫为主人，关饮食，所以言，行下。又置寿宫、北宫，张羽旗，设供具，以礼神君。神君所言，上使人受书其言，命之曰书法。其所语，世俗之所知也，无绝殊者，而天子心独喜。其事

秘，世莫知也。”⑨若木，神话传说中的树。《山海经·大荒北经》：“大荒之中，有衡石山、九阴山、泂野之山，上有赤树，青叶赤华，名曰若木。”郭璞注：“生昆仑西附西极，其华光赤下照地。”据此，则若木在西。段玉裁《说文·木部》“榑”字注以为若木即指扶桑，系日出处之神树。《楚辞·九歌·东君》：“暾将出兮东方，照吾槛兮扶桑。”王逸注：“日出，下浴于汤谷，下拂其扶桑，爰始而登，照耀四方。”《楚辞·离骚》：“折若木以拂日兮，聊逍遥以相羊。”唐李峤《日》诗：“日出扶桑路，遥升若木枝。”⑩衔烛龙，神话中的龙，口中衔烛，照亮幽冥无日之国。《楚辞·天问》：“日安不到，烛龙何照？”王逸注：“言天之西北有幽冥无日之国，有龙衔烛而照之也。”《山海经·大荒北经》：“西北海之外，赤水之北，有章尾山。有神，人面蛇身而赤，直目正乘，其瞑乃晦，其视乃明。不食不寝而息，风雨是谒。是烛九阴，是谓烛龙。”则烛龙亦在西北。或谓此当指驾日车之六龙。明周祈《名义考》卷二引《山海经》云：“灰野之山有树，青叶赤华，名曰若木，日所出入处。”或为此所本。⑪伏，安息偃卧。⑫《史记·封禅书》：“其时李少君亦以祠灶、谷道、却老方见上，上尊之……少君言上曰：‘祠灶则致物，致物而丹沙可化为黄金，黄金成，以为饮食器则益寿，益寿则海中蓬莱仙者乃可见，见之以封禅则不死，黄帝是也……’于是天子始亲祠灶，遣方士入海求蓬莱安期生之属，而事化丹沙诸药齐为黄金矣。”《韩非子·内篇·仙药》：“《玉经》曰：‘服金者寿如金，服玉者寿如玉也。’”⑬王琦注：“据文义，任公子是古仙人骑驴上升者，然其事无考。旧注引投竿东海之任公子（按：事见《庄子·杂篇·外物》）解上句，引以纸为白驴之张果解下句，牵扯无当。”⑭刘彻，汉武帝。茂陵，汉武帝陵墓，在今陕西兴平西北。滞骨，遗骨。“多滞骨”，言其并未成仙。《汉武帝内传》：“王母云：‘刘彻好道，然神慢形秽，骨无津液，恐非仙才也。”或据此以为“滞骨”即骨无津液之意。⑮嬴政，秦始皇。梓棺，梓木棺材。古代制度，天子之棺用梓木制造。《史记·秦始皇本纪》：“始皇崩于沙丘平台。丞相斯为上崩在外，恐诸公子及天下有变，乃秘之，不发丧。棺载辒凉车中……会暑，上辒车臭，乃诏从官，令车载一石鲍鱼，以乱其臭。”

[**笺评**]

刘辰翁曰：亦犹多神骏。(《吴刘笺注评点李长吉歌诗》卷三)

谢榛曰：陈琳曰：“骋哉日月运，年命将西倾。”陆机曰：“容华夙夜零，沐泽坐自捐，兹物苟难停，吾寿焉得延?”谢灵运曰：“夕虑晓日流，朝忌曛日驰。”李长吉曰：“天东有若木，下置衔烛龙。吾将斩龙足，嚼龙肉，使之朝不得回，夜不得伏，自然老者不死，少者不哭。”此皆气短，无名氏曰：“人生不满百，常怀千岁忧。昼短苦夜长，何不秉烛游。”此作感慨而气悠长也。(《四溟诗话》)

钟惺曰：(“自然老者”二句)“自然”二字，谑的妙甚。放言无理，胸中却有故。(《唐诗归》卷三十一)

董懋策曰：字字老。熊、蛙喻人富贵贫贱。(《徐董评注李长吉诗集》)

徐渭曰：字字奇。(同上)

周珽曰：错综变化，想奇笔奇，无一字不可夺鬼工。诗意总言光阴易过，人寿难延。世无回天之能，即学仙事属虚无，秦、汉之君可征也。人何徒忧生之足云耶！(《删补唐诗选脉笺释会通评林·中七古下》)

黄周星曰：同一昼也，有神君、太一之昼，有刘彻、嬴政之昼，有长吉之昼，其苦乐不同，故其长短亦不同。然昔之长吉苦而短，今之长吉乐而长矣。正是何尝负此一杯耶?(《唐诗快》卷一)

姚文燮曰：宪宗好神仙，贺作此以讽之。日月递更，老少代谢。即神君太乙，亦未见长存人间。云中仙侣，果丹药可致乎?英武雄伟如汉武、秦皇，犹且不免，而更妄思上升，则君王方求长年，我更忧

昼短矣！(《昌谷集注》)

何焯曰：奇不减玉川，而峭乃过之。(《协律钩玄》卷三引)

董伯英曰：此讽宪宗作。古诗“昼短苦夜长”，然诗意只是苦昼短，言日月不驻，长生难期也。(同上引)

方世举曰：学曹操而浅近逊之，学太白而粗直逊之，然亦是一杰作。“嬴政梓棺费鲍鱼”，鲍鱼即腌鱼也，是混尸气，字见《周礼》注疏，非王莽所好、谢安受馈之鳆鱼，鳆为海味，其腥咸亦臭，但非始皇所用者。(《李长吉诗集批注》卷四)

陈沆曰：指同上篇，皆辟求仙之无益，方术之不足信。谓长吉鬼才无理，太白酒仙无用者，皆仅据其游戏之末，为英雄所欺耳。(《诗比兴笺》卷四)

[**鉴赏**]

慨叹时光易逝，人寿短促，是李贺诗歌中反复出现的主题。理想抱负与黑暗现实的矛盾，由于生命短促而愈见突出。这首诗的特点，是在生命无常的强烈苦闷中迸发出不甘受自然摆布，企图掌握自身命运的积极精神和大胆幻想，并进而对服药求仙的愚妄行为进行尖锐的嘲讽，使诗境呈现出《天问》式的异彩。

开头两句，突兀而起，直入本题。诗人将飞逝的流光形象化、拟人化，不但直呼其名，而且劝饮一杯。使人对无影无踪的时光如睹其形，如闻其声。接着“吾不识”四句，说天高地厚，无关人寿，其奥秘不得知也不必知；而日月运行，寒暑更迭，则不断煎熬减损着人的生命。“唯见”云云，正透出对生命无常的痛切感受。着一“煎”字，既形象地显示出时光流逝对人寿的无情销熔，也突出了诗人内心的痛苦煎熬。“寒”而且“煎”，似无理而切情，用意造语，都具有李贺独特的艺术个性。

“食熊则肥，食蛙则瘦。神君何在，太一安有？”接下来四句，说人的肥瘦寿夭取决于一定的物质条件，什么灵异的神君、尊贵的太一，纯属子虚乌有。连用四个四字短句，两两相对。前两句用肯定句，语气斩截明快，后两句以反问作否定，感情强烈，不容置疑。四句蝉联一贯，冲决而下，具有充沛的气势和力量。而其中所蕴含的带有朴素唯物主义色彩的思想正是气势、力量的内在依据。

“天东有若木，下置衔烛龙。吾将斩龙足，嚼龙肉，使之朝不得回，夜不得伏。自然老者不死，少者不哭。何为服黄金，吞白玉?”人寿既然短促，神仙又属虚妄，往往会陷于消极悲叹或颓废享乐。诗人却突发积极浪漫主义的奇想，借助幻想的形式来表达征服时间的愿望。“若木”与“烛龙”，本是两个不相关涉的神话，这里为了内容的需要，特意将它们融合连缀。按照诗人的思维逻辑，处于天东的日出入处神树下的烛龙，既然能把幽冥之国照亮，那么它就是推动日夜交替的神奇的力量。只要“斩龙足，嚼龙肉，使之朝不得回，夜不得伏”，就永远消除了时间的流逝，解除了人寿短促的忧虑，“自然老者不死，少者不哭”了。既然如此，又何必吞玉服金，妄求羽化登仙呢？这种奇想，充满了儿童式的天真和情趣，但它的精神，则是积极的，反映了人们不愿消极听任自然规律摆布，力图掌握自身命运的要求，与古代神话的积极浪漫主义精神一脉相承。这一段十句，借用五五、五三、六四、六四、五三句式（后四组分别冠以“吾将”“使之”“自然”“何为”等词语，加以连接），兼有整齐与错综、顿宕与畅达之致。读来但觉一气直下，略无窒碍，充分体现出诗人的热切愿望。

“谁是任公子，云中骑白驴？刘彻茂陵多滞骨，嬴政梓棺费鲍鱼。”天上没有骑驴遨游的神仙任公子，地下倒是有求仙而终不免一死的皇帝。从征服自然、征服时间的态度出发，服药求仙之举的愚妄便更显得突出。诗人举出汉武、秦皇这两个最出名的迷信神仙的帝王的事实作为典型例证。本图轻举登仙，遨游天下，到头来却在人间空留下一堆朽骨；实望长生不老，永世流芳，却不料猝死道上，反留遗臭。“滞”“费”二字，讽刺刻毒严冷，鞭辟入里，可谓诛心之笔。

表面上看，服药求仙与斩龙嚼肉都是幻想，后者在形式上甚至更为荒诞虚幻。但从实质上看，二者之区别，正如迷信之与神话。如果说屈原的《天问》表现了对宇宙、对历史的探索精神和对传统观念的大胆怀疑，那么李贺的《苦昼短》则表现了征服自然的愿望和对命运的挑战。二者在精神上是一脉相通的。作为“骚之苗裔”，李贺不仅学芬芳悱恻的《九歌》，也学习富于探索和思辨精神的《天问》。

李贺的多数诗歌往往偏重于表现直觉印象与感受，喜欢运用隐晦和象征暗示手法。这首诗却明显地侧重表现思想与理念，具有散文化、议论化的色彩，接近韩愈的诗风。其想象的大胆，笔力的奇肆也类似韩诗。从这里可以看出韩愈对李贺诗风的直接影响。但这首诗中的议论，不仅挟带着强烈的感情，而且伴随着鲜明的形象、奇特的幻想、尖锐的讽刺，因此并不流于干枯，而是在畅达中别具一种奇崛豪肆的情致。

江楼曲①

楼前流水江陵道②，鲤鱼风起芙蓉老③。晓钗催鬟语南风④，抽帆归来一日功⑤。鼍吟浦口飞梅雨⑥，竿头酒旗换青苎⑦。萧骚浪白云差池⑧，黄粉油衫寄郎主⑨。新槽酒声苦无力⑩，南湖一顷菱花白⑪。眼前便有千里愁⑫，小玉开屏见山色⑬。

［校注］

①诗写江楼女子思念远方丈夫，盼其归来的情思。作年未详。诗的首句提及“江陵道”，又说“抽帆归来一日功”，江楼女子所居之地当距江陵不太远。但李贺生活经历中似未有江陵一带的行踪，此或为悬拟想象之词。②江陵，唐荆南节度使府在江陵，设江陵府。今属湖

北。江陵道，通向江陵的水道。③鲤鱼风，本指九月风。梁简文帝《艳歌篇》：“灯生阳燧火，尘散鲤鱼风……雾暗窗前柳，寒疏井上桐。”所写景物当为九月寒秋。《石溪漫志》：“鲤鱼风，春夏之交。”王琦谓“观下文用‘梅雨’事，则《漫志》之说为是”。按：梅雨一般在农历五月，而此句有“芙蓉老”字，指荷花已老，时当在夏秋之际。鲤鱼风如指九月寒秋之风，与“梅雨”“芙蓉老”均不合；鲤鱼风如指春夏之交时的风，与“梅雨”“芙蓉老”亦不甚合。下又有“菱花白”字，与“芙蓉老”大体同时。统而观之，则诗中所写景物，时令或在夏秋之际，则“鲤鱼风”或非专称指九月风者，而系形容水面风起，波纹有如鲤鱼之鳞片。“梅雨”亦泛称霖淫之雨，非专指五月之黄梅雨。芙蓉，荷花之别名。《楚辞·离骚》：“制芰荷以为衣兮，集芙蓉以为裳。”洪兴祖补注：“《本草》云：‘其叶名荷，其华未发为菡萏，已发为芙蓉。’”④晓钗催鬟，谓女子晓起梳妆，以钗插鬟，“催”字形容其匆匆地梳妆打扮之情状，盖梳洗既毕，即倚楼远望而盼归人。语南风，对南风而语。盖托南风以寄语。⑤抽帆，扯起船帆。一日功，甚言其速。⑥鼍（tuó），鼍龙，俗称猪婆龙，今称扬子鳄。鼍吟，鼍鸣叫。古人听鼍叫以占雨。王琦注：“《埤雅》：‘�，将风则涌；鼍，将雨则鸣。故里俗以㹠谶风，以鼍谶雨。’”浦口，小河入江处。梅雨，《太平御览》卷九百七十引应劭《风俗通》：“五月有落梅风，江淮以为信风。又有霖霪，号为梅雨，沾衣服皆败黦。”⑦酒旗，酒店之幌子，以布缀竿，悬于门首，作招徕酒客之用，亦称酒帘、酒幌、酒招。换青苎，换上了青色的苎麻条。⑧萧骚，水波扰动貌。差池，参差不齐之貌。⑨油衫，即油衣，用桐油涂制而成的雨衣。黄粉油衫，指用黄粉涂饰的油衣。郎主，妻妾对丈夫的称呼。⑩新槽酒声，榨酒的酒床中新酿的酒的滴沥声。苦无力，恨其无力，谓酒滴得将尽时间隔的时间长且声音轻微，听来甚感其无力。⑪菱花，一年生草本植物，水上叶菱形，叶柄上有浮囊，花白色。南湖，泛称南面的湖，非专称。王琦注谓：“菱花紫色，不当言白，殆谓南湖水色，明净如菱花镜耳。”亦可通。然菱花多为白色，紫色少见。⑫愁，王琦注本作“思”。千里愁，指登楼望远，思念丈夫的愁绪。⑬小玉，神话中仙人之侍女，此借指侍女。白居易《长恨歌》：“金阙西厢叩双扃，转教小玉报双成。”

[笺评]

刘辰翁曰：“鲤鱼风起芙蓉老”，龙化也。“晓钗催鬓语南风，抽帆归来一日功。”俊快浓至。(《吴刘笺注评点李长吉歌诗》卷四)

黄淳耀曰：此当垆妇忆其夫，鬓为南风所催，容华不久，故语南风，速其抽帆而归。(《黎二樵批点黄陶庵评李长吉集》)

黎简曰：第三句言于晓起催妆时即祝语南风，愿其荡子早归来也。“晓”字与下句“一日”二字相叫，总言欲其晓妆时即抽帆而归，归可一日而至也。(“小玉”句下批)媚绝，所谓“时花美女，不足为其色”。(同上)

姚文燮曰：楼前流水，道通江陵，一水盈盈，本无多路。时当深秋，北风飒飒，芳姿就萎，郎居上游，归帆但得南风，一日便可抵舍。故清晨登楼，占候风信，匆匆理妆，如受晓钗之催。口中殷殷，惟向南风致祝也。然前此梅雨不歇，酒旗频换，下对萧骚之浪，上对参差之云，又尝以黄粉油衫寄上郎主，愁雨愁风，固思归必至之情乎！是以新槽待郎之同饮，湖菱待郎之同采。眼前即是千里，亦无如凭栏眺望，只见山色不见郎耶。(《昌谷集注》卷四)

方世举曰：徐注忆夫，是也，以为当垆妇则非，殊不顾结尾小玉开屏之景，此岂当垆家所有耶？其误在酒旗换苎一语，而不知其为旁景。又曰：篇中点景是鲤鱼风，“南风”“梅雨”等言时久矣。(《李长吉诗集批注》)

贺裳曰：长吉艳诗，尤情深语秀，如《江楼曲》曰：“晓钗催鬓语南风，抽帆归来一日功。”《有所思》曰：“白日萧条梦不成，桥南更问仙人卜。”《铜雀妓》曰：“石马卧新烟，忧来何所似，长裾压高台，泪眼看花机。”《江潭苑》曰：“十骑簇芙蓉，宫衣小队红。练香薰守鹊，寻箭踏卢龙。旗湿金铃重，霜干玉镫澀。今朝画眉早，不待景阳钟。”虽崔汴州曷能过乎！（《载酒园诗话又编》）

王琦曰：楼前流水，道通江陵。际此佳时，郎主归期未卜，若果欲归，仗南风吹帆之助，不过一日之功耳，奈何竟未能归耶？唐时江陵郡即荆州也。（芙蓉）老者，谓其花开已久。“催鬓”，《文苑英华》作“摧鬓”，犹言掠鬓也。“语南风”，向南风而语。“抽帆”，引帆也。“云差池”，谓云势迭起。（鼍吟）三句皆言梅雨时之景。以黄粉油衫寄之，以为其夫作御雨之具。新酒已熟，槽床滴注有声，然饮之久不能消愁，反若酒之无力。旧注谓滴将尽，盖以下五字相联作一解，亦通，然意味殊觉短浅。“一顷”，百亩也，菱花紫色，不当言白，殆谓南湖水色，明净如菱花镜耳。元稹诗：“小玉铺床上夜衾。”疑唐时多以小玉为侍女别称。夫酒既不能消愁，南湖一望或可遣闷。无如眼前已有千里之思，侍女开屏，南湖之外又见山色周遮，江陵杳在何处，千里之思，愈不能已矣。（《李长吉歌诗汇解》卷四）

叶葱奇曰：前四句说，楼前流水便通江陵，当此一春又尽，荷叶生了很久的时候，晓起梳妆，独向着南风，倾诉离思。远人若肯张帆顺流而归，不过一日的事，何以竟不归来？“语南风”有乞求南风传信的意思。中四句说，梅雨纷飞，长日不停，市上的酒旗，都改用苎麻的了。望着江上参差的密云和荡漾的江水，很想把油衣寄去，以便他雨中归来。末四句说槽床尽管酒声滴沥，但是想喝来遣愁，却又感到它毫无力量。望着眼前明镜般的一片湖水，已经令人愁思难堪，而侍女推开屏风，看见远山重叠，更惹起人无限的远想。这首诗措词用意非常秾艳。“抽帆归来一日功”、“黄粉油衫寄郎主”，把闺中念远怀人的心情，细腻而透彻地表达尽致。末四句用意曲折婉转，而结二句若书家所谓“无垂不缩”的笔法，更馀味醰醰。（《李贺诗集》）

［鉴赏］

这是一首抒写女子倚楼怀远、盼望丈夫归来的闺情诗。它的主要特点，是通过景物的描绘渲染，透露女主人公的情思心绪，色彩秾艳，表现手法细腻含蓄富于暗示性，内容、情调与后世的闺情词非常接近。可以说，后世的闺情词明显受到李贺这类诗的影响。

“楼前流水江陵道，鲤鱼风起芙蓉老。”开头两句，从江楼近处景物写起。紧扣题目。楼前一派流水，正是通向江陵的水道。风起波生，显出鲤鱼身上鳞片似的波纹，水边的荷花已经衰老凋谢了。唐代的江陵府，是通向东西南北的交通要道，也是繁华的商埠。首句点出“江陵道”，暗示女主人公的丈夫就是循着这条水路远赴他乡的，看到这一派流水，她的情思也随之悠悠而去。次句“芙蓉老”点出季候，也暗示自己的青春容颜，正在漫长的等待中逐渐衰谢，其中含有自伤的意味，但表面上似乎只是客观写景，女主人公触景伤情之意绪全借“老”字暗暗透出。

“晓钗催鬟语南风，抽帆归来一日功。”三、四两句，写匆匆梳妆的女主人公面对南风，托其寄语，盼望丈夫的归来。“晓钗催鬟”四字，是说女子早晨起来，匆匆忙忙理鬟插钗，以便妆毕倚楼盼归。却不用通常的表达方式，给人的印象仿佛是钗在催促着鬟发赶快梳理完毕好让自己插，不但用字新奇生动，而且高度浓缩凝练。“语南风”三字，更写出女子对南风而喁喁告语的情痴情状，而下句的“抽帆归来一日功”，既可以理解为托南风给丈夫捎去的一句话——你扯起船帆归来也不过一日之功罢了，也可以理解为女子的心理独白。口吻之中，既显示出盼归之情的急切，也含有如此易归而竟未归的怨怅，但这种怨怅之情同样表现得非常隐蔽，须细心体味方能得之。

“鼍吟浦口飞梅雨，竿头酒旗换青苎。”五、六两句，转写楼头所见较远处——河流入江口处的景色。鼍龙夜鸣于江浦，霏霏微微的雨丝在不断地飘荡飞舞，江边的酒家，竿头上原来的青布酒旗已经换成了苎麻条。“梅雨”通常在农历五月，但夏秋之交的长江中游一带，也常有阴雨天气，霏淫不绝，故用“梅雨”来形容。上句写雨之连绵不断，景色黯淡，透露出女主人公此时的心绪；下句写酒旗旧布换麻，既承“梅雨”，又暗透时间的流逝，女子心头之怅触亦可默会。

“萧骚浪白云差池，黄粉油衫寄郎主。”这两句写俯视远处江中，白浪翻动；仰望天空，云层重叠参差，女主人公的心情似乎也随着江间波浪、天空云层而扰动不宁，这连阴雨的天气使她更加怀念远方的丈夫，想到该寄一袭黄粉油衫给他了。眼中所见与心中所想的自然承接，表现出女子的细心体贴，“郎主”的称谓，则明示所怀者系远游未归的丈夫，语气口吻中透出亲昵爱恋。

“新槽酒声苦无力，南湖一顷菱花白。”上句收归楼上现境，写听觉感受。酒槽中新榨的酒声滴滴沥沥，缓缓流注，越滴越慢，声音也越来越细了，听起来好像非常无力似的。这是写酒声，也是写心声。“苦无力”三字中透露出的正是一种因孤居独处而造成的一种苦闷无聊意绪。这恼人的天气、恼人的滴酒声使人似乎一切都提不起劲来。而转眼向外望去，南湖那宽阔的水面上已是一片白色的菱花了。下句写视觉感受，“菱花白”应上“芙蓉老”，明点季候，亦透时光流逝的心绪，而较“芙蓉老”更浑成含蓄，不着痕迹。

“眼前便有千里愁，小玉开屏见山色。”结尾两句，上句总承以上各句，说眼前所见近处远处各种景物，无不触动对千里之外的远人的怀想和思而不能见的愁绪；下句折转一层，说身边的侍女打开屏风，显露出远处渺渺茫茫的山色，自己思念的丈夫还远在遥山之外，不免更使人难以为怀了。“开屏”二字，补缀上文，盖此前所见一切景物，均为“小玉开屏”所见，不独此遥山之色也。

全篇所写的内容，实际上就是江楼女子晓妆甫毕、侍女开屏、倚楼览眺之际所见所思所感，几乎全是景物的描绘渲染。有的诗句，如“抽帆归来一日功”“黄粉油衫寄郎主”“眼前便有千里愁”，看似叙述语，实为女主人公心之所思，或者说是对女主人公的心理描写。除“眼前”句点明“愁”字外，全篇其他各句对女主人公的心绪均不作正面揭示，全凭景物烘托渲染，令读者身入其境，想象得之。情感的表达如此含蓄，在李贺以前的诗歌中少见，而在晚唐五代两宋的闺情词中，则成为一种最常见的抒情方式。而色彩之秾艳，情调之柔美，音调之婉转，也非常接近后世的闺情词，而与李贺多数诗奇峭拗涩的诗风有别。如果撇开词与特定的音乐结合这一层关系，单从内容情调、表现手法上来看，《江楼曲》在李贺的诗歌中可以说是最接近后世闺情词的作品。

将进酒①

琉璃钟②，琥珀浓③，小槽酒滴真珠红④。烹龙炮凤玉脂泣⑤，罗帏绣幕围香风⑥。吹龙笛⑦，击鼍鼓⑧；皓齿歌⑨，细腰舞⑩。况是青春日将暮⑪，桃花乱落如红雨。劝君终日酩酊醉⑫，酒不到刘伶坟上土⑬！

[校注]

①《将进酒》，乐府旧题。《宋书·乐志四》“汉鼓吹铙歌十八曲”有《将进酒曲》。辞有云“将进酒，乘太白”，大略以饮酒放歌为言。参李白《将进酒》题注。作年未详。②琉璃，一种有色半透明的玉石。琉璃钟，用琉璃玉制的酒杯。《晋书》载汝南王亮尝宴公卿，以琉璃钟行酒。③琥珀，古代松柏树脂的化石，色淡黄、褐或红褐色。此处用以指酒的颜色。联系下句“酒滴真珠红”，钟内之酒当为褐红色。④小槽，指榨酒时用来承酒的容器。真珠红，美酒名。宋蔡絛《西清诗话·红曲酒》：“李贺云：‘酒滴真珠红。’夏彦刚云：‘江南人造红曲酒。’”⑤烹龙炮（bāo）凤，极言烹制肴馔之珍奇。烹，煮；炮，将鱼、肉等放在锅或铛中置于旺火上迅速搅拌的一种烹调方法。

玉脂，指雪白的动物肌肉。泣，形容烹炮时原料发出的声响。⑥帷，《全唐诗》原作“屏”，校：“一作帏。”兹据改。罗帏绣幕，丝织的华美帏幕。⑦龙笛，指笛，据说其声拟水中龙鸣，故称。汉马融《长笛赋》：“龙鸣水中不见已，截竹吹之声相似。”后多指管首为龙形之笛。⑧鼍鼓，鼍皮做的鼓。傅玄《正都赋》：“吹凤箫，击鼍鼓。”⑨《楚辞·大招》：“朱唇皓齿，嫭以姱只。”⑩细腰，《后汉书·马廖传》：“传曰：楚王好细腰，宫中多饿死。”⑪青春，指春天。青春日将暮，指春天即将消逝。王琦注：“暮，指时节言，谓春日无多，固将暮矣，不谓日暮也。桃花乱落，正暮春景候。”⑫酩酊，酒醉貌。⑬刘伶，魏晋间人，与阮籍、嵇康等同为竹林之游。《晋书·刘伶传》：“常乘鹿车，携一壶酒，使人荷锸而随之，谓曰：‘死便埋我。’……尝渴甚，求酒于其妻。妻捐酒毁器涕泣谏……伶跪祝曰：‘天生刘伶，以酒为名，一饮一斛，五斗解酲……’……著《酒德颂》一篇。”刘伶墓在光州（今河南潢川）。

［笺评］

阮阅曰：《将进酒》，魏谓之《平关中》，吴谓之《章洪德》，晋谓之《因时运》，梁谓之《石首篇》，齐谓之《破侯景》，周谓之《取巴蜀》。李白所拟，直劝岑夫子、丹丘生饮耳。李贺深于乐府，至于此作，其辞亦曰：“琉璃钟，琥珀浓，小槽酒滴真珠红。”嗟乎！作诗者摆落鄙近以得意外趣者，古今难矣。(《诗话总龟前集·评论门三》)

胡仔曰：江南人家造红酒，色味两绝。李贺《将进酒》云：“小槽酒滴真珠红。”盖谓此也。乐天诗亦云：“燕脂酌葡萄。”葡萄，酒名也，出太原，得非亦与江南红酒相类者乎？（《苕溪渔隐丛话·前集·香山居士》）

吴幵曰：李长吉有“桃花乱落如红雨”之句，以此名世。予观刘禹锡诗云：“花枝满空迷处所，摇落繁英坠红雨。”刘、李同出一时，决非相互剽窃。(《优古堂诗话》)按:《苕溪渔隐丛话·后集》引《复斋漫录》亦有此条。

刘辰翁曰:哀怨豪畅,故是绝调,极是快句,可人可人。(《吴刘笺注评点李长吉歌诗》卷四)

无名氏曰:此种,李王孙集中最佳者,人自忽之。(明于嘉刻本《李长吉诗集》)

杨慎曰:东坡诗“山中故人应有招我归来篇”,十一言也。“我不敢效我支自逸”,亦可作两句,若长吉“酒不到刘伶坟上土”,八言一句浑全。(《升庵诗话》)

周珽曰:余谓“花落如雨”,奇;“乱如红雨”,更奇。词意虽同,而简练李觉胜焉。至“酒不到刘伶坟上土”,见人世时物易于衰谢,有生得乐且乐,无徒博身后孤寂地下矣。陶渊明云:“但恨在世时,饮酒不得足。”又,“在昔无酒饮,今但湛空觞。”贺盖深悟其真想者矣。(《删补唐诗选脉笺释会通评林·中七古中》)

周敬曰:语藻见达人生究竟,意实可悲。(同上)

姚文燮曰:此讥当世之沉湎者也。富贵侈靡,欢宴无极,且谓其宜及时行乐,没则已矣。他日荒冢古丘,固无及耳。(《昌谷集注》卷四)

方世举曰:太似鲍照,无可取。结差可人意。(《李长吉诗集批注》卷四)

黎简曰:(末句)奇话。(《黎二樵批注黄陶庵评本李长吉集》)

沈德潜曰:(“桃花”句)佳句,不须雕刻。(末二句)达人之言。(《重订唐诗别裁集》卷八)

宋长白曰:刘梦得诗:“花枝满空迷处所,摇动繁英落红雨。”实为自长吉“桃花乱落如红雨”化来。而马西樵谓刘、李出于一时,并非剽窃。吾谓寸金不换丈铁,昌谷为优。(《柳亭诗话》卷九)

陈本礼曰:于灯红酒绿时,或花前月下高歌此词,应不减痛饮读《离骚》。(《协律钩玄》卷四)

宋宗元曰：悲咽，令人肠断。(《网师园唐诗笺》)

史承豫曰：此长吉诗之最近人、最可法者，风调从太白来。(《唐贤小三昧集》)

潘德舆曰："微雨从东来，好风与之俱"，古诗也，上也；"珠帘暮卷西山雨"，律之古也，次也；"桃花乱落如红雨"、"梨花一枝春带雨"，词之诗也，下也。(《养一斋诗话》)

罗宗强曰：一方面是青春热烈的向往与追求，是那样五彩眩耀，瑰丽鲜艳；一方面又是衰暮之感，凄恻哀伤。这就是他的诗中常常表现出来的那个带着强烈主观色彩的世界……青春的鲜艳热烈与迟暮的热烈感怆，生的欢乐与死的悲哀，奇异地组合在一起……这里有歌声舞影，明眸皓齿；琉璃、琥珀、真珠红、玉脂、绣幕、红雨，这些词给人的光彩夺目浓烈艳丽的色感远远超过了它们作为实物和所形容的实物的意义，整个是一幅以红为基调的图画。是杯是酒，是山珍海味，是罗帏绣幕，一切都闪烁在珠光宝气的红色中。他是以青春的欢乐去感知、去拥抱这一切的。但就在这一片珠光宝气的红色之中，却是比春酒还要浓的迟暮之感。春酒杯浓，皓齿舞腰，终于摆脱不掉那个"死"字，摆脱不掉那个过早到来的衰老将至的病态心理。这一片珠光宝气，笼罩的是"坟"。从青春的欢乐开始，而走向悲怆，这就是这个只活了二十七年而又有过人才华和不幸遭遇的诗人的心灵的历程。它写下的就是这个历程。(《隋唐五代文学思想史》第 332~333 页)

[鉴赏]

这首诗写一个热烈而豪华的宴饮场面和诗人沉醉其中时引起的强烈而深沉的人生悲慨。

"琉璃钟，琥珀浓，小槽酒滴真珠红。"开头三句，直接入题，围绕"酒"字进行多方面的描绘渲染：琉璃玉制作的酒杯里面盛满了琥珀色的浓浓酒浆，酒槽里滴沥着"真珠红"的名酒。琉璃、琥珀、

"真珠"，这一连串珍贵的宝物突出渲染了酒器和酒的名贵。琥珀多为黄色，这里，联系下句"真珠红"，当指褐红色。透明的琉璃杯，映出了盛在杯中的褐红色的酒浆，着一"浓"字，不但写出了酒的黏稠的质感，酒的浓艳的色感，而且写出了酒的浓烈芳香和醇浓的味觉感受，一字而色、香、味、触诸觉全出。"小槽酒滴真珠红"句不但补充交代了酒杯里所盛的是"真珠红"的名酒，而且暗示了这酒是新酿的美酒。一边尽兴地喝，一边正在不断续添，给人以络绎相继，永不终席之感。"真珠"的晶莹透明，与"红"色相映，也使这"真珠红"的美酒给人以明艳的美感。

"烹龙炮凤玉脂泣，罗帏绣幕围香风。"三、四两句，写菜肴的珍奇和宴饮场所的豪华。所谓"龙""凤"，实际上不过是鱼和鸡一类普通食材，最多也不过是海鲜和山鸡一类东西，但在诗人笔下却统统变成了人世间根本不存在的"龙"和"凤"，则其肴馔的珍奇可称"只应天上有"了。本来普通的动物肌肉，用"玉脂"来形容，其晶莹雪白的色感、质感和华美珍奇也宛然在目。一句中运用"烹""炮""泣"三个动词，不但突出了烹调方式的多种多样，而且宛若可以闻到烹制过程中发出的扑鼻浓香，宛若可以听到原料下锅时发出的极具刺激性和诱惑力的声响。把肴馔的烹制过程写得如此刻露而又具有诱惑力，此前的诗中似未见。下句"罗帏绣幕"见室中装饰之华美，透露出这可能是一个豪贵人家的宴会，妙在"围香风"三字，不仅将重重帏幕合围中的宴会场所写得浓香充溢，令人在香风的熏染中感到陶醉，而且将前面所写的酒香、烹调菜肴的香味，以及后面所写的众多吹笛击鼓、轻歌曼舞的美人身上的芳香全都融合在了一起，密不通风，历久不散，使所有参加宴会的人都在这众香杂陈的熏人香风中感到沉醉甚至窒息。

"吹龙笛，击鼍鼓；皓齿歌，细腰舞。"四句连用四个三字短句，节短势促，用来突出渲染场面的欢快热烈和参加宴会的人情绪的激动热切。吹笛击鼓，唱歌跳舞，这些原来常见的宴乐场景，因为"龙"

“鼍”的修饰和“皓齿”“细腰”的形容，变得既新奇华美，又给人以强烈的视听感受。笛如龙吟，见乐声之清亮悠扬，动人遐想；鼓而鼍皮，见鼓声之洪亮有力，震人心弦。再加上朱唇皓齿的歌女所发出的优美歌声，细腰袅娜的舞女所呈现的曼妙舞姿，在在都给人以目不暇接、美不胜收的感受。四句连续而下，不但将宴会的热烈气氛渲染到极致，而且将诗人的陶醉之情渲染到极致。

“况是青春日将暮，桃花乱落如红雨。”“况是”二字，在上面对宴饮场面作尽情描绘渲染的情况下突作转折，从时令季节和所见景物的描写中折射出深沉强烈的青春将逝的悲慨。说当下正值春天的季节已经到了末梢的时候，满树的桃花，纷乱地飘落下来，就像下着一阵阵的红雨。“青春日将暮”，是对美好的春天即将消逝的一种叙述，而“桃花乱落如红雨”则是对“青春日将暮”的一种极富创意的描写。用花凋谢来写春之消逝本很平常，但说它“乱落”，便见其片片瓣瓣，随风飘荡，纷纷扬扬，密密匝匝，到处坠落的态势，而将这一切景象用“如红雨”来形容，就更因其新奇浪漫的想象和生动形象的比喻而创造出前所未有的诗境。它是青春年华消逝的象征，极端哀伤，又极端美丽。用这样奇警而华美的意象来表现对青春和生命凋衰的哀挽，既怵目惊心，又刻骨铭心。即使是生命的凋衰，也要将这种凋衰的美表现到极致。

“劝君终日酩酊醉，酒不到刘伶坟上土！”末二句在前两句象征性描写的基础上进一步抒写深沉的人生悲慨，揭出全篇主旨。既然青春和生命的消逝无可挽回，那就劝你终日喝得酩酊大醉，趁着青春尚存之时尽情地享受人生，因为酒是绝不会洒到刘伶的坟上去的。在貌似旷达的人生宣言中蕴含着对青春和生命消逝的极端感伤，在极端感伤之中又透出对青春和生命的深刻眷恋。

一个常见的宴饮场面，在李贺笔下，被表现得如此华美秾艳，富于刺激性的美感。在一片以红色为基调的氛围中，透出了对青春生命即将消逝的深刻恐惧和极端感伤。那红色的酒，红色的杯，乱落如红雨的桃花，以及庖厨中“烹龙炮凤玉脂泣”的声音，罗帏绣幕中充满的香气，伴着龙笛鼍鼓的欢歌狂舞，处处都给人以感官上、心理上的强烈刺激，在目眩神迷中唤起一种及时行乐的亢奋与沉醉。这种强烈的刺激正是诗人内心深刻苦闷的一种宣泄和补偿。

美人梳头歌①

西施晓梦绡帐寒②，香鬟堕髻半沉檀③。辘轳咿哑转鸣玉④，惊起芙蓉睡新足⑤。双鸾开镜秋水光⑥，解鬟临镜立象床⑦。一编香丝云撒地⑧，玉钗落处无声腻⑨。纤手却盘老鸦色⑩，翠滑宝钗簪不得⑪。春风烂漫恼娇慵⑫，十八鬟多无气力。妆成鬖髻欹不斜⑬，云裾数步踏雁沙⑭。背人不语向何处？下阶自折樱桃花⑮。

［校注］

①诗写美人晓起梳头及妆成缓步下阶摘花情景。作年未详。②西施，春秋末年越国著名美女，此借指诗中女主人公。绡，轻纱。绡帐，轻薄透明的轻纱帐。《汉书·元帝纪》“齐三服官”颜师古注：“轻绡，今之轻緌（同“纱”）也。”《拾遗记·蜀》：“先主甘后……玉质柔肌，态媚容冶。先主召入绡帐中，于户外望者如月下聚雪。”③香鬟，芳香的发鬟。堕髻，堕马髻的省称。《后汉书·梁冀传》：“寿（冀妻孙寿）色美而善为妖态，作愁眉、啼妆、堕马髻……以为媚惑。”李贤注引《风俗通》曰：“堕马髻者，侧在一边。”唐张萱《虢国夫人游春图》所画之发髻，即堕马髻。沉檀，沉香木与檀木，均为香木。此指用沉檀木做的枕头。半沉檀，谓其发鬟发髻散乱，半覆于枕。④辘轳，利用轮轴原理制成的汲水装置。转鸣玉，形容辘轳转动时发出的清脆声响如玉之鸣。⑤芙蓉，荷花，借喻美人。⑥双鸾，指绣有双鸾的镜套。揭开镜套，明镜始见，故曰“双鸾开镜”。⑦象床，以象牙为

饰的床，形容床之华美。因发长委地，故须“立象床”而梳头。⑧一编香丝，指美人的鬓发。云撒地，形容鬟髻解开后如云之撒地。⑨王琦注：“鬟已解去，安得尚有玉钗在上，以致落地？况此句已用‘玉钗’，下文又用金钗，何不惮重复至是？恐是‘鎞’字之讹。鎞是梳发器，他选本有作‘玉梳’者，盖亦疑‘钗’字之非矣。‘落处’谓梳发，凡梳发原无声，‘无声’是衬贴字，下着一‘腻’字，方见其发之美。”叶葱奇从王说。按：王说似颇合情理，然“钗”“鎞”二字，虽同属“金”旁，字形并不相似，如原是“鎞”字，似不大可能误为“钗”字，至于二“钗”字重见，古体歌行原不避忌，且此处之“腻”与下文之“滑”正为对梳洗前后玉钗情况之精确描写。此句盖写卸钗解发时，玉钗偶尔落地，因其上沾有发上之脂膏，故无声而腻也。“腻”字正传神地表现出其触地时悄然无声，发腻而不清脆的听觉感受。⑩老鸦色，乌黑色。南朝乐府《西洲曲》：“双鬓鸦雏色。”盘，指盘发作髻。⑪翠，指翠发，黑而有光泽的头发。此句写梳洗之后，翠发油腻既去，丝丝光滑，故插钗时因滑溜而簪不得。⑫烂漫，浩荡。恼娇慵，谓浩荡的春风使娇慵的女主人公心情烦闷。⑬鬌鬌，即倭堕髻，古代妇女的一种发式，发髻向额前倾斜。古乐府《陌上桑》：“头上倭堕髻。”晋崔豹《古今注·杂注》：“堕马髻，今无复作者，倭堕髻，一云堕马之馀形也。”段成式《髻鬟品》：“长安城中有……倭堕髻。”欹不斜，稍稍侧向一边而不倾斜，盖形容其梳得恰到好处。⑭云裾，轻柔飘动如云的衣襟。踏雁沙，形容美人步履轻盈舒缓，如雁足踏平沙。⑮樱桃花，《本草纲目·果二·樱桃》：“樱桃树不甚高。春初开白花，繁英如雪。”

［笺评］

胡仔曰：《美人梳头歌》……余尝以此歌填入《水龙吟》。（《苕溪渔隐丛话·后集》）

刘辰翁曰：如画，如画。有情无语，更是可怜。无语之语更浓。(《吴刘笺注评点李长吉歌诗》卷四)

韦居安曰：李长吉集中有《染丝上春机》、《美人梳头歌》，婉丽精切，自成一家机轴。(《梅涧诗话》)

徐渭曰：语重而不觉其重，愈重愈妙，诸人皆不及。(《徐董评注李长吉诗集》)

钟惺曰：懒静而摇曳，美人妙手。(《唐诗归》卷三十一)

黄周星曰：描写美人梳头，可谓曲尽其致。但不知白玉楼中亦有此美人否？若无此一物，何以见天上之乐？(《唐诗快》卷七)

黎简曰：(末二句）蕴藉。(《黎二樵批点黄陶庵评本李长吉集》)

姚文燮曰：状美人之晓妆也。奇藻蒨艳，极尽情形。顾盼芳姿，仿佛可见。(《昌谷集注》卷四)

方世举曰：写幽闺春怨也。结尾“樱桃花”三字才点睛。花至樱桃，好春已尽矣。深闺寂寂，亦复何聊！不着一字，尽得风流。使温、李为之，秾艳当十倍加。然为人羡，不能使人思，不如此画无尽意也。从来艳体，亦当以此居第一流。(《李长吉诗集批注》卷四)

沈德潜曰：(“解鬟临镜”句）发长也。(末二句）梳头以后之神。(《重订唐诗别裁集》卷八)

史承豫曰：形容处极生艳之致，此种乃杨铁崖极力摹仿者，然不逮远矣。(《唐贤小三昧集》)

董伯英曰：总一折花，而于“踏雁沙”见其步之妍，于“背人不语”见其态之幽；于“下阶自折”见其情之别。长吉起语，如“空山凝云”“秋蓝着色”，结句如“渭城波小”“自折樱桃”，俱于本题外别出一意，愈远愈合，无限烟波。(《协律钩玄》卷四引)

叶葱奇曰：这首诗描画美人晓起梳妆的情景。用字秾缛、细腻。如用“半沉檀”的“半”字，来形容睡时浓发的覆枕，“立象床”的“立”字来表示发长，“无声腻”的“腻”字来形容长发的柔细，“簪不得”来形容发髻的光泽，都精妙入微。而“春风烂漫”“娇慵无

力”，更把梳妆人的意绪、心情勾勒、渲染得灵妙、生动。结两句是“顾影自怜”的意思，语艳而意逸。(《李贺诗集》)

[鉴赏]

这首诗写美人梳头前后情态及梳妆过程，设色秾艳，描绘精细，但却艳而不亵，细而不腻，秾艳之中自具婉丽灵动之致与幽怨寂寥之情。艳诗其表，闺怨其里。

“西施晓梦绡帐寒，香鬟堕髻半沉檀。”开头两句，写女主人公晓梦未醒时的情态。用“西施”来借喻女主人公，不仅状其美貌绝伦，且暗示其为贵家姬妾一流人物。也唯有这类人物，才兼有诗中所描绘渲染的富贵和幽怨寂寥情致。清晨时分，美人晓梦未醒，半透明的白色绡帐低垂，散发着膏沐芳香的发鬟和发髻有一半覆盖在沉檀木枕头上。绡帐、沉檀，见用物之名贵华美；香鬟、堕髻，见装束之时尚精致；晓梦未醒，见情态之慵懒。这一切，都透露出贵家姬妾的身份特征和生活特征。但第一句句末的那个“寒”字，却画龙点睛式地渲染出绡帐之中，似乎正沁出一股寒意，暗示帐中人并非鸳鸯双栖，共度良宵，而是形单影只，独卧华美的空房。正是这个“寒”字，构成了贯注全诗的内在意致，使读者得以品味出美人富贵娇慵生活中的幽怨情思。

“辘轳咿哑转鸣玉，惊起芙蓉睡新足。”三、四两句，写室外汲水的辘轳转动声，咿咿哑哑，如鸣玉之声那样清脆，惊醒了帐中美人的晓梦。用“芙蓉睡新足”来形容美人娇卧乍醒时的情态，于华美之中略见娇慵。

以上四句，从题目“美人梳头歌”来看，均为题前文字。但其中所包含的几个要素（美人的身份、生活状态，特别是独宿空房的寒意）却都预示了后来的发展，而“香鬟堕髻半沉檀”一句所描绘的发髻散乱之状则直启了中间一段对“梳头”的描绘。

“双鸾开镜秋水光，解鬟临镜立象床。”五、六两句，写开镜解鬟。这是梳头的前奏。鸾镜的外面，覆盖着绣有双鸾图案的镜套，打开镜套，立时显露出明净透彻如同秋水之光的明镜，女主人公解散发鬟，临镜而立于象床之上。古以发长为美，女主人公之所以要站立在象床之上对镜照影，正暗示其头发之长可垂地。这两句似为纯客观的描绘，但面对镜盖上的“双鸾”，临镜自照之际，孤栖独宿、顾影自怜的意绪自不难默会。

“一编香丝云撒地，玉钗落处无声腻。”七、八两句，承“解鬟”续写美人头发之长与腻。前面讲到“香鬟”，此处又说“香丝”，似复而非复，盖晓卧未醒时，发鬟虽松而未散；此则香鬟既解，遂成“一编香丝”，虽散为丝丝香发而犹整齐，故曰“一编”。立于象床之上，而一编香丝犹如云之撒地，则发之长、发之浓、发之灵动飘逸均可想见。解鬟之际，偶然碰落了簪发的玉钗，由于钗上沾有头发上的脂膏，故落地时竟悄然无声，使人有一种黏腻感。用本来表现触觉感受的“腻”字来表现听觉感受，似无理却极传神，仿佛从玉钗的落地声中能听出黏附其上的脂膏，甚至闻到它的余香。温庭筠《郭处士击瓯歌》中写听击瓯时全神贯注，有“侍女低鬟落翠花”之句，那是形容静得连侍女头上的翠钗落地的细小声响都可听见，与此句形容玉钗落地之声悄然而“腻”，可谓异曲同工。

“纤手却盘老鸦色，翠滑宝钗簪不得。”九、十两句，写梳洗完毕，盘髻插钗。纤细而洁白如玉的素手将梳理好的头发盘成浓黑而亮泽的老鸦色发髻，翠发新洗，光滑润泽，连宝钗也插不上。上句“纤手”与“鸦色”，一白一黑，色彩对比鲜明，愈见纤手之洁白、发色之黑亮，下句“滑”字与前面的“腻”字也形成鲜明对照，显示出梳洗前后发之“腻”与“滑”两种不同的感觉印象，均属细腻传神之笔。

“春风烂漫恼娇慵，十八鬟多无气力。”十一、十二两句，转写梳妆既毕后的情态。室外，春风浩荡，正是一年中最好的季节，可是女主人公却只感到苦恼烦闷，娇慵无力；虽值青春年华，却仿佛难以承受高鬟浓发的重压。叠用“恼”“娇慵”“无气力”等表现情态之词语，正与“春风烂漫”的美好季候、“十八鬟多”的美好年华形成又一鲜明对照，透露出在美好环境中女主人公内心的苦闷。

“妆成鬘鬌欹不斜，云裾数步踏雁沙。”十三、十四两句，却并不顺着“恼娇慵”“无气力”的意思一直往下写，而是稍作顿挫，转写其妆成后的发型体态。梳成的鬟髻，稍稍侧向一边而不过分倾斜，恰到好处，云鬟高耸，款款行步，云裾飘逸，犹如雁足踏平沙那样舒缓而轻盈，更显得仪态万方。两句从动态中写发鬟之美和仪态之美，二者亦相互映衬，相得益彰。“踏雁沙”之喻写步态之轻盈飘逸，尤为出色。

“背人不语向何处？下阶自折樱桃花。”结尾两句，承上“数步踏雁沙”，续写其下庭折花。这首诗通篇均用第三人称对美人梳头及前后的情态作描绘渲染，这里却突用第二人称，作诗人发问口吻，顿觉笔致灵动，摇曳生姿。尤妙在“背人不语”四字，隐隐透出女主人公的内心幽怨与寂寥，使下句“下阶自折樱桃花”的行动也在无形中充满了难以排遣而又聊自排遣的苦闷意绪，是全篇的点睛之笔。它使人联想起李商隐《无题》（八岁偷照镜）的结尾：“十五泣春风，背面秋千下。”一则曰“背人不语”“自折樱桃花”，一则曰“背面秋千下”，无限幽怨寂寥之情，均寓言外。

诗从“晓梦”到“惊起”、“开镜”、“解鬟”、“临镜”、盘鬟、簪钗，到妆成缓步下阶摘花，叙次井然，这和李贺多数诗篇侧重主观感情的抒发、结构上具有很大跳跃性有明显区别；全篇侧重对美人梳头过程及前后情态行动的精细描绘，与其他多数诗篇多写感觉印象亦明显不同。在语言上，也不像其他诗篇那样刻意追求生新奇峭，而显得秾艳又婉转清丽，特别是将女主人公的幽怨寂寥之情写得非常含蓄有致。这一切都表明这首诗是长吉体中别饶风韵之作。

官街鼓[1]

晓声隆隆催转日，暮声隆隆呼月出。汉城黄柳映新帘[2]，柏陵飞燕埋香骨[3]。搥碎千年日长白，孝武秦皇听不得[4]。从君翠发芦花色[5]，独共南山守中国[6]。几回天上葬神仙[7]，漏声相将无断绝[8]。

[校注]

①《大唐新语》卷十："旧制：京城内金吾晓暝传呼，以戒行者。马周献封章。始置街鼓，俗号'冬冬'，公私便焉。"《新唐书·百官志四上》："左右街使，掌分察六街徼巡。凡城门坊角，有武侯铺、卫士。彍骑分守……日暮，鼓八百声而门闭；乙夜，街使以骑卒循行嚣謼，武官暗探；五更二点，鼓自内发，诸街鼓承振，坊市门皆启，鼓三千挝，辨色而止。"则官街鼓本为示警而设，而兼有报时作用。此取其报时之意。作年未详。②汉城，指京城长安。③柏陵，指皇帝陵墓。因其多植柏树，故称。飞燕，赵飞燕，汉成帝皇后，以美色著称。④孝武，指汉武帝。汉武帝与秦始皇均迷信神仙，妄求长生，而鼓声送走朝暮，搥碎千年，象征着时间的流逝。秦皇、汉武求仙未果，长生无望，故根本听不到千年之后的鼓声。⑤从，任凭。翠发，黑发。芦花色，指白色。⑥南山，指终南山。中国，指京城长安。参详《李凭箜篌引》"李凭中国弹箜篌"句注。⑦天上葬神仙，谓天上的神仙亦不免于死。⑧漏声，报时的更漏声。相将，相伴。谓更漏之声与更鼓之声相伴。

[笺评]

刘辰翁曰：神奇至于仙，极矣。独屡言仙死，不怪之怪，乃大怪也。(《吴刘笺注评点李长吉歌诗》卷四)

曾益曰：此言鼓声日夜环转，人有死时，鼓无断时。葬神仙，声不绝，极言其无断时。(《昌谷集》卷四)

无名氏曰：屡言仙死，深为求仙怠政者戒。冷语趣甚。（明于嘉刻本《李长吉诗集》）

黄淳耀曰：神仙可死，而漏声不绝，极意形容。(《黎二樵批点黄陶庵评本李长吉集》）

姚文燮曰：此讥求仙之非也，日月循环，鼓声相续，故长安犹是汉城黄柳，新帘飞燕已成黄土。使如秦皇、汉武在时，遽言搥碎千年白日，势必使翠发变为芦花之白，犹与共南山之寿以守此中国也。其实秦皇死，孝武复死，漏声相续之下，亦不知断送多少万乘之君矣。(《昌谷集注》卷四)

陈本礼曰：此长吉祝国之词，迨（殆?）顺宗册太子时作。史称顺宗风喑未愈，政在二王，而八司马之党交构纵横，人情噂沓，乃从韦皋之请，暨荆南裴垍、河东严绶，笺表继至，乃传位太子，社稷以安。此诗有作讥求长生者，似属牵强。(《协律钩玄》卷四)

吴汝纶曰：此首最警悍。又曰：(“独共”句）亘古不变者，惟有街鼓与南山耳。(《唐宋诗举要》卷二引)

［鉴赏］

街鼓的设置，始于初唐，本用以警夜，即宵禁开始和终止时击鼓通报。由于宵禁始于暮，终于朝，故又兼有报时的作用。诗人正是从街鼓始暮终朝报时作用着眼，创造出“官街鼓”这一象征着朝暮更替不绝的永恒的时间形象。在全诗中，它是一个核心意象，是与人的短暂的生命相对应的意象。围绕着它，又设置了“南山”“漏声”等辅助性意象，用以表达生命有限而时间永恒、自然永恒的主旨；由此出发，又自然引出对帝王求仙的愚妄的批判这个副主题。这样的艺术构思，新颖而独特，体现出李贺的艺术独创精神。

“晓声隆隆催转日，暮声隆隆呼月出。”街鼓的暮声隆隆、晓声隆隆，本与“月出”和“转日”无涉，但街鼓声适在入夜和破晓之际隆隆作响这个现象，却给诗人的联想和想象提供了凭借。在诗人的想象中，那入夜后隆隆作响的街鼓声像是在呼唤月亮的升起，而清晨时隆隆作响的街鼓声像是在催促太阳的运转。这一“催”一“呼”，不但将街鼓拟人化了，而且使它和朝暮更替、不断流逝的时间挂上了钩，使人感到那日月的升落运转，都是由街鼓声呼唤、催动的。这就突出表现了作为不断流逝的时间的象征——官街鼓的伟力，在读者心中唤起一种时间在鼓声催促中飞快流逝的紧迫感和震撼感。

“汉城黄柳映新帘，柏陵飞燕埋香骨。”三、四两句由“官街”转到“汉城”“柏陵”，说长安城中的柳树年年长出嫩黄的柳丝，映照着新换的门帘，而周边遍植柏树的皇帝墓中已经埋葬了绝代佳人赵飞燕的香骨。黄柳映新帘与柏陵埋香骨的鲜明对照，令人触目惊心，突出地表现了大自然的生生不息和人的生命的倏忽消逝，即使贵艳如飞燕也不可避免地香消玉殒，化为枯骨。

“捶碎千年日长白，孝武秦皇听不得。”五、六两句分别由鼓声催日呼月、柏陵飞燕埋骨生发想象，说这咚咚不绝、朝暮更替的鼓声，捶碎了上千年的时间，而太阳仍然像以前那样炽亮，但迷信神仙、妄求长生的汉武帝、秦始皇却早已埋骨地下，再也听不到这千年之后的鼓声了。说鼓声持续千年是常语，说鼓声“捶碎千年”则是奇特而警辟的语言，它不但赋予声音以形象，以动作，而且给人以惊心动魄的感受。如果说鼓声象征着时间的永恒，“日长白”象征着大自然的永恒，那么“孝武秦皇听不得”就突出表现了人生的短促和无奈。即使君临天下、威权盖世的生命在永恒的时间和自然面前也显得极其渺小。

“从君翠发芦花色，独共南山守中国。”七、八两句，由皇帝后妃进一步扩展到一般的世人。“从君”的“君”是泛称的“你”，“从君翠发芦花色”，也就是所谓“秋眉换新绿”。任凭你的乌黑头发变成了芦花的白色，官街鼓却朝朝暮暮、隆隆不绝，好像要和那永世长存的终南山坚守在这长安城。“从君”“独共”前后呼应，突出了时间的无情。

“几回天上葬神仙，漏声相将无断绝。”秦皇、汉武的追求是服药求仙、白日飞升，诗人则连天上的神仙也彻底加以否认。不说神仙不可求、虚妄不存在，而说即使是天上的神仙也不知死过多少回了，而鼓声却与更漏声始终相伴，永无断绝。比起永恒的时间，天上的神仙也是难逃一死的。这彻底的否定，将时间的永恒强调到极致，也将永恒的时间与人生的短促的矛盾推向了极致。

此诗用奇异大胆的想象和层层推进的鲜明对照，突出渲染生命之有限、短暂和时间、大自然之无限与永恒，整体风貌显得特别冷峻尖锐，不留余地，但内心深处潜藏的则正是对有限生命的无限珍惜和眷恋，这一点，正是它虽峻刻冷峭却不流于低沉颓废的原因。它要世人丢掉的是对生命永恒的幻想，而不是短暂有限的生命本身。

元　稹

元稹（779—831），字微之，别字威明，行九，郡望河南洛阳，世居京兆万年（今陕西西安）。贞元九年（793）以明经及第，十九年与白居易同登书判拔萃科，授秘书省校书郎。元和元年（806），登才识兼茂明于体用科，授左拾遗。因屡上书论时事为执政所忌，出为河南县尉。四年，拜监察御史，曾奉使东川。五年贬江陵士曹参军。十年奉召还京。历通州司马、虢州长史。十四年，回朝任膳部员外郎。穆宗即位，擢祠部郎中、知制诰，迁中书舍人，充翰林学士承旨。长庆二年（822）由工部侍郎拜相。六月，出为同州刺史。次年授浙东观察使。文宗大和三年（829）入为尚书左丞，寻出为武昌军节度使。五年卒于镇。与白居易同倡新乐府诗的创作，其《乐府古题序》等在文学批评史上有重要意义。但艺术上真正有特色的则是他的悼亡诗、艳诗和抒写友谊之作。有《元氏长庆集》一百卷，今存者六十卷。《全唐诗》编其诗二十八卷。今人杨军有《元稹集编年笺注（诗歌卷）》。

遣悲怀三首①

其　一

谢公最小偏怜女②，自嫁黔娄百事乖③。顾我无衣搜荩箧④，泥他沽酒拔金钗⑤。野蔬充膳甘长藿⑥，落叶添薪仰古槐⑦。今日俸钱过十万，与君营奠复营斋⑧。

其　二

昔日戏言身后意⑨，今朝都到眼前来。衣裳已施行看尽⑩，针线犹存未忍开⑪。尚想旧情怜婢仆⑫，也曾因梦送钱财⑬。

诚知此恨人人有[14]，贫贱夫妻百事哀。

其　三

闲坐悲君亦自悲，百年都是几多时。邓攸无子寻知命[15]，潘岳悼亡犹费词[16]。同穴窅冥何所望[17]，他生缘会更难期[18]。惟将终夜长开眼[19]，报答平生未展眉[20]。

[校注]

①贞元十九年（803），元稹二十五岁，娶名重当世的太子宾客韦夏卿之幼女韦丛为妻。元和四年（809）七月，韦丛去世。元稹写了一系列悼亡诗，抒写对亡妻的怀念和伤悼。《遣悲怀三首》是其中最著名的组诗。诗题一作《三遣悲怀》。②谢公，东晋宰相谢安，此指韦夏卿。韦夏卿出身高门，元稹娶其女韦丛时官已至太子宾客。贞元十九年出为东都留守，永贞元年改太子少傅，元和元年卒，追赠左仆射，故以谢安比拟。偏伶，偏爱。韦丛系夏卿幼女，故云“最小偏怜女”。③自嫁，《全唐诗》原作“嫁与”，据明弘治杨氏据宋本影抄本改。黔娄，春秋鲁人（或说齐人）。《列女传·贤明传·鲁黔娄妻传》：“（黔娄）先生死，曾子与门人往吊之。其妻出户，曾子吊之。上堂，见先生之尸在牖下，枕墼席藁，缊袍不表。覆以布被，手足不尽敛，覆头则足见，覆足则头见……其妻曰：‘昔先生，君尝欲授之政，以为国相，辞而不为，是有馀贵也。君尝赐粟三十钟，先生辞而不受，是有馀富也。彼先生者，甘天下之淡味，安天下之卑位。不戚戚于贫贱，不忻忻于富贵。求仁而得仁，求义而得义。”事又见《高士传·黔娄先生》。此处用以自比。乖，违，不顺利。④顾，顾惜、眷念。荩（jìn）箧，《全唐诗》原作“画箧”，校“一作荩箧”，兹据改。荩箧，用荩草编的箱子。⑤泥（nì），软求，软缠。《升庵诗话·泥人娇》：“俗谓柔言索物曰泥，乃计切，谚所谓软缠也。”沽酒，买酒。

⑥藿，豆叶。豆类植物枝梗较长，故曰“长藿”。甘长藿，以食长藿为甘。⑦薪，柴火。仰，仗。⑧君，指妻韦丛。营奠，举行祭奠仪式。营斋，为死者延请僧道举行诵经拜忏、祷祝祈福的宗教活动，即所谓做斋。⑨身后意，身故后的情景。⑩施，施舍。行看尽，眼看即将施舍完。⑪针线，当指韦丛往日做的针线活。开，打开。⑫旧情，指韦丛生前对婢仆的怜爱之情。句意指至今尚回想起韦丛往日对婢仆的怜爱之情，因而自己也对婢仆加意怜爱。⑬此句意当紧承上句，说韦丛曾在梦中嘱咐自己善待婢仆，因而有送婢仆钱财之事。⑭此恨，此指夫妻的死别之恨。⑮邓攸，西晋末人，字伯道。永嘉末，石勒作乱，攸以牛马负妻子而逃。“又遇贼，掠其牛马，步走，担其儿及其弟子绥。度不能两全，乃谓其妻曰：‘吾弟早亡，唯有一息（子），理不可绝，止应自弃我儿耳。幸而得存，我后当有子。’妻泣而从之，乃弃之。其子朝弃而暮及。明日，攸系之于树而去……攸弃子之后，妻不复孕……卒以无嗣。时人义而哀之，为之语曰：‘天道无知，使邓伯道无儿。’弟子绥服攸丧三年。”攸曾任吴郡太守，“在郡刑政清明，百姓欢悦，为中兴良守。后称疾去职，郡常有送迎钱数百万，攸去郡，不受一钱”。事见《晋书·良吏传》。此以自比。寻，随即，旋即。⑯潘岳，西晋著名诗人，丧妻后赋《悼亡诗三首》。此以潘岳赋悼亡诗自喻。犹费词，谓自己反复写诗悼念亡妻。⑰同穴，指夫妻同墓合葬。《诗·王风·大车》：“谷则异室，死则同穴。”窅（yǎo）冥：幽暗貌。⑱他生缘会，指来生再结姻缘，同为夫妇。⑲《释名·释亲属》：“无妻曰鳏。鳏，昆也；昆，明也。愁悒不寐，目恒鳏鳏然。故其字从鱼，鱼目恒不闭也。”终夜长开眼，指自己像鳏鱼一样，愁悒不寐，长相思念。或解为“自誓终鳏”，不再婚娶。⑳未展眉，指妻子因生活艰困而平生从未过上舒心欢笑的日子。

［笺评］

陆时雍曰：语到真时不嫌其琐，梁人作昵媟语多出于淫，长庆作

昵媟语多出于恳，梁人病重。(《唐诗镜》卷四十六)

王士禛曰：元微之“顾我无衣搜荩箧”，本集注：荩，草名。今刻作“画箧”，字形讹也。(《带经堂诗话·考证门四·名物类》)

毛张健曰：第一首，生时。(“谢公”四句)四句极写“百事哀”。(末二句)以反映收，语意沉痛。(《唐体馀编》)

黄叔灿曰：此微之悼亡韦氏诗。通首说得哀惨，所谓“贫贱夫妻”也。“顾我”一联，言其妇德；“野蔬”一联，言其安贫。俸钱十万，仅为营奠营斋，真可哭矣。(《唐诗笺注》卷五)

《精选评注五朝诗学津梁》：此诗前六句形容甘受贫苦。第七句极写贵显。“斋奠”二句万种伤心，酒匄亦亦，慨鸡豚养志，不逮生存。每读欧九“祭而丰”两句，不觉欷歔也。

王寿昌曰：于夫妇当如苏子卿之《别妻》，顾彦先之《赠妇》，潘安仁之《悼亡》，暨张正言之“南园春色正相宜……”，元微之之“谢公最小偏怜女……”。(《小清华园诗谈》)

(以上第一首)

毛张健曰：第二首亡后。(《唐体馀编》)

(以上第二首)

毛张健曰：第三首自悲。层次即章法。末篇末句“未展眉”即回绕首篇之“万事乖”，天然关锁。(《唐体馀编》)

潘德舆曰：微之诗云“潘岳悼亡犹费词”，安仁《悼亡诗》诚不高洁，然未至如微之之陋也。“自嫁黔娄百事哀”，元九岂黔娄哉！“也曾因梦送钱财”，直可配村歌山笛耳。至《莺莺》、《离思》、《白衣裳》诸作，后生习之，败行丧身，诗将为人之雠。率天下之人而祸诗者，微之此类诗是也。(《养一斋诗话》卷三)

(以上第三首)

陈世镕曰：悼亡之作，此为绝唱。元、白并称，其实元去白甚远。唯言情诸篇传诵至今，如脱于口耳。(《求志居唐诗选》)

周咏棠曰：字字真挚，声与泪俱。骑省《悼亡》之后，仅见此

制。(《唐贤小三昧集续集》)

孙洙曰：古今悼亡诗充栋，终无能出此三首范围者，勿以浅近忽之。(《唐诗三百首》)

陈寅恪曰：夫微之悼亡诗中最为世所传诵者，莫若《三遣悲怀》之七律三首……凡微之关于韦氏悼亡之诗，皆只述其安贫治家之事，而不旁涉其他。专就贫贱夫妻实写，而无溢美之词，所以情文并佳，遂成千古之名著。非微之之天才卓越，善于属文，断难臻此也。(《元白诗笺证稿·艳诗及悼亡诗》)

[鉴赏]

元稹的妻子韦丛卒于元和四年（809）七月九日。从这年秋天开始，直至元和六年春，首尾三年中，他陆续写了三十多首悼念韦丛的各体诗歌，除七律《遣悲怀三首》最为后世传诵外，如《六年春遣怀八首》《感梦》《夜间》《除夜》等也都是情真语挚的佳作。唐代诗人中写悼亡诗多而好的，元稹之前有韦应物，元稹之后有李商隐。韦应物的悼亡诗中，缺乏特别优秀之作如《遣悲怀三首》者，故不甚为人所知，元、李风格不同，而皆具胜境。

韦丛葬于元和四年十月十三日（据韩愈《韦氏墓志》），此组诗第三首有"同穴窅冥何所望"之句，当作于韦氏既葬之后。

第一首回顾韦丛嫁给自己后这六七年来贫困相守的生活和贤惠品德，为韦氏的过早去世深感抱憾。首联总叙，连用谢安、黔娄二典。韦丛以高门显宦人家最受宠爱的幼女身份，下嫁给自己这样的寒门士子，本来就是一种超越门当户对婚姻习俗的委屈。"谢公"和"黔娄"在身份上的鲜明对照，突出了自己的歉疚之意。次句更进一层，说自从韦丛嫁到自己家中以后，就没有过过一天顺遂的日子。"百事乖"三字，用笔的分量很重，包含的内容也很丰富。不止是指生活上的贫困清苦与韦丛出嫁前过惯的大家闺秀无忧无虑的生活相差天壤，而且也包含元稹自己在仕途上遇到的种种坎坷。元和元年，元稹任左拾遗，上疏论政。八月，宪宗召对，宰相恶之，九月贬为河南县尉。这是元稹人生道路上遇到的首次挫折。不久母亲郑氏去世，丁忧守丧，直到元和四年二月才因宰相裴垍的提拔而任监察御史。“百事乖”中应该也包含了这方面的乖违不顺情事。

名门闺秀且又属“最小偏怜女”的韦丛，面对这样一个清贫而“百事乖”的家庭环境，该何以自处呢?“顾我无衣搜荩箧，泥他沽酒拔金钗。”颔联通过对家庭清贫生活琐事的追忆，突出表现了韦丛对自己的体贴关爱和贫贱夫妻间虽清苦却充满生活情趣和温馨感情的家庭生活。“顾”有“看”义，但这个“顾”却不是一般的“看”，而是“顾惜”“眷念”之意，也就是说，心里老是惦念、顾惜着丈夫没有像样的衣服，而搜寻自己那草编的箱子，想从中找出一点布料来为丈夫缝制新衣。“顾”字中透露出来的正是这种发自内心的体贴关爱。而“搜”字则说明在这简陋的“荩箧”中实在没有太多可供搜寻的东西，须费力寻找才能偶尔发现一两段可供成衣的布料，则生活之清贫可见。由于生活清苦，喝酒也成了一种奢侈，实在想喝酒时便只能缠着韦丛，央求她变着法子弄点钱来买酒，而她唯一能想出来的办法就是拔下头上戴的金钗去换钱。贫居家无长物，头上的金钗这仅有的首饰大概还是娘家带来的旧物，今日已成清贫生活的点缀，为了让嗜酒的丈夫过一下酒瘾，也毫不犹豫地拔掉买酒了。既见出韦丛的贤惠体贴，为自己的一点小小嗜好竟心甘情愿地付出心爱的饰物，也反映出清贫相守的生活中自有一份温馨的情意和融洽和谐的生活情趣。

“野蔬充膳甘长藿，落叶添薪仰古槐。”腹联专写家庭生活的清贫。一日三餐的饭食中，常常要搭配一些野菜、豆叶之类的东西来充饥果腹，连烧饭的薪柴也不得不仰仗古槐的落叶来增添一点燃料。以古槐落叶添炊，以野蔬长藿充膳，这是散文的朴素叙述，要把它化为诗句，并且写得富于诗味，就需要组织的功夫和点眼的字眼。诗人将它们组成一联工整而流畅的对仗，并在上句和下句分别用了“充”和

"添"、"甘"和"仰"四个动词，整个一联就顿时有了生气和兴味的流注。如果说"充"字、"添"字、"仰"字侧重于表现生活的清贫和虽清贫而不乏诗意，那么"甘"字就侧重于表现作为家庭主妇的韦丛对这一切都心甘情愿地承受，安之若素，甚至甘之如饴的贤惠品格。诗人对她的这种品格的深情赞美也自然融合其中。写清贫生活容易流于寒俭甚至酸腐，这一联却把这种生活写得富于诗味和人情味，读来毫无矫情之感，关键就在于这种生活与韦丛贤淑品格的水乳交融，生活与人格和谐统一。读到这里，再回过头去品味首句"谢公最小偏怜女"，就能深刻感受到在如此优裕的家庭环境中成长起来的韦丛能做到这一切之不易，更能体会到她的这一切表现完全出于其贤淑的内在品性，因而开头所表现的家庭环境正为颔、腹两联写其品性提供了有力的反衬。

"今日俸钱过十万，与君营奠复营斋。"尾联从追忆往昔回到眼前，说如今自己的俸钱已过十万，却不能和你一起过比较宽裕的生活，只能用它来为你举行祭奠仪式，做斋祈福了。"俸钱过十万"仿佛极俗，但转出一句"与君营奠复营斋"，却令人凄绝。生前不能为贤淑的妻子提供起码的温饱生活条件，死后方能为之"营奠复营斋"，则所抱的遗憾又何止是终身难释！极俗，却极真实，极深至，极本色。

第二首侧重抒写韦丛去世后自己的种种哀思。首联亦总起重笔抒慨："昔日戏言身后意，今朝都到眼前来。"过去夫妻之间戏言一方身死之后的悲伤情事，今天都成了眼前活生生的现实。韦丛去世时，元稹三十一岁，正当壮盛之年，根本料想不到会有盛年丧妻的遭遇，"戏言"竟成谶语，这种完全出乎意料的沉重打击，使诗人的感情上处于难以承受的境地。以下两联，就进而具体叙写妻子亡故以后引起自己哀思的一些情事。

"衣裳已施行看尽，针线犹存未忍开。"按照妻子生前"戏言"时曾经提到过的话，在她去世以后已经陆陆续续将她穿过的衣裳施舍给别人，眼看就要赠送完了。这样做，既是遵从她生前的嘱咐，也是怕自己睹物思人，更增悲怆，但从“行看尽”三字中，又可隐隐体味出不忍心舍弃的矛盾感情，故自然引出下句来：过去妻子做的针线活都还完整地保存着，不忍心打开。这种已竟或未竟的针线活，拿去送人，并不合适，但对自己来说，却是一种永久的亲切纪念。“未忍开”三字，写出了诗人那种既想打开它来看，重温妻子的手泽，又怕触物伤感的矛盾感情。或“施”或“存”，都是怕触动旧痛。

“尚想旧情怜婢仆，也曾因梦送钱财。”腹联上句意分两层，一层意思是说，如今还清楚地回想起妻子旧日对待婢仆的怜爱，深感妻子为人的宽厚善良；另一层意思是说，自己内心深爱妻子，想到她昔日对婢仆的怜爱，不由自主地对婢仆平添怜爱之情。这既显示了诗人爱妻而怜婢仆的感情，也显示了妻子的品德感召力。两层意思在重叠中有推进，使情感表达得既婉曲又深挚。下句是说，有时梦见韦丛嘱咐自己善待婢仆，因而自己也有赠送婢仆钱财之事，“也”字紧承上句“怜婢仆”，上下句意方一贯。连梦中都不忘嘱丈夫善待婢仆，更可见韦丛的善良宽厚出自本性。以上两联，透露出“昔日戏言身后意”中可能包括诸如将衣裳、针线施舍给别人以及善待婢仆一类的话，故诗人有这样的叙述，仿佛是对死者生前“戏言”的一种郑重回应和交代。

“诚知此恨人人有，贫贱夫妻百事哀。”尾联回抱首联，就妻子已故后不能已已的思念和悲恨抒慨。出句先推开一层，说诚然知道夫妻之间一方先故的死别之恨人人都会遇到，对句反过来转进一层，说像自己和韦丛这样贫贱相守、同甘共苦、相濡以沫的夫妻，突然过早地死别，却令人倍感伤痛，回想六七年间经历的种种艰难困苦，深感百事可哀！“百事哀”遥承第一首“百事乖”，是对六七年共同生活经历的充满悲慨的总结。

第三首侧重抒写丧妻后的自悲之情。首句“闲坐悲君亦自悲”总挈，“悲君”承上二首，“自悲”启下七句。次句悲慨人生即使活到百年，到底又有多少时日呢？这是由于伤痛相期百年的爱妻逝去之后对生活意义深感迷茫的情况下发出的感慨。它不是悲慨年寿的短促、人生的有限，其潜台词是，失去了相濡以沫的爱妻，即使活到百岁，又有多少人生的乐趣呢？感情极沉挚悲痛，出语却貌似旷达，表里之间存在的强烈反差，使感情的表达倍加深沉。

“邓攸无子寻知命，潘岳悼亡犹费词。”颔联出句悲无子，人生更觉孤孑。韦丛过早去世，连儿女也没有留下，自己在丧妻之余连聊可慰藉寂寞心灵的儿女也没有，不免更感到孤寂凄凉。“寻知命”三字，以知命自解，实际上包含着对“天道无知”的不平与悲愤。对句说自己明知像潘岳那样写诗悼念亡妻，并不能使亡妻复生，不过徒费文辞而已，但出于感情宣泄的需要，却仍然要这样做，“犹”字正表现出这种明知无用却无法抑制的深悲。

“同穴窅冥何所望，他生缘会更难期。”妻子既已去世，往昔共同发出的“死则同穴”的誓言已经成空，至于来生再有缘分相会结成婚姻便更渺茫无期了。上句是无情的死别现实粉碎了“死则同穴”的誓愿，下句是本就渺茫的来生再结良缘的希望更加虚幻难期。今生来世，重聚的希望只能是一片空无！

“惟将终夜长开眼，报答平生未展眉。”尾联是在同穴无望、他生难期的情况下迸发出的一片赤诚之意。对于韦丛的过早去世，诗人怀着一种强烈的歉疚之情，感到自己由于贫贱使她始终过着一种不如意的艰困生活，尽管她生性贤淑温柔，自甘清贫，自己却因此倍感伤痛。死者已矣，自己唯一能做的就是终夜不眠，长期思念，来报答韦丛平生从未舒心展眉的长恨。这是发自内心深处的至情至性之语，于万般无奈之中流露的正是一种痴顽至极、沉痛彻骨的悲慨。死者有知，或可“展眉”于九泉之下了。这两句，不仅是对本篇的总结，也是对三首诗的总结。

元稹的这三首悼亡诗之所以感人，大约有以下几个原因。一是写出了一种特殊的真情实感。韦丛以高门显宦之家下嫁寒门庶族，品性又如此贤淑，六七年的时间中甘受清贫，默默奉献，还没有来得及过上一天舒心展眉的日子便猝然离去，使元稹始终对她怀着一种深深的歉疚之情。诗中将这种感情反复地加以渲染、强调，使它成为全诗的贯串性感情主调。由于诗人的这种感受特别真切深刻而又独特，因而给读者留下深刻的印象。二是寓情于事，通过亲自经历的具体情事乃至细节来写妻子的贤淑品性和对自己的体贴关爱，因此特别能打动人。三是在通过具体情事抒写悼念亡妻感情的同时，往往有基于深刻人生体验的带有普遍性的人生悲慨的抒发，如每首诗的起、结两联。这几方面原因的互相配合，遂使这三首悼亡诗具有情与事、特殊与普遍高度融合的特色。

六年春遣怀八首（其二）[①]

检得旧书三四纸[②]，高低阔狭粗成行[③]。自言并食寻常事[④]，惟念山深驿路长。

［校注］

①六年，指元和六年（811）。元和五年，因奏河南尹房式为不法事等为执政所恶，贬江陵府士曹参军。这组诗即作于任职江陵期间。②检，寻检。旧书，指妻子韦丛旧日写给自己的书信。三四纸，三四张信纸。③高低阔狭，指信纸的长短阔狭各不相同。粗成行，大体上成行。④并食，两顿饭合在一起吃。常，《全唐诗》原作“高”，他本同，当作“常”，径改。

［鉴赏］

这组悼亡七绝作于元和六年（811）春天，上距韦丛之卒已经一年半。从诗中流露的悼伤追怀之情看，仍然像以前一样真挚深沉。在同时所作的《答友封见赠》诗中说：“荀令香销潘簟空，悼亡诗满旧屏风。”从中不难看出，诗人对亡妻韦丛的怀念并没有随着时间的消逝而消逝，而是一遇到和妻子有关的人、物、情、事便触绪伤情，难以自制。

这首诗的前两句说，一天在清理旧物时，寻检出了韦丛生前寄给自己的几页信纸，信上的字写得高高低低，参差不齐，行距也时阔时狭，不大匀称，只能勉强成行罢了。但这字迹行款，对于诗人来说，却是熟悉而亲切的。睹物思人，会自然唤起对往昔共同生活的深情追忆，浮现出亡妻朴实淳厚的面影。诗人如实描写，不稍修饰，倒正见出亲切之情、感慨之意。陈寅恪据此二句，谓韦丛“非工刀札善属文者”，近之。

三、四两句叙说“旧书”的内容。信中说，由于生活困难，常常不免要过并食而炊的日子。不过，这种清苦的生活自己已经过惯了，倒也觉同寻常，并不觉得有什么。自己心里深深思念的倒是你这个出外远行的人，担心你在深山驿路上奔波劳顿，饮食不调，不要累坏了身体。信的内容当然不止这些，但诗人转述的这几句话无疑是最使他感怆唏嘘，难以为怀的。那信上自言“并食”而炊，自是不经意间说出的实情，但又生怕丈夫为她的清苦生活而担心和不安，所以轻描淡写地说这只不过是“寻常事”。话虽说得很平淡、随意，却既展现出她那“野蔬充膳甘长藿”的贤淑品性，又传出她的细心体贴。自己的“并食”而炊仿佛不值一提，而远行于深山驿路的丈夫才是让自己牵挂的。真正深挚的爱，往往是这样非常朴质而无私的。诗人写这组诗时，正是他得罪权幸被贬为江陵士曹参军，亟须得到精神支持之际。偶检旧书，重温亡妻在往昔艰难生活中给予他的关怀体贴，想到当前孤孑无援的处境，能不感慨系之、黯然神伤吗？

悼亡诗是一种纯粹抒情的诗歌体裁，完全靠深挚的感情打动人。这首题为“遣怀”的悼亡诗，通篇却没有一字直接抒写悼念亡妻的情怀。它全用叙事，而且是日常生活里一件平常细小的事：翻检出亡妻生前写给自己的几页信纸，看到信上写的一些关于家常起居的话。事情叙述完了，诗也就结了尾，没有任何抒发感慨的话。但读者却从这貌似客观平淡的叙述中感受到诗人对亡妻那种不能自已的深情。关键就在于，诗人所叙写的事虽平凡细屑，却相当典型地反映了韦丛的性情品格，反映了他们夫妇之间相濡以沫的关系。情含事中，自然无须多置一词了。

元稹的诗平易浅切，这在其他题材的诗歌中，艺术上往往利弊得失参半。但在《遣悲怀三首》和这首诗中，这种平易浅切的风格倒是和诗的内容、感情完全适应的。悼亡诗在感情真挚这一点上，比任何诗歌都要求得更严格，可以说容不得半点虚假。华侈雕琢往往伤真，朴素平易倒是表达真情实感的好形式，特别是当朴素平易和深厚的感情和谐结合时，这样的诗实际上也是深入与浅出的统一了。鲁迅所说的白描秘诀——“有真意、去粉饰、少做作、不卖弄”，似乎特别适用于悼亡诗的写作。

行　宫①

寥落古行宫②，宫花寂寞红。白头宫女在，闲坐说玄宗③。

[校注]

①此诗《文苑英华》卷三百十一置王建《温泉宫》后，题作《古行宫》，但题下并未署“前人”字（仅目录中有“前人”字）。宋洪迈《万首唐人绝句》五言卷六、《容斋随笔》卷二均以此为元稹作。《唐音统签》卷三十五王建五言绝句补此诗于卷末，当据《文苑英华》补入。兹从洪迈作元稹诗。卞孝萱《元稹年谱》谓此诗为元稹任监察御史分务东台时作，时在元和四年（809）。此“行宫”或为自长安至洛阳途中所建供皇帝东巡时临时休憩之宫殿，或即建于东都洛阳之行宫，如上阳宫之类。②寥落，冷落空寂。③说玄宗，谈说玄宗旧事。

[笺评]

洪迈曰：白乐天《长恨歌》《上阳宫人歌》，元微之《连昌宫词》

道开元宫禁事最为深切矣，然微之有《行宫》一绝句云……语少意足，有无穷之味。(《容斋随笔》卷二)

叶寘曰：元稹过华清宫诗“白头宫女在，闲坐说玄宗”，退之过连昌宫诗“宫前遗老来相问，今是开元几叶孙”，各有意味，剑南诗中亦云：“舍北老人同甲子，相逢挥泪说高皇。”(《爱日庐丛钞》卷三)

瞿佑曰：《长恨歌》一百二十句，读者不厌其长；微之《行宫》词才四句，读者不觉其短，文章之妙也。(《归田诗话》卷四)

胡应麟曰：王建“寥落古行宫”……语意妙绝，合建七言《宫词》百首，不易此二十字也。(《诗薮·内编·近体下·绝句》)

吴逸一曰：冷语有令人惕然深省处，“说”字得书法。(《唐诗正声》评)

黄周星曰：此宫女得与外人闲说旧事，胜于上阳白发人多矣。(《唐诗快》卷十四)

徐增曰：玄宗旧事出于白发宫人之口，白发宫人又坐宫花乱红之中，行宫真不堪回首矣。(《而庵说唐诗》)

王尧衢曰：“寥落故行宫”：“故行宫”上加“寥落”二字，分外凄凉。“宫花寂寞红”：宫无人焉则花光寂寞，空自落残红矣。“白头宫女在”：此行宫中谁人对此宫花乎？只有白头宫女在耳。连用三“宫”字，凄然欲绝。“闲坐说玄宗”：玄宗旧事，真不堪说，白发宫人，可怜一世眼见心痛，不觉于对花闲坐时说之，解此寥寂，而故宫中不堪回首矣。(《古唐诗合解》卷四)

沈德潜曰：说玄宗，不说玄宗长短，佳绝。只四语，已抵一篇《长恨歌》矣。(《重订唐诗别裁集》卷十九)

黄叔灿曰：父老说开元、天宝事，听者藉藉，况白头宫女亲见亲闻。故宫寥落之感，黯然动人。(《唐诗笺注》卷七)

李锳曰：明皇已往，遗宫寥落，借白头宫女写出无限感慨。凡盛事既过，当时之人无一存者，其感人犹浅；当时之人尚有存者，则感

人更深。白头宫女，闲说玄宗，不必写出如何感伤，而哀情弥至。(《诗法易简录》)

宋宗元曰：妙能不尽。(《网师园唐诗笺》卷三)

潘德舆曰："寂寞（当作寥落）古行宫"二十字，足赅《连昌宫词》六百馀字，尤为妙境。(《养一斋诗话》卷三)

俞陛云曰：直书其事，而前朝盛衰，皆在"说玄宗"三字之中。(《诗境浅说》续编)

刘永济曰：首句宫之寥落，次句花之寂寞，已将白头宫女所在环境景象之可伤描绘出来，则末句所说之事，虽未明说，亦必为可伤之事。二十字中，于开元、天宝间由盛向衰之经过，悉包含在内矣。此诗可谓《连昌宫词》之缩写。白头宫女与《连昌宫词》之老人何异！(《唐人绝句精华》)

刘拜山曰：以"红花"、白发，映衬情境；以"寂寞""闲坐"，烘托气氛，而盛衰今昔之感全见。此画家设色渲染之妙。"闲坐说玄宗"，一句可抵数十语，极含蓄微婉之致。(《千百唐人绝句》)

［鉴赏］

安史之乱成为唐王朝由繁荣昌盛走向衰乱没落的重大历史转折点。从此以后，唐诗中就不断出现感慨今昔盛衰的作品。中唐时期，以刘禹锡的怀古诗为典型代表的诗作，便集中抒发了这种历史感慨。元稹的这首《行宫》，在更广泛的意义上说，也属于怀古诗的范畴。但以短短二十字而反映出时代的盛衰变化和不胜今昔沧桑的深沉感慨，将古典诗歌精练含蓄的优长发挥到极致，则是这首诗突出的艺术成就。

诗中的行宫，或说即东都洛阳的上阳宫，但也有可能是由长安到洛阳途中的行宫，类似连昌宫这种旧宫。即使所指为东都上阳宫，诗的主题也和白居易"愍怨旷"的《上阳白发人》显然有别。说诗者因此诗中有"白头宫女"而将它与《上阳白发人》联系起来，认为诗中抒写了宫女的凄凉身世、哀怨情怀，可能错会了诗的性质。它不是宫怨诗，而是抒写今昔盛衰之慨的怀古诗。

“寥落古行宫”，起句大处落墨，抒写对行宫的整体印象和感受。“行宫”而曰“古”，未必是指其年代久远，属于前朝遗迹，而是眼前这座破败的行宫给自己带来的恍如隔世之感。“寥落”二字，是诗人对它的突出印象，包含冷落空寂、萧条破败等意蕴。二字一篇之主，直贯全诗。

“宫花寂寞红。”次句将眼光聚集在宫中正在开放的红花上。“红”的颜色，通常给人以鲜艳、热闹、繁盛乃至兴奋喜悦之感，但这里却用“寂寞”来形容它。这是因为整个行宫冷落空寂、萧条破败的环境气氛，使那红艳的花朵也似乎染上了寥落冷寂的气氛，无人欣赏，自开自落，显得分外寂寞了。这句借助色彩与环境，与人的通常感受反向对比，传出了古行宫“寥落”的神韵。

“白头宫女在，闲坐说玄宗。”三、四两句，由宫花转到行宫中孤寂的白头宫女身上。这几位白发苍苍的宫女，应是玄宗开、天时期进入行宫的，当时都是妙龄青春少女，半个多世纪之后，都成了风烛残年的老妪了。从“说玄宗”三字所透露出的消息看，她们当年可能在玄宗的多次东巡中听说过皇帝巡游的浩荡声势和热闹场面，或听说过许多宫中的旧事，就像诗人在《连昌宫词》中所描绘的那样。但这一切盛世风光，都已随着安史之乱这场浩劫而一去不复返，成了白头宫女的遥远记忆和旧梦。如今，只有在寂寞闲坐、打发时光时将它们作为谈资，而加以咀嚼回味了。表面上看，诗人似乎只是在平静从容、不动声色地描写几位白头宫女闲坐谈说玄宗旧事的场景，但细加品味，则其中蕴含了很深的时代盛衰之慨。说“白头宫女在”，这句句末似不经意的“在”字，透露出往日豪华热闹的行宫，如今已经一片空寂，满目萧条，只剩下几位白头宫女了。反言之，白头宫女的“在”，正暗示她们曾历经的盛世繁华风光已经永远不“在”了。而末句的“闲坐”，不仅表现了她们生活的寂寞无聊，而且进一步显示出行宫的

“寥落”。“说玄宗”，妙在“说”字中不含任何议论褒贬，只是闲来无事的随意谈说和追忆，而所说的对象——玄宗，却一下子将读者的思绪引到玄宗所代表的开天盛世，触发对已经逝去的盛世的无穷想象。想象追忆中的盛世繁华与眼前这寥落冷寂、萧条破败的古行宫，寂寞开放的红色宫花，寂寞闲坐的白头宫女形成了强烈鲜明对照，其中所蕴含的深沉今昔盛衰之慨便使人味之无极，极具启示性了。《连昌宫词》中的老人，在追忆玄宗旧事、叙说安史之乱后的社会景象之后，曾提出“太平谁致乱者谁”的尖锐问题并作出解答，这首仅二十个字的五绝自然不可能也没必要这样做，但在“闲坐说玄宗”的平淡叙写中却自然包含了上述意蕴。正是在这个意义上，评家认为“‘寂寞（当作寥落）古行宫’二十字，足赅《连昌宫词》六百馀字，尤为妙境”，“此诗可谓《连昌宫词》之缩写”。

这首诗之所以有如此丰富深刻的内涵，精妙的构思是一个关键原因。诗中的两个重要意象——“行宫”和“宫女”，正是诗人用以表现今昔盛衰之慨的主要凭借。“行宫”曾经接待过玄宗的东巡，有过繁华热闹的过去；又经历过安史之乱的破坏和乱后长期空置的冷寂，它本身的变化就是大唐王朝由盛而乱而衰的历史见证。而现今白头闲坐的宫人，也亲历过往昔的繁华，同样是时代盛衰的历史见证人。今日寥落冷寂的行宫和白头闲坐的宫女，正映衬出往昔的繁华昌盛。尽管诗中没有一字正面描写往昔之盛，但是“说玄宗”三字中，已经暗透出往昔的繁华热闹，也包含了乱后的冷寂萧条，因为玄宗本身，就既是开天盛世的缔造者，又是酿乱致衰的祸首。

这首诗很像一幅画，而且其“设色渲染之妙”也饶有画意，但千万不要忘了在这幅画图之旁的诗人。行宫的“寥落”、宫花的“寂寞”，都包含着诗人的主观感受；而“白头宫女在，闲坐说玄宗”的场景，就身在其中的白头宫女来说，不过是冷寂无聊生活的写照，她们本身未必有深沉的今昔盛衰的历史感慨，但身处这一场景之外的诗人，由“白头宫女在，闲坐说玄宗”的场景引发的却是无限深沉的今昔盛衰的沧桑感。诗境的含蓄，正在画中人浑然不觉，画外人感怆不尽处见之。

西归绝句十二首（其二）[1]

五年江上损容颜[2]，今日春风到武关[3]。两纸京书临水读[4]，小桃花树满商山[5]。

［校注］

①元和十年（815）正月，元稹奉诏回朝，由唐州返江陵后归京。二月抵长安。此诗作于归京途中至商山时。江陵在长安东南，故曰“西归”。②江上，指江陵，在长江边上，故称。元稹于元和五年春贬江陵士曹参军，至作诗时正满五年。③武关，战国时秦国之南关，在今陕西商南县西北。④作者自注：“得复言、乐天书。”复言，李谅字。与白居易、元稹友善，有诗唱和。乐天，白居易字。水，指丹水。⑤商山，在今陕西商县东南。陆游《老学庵笔记》卷四：“欧阳公、梅宛陵、王文恭集，皆有《小桃》诗，欧诗云：‘雪里花开人未知，摘来相顾共惊疑，便当索酒花前醉，初见今年第一枝。’初但谓桃花有一种早开者耳。及游成都，始识所谓小桃者，上元前后即着花，状如垂丝海棠。曾子固《杂识》云：‘正月二十间，天章阁赏小桃。’正谓此也。”

［笺评］

史承豫曰：（末句）深情人乃能作此语。（《唐贤小三昧集》）

俞陛云曰：微之五年远役，归至武关，得书而喜，临水开缄细读。前三句事已说尽，四句乃接写武关所见，晴翠商山，依然到眼，小桃红放，如含笑迎人，入归人之目，倍觉有情，非泛写客途风景也。（《诗境浅说》续编）

刘拜山曰：以“小桃花树满商山”见喜悦之情。与王昌龄《从军

行》以“高高秋月照长城”传凄怨之神，用笔正同，皆极风神骀荡之致。(《千首唐人绝句》)

[鉴赏]

五年江陵之贬，是元稹在人生道路上遇到的一次历时最长的挫折。元和九年（814）闰八月，淮西吴元济叛乱，严绶移山南东道节度使，发赴唐州以招抚之，元稹为从事。十月，严绶充申光蔡等州招抚使，元稹仍居严幕。元和十年正月，奉诏还朝。他先回江陵，然后西归长安。《西归绝句十二首》便是他在西归途中及到京后陆续写成的七绝组诗。这是组诗的第二首。

“五年江上损容颜”。首句是对五年贬谪江陵生活的总括。“损容颜”也就是组诗第三首所说的“今日还乡独憔悴，几人怜见白髭须”。这一年元稹三十七岁，却已是形容憔悴，髭须斑白，可见其心情的抑郁苦闷和生活的困顿穷蹙。

“今日春风到武关”。次句忽转入对西归行程的叙述。“春风到武关”，语意活泛，既可理解为春风拂面的季节，自己终于西归到达武关，也可理解为和煦的春风来到了武关。武关是战国时秦之南关，到了武关，也就意味着进入了自己日夜思念的秦地，离西归的目的地长安不远了。拂面吹来的和煦春风，使长期沉沦困顿的诗人感受到了自然界的生机和暖意，心情也变得开朗起来，与上句对照，显然可以感受到诗人的轻快喜悦的心情和跃动跳荡的心律。

“两纸京书临水读，小桃花树满商山。”三、四两句，续写西归途中喜读友人来信和所见景物。商山在唐商州上洛县（今陕西商洛市商州区）东南，距武关（唐商洛县，今陕西丹凤县东）尚有一段距离。“两纸京书”，指友人李复言、白居易的来信，他们当是得知元稹奉诏回京的消息后，先派人送信给尚在途中的元稹，以表达欢迎祝贺之情的。从武关向西的途中得此来书，喜不自胜，就在临丹水的路边读了起来，“临水读”三字，将刚接友人来信时兴奋喜悦、急匆匆地就在丹水边的道旁展信而读的情景，鲜明如画般地呈现在读者面前。妙在写到这里却撇开“京书”的内容和自己展读后的心情，宕开一笔，写抬头忽见小桃花树的红花开遍商山的绚丽景色，而于瞥见此景时的内心感触则不着一词。全诗就在这明丽烂漫的春光中忽然收住。读来但觉情韵悠长，风神摇曳，含蕴无穷。景中寓情，但这情却不是那种可以用明晰的概念表述的情，而是一种兴会和感触，一种由满目春色引发的美好遐想和难以名状的兴奋喜悦和对未来的展望。元稹的七绝，每用以景结情之法，但像这首诗这样写得极富远神远韵的却少见。

闻乐天授江州司马①

残灯无焰影幢幢②，此夕闻君谪九江③。垂死病中惊坐起④，暗风吹雨入寒窗⑤。

［校注］

①元和十年（815）六月三日，藩镇李师道派刺客刺死主张对藩镇用兵的宰相武元衡，并刺伤御史中丞裴度。时任太子左赞善大夫的白居易上书主张捕贼，宰相以其越职言事，诬之者谓其母因看花坠井而死仍作《赏花》《新井》诗，贬为江州司马。元稹当时在通州司马任上，听到白居易贬江州的消息，写了这首诗。诗作于是年八月。江州，唐江南西道州名，今江西九江市。司马，州郡佐吏。唐郡，上州司马一人，从五品下。司马一职，唐代常用来安置贬谪官吏。②幢幢，形容灯影摇曳不定之状。③九江，即江州。江州浔阳郡，本九江郡，天宝元年（742）更名。白居易《琵琶引》序：“元和十年，予左迁九江郡司马。”④时元稹患疟疾。《酬乐天见寄》云：“瘴色满身治不尽，疮痕刮骨洗应难。”《献荥阳公五十韵》自注云：“稹病疟二年。”惊坐起，《全唐诗》校：“一作仍怅望。”⑤雨，《全唐诗》校：“一作面。”

［笺评］

白居易曰：睹所寄闻仆左降诗云……此句他人尚不可闻，况仆心哉！至今每吟犹恻恻耳。(《与元微之书》)

洪迈曰：嬉笑之怒，甚于裂眦；长歌之哀，过于恸哭，此语诚然。微之在江陵，病中闻乐天左降江州，作绝句云："残灯无焰影幢幢，此夕闻君谪九江。垂死病中惊坐起，暗风吹雨入寒窗。"乐天以为"此句他人尚不可闻，况仆心哉!"微之集作"垂死病中仍怅望"，此三字既不佳，又不题为病中作，失其意矣。(《容斋随笔·长歌之哀》)

《唐诗训解》：悲惋特甚。

高江曰：("垂死"句) 真。又曰：悲惋。(李攀龙《唐诗选》评)

唐汝询曰：残灯无焰，愁惨之时，垂死起坐，至情所激。风吹雨入，凄凉可知。非元、白心知，不能作此。(《唐诗解》卷二十九)

徐增曰：此诗重"此夕"二字。大凡诗中用字，最不可杂乱，此诗若"残"字，若"无焰"字，若"谪"字，若"垂死"字，若"惊"字，若"暗"字，若"寒"字，如明珠一串，粒粒相似，用字之妙，无逾于此。(《而庵说唐诗》卷十一)

吴昌祺曰：衬第三句，而末复以景终之，真有无穷之恨。(《删订唐诗解》卷十五)

王尧衢曰：读此诗，叹古人友谊之厚。"残灯"句：灯残则无焰，而其影幢幢不明。夜境病境愁境，都从此文字写出。"此夕"句：此夕，即此灯残愁惨之夕。至友左降，却在愁病无聊之夕，闻之更为分外扫兴。"垂死"句：病而垂死，痛之至也；惊而坐起，惊之甚也。元、白二人心知至友，休戚相关，其情如此。"暗风"句：此时失惊坐起，呆呆想去，无可为力，但觉半明不灭之灯影中，暗风吹雨从窗而入，令人心骨俱寒。至情所激，其凄凉甚矣，他日乐天语人云：此

语他人尚不可闻，况仆心哉！（《古唐诗合解》卷六）

沈德潜曰：诗……又有过作苦语而失者。元稹之“垂死病中惊坐起，暗风吹雨入船（按：当作“寒”）窗”，情非不挚，成蹙蹶声矣。李白“杨花落尽子规啼”，正不须如此说。（《说诗晬语》卷上）

黄叔灿曰：残灯病卧，风雨凄其，俱是愁境，却分两层写。当此残灯影暗，忽惊良友之迁谪，兼感自己之多病。此时此际，殊难为情。末句另将风雨作结，读之味逾深。（《唐诗笺注》卷九）

余成教曰：香山谓“予与微之前后寄和诗数百篇，近代无如此多有也”，愚谓白之与元也，“所合在方寸，心源无异端”两语，已曲尽其情矣。元之于白也，《闻授江州司马》、《得乐天书》两绝句，亦曲尽其情。（《石园诗话》卷二）

朱宝莹曰：点题在二句。首句先云“残灯无焰影幢幢”，谓“残灯”则无光焰，而其影幢幢不明。凡夜境、病境、愁境俱已写出。二句“此夕”即此残灯之夕，再作一读（逗），下五字点乐天之左降，乃逾吃紧。三句转到微之之凄切，写得十分透足。四句写足一种愁情之境，但觉暗风吹雨从窗而入，无非助人凄凉耳。读此可见古人友谊之厚焉。［品］凄切。（《诗式》）按：此评多袭王解。

沈祖棻曰：首句描绘当时景色，就已经形成了一种悲剧气氛，灯已残了，可见夜深。深夜孤灯，客居不寐，已是凄凉黯淡，何况此灯又因灯燃油尽，已无焰光，只剩下一片昏沉沉的影子呢？（幢幢，昏暗貌。）次句写所闻。首以“此夕”点明时间，联系所写景色，下句所写心情，郑重出之。“君”，点明人。“谪九江”，点明事。第三句写在如此凄凉黯淡的景物中间，忽然听到如此惊心动魄的消息，已经使人难以忍受了，何况这时自己又生着病，而且病得要死呢。“惊坐起”三字，安放在“垂死病中”之下，极有分量。垂死之病，当然难以坐起，而居然坐起，则此消息之惊人，闻者之震动，都极强烈地表达了出来，末句以景结情，回应首句。此时此地，此种心情，而目之所见，耳之所闻，惟有风雨扑窗而已。“风”而曰“暗”，应“残灯”；

“窗”而曰“寒”，应长夜，都与诗人的心情一致，非常协调。此诗用悲剧气氛来衬托人物的环境与心情，极其出色。（《唐人七绝诗浅释》）

刘拜山曰：“垂死”句写闻耗后感同身受之情，直从肺腑中流出；而残灯风雨，设境尤极凄其，所以倍觉深挚。(《千首唐人绝句》）

[鉴赏]

在元、白数百首唱酬寄赠之作中，这首《闻乐天授江州司马》是感情最为沉痛凄凉的一首。这是因为，写这首诗时，两位志同道合的挚友都处于人生的最低谷时期。元稹于元和元年因上疏论政遭宰相之恶，出为河南县尉；元和五年，又因弹劾贪官，遭权贵宦官忌恨，贬江陵士曹参军。元和十年正月，奉诏归京，本以为能得到朝廷任用，心存乐观的希望，这在《西归绝句十二首》中有所流露，但二月到京，三月出为通州司马，通州地处荒僻，自然环境恶劣，元稹到任后不久即患疟疾，绵延百日。他在《酬乐天东南行诗一百韵并序》中说：“元和十年闰六月至通州，染瘴危重。八月闻乐天司马江州。”三次被贬，又“疟病将死”，自己的人生道路仿佛已到绝境，正在这时，又传来挚友贬江州司马的消息，无异于雪上加霜，使诗人的情绪受到极大冲击。这种经历重重打击之后濒于绝境的写作背景，正是此诗“悲慨特甚”的原因。

此诗主句，即次句“此夕闻君谪九江”七字，感人之处，全在气氛的烘托渲染。起句“残灯无焰影幢幢”，即用浓重笔墨渲染出一片黯淡悲凄的气氛。“残灯”表明灯将燃尽，时已深夜，灯光黯淡而无光焰，在寒风的吹拂下，暗影摇曳不定。这种景象，于深夜的寂静、幽暗中带有阴森的色彩。它既是对当时环境气氛的写实，又是诗人濒临绝境（包括处境与病况）时心境的外化，与下面的“垂死病中”构成对应，令人自然联想起处在这种环境中的人所面临的绝境。王尧衢说“夜境病境愁境，都从此文字写出”，是体会得比较深切的。

次句叙事切题。七字中人、事、地、时全部包括。由于上句已经对当下的环境气氛作了充分的渲染，因此句首的“此夕”二字就显得分外沉重。在自己濒临绝境的情况下“闻君谪九江”，不但悲己，且复悲君，同病相怜之感，天道悠悠之慨，全寓言外。

“垂死病中惊坐起”，紧承次句，写乍闻噩耗之际自己的反应。“垂死病中”的形容，对于一个感染疟疾百日，病势危重的人来说，并非夸张之词，如果再将诗人三次遭贬，人生道路仿佛已到尽头的境况考虑进去，那么这“垂死病中”四字所包含的意蕴便更丰富，感情也更悲凄沉痛了。处在这种境况中的人，按通常的情况，起坐是十分艰难的，但乍闻此消息，竟突然因“惊”而“坐起”，可以想象这一噩耗给他感情上带来的巨大震撼和沉重打击。这种近乎肌体应急反应的生动形象描写，正透露出此刻诗人在心灵上受到的巨大创痛，是传神写照之笔。

“暗风吹雨入寒窗”。上句从情感的强度说，已经达到最高潮，下句如续写“惊坐起”时的感情活动，不免成为强弩之末，甚至成为蛇足。诗人于极紧要处忽然宕开，转而写景：在昏暗的深夜中，风雨交加，阵阵寒风，吹送着冰凉的雨丝，进入诗人居室的窗户，只觉寒气袭人，寒意萧森，砭肌彻骨。在暗夜中，寒风吹雨入窗的情景是看不见的，全凭感受（主要是触觉）感知，故“风”而曰“暗”，“窗”而曰“寒”。这句所写的既是深夜风雨交加、凉气袭人之景，更是写诗人对环境的阴暗、森寒感受。它和一开头的“残灯无焰影幢幢”组合在一起，无形中带有对诗人所处环境的象征色彩。它能引发读者对诗人境遇和心境的丰富联想，但又带有虚泛不确定的色彩，故读来特别含蓄。沈德潜不满此诗“过作苦语”“成蹙蹶声”，此诗情调固然沉痛悲凄，但从艺术表现的角度说，并没有过度夸张渲染，“情非不挚”，景亦真切，结句尤有含蓄不尽之致。

重　赠①

休遣玲珑唱我诗②，我诗多是别君词③。明朝又向江头别④，月落潮平是去时。

［校注］

①穆宗长庆三年（823）八月，元稹自同州刺史迁越州刺史、浙东观察使。时白居易在杭州刺史任上，与元稹为邻郡。元稹赴任途中经杭州，曾在杭与居易晤别。先有《赠乐天》诗云："莫言邻境易经过，彼此分符欲奈何。垂老相逢渐难别，白头期限各无多。"此首是重赠白氏之作。诗题下有自注云："乐人商玲珑能歌，歌予数十诗。"据《增修诗话总龟·乐府门》引《高绅脞说》："高（当作"商"）玲珑，馀杭之歌者……元微之在越州闻之，厚币来邀，乐天即时遣去。到越州，住月馀，使尽歌所唱之曲，即赏之，后遣之归，作诗送行，留寄乐天云云。"似是稹在越州邀玲珑来越，遣归时送行之作。此记载与二诗诗题及内容均不合。当是赴任经杭时居易在别宴上命玲珑唱稹诗，稹作诗重赠乐天；或稹任越州刺史时至杭访白，别归越州时宴上作，但绝非在越州遣归玲珑时送行之作。②遣，让。③君，指白居易。④江头，指钱塘江边。

［笺评］

王谠曰：白居易长庆二年以中书舍人为杭州刺史……时吴兴守钱徽、吴郡守李穰，皆文学士，悉生平旧友，日以诗酒寄兴。官妓高（商）玲珑、谢好好巧于应对，善歌舞。后元稹镇会稽，参其酬唱，每以筒竹盛诗来往。（《唐语林》）

《碛砂唐诗》：闻书家有三折笔法，意在笔先，笔留馀意。故用力直透纸背。今读此篇首句，非意在笔先乎？意在笔先，则此七字并未着墨也，次句似与上下不相蒙，实是轻轻一点墨矣。独至第三句正当用力取势，兔起鹘落之时，而偏用缩笔，只换“月落潮平是去时”结，非笔留意者乎！若拙手则必出锋一写，了无馀味，故知此道亦有三折法也。

何焯曰：寄君诗则无非离别之辞，起下二句轻巧无痕。不必更听，便藏得千重别恨。末句只以将别作结，自有黯然之味，正用覆装以留不尽。(《唐三体诗》卷一何焯评)

李锳曰：一气清空如话。(《诗法易简录》)

俞陛云曰：首二句非但见交谊之厚，酬唱之多，兼有会少离多之意，故第三句以“又”字表明之，言明日潮平月落，又与君分手江头。灞岸攀条，阳关擪笛，人所难堪，况交如元、白乎！题曰“重赠乐天”，是临别言之不尽也。(《诗境浅说》续编)

朱宝莹曰：说相别之难，托于诗词。入首句从唱者兜起，不特起势远而寄意亦愈切。言莫教人唱我之诗，以我诗不堪入听也。二句言我之诗多是别诗。首句、二句只自冒起，为三句先垫一层。三句言相别又在明朝，“又”字为眼，亦为主。四句从别离着笔，言月落潮平，正是去之之时，题后涵咏，含情不尽。与李白《送孟浩然之广陵》绝句云“惟见长江天际流”同一用意。此首与《赠乐天》一首合读。[品] 凄切。(《诗式》)

刘拜山曰：后半以悬想别时情境作结，见往日离情，不堪重忆；今日之欢，弥堪珍重。(《千首唐人绝句》)

[鉴赏]

这首在友人所设别筵上即兴吟成的赠别七绝，风调优美，余韵悠长，在婉转流美之中寓有轻微的人生感慨，很耐讽咏吟味。

元、白二人，早岁结交，志同道合，尽管朝局屡变，两人的交谊却历久弥笃。到写这首诗时，两人结交已近二十年。但自元和以来，彼此却是会聚少而离别多。这次先后分刺杭、越，邻郡相望，虽为彼此的相聚创造了便利条件，却仍然因各自的官守公务而匆匆晤别。这种长期的挚友交谊和多次离别的经历，正是这首诗写作的特殊背景。

别筵之上，作为主人的白居易特意让能唱几十首元稹诗的杭州著名歌妓商玲珑即席歌唱元稹的诗，以表殷切的别情。但这种精心安排反而更加触动诗人的聚少离多之慨，因为玲珑所唱的自己的诗多半是和白居易相别的诗。今日的别筵上唱着昔日所作的“别君”之“词”，今昔映照，正印证了君、我之间别离的频繁和别情的重叠。首句用“休遣玲珑唱我诗”反喝提起，给人以突兀、意外之感，引发读者的疑惑和期待。次句紧承首句作答，首二字“我诗”与上句句末“我诗”用顶针格紧相承接，加上此句之“君”与上句之“我”相应，凸显了别筵之上“君”“我”相对、歌妓唱诗、彼此交谈的现场感和亲切气氛。两句连读，音韵婉转流利，充满了唱叹抒情的韵味。虽仍属别前文字，但却已充溢着浓郁的惜别之情了。

“明朝又向江头别”，第三句是别筵上对明天江边叙别的想象，一“又”字承上“多是别君词”，点明这是两人之间多次离别中的又一次离别。由于有前两句唱叹有致的抒情语作铺垫，这一看似单纯叙述的诗句便显示出一种人生在不断别离当中度过的感喟。

写到这里，诗人却不再就明朝的江边之别直接抒写别情，而是宕开写景，写想象中明日两人江头相别之时，当是月亮已经落下去，钱塘江上的潮水已经平息，眼前一片浩渺的江波远接天际的时候。月亮的升沉与江潮的涨落之间存在着相对应的关系，而“月落潮平”又关联着船的出发，故说“月落潮平是去时”。这仿佛只是对别时景物的实写，但月落——潮平——是去时这一句三顿的句式，本身就具有一种顿挫有致的韵味，再加上这是出自别筵上的想象，似实而虚，诗句中便充满了对明日别离情景的惆怅和无奈。

诗的内容本极单纯，主句只“明朝又向江头别”一句，但由于运用了宛曲有致、唱叹有情、以景结情、别筵情景与想象中江头叙别情景结合等多种艺术手段，一次平常的离别却写得很富韵味。

田家词[1]

牛吒吒[2]，田确确[3]。旱块敲牛蹄趵趵[4]，种得官仓珠颗谷[5]。六十年来兵簇簇[6]，月月食粮车辘辘[7]。一日官军收海服[8]，驱牛驾车食牛肉。归来收得牛两角。重铸锄犁作斤劚[9]。姑舂妇担去输官，输官不足归卖屋。愿官早胜仇早复[10]，农死有儿牛有犊，誓不遣官军粮不足[11]。

[校注]

①本篇为《乐府古题》十九首中的第九首。作于元和十二年(817)，时元稹在通州司马任。因染疟疾于十一年秋赴兴元（今陕西汉中市）医治，全家寓居兴元，至十二年九月方离兴元。在兴元见刘猛、李馀所作古乐府诗，选而和之。其序云："况自《风》《雅》至于乐流，莫非讽兴当时之事，以贻后代之人。沿袭古题，唱和重复，于文或有短长，于义咸为赘剩。尚不如寓意古题，刺美见事，犹有诗人引古以讽之义焉……近代唯诗人杜甫《悲陈陶》《哀江头》《兵车》《丽人》等，凡所歌行，率皆即事名篇，无复倚傍。予少时与友人白乐天、李公垂辈谓是为当，遂不复拟赋古题。昨梁州见进士刘猛、李馀各赋古乐府诗数十首，其中一二十章，咸有新意，予因选而和之。其有虽用古题，全无古义者，若《出门行》不言离别，《将进酒》特书列女之类是也，其或颇同古义，全创新词者，则《田家》止述军输、《捉捕》词先蝼蚁之类是也。"对乐府诗的创作源流、自己对乐府诗"寓意古题，刺美见事"的主张，以及《乐府古题》诗的创作进行了阐述，与白居易的《与元九书》《新乐府序》等同为中唐新乐府创作的重要理论文献。②吒（zhà）吒，象声词，形容喘气声。此指耕牛喘气声。《楞严经》卷八："如人以口吸缩风气有冷触生，二习相陵，故有吒吒、汲汲、罗罗。"③确确，坚硬貌。戴叔伦《屯田词》：

“麦苗渐长天苦晴，土干确确锄不得。”此句用以形容土地因旱板结坚硬。④趵（bō）趵，象声词，形容牛蹄踏在坚硬的土地上发出的声响。⑤珠颗谷，像珍珠一样的谷粒。⑥簇簇，《全唐诗》原作“蔟蔟”，校：“一作簇簇。”兹据改。兵簇簇，指战争连接不断。“兵”有兵器、兵卒、战争诸义，此处均可通，详味“六十年来”，以指战事之众多频繁为宜。天宝十四载（755）安史之乱爆发至元和十二年（817），已六十余年。⑦辘辘，车轮滚动声。⑧海服，本指沿海地区，亦可泛称边疆。古代以“服”指王畿以外的地方。《书·益稷》：“弼成五服，至于五千。”孔传：“五服，侯、甸、绥、要、荒服也。”此处“海服”当指海内的土地。⑨斤劚（zhú），斧头，锄头。⑩仇早复，早日取得讨伐反叛藩镇的胜利，为国家雪耻复仇。⑪遣，使，让。

[笺评]

陆时雍曰：语色雅称。（《唐诗镜》卷四十六）

邢昉曰：骨力莽苍，白集无此一篇。（《唐风定》卷十）

沈德潜曰：音节入古。（《重订唐诗别裁集》卷八）

陈寅恪曰：微之于新题乐府，既不能竞胜乐天，而藉和刘猛、李馀之乐府古题之机缘，以补救前此所作新题乐府之缺憾，即不改旧时之体裁，而别出新意新词，以蕲追及乐天而轶出之也……《田家词》云：“愿官早胜仇早复，农死有儿牛有犊，誓不遣官军粮不足。”诸句皆依旧题而发新意，词极精妙，而意至沉痛。取较乐天《新乐府》之明白晓畅者，别具蕴蓄之趣。盖词句简炼，思致微婉，此为元、白诗中所不多见者也。（《元白诗笺证稿》第六章“古题乐府”）

[鉴赏]

在元稹的古题、新题乐府中，《田家词》是在思想内容和艺术表现上都具有鲜明特色的作品。

反映农民的困苦，是中唐诗歌的重要题材和主题。这首《田家词》在思想内容上有几个显著的特点，一是不泛咏田家之苦，而是集中笔墨，“止述军输”，即专门写农民为了供应官军所需的粮食，辛勤劳作、运输的苦况。二是对朝廷所进行的讨伐藩镇的战争，无论是作者或农民，都取支持拥护的基本态度，但对官家的残酷压榨和官军的肆意掠夺又决不回避。为了国家的统一，农民甘愿作出最大的奉献和牺牲，但官府和官军的残酷又使他们难以忍受；尽管难以忍受，却仍不得不勉强忍受。这是一个悲剧性的矛盾。三是作者将农民所受的军输之苦，放在安史之乱以来长达六十年的大背景下来表现，从而使诗的主题具有广阔深远的时代意义。这些特点，使这首诗的内容具有一般田家诗所缺乏的独特性和深刻性。

全诗十五句，前三节每四句为一节。开头四句，写田家在干旱的土地上辛勤耕作，而所得悉归官仓的情景。前三句连用“吒吒”“确确”“趵趵”三组叠字，绘形绘声地表现出在久旱板结龟裂的土地上，犁田的耕牛在不停地喘气，艰难费力地拉犁，坚硬的土块敲打着牛蹄，发出“趵趵”的声响。虽未正面写扶犁耕作的农民，而其艰辛之状可想。如此辛勤劳作种出来的像珍珠颗粒般的稻谷，最后却都输入了官府的粮仓。第四句忽地兜转，使农民的一切辛勤尽化为虚，从而凸显出官府对农民竭泽而渔式的榨取。三、四两句，不说“牛蹄敲块声趵趵，种得珠颗归官仓”，而说“旱块敲牛蹄趵趵，种得官仓珠颗谷”，造语奇崛，造成一种警动的效果，前者突出“旱块”的主动和坚硬，后者突出农民有种无收的困绝境况。

“六十年来兵簇簇，月月食粮车辘辘。一日官军收海服，驱牛驾车食牛肉。”接下来四句，写农民被官府拉去运送军粮的力役之苦和官军对农民的无情掠夺。“六十年来”一句，为诗中反映的农家军输之苦提供了广阔的时代背景，以见田家所遭受的困苦历时之长、程度之深。六十年来藩镇的叛乱割据，造成了绵延不绝的战争，朝廷征讨藩镇的军队月月所需的大量军粮，都是靠征去运送粮食的农民用车子一车车地运往前线的。“兵簇簇”“车辘辘”，叠字的运用，使这两句诗犹如电影上不断出现的六十年来辛苦运送军粮的画面。终于有那么一天，传来了官军收复原先被藩镇窃踞的土地的消息，可是军纪败坏的官军却反把农民运送粮食的车和牛一起掠走，甚至把牛也杀了吃它的肉。作者写官军的这种行为，虽不动声色，不加贬辞，但官军形同盗贼的面目却暴露无遗。

“归来收得牛两角，重铸锄犁作斤劚。姑舂妇担去输官，输官不足归卖屋。”这四句写农民运送军粮归来，车和牛这两种最重要的生产工具都化为乌有，只剩下了两只牛角，但田还得种，租税还得交，无可奈何，只能重新打造锄犁斧头耕种田地。稻谷收获之后，小姑舂谷，妻子挑担，前去交纳赋税，一年的收成还不够交税，回来只好把房屋也卖掉。这是耕种—交税—运粮—耕种—交税的又一轮循环，却使农民越来越陷入食无粮、居无屋的困绝之境。“归来”句语气幽默，而感情无奈而沉痛；“输官”句语气平静而感情愤郁，风格冷峻。官府只管收税，农民即使倾家荡产亦不能幸免。

最后三句，是受尽压榨、濒于绝境的田家对早日结束战争的期盼和对交纳赋税一事的表态：但愿官军早日取得战争的彻底胜利，为朝廷雪耻复仇，作为朝廷的臣民，交税责无旁贷，自己死了还有儿子，老牛死了，还有牛犊，世世代代，耕田交租，绝不让官军的粮食不够吃。这番话，既大义凛然，表现出对朝廷讨伐藩镇的战争的支持，又在毅然决然的口吻中透露出内心深处无限的沉痛和悲愤。生而为农民，除了世世代代辛勤耕种，向官府交税，直至倾家荡产以外，还能有什么更好的命运！这三句实际上是全诗的总结。前三节均四句一节，这里改用三句为一节，显得突兀而引人注目。

这首诗在艺术表现手段上最显著的特色，是表面上客观、平静、朴素的叙述描写中蕴含着沉痛悲愤的感情。这种表与里不一致的现象使读者更易引起思索，并感受到其中蕴含的感情之复杂、沉痛和无奈。

而全篇除“姑舂”一句外，句句用韵，且全用短促逼仄的入声韵的声律，也加强了对田家困绝境况的渲染。

作者写这首诗时，讨伐藩镇吴元济的战争正接近最后的胜利，从元和初年开始的削平叛镇的战争已经取得了多次胜利。这是安史之乱以来朝廷对藩镇用兵在历经挫败之后出现的积极变化。从这首诗可以看出，广大农民为统一战争所付出的巨大牺牲和惨重代价。

连昌宫词[1]

连昌宫中满宫竹，岁久无人森似束[2]。又有墙头千叶桃[3]，风动落花红蔌蔌[4]。宫边老翁为余泣[5]，小年进食曾因入[6]。上皇正在望仙楼[7]，太真同凭阑干立[8]。楼上楼前尽珠翠[9]，炫转荧煌照天地[10]。归来如梦复如痴，何暇备言宫里事[11]。初过寒食一百六[12]，店舍无烟宫树绿[13]。夜半月高弦索鸣，贺老琵琶定场屋[14]。力士传呼觅念奴[15]，念奴潜伴诸郎宿[16]。须臾觅得又连催，特敕街中许燃烛[17]。春娇满眼睡红绡[18]，掠削云鬟旋装束[19]。飞上九天歌一声[20]，二十五郎吹管逐[21]。逡巡大遍凉州彻[22]，色色龟兹轰录续[23]。李謩擫笛傍宫墙[24]，偷得新翻数般曲[25]。平明大驾发行宫[26]，万人歌舞涂路中。百官队仗避岐薛[27]，杨氏诸姨车斗风[28]。明年十月东都破[29]，御路犹存禄山过[30]。驱令供顿不敢藏[31]，万姓无声泪潜堕[32]。两京定后六七年[33]，却寻家舍行宫前。庄园烧尽有枯井，行宫门闭树宛然[34]。尔后相传六皇帝[35]，不到离宫门久闭。往来年少说长安，玄武楼成花萼废[36]。去年敕使因斫竹[37]，偶值门开暂相逐[38]。荆榛栉比塞池塘[39]，狐兔骄痴缘树木[40]。舞榭欹倾基尚在[41]，文窗窈窕纱犹绿[42]。尘埋粉壁旧花钿[43]，乌啄风筝碎珠玉[44]。上皇偏爱临砌花[45]，依然御榻临阶斜。蛇出燕巢盘斗栱[46]，菌

生香案正当衙[47]。寝殿相连端正楼[48]，太真梳洗楼上头。晨光未出帘影黑[49]，至今反挂珊瑚钩[50]。指似傍人因恸哭[51]，却出宫门泪相续。自从此后还闭门，夜夜狐狸上门屋。我闻此语心骨悲[52]，太平谁致乱者谁。翁言野父何分别[53]，耳闻眼见为君说[54]。姚崇宋璟作相公[55]，劝谏上皇言语切[56]。燮理阴阳禾黍丰[57]，调和中外无兵戎[58]。长官清平太守好，拣选皆言由相公[59]。开元之末姚宋死，朝廷渐渐由妃子[60]。禄山宫里养作儿[61]，虢国门前闹如市[62]。弄权宰相不记名，依稀忆得杨与李[63]。庙谟颠倒四海摇[64]，五十年来作疮痏[65]。今皇神圣丞相明[66]，诏书才下吴蜀平[67]。官军又取淮西贼[68]，此贼亦除天下宁。年年耕种宫前道，今年不遣子孙耕[69]。老翁此意深望幸[70]，努力庙谋休用兵[71]。

[校注]

①连昌宫，在唐河南府河南郡寿安县（今河南宜阳）西二十九里，显庆三年（658）置。见《新唐书·地理志二》。陈寅恪《元白诗笺证稿》第三章“连昌宫词”考证元稹自元和十年（815）暮春至十四年暮春，均未经过寿安，断定《连昌宫词》“非作者经过其地之作，而为依题悬拟之作”。并据诗中述及“官军又取淮西贼”及“年年耕种宫前道，今年不遣子孙耕”等句，定此诗作于元和十三年暮春。其时作者仍在通州司马任。②森似束，繁密无间，犹如捆束。张协《杂诗》之四：“密叶日夜疏，丛林森似束。”森，树木高耸繁密貌。③千叶桃，碧桃的别名，花重瓣，不结实。王仁裕《开元天宝遗事》：“明皇于禁苑中，初有千叶桃盛开，常与贵妃日逐宴于树下，帝曰：‘不独萱草忘忧，此花亦能销恨。’”④蔌（sù）蔌，纷纷下落貌。⑤为，介词，对、向。《史记·张丞相列传》：“邓通既至，为文帝泣曰：‘丞相几杀臣。’”陶渊明《桃花源记》：“此中人语云：‘不足为外人道

也。’”⑥小年，年少时。《全唐诗》校：“一作‘小年选进因曾入’。”⑦上皇，指唐玄宗。天宝十五载，玄宗传位给太子李亨（即肃宗），尊玄宗为上皇天帝。望仙楼，在华清宫。此借用为连昌宫中楼名。⑧太真，指杨贵妃。太真是杨贵妃当宫中女道士时的道号。⑨尽珠翠，形容宫中妃嫔、宫女之众多。⑩炫转荧煌，形容嫔妃的首饰光彩转动，辉煌闪耀。⑪句意谓当时为宫中的华美景象所陶醉，无暇顾及详细叙说宫中的情事。⑫寒食，节令名。《荆楚岁时记》：“去冬节（冬至日）一百五日，即有疾风甚雨，谓之寒食，禁火三日，造饧大麦粥。”刚过寒食节，故谓“一百六”（冬至后一百零六天）。⑬寒食节禁火三日，故店舍无烟。⑭贺老，指贺怀智（一作贺申智），善弹奏琵琶的宫廷乐师。《开元天宝遗事》：“一日明皇与亲王棋，会贺怀智独奏琵琶，妃子立于局前观之。”定场屋，压场。⑮力士，高力士（684—762），玄宗最宠信的宦官，两《唐书》有传。念奴，玄宗时名倡，善歌，色艺双绝。原注：“念奴，天宝中名倡。善歌。每岁楼下酺宴，累日之后，万众喧隘，严安之、韦黄裳辈辟易不能禁，众乐为之罢奏。明皇遣高力士呼于楼上曰：‘欲遣念奴唱歌，邠二十五郎吹小管逐，看人能听否？’未尝不悄然奉诏。其为当时所重如此。然而明皇不欲夺侠游之盛，未尝置在宫禁，或岁幸汤泉，时巡东洛，有司遣从行而已。”《开元天宝遗事》：“念奴者，有姿色，善歌唱，未尝一日离帝左右。每执板当席顾眄，帝谓妃子（杨玉环）曰：‘此女妖丽，眼色媚人。’每啭声歌喉，则声出于朝霞之上，虽钟鼓笙竽嘈杂而莫能遏。宫妓中帝之钟爱也。”⑯诸郎，或谓指随从皇帝的侍卫人员，或谓指供奉宫廷的其他年轻艺人。然联系下文“二十五郎吹管逐”，此“诸郎”或指皇室子弟。⑰寒食节禁火三日，街中自不能燃烛。因传呼念奴回宫，故特下敕令许于街上燃烛照明。⑱红绡，红色薄绸做的被子。⑲掠削，梳理齐整貌。旋装束，旋即就梳妆打扮好了。⑳飞上九天，谓进入宫中。连下“歌一声”，亦形容其高唱入云。㉑二十五郎，指邠王李承宁，排行二十五，故称。善吹笛。吹管逐，指李承宁吹笛伴奏。笛声紧相配合歌声，如相追随。㉒逡巡，顷刻。大遍，指一整套大曲。遍，指乐曲的一章。每套大曲由十余遍组成，凡完整演唱各遍的，称大遍。沈括《梦溪笔谈》卷五：“所谓大遍者，有序、引、歌、䎘、嗺、哨、催、㩲、衮、破、行、中腔、踏歌之类，凡数十解，每解有数叠者。”《凉州》，《新唐书·礼乐志十二》：“《凉州曲》，本自凉州献也。其声有宫调，有大遍、小遍。”彻，从头唱到尾。㉓色色，各种各样。龟兹，本汉西域国名，此指龟兹的乐曲。《西域记》：“龟兹国王与臣庶知乐者，于大山间听风水之声，约节成音，后翻入中国，如《伊州》《凉州》《甘州》皆龟兹之境也。”录续，即陆续。轰录续，热闹地陆续演奏。㉔李謩（一作谟，又作牟），长安人，善吹笛。原注：“又玄宗尝于上阳宫夜后按新翻一曲。属明夕正月十五日，潜游灯下，忽闻酒楼上有笛奏前之新曲，大骇之。明日密遣捕捉笛者，诘验之，自云：‘某其夕窃于天津桥玩月，闻宫中度曲，遂于桥柱上插谱记之。臣即长安少年善笛者李谟也。’玄宗异而遣之。”李肇《唐国史补》：“李舟好事，尝得村舍烟竹，截以为笛，鉴如铁石，以遗李牟（謩），牟吹笛天下第一。”段安节《乐府杂录》：“笛者羌乐也，古有《落梅花》曲。开元中有李谟，独步于当时。”张祜《李谟笛》：“平明东幸洛阳城，天乐宫中夜彻明。无奈李谟偷曲谱，酒楼吹笛是新声。”擫，按。㉕新翻，新谱写。般，种，支。㉖行宫，此指连昌宫。㉗岐薛，岐王李范、薛王李业。均玄宗之弟。二王均卒于开元年间。队仗，队伍仪仗。㉘杨氏诸姨，指杨贵妃的姊妹韩国夫人、虢国夫人、秦国夫人。斗，赛。车斗风，谓车行迅速，赛过风之掠过。㉙明年十月，原注：“天宝十三年，禄山破洛阳。”按：天宝十四载（755）十二月，安禄山陷洛阳，此当是作者误记。㉚禄山，安禄山。天宝十四载十一月甲子，发所部兵及同罗、奚、契丹、室韦凡十五万众，号二十万反于范阳。十二月丁酉陷东京。陈寅恪据《通鉴考异》，证“禄山自反后未尝至长安。连昌宫为长安、洛阳间之行宫，禄山既自反后未尝至长安，则当无缘经过连昌宫前之御路。故此事与杨贵妃之曾在连昌宫之端正楼上梳洗者，同出于假想虚构”。（《元白诗笺证稿》第80页）㉛供顿，供给安顿食宿。北魏崔光《谏灵太后幸嵩高表》：“供顿候迎，公私扰费。”顿，宿食之所，此指宿食所需之物。㉜万姓，万民。㉝两京定后，指长安、洛阳两京平定收复以后。指至德二载（757）九、十月，唐军先后收复长安、洛阳。“两京定后六七年”，当在代宗广德元、二年间（763—764）。㉞宛然，仿佛依旧。㉟原注：“肃、代、德、顺、宪、穆。”陈寅恪曰：“据诗中文义，谓‘今皇’平吴、蜀，取淮西……则‘今皇’自是指宪宗而言，自玄宗不到离宫之后，顺数至‘今皇’至宪宗，只有五帝，何能预计穆宗或加数玄宗而成‘六皇帝’?”（《元白诗笺证稿》第76页）按：诗云“尔后相传六皇帝”，“尔后”紧承上文“两京定后六七年”，则其时已是代宗即位以后，不当将肃宗包括在内，即使将“今皇”宪宗包括在内，亦不过代、德、顺、宪四帝。而元集各本均作“六帝”，似是将玄宗及宪宗俱包括在内而计之。原注“穆”字显误。㊱玄武楼，在大明宫北，德宗时新建，系神策军宿卫之处。花萼，楼名，在兴庆宫西南角，玄宗时建。《旧唐书·让皇帝宪传》：“玄宗于兴庆宫西南置楼，西边题曰花萼相辉之楼……玄宗时登楼，闻诸王音乐之声，咸召登楼，同榻宴谑。”㊲敕使因，《全唐诗》校：“一作因敕使。”㊳暂相逐，暂且跟随敕使入宫内。㊴荆榛栉比，杂树丛生，如同梳齿之密。㊵骄痴，形容其大胆不畏人。缘，绕。㊶攲倾，倾斜，歪歪倒倒。基，建筑物的基础。㊷文窗，雕饰花纹的窗格。窈窕，幽深貌。纱，指窗纱。㊸花钿，用金翠珠宝制成的花形首饰。句意谓为灰尘所蒙的屋壁上还挂着旧花钿。㊹风筝，悬挂在殿阁屋檐下的金属片，风起作声，又称风琴、铁马、檐马。句意谓乌鸦啄殿檐下的风筝，发出碎珠玉般的声响。㊺砌，台阶。㊻盘，盘绕。斗栱，亦作“斗拱”。在立柱与横梁的交接处，从柱顶探出的弓形肘木叫栱，栱与栱之间的方形垫木叫斗。斗栱，即斗榫之栱木，系房屋之承重构件。㊼菌生香案，腐朽的旧香案上已长出了菌类。正当衙，正对着天子居住的门庭。

《新唐书·仪卫志上》："天子居曰衙。"㊽寝殿，皇帝的寝宫。端正楼，在华清宫。宋乐史《太真外传下》："华清宫有端正楼，即贵妃梳洗之所。"陈寅恪谓："自杨妃于开元二十九年正月一日入道，即入宫之后，明皇既未有巡幸洛阳之事，则太真更无以皇帝妃嫔之资格从游连昌之理，是太真始终未尝伴得玄宗一至连昌宫也。诗中'上皇正在望仙楼，太真同凭栏干立'，及'寝殿相连端正楼，太真梳洗楼上头'等句，皆傅会华清旧说，构成藻饰之词。"㊾黑，《全唐诗》校："一作动。"㊿珊瑚钩，珊瑚制成的帘钩。51指似，指与，指点。52心骨，心，内心。53野父，犹野老，山野老人。分别，分辨清楚。54君，老翁称元稹。55姚崇（650—721），武后、睿宗、玄宗三朝为相。玄宗朝三入相，除弊政。为唐代著名贤相。宋璟（663—737），睿宗、玄宗两朝为相，与姚崇先后辅佐玄宗，创开元之治，并称姚宋。56切，激切。57燮理阴阳，指宰相调和阴阳、顺四时、育万物的辅佐君主的功绩。语本《书·周官》："立太师、太傅、太保，惟兹三公，论道经邦，燮理阴阳。"孔传："和理阴阳。"58兵戎，指战争。59拣选，挑选官吏。相，《全唐诗》校："一作至。"60妃子，指杨贵妃。61禄山，安禄山。《安禄山事迹》："禄山生日后三日，明皇召入内。贵妃以锦绣绷缚禄山令内人以绣舆舁之，欢呼动地，云：'贵妃与禄儿作三日洗儿。'帝就观大悦，因赐洗儿金银钱物。自是宫中皆呼禄山为禄儿，不禁出入。"62虢国，指杨贵妃的姊姊虢国夫人。闹如市，指其弄权纳贿，上门献纳求官的人很多。63杨与李，指杨国忠与李林甫。杨国忠（？—756），杨贵妃堂兄。借贵妃之宠，于李林甫死后代为右相，兼吏部尚书，兼领四十余使。结党营私，货赂公行，发动对南诏的战争，酿成大乱。李林甫（？—752），开元二十三年（735）为相，在相任十九年，为人阴柔狡猾，有"口蜜腹剑"之称。专政自恣，杜绝言路，妒贤忌能，残害善类，是玄宗朝政治由开明转为腐朽的关键性人物。64庙谟，朝廷的大政方针。四海摇，全国政治局面动乱，天下大乱。65疮痏（wěi），疮疖溃疡和痈疽。作疮痏犹言"作祸害"。自安史之乱爆发（755）至作此诗时（818），已六十余年。⑯今皇，指当今皇帝，即唐宪宗。⑰吴蜀平，指元和元年、二年，先后平定据蜀叛乱的藩镇刘辟和据吴叛乱的藩镇李锜。⑱淮西贼，指据淮西叛乱的藩镇吴元济。元和十二年十一月，淮西乱平，擒吴元济。⑲联系下句“深望幸”，知今年不种官前道是由于希望皇帝于平定藩镇之乱后东巡洛阳，经过连昌宫。⑳深望幸，深切盼望皇帝巡幸。㉑谋，《全唐诗》校：“一作谟。”

[笺评]

刘昫曰：穆宗皇帝在东宫，有妃嫔左右尝诵稹歌诗以为乐曲者，知稹所为，尝称其善，宫中呼为元才子。荆南监军崔潭峻甚礼接稹，不以掾吏遇之。常征其诗什讽诵之。长庆初，（崔潭峻）归朝，出稹《连昌宫词》等百馀篇奏御，穆宗大悦。问稹安在，对曰：‘今为南宫散郎。’即日转祠部郎中、知制诰。（《旧唐书·元稹传》）

曾巩曰：《津阳门诗》、《长恨歌》、《连昌宫词》俱载开元、天宝间事，微之之词不独富丽，至“长官清平太守好，拣选皆言由至公”，委任责成，治之所兴也；“禄山宫中养作儿，虢国门前闹如市”，险诐私谒，无所不至，安得不乱？稹之叙事，远过二篇。（《删补唐诗选脉笺释会通评林·中七古》引）

张戒曰：《长恨歌》在乐天诗中为最下，《连昌宫词》在元微之诗中乃最得意者。二诗工拙虽殊，皆不若子美诗（指《哀江头》）微而婉也。（《岁寒堂诗话》卷上）

洪迈曰：元微之、白乐天在唐元和、长庆间齐名，其赋咏天宝时事《连昌宫词》、《长恨歌》皆脍炙人口，使读之者情性荡摇，如身生其时，亲见其事，殆未易以优劣论也。然《长恨歌》不过述明皇追怆贵妃始末，无他激扬，不若《连昌宫词》有鉴戒规讽之意。如云：“姚崇宋璟作相公，劝谏上皇言语切。长官清平太守好，拣选皆言由相公。开元之末姚宋死，朝廷渐渐由妃子。禄山宫里养作儿，虢国门前闹如市。弄权宰相不记名，依稀忆得杨与李。庙谟颠倒四海摇，五十年来作疮痏。”其末章官军讨淮西，乞庙谟休用兵之语，盖元和十一二年间所作，殊得风人之旨，非《长恨》比云。(《容斋随笔·连昌宫词》)又曰：唐明皇兄王五王。兄申王㧑以开元十二年，宁王宪、邠王守礼以二十九年，弟岐王范以十四年，薛王业以二十二年薨，至天宝时已无存者。杨太真以三载方入宫，而元稹《连昌宫词》云：“百官队仗避岐薛，杨氏诸姨车斗风。”李商隐诗云：“夜半宴归宫漏永，薛王沈醉寿王醒。”皆失之也。(同上《开元五王》)

张邦基曰：白乐天作《长恨歌》，元微之作《连昌宫词》，皆记明皇时事也。予以为微之之作过乐天。白之歌，止于荒淫之语，终篇无所规正。元之词，乃微而显，其荒纵之意皆可考。卒章乃不忘箴讽，为优也。(《墨庄漫录》卷五)

葛立方曰：自冬至一百零五日至寒食，故世言寒食皆称“一百五”……元微之《连昌宫词》云：“初过寒食一百六，店舍无烟春树绿。”“念奴觅得又连催，特敕街中许然烛”乃一时之权宜。《尔雅》云：“龙星，木之位也。春属东方，必为大火，惧火盛，故禁火，是以寒食有龙忌之禁。”则所谓禁烟，又未必为子推设也。(《韵语阳秋》卷十九)

吴师道曰：元微之《连昌宫词》多重用称“竹”、“连”、“逐”、“录”、“续”等。《渔隐丛话》载古人重用韵甚多，而未及此。(《吴礼部诗话》)

杨慎曰：俗语饭曰一顿，其语亦古有之。《贾充传》云：“不顿驾而自留矣。”《隋炀帝纪》云：“每之一所，辄数道置顿。”元微之《连昌宫词》：“驱令供顿不敢藏。”《文字解诂》：“续食曰顿。”(《丹铅总录》卷十六)

王世贞曰：《连昌宫词》似胜《长恨》，非谓议论也，《连昌》有风骨耳。(《艺苑卮言》卷四)

唐汝询曰：按天宝间，玄宗数幸东都，以连昌为游观之所。禄山乱后，唐室浸衰，天子不复巡幸，离宫芜萎。宪宗即位，修贞观、开元之业，任用贤相，以诛锄叛逆，天下以致治望之，故托老翁之词，冀其巡幸，而又讽以休兵也。言宫中花竹虽盛，而悄然无人，于是宫边老人为余泣言，少时曾备选入宫，亲睹明皇、贵妃行乐之事，时天宝十三载也。明年则禄山破京都矣。其后两京虽定，民庐尽为灰烬，宫阙虽存，六帝不复巡游。偶逢开门斫竹，一睹宫中凄凉之景，令人益不胜悲。闭门之后，惟见狐狸上屋而已。夫以老翁自叙如此，必能洞悉朝廷之事，故又问其谁致太平、谁生乱者。翁言我岂能分别理乱之原，但据耳目所睹记，可为君之道也。夫开元之盛，以姚、宋；天宝之祸，以杨、李。艳后居中，奸佞在外，天下所以乱也。今天子神圣，丞相贤明，平吴蜀，扫淮南（西），海内晏然，巡狩有日。我当除宫前之路，以待车辇之来也。夫老翁此言，惟望天子之巡幸耳。我独以为叛者既服，则当偃革修文，务开元之治，毋久事兵戈为也。唐玄宗以黩武召乱，此盖预为戒云。(《唐诗解》卷十九)

郝敬曰：长歌当泣，其斯之谓。(《批选唐诗》)

何良俊曰：唐人歌行，盖相沿梁、陈之体，仿佛徐孝穆、江总持诸作。虽极其绮丽，然不过将浮艳之词模仿凑合耳。至如白太傅《长恨歌》、《琵琶行》，元稹《连昌宫词》，皆是直陈时事，而铺写详密，宛如画出。使今世人读之，犹可想见当时之事，余以为当为古今长歌第一。(《四友斋丛说》)

唐孟庄曰：述得真，有照应。“东都破”四句，向日“炫转荧煌”者安在?“却寻家舍”句，“宫边”字有着落。前言太真同凭栏干，后将上皇、太真分说两段，是作文有生发处，答上“太平”问，历数“致乱”人，论开元治乱详矣。妙在不杂己意，俱是老人口中说出。(《删补唐诗选脉笺释会通评林·中七古下》引)

唐陈彝曰：何物老翁，酷善形容，冷景发端，叙述有点缀。“往来年少”二语，有关系，有感慨。“尘埋粉壁”二语，有前热闹，必有此冷落。“我闻此语”二句，着此启下致乱之由。“庙谟颠倒”二语，收煞得斩截。“不遣子孙耕”，“望幸”念头。“努力庙谟休用兵”，此语是大主意。（同上引）

黄周星曰：“连昌宫中满宫竹”一篇绝大文字，却如此起法，真奇。“初过寒食一百六”，接法又奇。“上皇正在望仙楼，太真同凭阑干立”，宛然如见。“明年十月东都破”，忽接此语，大是扫兴，然有前半之燥脾，定有后半之扫兴，天下岂有燥脾到底者乎？“去年敕使因斫竹”，此处才一应起句。通篇只起于四句，与中间“我闻”二句，结语一句，是自作，其馀皆借老人野父口中出之。而其中章法、承转，无不妙绝。至于盛衰理乱之感，又不足言。（《唐诗快》卷七）

杜庭珠曰：“夜夜狐狸上门屋”，以上写天宝盛时，及禄山乱后事。此下言致乱之由。“今皇神圣丞相明”，此下言宪宗削平僭叛，有休兵息民之望。（《中晚唐诗叩弹集》卷二）

杜诏曰：“此贼亦除天下宁”句下批：吴谓李锜，蜀谓刘辟，淮南（西）谓吴元济也。此明指宪宗时事。若云六帝相传至穆宗，则不得以“今皇”称宪宗矣。（同上）

毛先舒曰：《连昌宫词》虽中唐之调，然铺次亦见手笔。起数语自古法。“杨氏诸姨车斗风”，陡接“明年十月京都破”数语过禄山，直截见才，俗手必将姚、宋、杨、李置此，迤逦叙出兴废，便自平直。“尔后相传六皇帝”一句，略而有力，先为结语一段伏脉。于此复出“端正楼”数语，掩映前文，笔墨飞动。后追叙诸相柄用，曲终雅奏，兼复溯洄有致。姚、宋详，杨、李略。通篇开阖有法。长庆长篇若此，固未易才。（《诗辩坻》卷三）

贺裳曰：《连昌宫诗》轻隽，《长恨歌》婉丽，《津阳门诗》丰赡，要当首白而尾郑。顾前人诸选，惟收元作者，以其含有讽喻耳。（《载酒园诗话又编》）

沈德潜曰：诗中既有指斥，似可不选。然微之超擢，因中人崔潭峻进此诗；宫呼为元才子，亦因此诗。又诸家选本与《长恨歌》《琵琶行》并存，所谓“元白体”也，故已置而仍存之。“念奴潜伴诸郎宿”，秽琐。“特敕街中许然烛”，尚在禁烟，故下云“特敕”。“二十五郎吹管逐”，邠王善吹小管。“尔后相传六皇帝”，肃、代、德、宪、顺、穆。“御路犹存禄山过”，说得太轻。“两京定后六七年”，郭子仪收复两京。“狐兔骄痴缘树木”，此一段神来之笔。“尘埋粉壁旧花钿”，壁上之饰。“乌啄风筝碎珠玉”，风筝之音。“拣选皆言由至公”，此本作“相公”，误。“禄山宫里养作儿”，不应斥言。“依稀忆得杨与李。”林甫、国忠，路人皆知其奸，不必微言。“诏书才下吴蜀平”，李锜、刘辟。“官军又取淮西贼”，吴元济。“努力庙谋休用兵。”结似端重，然通篇无黩武意，句尚无根。(《重订唐诗别裁集》卷八)

袁枚曰：元相《连昌宫词》：“夜半月高弦索鸣，贺老琵琶定场屋。”因《隋书·音乐志》：每岁正月十五日，于端门外，建国门内，绵亘八里，列为戏场。百官起棚夹路，从昏达旦以纵观之，谓之“场屋”故也。今误称场屋为试士之处。(《随园诗话》卷十五）又曰：首段叙目前，引起二段“宫边”二十八句述连昌宫之盛……三段“明年”二十句，述连昌宫之衰。四段“上皇”十二句，因连昌宫而及西都宫之兴废。末二十六句，借与老翁问答之言，反复以明治乱之故也。此七言换韵句数多寡不一长古风。(《诗学全书·论古风》)

潘德舆曰：“力士传呼觅念奴，念奴潜伴诸郎宿。”“侍儿扶起娇无力，始是新承恩泽时”，此南北曲中猥亵语耳，词家不肯道此，而况诗哉！然元之诗品，又不逮白。而《连昌宫词》收场用意，实胜《长恨歌》。艳《长恨》而亚《连昌》，不知诗人体统者也。“寂寞(当作寥落）古行宫”二十字，足赅《连昌宫词》六百馀字，尤为妙境。诗品至微之，犹非浪得名也。瞿宗吉谓“《长恨歌》一百廿句，读者不厌其长；微之《行宫》才四句，读者不觉其短，文章之妙也。”以二诗并称，非知诗者。(《养一斋诗话》卷三)

施补华曰：元微之《连昌宫词》亦一时传诵，而失体尤甚。如：“力士传呼觅念奴，念奴潜伴诸郎宿。”宫闱丑事，播之诗歌，可谓小

人无忌惮矣。(《岘佣说诗》)

宋翔凤曰：元微之《连昌宫词》云："长官清平太守好，拣选皆言由相公。"此谓姚、宋作相，能举贤用人也。下句接云"开元之末姚宋死，朝廷渐渐由妃子。"言任女谒，宰相不得其人，则庙谟颠倒。"由相公"与"由妃子"相应。今人选唐诗，改"相公"为"至公"非也。(《过庭录·近人妄改之白诗》)

王闿运曰："力士传呼觅念奴，念奴潜伴诸郎宿。"写宫中无法禁，而沈德潜乃以为亵，何也？"上皇偏爱临砌花，依然御榻临阶斜。"写出荒凉，岂无委员看守耶？"至今反挂珊瑚钩"，此则或有之。"依稀记得杨与李"，又岂可由相公耶？唐人重相权，不顾邪正。(《手批唐诗选》卷十一)

陈寅恪曰：元微之《连昌宫词》实深受白乐天、陈鸿《长恨歌》及《传》之影响，合并融化唐代小说之史才、诗笔、议论为一体而成。其篇首一句及篇末结语二句，乃是开宗明义及综括全诗之议论。又与白香山《新乐府序》所谓"首句标其目，卒章显其志"者，有密切关系。乐天所谓"被老元偷格律"殆指此类欤？至于读此诗必与乐天《长恨歌》详悉比较，又不俟论也。总而言之，《连昌宫词》者，微之取乐天《长恨歌》之题材，依香山《新乐府》之体制改进创造而成之新作品也。又曰：《连昌宫词》末章"老翁此意深望幸，努力庙谋休用兵"之语，与后来穆宗、敬宗两朝之政治尤有关系……《旧唐书·萧俛传》："（萧）俛与段文昌屡献太平之策……劝穆宗休兵偃武。又以兵不可顿去，请密诏天下军镇有兵处，每百人之中限八人逃死，谓之消兵……再失河朔，盖消兵之失也。"……当宪宗之世，主持用兵者，宰相中有李吉甫、武元衡、裴度等人……"消兵"之说，为"元和逆党"及长庆初得志于朝之士大夫所主持……"销兵"之说，本为稹之少日所揣摩当世之事之一，作《连昌宫词》时，不觉随笔及之。殊不意其竟与己身之荣辱升沉，发生如是之关系。此则当日政治之环境实为之也。(《元白诗笺证稿》第三章"连昌宫词")

［鉴赏］

《连昌宫词》是元稹最著名的作品，与白居易的《长恨歌》《琵琶行》先后问世，代表了中唐文人叙事诗的艺术成就。《连昌宫词》作于元和十三年（818），较《长恨歌》晚十二年，较《琵琶行》晚三年。从元白唱和酬赠的创作风气看，元稹此作可能有与白争胜的意图，但它和《长恨歌》之歌咏帝妃之间悲剧性的爱情传奇，和《琵琶行》之借琵琶女弹奏琵琶抒写天涯沦落之感不同，全诗借连昌宫的兴废，反映安史之乱前后的治乱兴衰及其原因，有很明显的政治主题和鉴戒意味。尽管采用了叙事体制、传奇笔法，但从精神实质上看，它却更接近杜甫以来反映时事、“即事名篇”的新题乐府。

全诗九十句，六百三十字，篇幅较《长恨歌》少四分之一，与《琵琶行》大体相当，在中国古代文人叙事诗中都算得上是长篇。但《长恨歌》与《琵琶行》以抒情、描写贯穿叙事，而《连昌宫词》则明显分成两截：前面一大段借连昌宫之兴废反映时代盛衰，主要是叙述与描绘；而后面一大段则以议论为主而夹杂叙事。总的来看，白诗抒情成分突出，抒情气氛浓郁；而元诗则偏重于叙写和议论，在描绘今昔盛衰中虽亦有抒情色彩，但较之白作，则并不突出。这是《连昌宫词》和《长恨歌》《琵琶行》不同的艺术风貌的主要表现。

诗的前段六十四句，虽然总的来说是借连昌宫的兴废来反映时代盛衰，但诗人并不采取平铺直叙的写法，即先渲染铺写昔时之盛，然后描绘形容今日之衰，而是在构思上下了一番功夫。一开头四句，便直接入题，在读者面前展现出一座荒凉破败，杳无人迹的连昌宫。连昌宫中多种竹，这可能是当年建造时根据当地物产特点有意栽植，也是连昌宫景观的一大特点。但眼前所见的景象，却是满宫乱生的竹子，这里一丛，那里一堆，荒芜杂乱，不成行列，它不但没有显示出行宫的幽深清凉，反而显出了它的荒寂凄清。“岁久无人”四字，是四句之眼，也是全篇点眼。接着，又写宫墙边上的千叶桃花，春风吹过，落红缤纷，蔌蔌下坠。由于满宫杳无人迹，这美丽的重瓣桃花，也只能自开自落，无人欣赏，这“风动落花红蔌蔌”的景象不但没有为连昌宫增色添彩，反而衬出了它的荒寂，其神韵意境，与《行宫》的“宫花寂寞红”正复相似。这四句诗，虽只写了连昌宫中的丛竹和千叶桃两种景物，但却将一座荒废了的宫苑的神魂显示了出来，精练传神，有氛围，有意境，笼盖全诗，可以说一开头就抓住了读者的注意力。

从“宫边老翁为余泣”到“杨氏诸姨车斗风”二十八句，引出一位亲历连昌宫兴废的“宫边老翁”，借他之口，先描绘渲染安史之乱前连昌宫的热闹豪华盛况。共分三层。第一层八句，写老人年少时曾因进献食物偶入宫中，得见玄宗与杨妃在望仙楼上同凭栏杆而立，楼前楼上，嫔妃宫女，珠环翠绕，头上的首饰光彩转动，辉煌闪烁，照耀天地，归家之后但觉如梦如痴，精神上受到强烈的震撼。“何暇备言宫里事”一句，既交代了当年无暇详细描叙宫中情事的原因，又自然引出第二层十六句对“宫里事”的具体描叙。诗人把时令季节集中安排在一年之中最富生意活力的寒食清明时节，又将描绘的重点集中到宫中的音乐演奏场景上。这不但由于唐明皇和杨贵妃这两位主角就是音乐家和歌舞高手，更因为这种场景在春日明丽景色的映衬下更显示出声色并茂、风流旖旎、热闹繁华的特征。寒食刚过，店舍无烟，宫中的树木一片翠绿。夜半时分，月亮高悬，宫中弦索之声鸣响，这是老资格的宫廷乐师贺怀智在作宫廷演奏会的压场演出。而玄宗意兴正浓，宦官高力士急忙传呼名妓念奴前来唱歌献艺，而念奴此时正暗自陪伴皇室子弟夜寝。好不容易寻觅到念奴的踪影，又一迭声地连连催促，并下令特许街上可以燃烛照明，以便念奴回宫。睡在红绡被里娇慵满眼的念奴被唤醒后，匆忙梳理了一下如云的鬟发，稍事装束便回宫献艺，高歌一声，直上九天，二十五郎邠王守礼，吹笛伴奏，乐声与歌声紧相追逐。更有那李謩傍着宫墙，按笛记谱，偷得了宫中新谱的几支乐曲。作者刻意将这些宫廷内外当红明星大腕集合在一起，又加上一些桃色新闻的渲染，目的自然是要创造出一种极声色视听之娱的欢乐场景，以见当日太平盛世的气象。接下来第三层“平明”四句，写车驾启程回京，道路两旁，万人夹道歌舞，百官的队伍仪仗浩浩荡荡，一路前行，但遇到了岐王、薛王的车驾时却纷纷避让，而贵妃诸姊的车马更疾速如风，气派非凡。这四句的出色渲染，将太平盛世的景象推向极致，也将皇家贵戚的声势威权渲染到极致。整个这一段对盛世宫廷景象的描绘中，流露的感情主要是欣赏与追恋，而不是否定与批判。即使结末二句稍有微词，也并不影响整体上对盛世追恋向往的感情倾向。

物极必反，乐极生悲。“明年十月东都破”一句，突然兜转，写安史之乱，两京陷落，百姓遭难，行宫荒废的情景。这一段共三十句，结合着老翁的耳闻目睹，可大体上分两层。第一层十二句，用比较简括的笔墨写安史乱起，东都沦陷，连昌宫前昔日皇帝的御道今天成了安禄山大摇大摆显示威风的通道。附近的百姓被驱遣供应食宿不敢躲藏，只能无声垂泪，暗自伤悲。挨到两京平定之后六七年，自己才从避难之处回到家乡，寻找行宫前的家舍，庄园烧尽，唯存枯井，行宫门前，宫树宛然。此后相传的六代皇帝，再未到过连昌宫。路上往来的少年说起长安的情况，知道玄武楼刚建成，而兴庆宫的花萼楼却早已荒废。这一层主要是写安史之乱以来衰乱的大背景，以揭示连昌宫荒废的直接原因。并围绕这个中心，对安史之乱造成的破坏和长安的变迁有所展示。第二层十八句，写因敕使砍竹，自己得以相随入宫，亲睹连昌宫荒废的情景：宫里到处长满了杂树荒草，连池塘也塞满了，狐狸兔子成了宫苑的主人，骄恣大胆，缘树而行。歌台舞榭歪歪倒倒，台基犹在，雕花的窗户幽深，窗纱犹绿。灰尘蒙遍粉壁，上面还挂着昔日嫔妃用过的花钿，乌鸦啄檐边的风筝，发出碎玉般的声响。玄宗偏爱临阶而生的花，如今依然在废弃的御案旁，寂寞地开放。蛇出没于燕巢，盘绕于斗拱，菌类植物长在昔日的香案上，正对着天子居住的门庭。昔日杨妃梳洗的端正楼上，晨光熹微，帘影犹黑，帘上至今还因风吹帘动而反挂着珊瑚钩。每天夜里狐狸出没，登上门屋。看到听到这一切荒凉破败的景象，老翁不禁恸哭伤心，涕泪相续。整个这一层，除直接描绘荒废景象外，主要是采取今昔映衬对照的手法，于今之荒凉破败中时见昔之繁华富丽的面影，使读者于抚今追昔中更增昔盛今衰、恍如隔世的感怆。在全篇中，这是写得最精彩的部分。

“我闻”以下二十六句，是全诗的第二大段，借诗人听了老翁的叙说之后提出的问题和老翁的回答，以揭示全诗的主题。“太平谁致乱者谁”一句，提纲挈领，从连昌宫的兴废联系到时代政治的兴衰治乱，探究唐王朝由盛而衰的原因。这也是诗人写作《连昌宫词》的政治动机。老翁认为开元之治，是由于皇帝任用姚、宋这样的贤相，拣选官吏得人；天宝以来，皇帝宠幸杨妃，任用李林甫、杨国忠这种奸相，弄权纳贿，大兴裙带之风，致使国家的大政方针颠倒错乱，天下动摇，五十年来，疮痏之患未除。当今皇上神圣，丞相贤明，接连平定吴、蜀，如今又平淮西，国家统一、天下太平有望。自己年年耕种宫前的旧道，今年不再让子孙前去耕种了。作者认为老翁的这番话是迫切希望国家中兴，皇帝东巡，自己也切盼当权的大臣宰相努力把握国家的大政方针，使天下太平，不再用兵。这一段全用议论，虽借老翁之口，实表作者之意。作者的见解，无非君相贤明，成就太平之业，不再使天下陷于无休止的战争中。议论本身，并无卓越识见，艺术上亦平平不足取，在全篇中，无论是思想或艺术，均属庸常之笔。

这首诗在艺术上最突出的特点，是采取传奇笔法。中唐时期，传奇发展到鼎盛阶段，传奇在艺术上通过想象虚构，编织故事，塑造人物的手法，直接影响当时兴起的叙事诗的创作，使之带有鲜明的传奇化色彩。《连昌宫词》传奇笔法的运用主要表现在以下三个方面。

一是通过移植、剪接，将许多在历史事实上并不同时同地发生的人物事件集中在特定时空之间，以突出表现某种特定的时代氛围。诗中写连昌宫昔日的盛况，据“明年十月东都破”三句，时间当在天宝十三载（754）。而据《唐国史补》，玄宗自开元二十四年（736）自东都归驾长安后，再未至东都，而杨贵妃则开元二十九年始入宫为女道士，天宝四载方册为贵妃。整个天宝年间，玄宗既未曾至东都，杨妃自亦未曾从游而至连昌宫。故诗中“上皇”“太真”于天宝末同在连昌宫的情事，纯属艺术虚构。诗中提及的岐王李范、薛王李业卒于开元年间，自不可能于天宝末从游连昌宫。而“望仙楼”“端正楼”则均在华清宫，李謩偷曲事则发生在东都上阳宫而非连昌宫。这些人事实际发生的时地，与诗中所写时地的明显不符，并非诗人的误记，而是完全出于艺术上集中概括和典型化的需要，说明作者是有意运用传奇小说的艺术虚构，将一系列在历史事实中并不是发生在天宝末年的人事，通过移植、剪接和综合，集中到天宝末连昌宫中这个特定的时空中来，并以宫廷音乐会的方式，集合各路艺术明星同台献艺，以表现太平盛世宫廷生活的豪华热闹，渲染盛世的氛围。

二是诗中对连昌宫乱后荒废景象的渲染描绘，纯出艺术想象，而非亲历目睹。元稹生平，实未至连昌宫。诗中作为亲历目睹连昌宫兴废的故事叙述人“宫边老翁”，其实是一个虚构的人物。这一点，从诗的后段纵论开元、天宝，直至“今皇”的朝政治乱，可以看得非常清楚。实际上，他就是作者的代言人。这种全凭已有的生活经验进行艺术想象，刻意渲染氛围的写法，也是典型的传奇笔法。

三是注重细节描写。诗中写连昌宫昔日之盛，集中描绘渲染宫中宴乐的盛大场景，其中对歌妓念奴的描写长达十句，从力士传呼到念奴不见，潜伴诸郎夜宿，到连夜寻觅、催促，到特下敕旨许燃烛照明，到念奴被唤醒时的娇慵之态及匆忙装束的情景，一直写到回宫歌唱的场面，其用笔之细腻正是典型的传奇小说描绘人物常用的手法。以如此重大的表现时代盛衰及其原因的政治历史题材和主题，竟用如此细致的小说笔法，在艺术上显然是一种创造性的尝试。

离思五首（其二）[①]

山泉散漫绕阶流，万树桃花映小楼。闲读道书慵未起，水晶帘下看梳头。

［校注］

①《离思五首》，元和五年（810）贬江陵士曹参军后作。诗写对昔日年青时所恋情人的思念，所思者不止一人。《全唐诗》校："一本并前诗（指《莺莺诗》七律）作六首。"按：后蜀韦縠编《才调集》卷五载此组诗，作《离思六首》。

［笺评］

富寿荪曰：元稹早年有艳遇，此追忆往事之作。通首景色幽丽，丰神旖旎，结句尤为后世传诵。（《千首唐人绝句》）

［鉴赏］

元稹的艳诗，长篇如《梦游春七十韵》《会真诗三十韵》，短篇如《离思五首》《杂忆》《白衣裳》等，多为追怀其青年时代的情人而作，带有较强的叙事性和写实性，或铺叙会合过程，或专写某一生活片断，诗风秾艳，有时不免近亵。《离思》中的这一首，风格明丽秀逸，风神摇曳生姿，是他的艳诗中写得比较有品位的作品。

"山泉散漫绕阶流，万树桃花映小楼。"前两句写环境。一股股清澈晶莹的泉水散漫不齐地从山上流淌而下，又参差散乱地绕着阶前流过；繁茂艳丽的万树桃花簇拥着一座小楼，映照得这小楼分外明丽。山泉的"散漫"而流，显示出这里的景物纯任自然，未经人工修饰，烘托出所居小楼的清幽莹洁，而万树桃花的映照则给小楼增添了明艳的色彩和气息，令人联想到小楼中人的明艳丰采，唤起类似"人面桃花相映红”的想象。山泉之清之白，桃花之红之艳，分别烘托出一种莹洁而明艳的氛围。两句虽未正面写到人，但透过环境氛围，其人的丰神隐约可见。

“闲读道书慵未起，水晶帘下看梳头。”三、四两句，由环境氛围写到居住在这清泉绕阶、红桃映照的小楼中的人。清晨时分，抒情主人公（亦即诗人自己）还慵懒地半躺半倚在床上，迟迟未起，在悠闲地看着道书。这里所观的“道书”，可能指道家的《老》《庄》之书，但也可能是指道教的修道之书，暗示诗中的女子可能是女冠，即作者《刘阮妻二首》中所写的一类女子（值得注意的是，这两首诗中也都写到了桃花）。因为是“闲读”，所以读得有些随意、漫不经心，偶尔抬头，却见所爱的女子正在水晶帘下梳头，忽然间感到眼前的这一幕(包括其中的风神意态以及整个场景）竟有一种不可言说的美，遂目注而神驰，出神地看着，观赏着……末句的精神，全在一“看”字，而“看”字的精彩又和上句的“闲”字、“慵”字密不可分。这是一种在不经意间偶有所遇忽然发现的美，因而其中流动着这种意外发现的喜悦；而这种美感，又并非对伊人的某个局部或某种外在形容的欣赏，而是对其在水晶帘下梳头时所呈现的整个风神意态的欣赏。这种整体的美，具有难以言说的特点，所谓“丹青难画是精神”，“由来意态画不成”，故以不写写之，浑而言之曰“水晶帘下看梳头”，使读者透过它去自行想象其人的风神意态之美。而“水晶帘”的物象，又和首句的“山泉”一起，进一步烘托出女子的莹洁风韵。

薛　涛

薛涛（770？—832），字洪度，长安（今陕西西安）人。幼随父郧仕宦入蜀，父卒，遂流寓蜀中。贞元中，韦皋镇蜀，召涛侑酒赋诗，遂入乐籍。曾被罚赴松州，献诗获归，脱乐籍。元和初武元衡镇蜀，曾奏为校书郎，未授，蜀中呼为女校书。晚年居成都碧鸡坊。大和六年（832）卒。与节帅王播、韦皋、高崇文、武元衡、段文昌、李德裕，诗人元稹、白居易、王建均有交往唱酬。工绝句，曾自制彩笺，时称薛涛笺，有《锦江集》五卷，已佚。后人辑有《薛涛诗》一卷。《全唐诗》编其诗为一卷。

送友人

水国蒹葭夜有霜①，月寒山色共苍苍②。谁言千里自今夕③，离梦杳如关塞长④。

[校注]

①水国，犹水乡。蒹葭，芦苇。《诗·秦风·蒹葭》："蒹葭苍苍，白露为霜。所谓伊人，在水一方。"②月寒，犹寒月，指秋天带有寒意的月光。句意谓寒月相映，远山苍茫，与水边的蒹葭同样显示出苍苍之色。③千里，指与友人的千里之别。④杳，渺远。

[笺评]

钟惺曰：月寒乎？山寒乎？非"共苍苍"三字不能摹写。浅浅语，幻入深意，此不独意态淡宕也。（《名媛诗话》）

周珽曰：征途万里，莫如关塞。梦魂无阻，今夕似之，非深于离愁者孰能道焉！（《删补唐诗选脉笺释会通评林》）

徐用吾曰：情景亦自浓艳，却绝无脂粉气，虽不能律以初、盛门径，然亦妓中翘楚也。上联送别凄景，下联惜别深情。(同上引)

冯舒曰：(首二句）名句。(《二冯评点才调集》)

富寿荪曰：“谁言”二句，谓莫道今夕分手，便隔千里，而离梦相随，与关塞同远。与王维《送沈子福归江东》“唯有相思似春色，江南江北送君归”，命意略似，备见惜别情深。(《千首唐人绝句》)

[鉴赏]

诗歌在广大士庶人群中的流传普及，造就了唐代一批女诗人。其中创作数量最丰，且无闺阁脂粉气的著名女诗人首推薛涛。

这首《送友人》七绝，从末句“杳如关塞”之语看，当是送友人远赴边塞之作。首句“水国蒹葭夜有霜”，点明送别的时间（夜)、季节（有霜的深秋)、地点（水国)，化用《诗·秦风·蒹葭》“蒹葭苍苍，白露为霜。所谓伊人，在水一方”诗意，暗透惜别怀远之情。“水国”“夜霜”之语，更使读者自然联想到李白的诗句：“水国秋风夜，殊非远别时。”(《送陆判官往琵琶峡》）故虽未明言离别，而惜别之情已蕴含其中。

“月寒山色共苍苍”。友人系秋夜乘舟离去，上句“水国蒹葭”所写的是眼前近景，此句则转写阔远之景。时值深秋，一轮寒月，中天高照，迷蒙的月色似乎带着一股寒冽之气，远处的山峦，在月色映照下，显示出苍茫之色。作者巧妙地将《诗·秦风·蒹葭》中“蒹葭苍苍”的诗句分置于上下两句中，而用“共苍苍”三字，将蒹葭之色、寒月之色、远山之色浑融为一体，创造出一个在寒月笼照下苍茫阔远，充满凄寒色彩和惜别情意的境界，为下两句抒写诗人的别情提供了典型的环境氛围。

“谁言千里自今夕，离梦杳如关塞长。”友人远赴关塞，今夜一别，便成千里之隔，这本是令人伤感的，第三句却用“谁言”二字提起，用力捩转，仿佛要否定“今夕”的“千里”之别，给读者留下了悬念和期待，第四句方揭出本意，说自己离别后的魂梦仍紧相追随友人而去，直至渺远的关塞。是则人虽相别，魂则追随，悠长的离梦，正与悠远的关塞同其杳远。故说“离梦杳如关塞长”。既如此，则友人一路之上能有自己的魂梦相随，自不感到寂寞；自己也因魂梦始终追随友人，自不感到伤悲。“离梦杳如关塞长”的创造性比喻，将诗人的深长惜别之情表现得新颖生动而又含蓄有致。既是对远去友人的深情慰藉，又是对自己的安慰。本来黯然销魂的离别变得温情脉脉，虽缠绵而不悱恻了。以阔大杳远苍茫之境抒缠绵深挚之情，既见女诗人情感的细腻，又毫无闺阁脂粉之气，堪称别调。

佚 名

《啰唝曲》六首，《全唐诗》原题刘采春作。然据《云溪友议》，此六首乃“当代才子”所作，惜不知其名，故改题佚名。

啰唝曲六首[①]（选三首）

其 一

不喜秦淮水[②]，生憎江上船[③]。载儿夫婿去[④]，经岁又经年[⑤]。

其 三

莫作商人妇，金钗当卜钱[⑥]。朝朝江口望[⑦]，错认几人船。

其 四

那年离别日，只道住桐庐[⑧]。桐庐人不见[⑨]，今得广州书[⑩]。

［校注］

①《啰唝（hǒng）曲》，歌曲名，即《望夫歌》。《云溪友议》卷下《艳阳词》：“元公（元稹）……廉问浙东……有俳优周季南、季崇及妻刘采春，自淮甸而来。善弄陆参军，歌声彻云，篇韵虽不及（薛涛），容华莫之比也。元公……赠采春诗曰：‘新妆巧样画双蛾，慢裹恒州透额罗。正面偷轮光滑笏，缓行轻踏皱文靴。言词雅措风流足，

举止低回秀媚多。更有恼人肠断处，选词能唱《望夫歌》。’《望夫歌》者，即《啰唝》之曲也。（金陵府有啰唝楼，即陈后主所建）……采春一唱是曲，闺妇行人莫不涟泣。”按《云溪友议》此条又云：“采春所唱一百二十首，皆当代才子所作。”在所载《啰唝曲》七首中，即有一首七言四句者（“闷向江头采白蘋”）系于鹄所作。故六首五言四句之《啰唝曲》实非刘采春所作。②秦淮水，即秦淮河。参刘禹锡《金陵五题·石头城》“淮水东边旧时月”句注。③生憎，最恨。④儿，女子自称。⑤句意盖谓过了一年又一年。“经岁”与“经年”并非重复，视第四首“那年”可见。⑥谓用金钗代替铜钱掷地占卦。⑦江口，江水与他水的汇合处。此当指秦淮河入长江的水口。⑧桐庐，唐江南东道睦州有桐庐县，今属浙江。⑨谓托人到桐庐打听丈夫的消息，却不见丈夫的行踪。⑩谓丈夫的书信如今却从广州传来。

[笺评]

钟惺曰：“不喜秦淮水，生憎江上船。”“不喜”字深而微，“生憎”字直而劲。总是情绪无奈。“载儿夫婿去”，“儿”字口角可怜，“载儿”字埋怨得妙。“经岁又经年”，“岁”、“年”却把“又”字分出，何堪经想。（《名媛诗归》卷十五，旧题钟惺撰）

唐汝询曰：无根懊恨。（《汇编唐诗十集》）

南邨曰：怨水憎船，妇人痴语。然非痴无以言情。（《唐风怀》）

黄周星曰：不怨夫婿，而怨水与船。此《子夜》、《读曲》诸歌所未有。（《唐诗快》卷十四）

《雪涛小书》：三诗（按：指“不喜秦淮水”、“借问东园柳”、“莫作商人妇”三首）商彝周鼎，古色照人，不意闺门能为此语也。

沈德潜曰：“不喜”、“生憎”、“经岁”、“经年”，重复可笑，的是儿女子口角。（《重订唐诗别裁集》卷十九）

黄叔灿曰：“自家夫婿无消息，却恨桥头卖卜人”，犹于真处传

神。“不喜秦淮水，生憎江上船”，却是非非想，真白描神手。（《唐诗笺注》）

李锳曰：不怨夫婿久不归，而怨水与船之载去，妙于措词，“打起黄莺儿”之亚。（《诗法易简录》）

管世铭曰：司空曙之“知有前期在”，张仲素之“提笼忘采桑”，于武陵之“远天明月出”，刘采春所歌之“不喜秦淮水”，盖嘉运所进之“北斗七星高”，或天真烂漫，或寄意深微，虽使王维、李白为之，未能远过。（《读雪山房唐诗序例·五绝凡例》）

俞陛云曰：沈归愚评此诗，谓“不喜”、“生憎”、“经岁”、“经年”，重复可笑，的是儿女子口角。余谓故意重复，取其姿势生动，固合歌曲古逸之趣。且其重复，皆有用意。首二句言“不喜秦淮水”与“生憎江上船”者，乃因“水”与“船”之无情，为第三句张本。故接续言无情之“水”与“船”，竟载夫婿去矣。第四句“经岁复经年”，即年复一年，乃习用之语，极言分离之久，已历多年。虽用重复字，而各有用意。（《诗境浅说》续编）

（以上第一首）

钟惺曰：“莫作商人妇”，懊恨无端，然非淫亵声口。“金钗当卜钱”，接语无伦，妙在情理忽然偶值。“朝朝江口望”，“朝朝”字，更含下“错认”矣。（《名媛诗归》卷十五）

黄周星曰：有如此才貌，乃作商人妇乎？可惜镜湖春色，何不早归元尚书！（《唐诗快》卷十四）

李锳曰：此首方明其望归之情。卜掷金钗，望穿江上，而终不见其归。“错认”者，望之切；“几人”者，无定之数，望之久也。所以如此者，则以夫婿为商人，重利轻别离故也。“莫作”者，怨之至也，怨之至而曰“莫作”，则既作商人妇，又分当如此矣。（《诗法易简录》）

俞陛云曰：言凝盼归舟，眼为心乱也。（《诗境浅说》续编）

（以上第三首）

杨慎曰：唐刘采春诗："那年离别日，只道住桐庐。桐庐人不见，今得广州书。"此本《诗》疏"何斯违斯"一句，其疏云："君子既行王命于彼远方，谓适居此一处，今复乃去，更转远于馀方。"（《升庵诗话·唐诗杂三百篇意》）

钟惺曰："那年离别日"，回想俱属虚摹。"年"字"日"字意直警动。"只道在桐庐"，"只道"字含语未竟。"桐庐人不见，今得广州书。"却是得书后疑猜未定，辗转不释，其意有在。（《名媛诗归》卷十五）

谢榛曰：陆士衡《为周夫人寄车骑》云："昔者待君书，闻君在高平。今者得君书，闻君在京城。"及观刘采春《啰唝曲》云："那年离别日，只道住桐庐。桐庐人不见，今得广州书。"此二绝同意，作者粗直，述者深婉。（《四溟诗话》）

冒春荣曰：五言绝有两种：有意尽而言止者，有言止而意不尽者。言止意不尽，深得味外之味，此从五言律而来，故为正格。意尽言止，则突然而起，斩然而住，中间更无委曲。此实乐府之遗音，故为变调，意尽言止，如："打起黄莺儿，莫教枝上啼，啼时惊妾梦，不得到辽西。"（金昌绪）"那年离别日，只道住桐庐。桐庐人不见，今得广州书。"（刘采春）"嫁得钱塘贾，朝朝误妾期。早知潮有信，嫁与弄潮儿。"（李益）此乐府之遗音也。（《葚原诗说》卷三）

李锳曰：前首（"莫作商人妇"）言离别之久，此又言夫婿之行踪靡定也。桐庐已无归期，今在广州，去家益远，归期益无日矣。只淡淡叙事，而深情无尽。（《诗法易简录》）

俞陛云曰：言书信偶传，行踪无定也。（《诗境浅说》续编）

（以上第四首）

［鉴赏］

据《云溪友议·艳阳词》"采春所唱一百二十首，皆当代才子所作”之语，及所载元稹赠采春诗“更有恼人肠断处，选词能唱《望夫歌》”之句，《云溪友议》所载七首《啰唝曲》的作者实为“当代才子”(其中“闷向江头采白蘋”一首即于鹄所作，题为《江南曲》)。明胡应麟《诗薮》亦举采春所歌“清江一曲柳千条”系刘禹锡诗，以证《啰唝曲》亦诸名士作，惜其人不可考。“今系采春，非也。”

但就诗本身而论，这几首诗确实称得上是神品。三首均用商人妇口吻，像是自言自语，也像是心理独白。似不经意间随口道出，极朴素本色，却颇耐寻味。

第一首写商妇的无理之怨。“不喜秦淮水，生憎江上船。”首句突然而起，直抒对秦淮水的“不喜”，语气斩钉截铁，毫无商量回旋余地；次句更进一步，由“不喜”发展到“生憎”，由“秦淮水”而连及“江上船”，感情更加激烈，厌憎的对象涉及更广。这突如其来、连贯而出的强烈怨憎不免引发读者的大惑不解，等待着下文的解释和交代。

“载儿夫婿去，经岁又经年。”三、四两句，回答“不喜”“生憎”的缘由：秦淮河的流水和江上的船载着自家的丈夫离此而去，时间过了一年又一年，却一直没有等到水和船载着夫婿的归来。按之常情，这“秦淮水”与“江上船”只不过是无知之物，于人无仇无怨，夫婿之去之归，都与它们毫不相干，岂不是无理而“不喜”而“生憎”，找错了对象？妙处正在这“无理”上头。这位女子不怨夫婿之“重利轻别离”，也不怨自己的命运，而是把一股闷气撒在了载着丈夫离去的“秦淮水”和“江上船”上头。这正透露出在经历了“经岁又经年”的长期分离的痛苦折磨之后，她的强烈怨愤和积郁需要得到宣泄和释放，而自己的夫婿，是思而不忍怨；自己的命运，是虽怨而无益，找不到可以宣泄的对象，就只能抓住“载儿夫婿去”的“秦淮水”和“江上船”来发泄一通怨愤了。虽“无理”，却自有其合乎情理的情感逻辑。“经岁又经年”五字，是强烈的怨愤之根。如只是小别、暂别，自不会有此强烈的情绪。多少思念和牵挂，多少孤寂和痛苦，多少期待和失望，都在这“经岁又经年”五字中包孕无遗了。

第三首一开头也是陡起直抒，揭示“莫作商人妇”的主意。对于这样的感慨和结论，不同的人可以有各种不同的解答。“那作商人妇，愁水复愁风”（李益《长干行》），这是一种解答。而这位女子的解答却有些令人费解：“金钗当卜钱。”商人行踪无定，归期难知，无奈之中，只得求神问卜，想借此预卜归期，何以说“金钗当卜钱”呢？金钗本是华美的首饰，但夫婿长期在外，纵然佩戴增姿添色的金钗又有谁能见，又谁适为容？对于自己来说，不过一件无用之物而已，因此当需要占卜归期时，就毫不犹豫地以钗掷地，权当卜钱了。这一细节，完全符合人物的特定情境，其中蕴含着这位女子的苦闷无聊和怨怅无奈。

“朝朝江口望，错认几人船。”不管占卜的结果如何，每天早晨起来就到江口守望，希望能迎到丈夫乘船归来，却是雷打不动的行为。这是因为对方杳无音讯，根本料不准什么时候归来，占卜问卦也只能给出一些似是而非、玄虚难凭的解答。但“朝朝江口望”的结果，却始终等不到丈夫归舟的踪影。由于长期等待的失望和焦急，不免产生错觉，竟然好几次将别人的船当成了丈夫的归舟。古代的船形制很小，外形又大致类似，在浩瀚宽阔的江面上行驶时，舟上的人影更模糊难辨。情急之中，盼归人心切，“错认几人船”的情况时有发生，自是不足为奇。妙在自言自语的口吻中流露出对久滞不归的丈夫的无限思念与怨嗟。此类情景，前人的诗中已有所描写，如谢朓的名句“天际识归舟”即是，一“识”字传神地表现出深情凝眺之状。而此诗变“识”为“错认”，则生动地表现出初疑其是而欣喜，继知其非而失望而怨嗟的感情变化过程，更具戏剧性。谢诗明丽细腻，而此诗则朴素自然。晚唐温庭筠《梦江南》“梳洗罢，独倚望江楼。过尽千帆皆不是，斜晖脉脉水悠悠”，北宋柳永《八声甘州》“想佳人，妆楼颙望，误几回天际识归舟”所写情境，均与此二句相似，而艺术上各具特色。

第四首专写丈夫出外经商之行踪无定，“那年离别日，只道住桐庐”。丈夫与自己离别时，说自己要到桐庐经商，故自己心里一直以为丈夫就住在桐庐。“只道”二字，写出自己认定丈夫所在，别无他想，以反衬下文之事出意料之外。不说“去年”，而说“那年”，暗透与丈夫离别当在更远的年份，也透出自己已多时未接到丈夫的来信。

“桐庐人不见，今得广州书。”因为认定丈夫就在桐庐经商，又多时未接来信，故有托往桐庐的熟人打听消息之事，而熟人来信告诉自己，寻遍桐庐，并不见丈夫的踪影。这前前后后的许多情事，只用“桐庐人不见”一句便包括无遗，叙事之精练可见。正在为“桐庐人不见”的消息而担心、而焦急的时候，却突然收到了丈夫从广州寄来的书信，原来他已经漂向了更遥远的广州。诗写到这里，就淡淡收束，仿佛用极平常的心情对待这件事。而忽接丈夫来信时的意外与惊喜，惊喜之余丈夫愈离愈远的怅恨，会合更加渺茫的失落，便都包含在这貌似客观的叙述之中了。直起直落中有无限含蓄，正是此诗，也可以说是这三首诗的共同特点。

不管谁是《啰唝曲》的作者，这几首诗之深得民歌神髓是显而易见的。它朴素真切，来自生活，具有原生态的特征；但却能于朴素中见淳厚，于平淡中见深挚，于直白中见含蓄。评家将它们与金昌绪的《春怨》、西鄙人歌“北斗七星高”等并提，确实看到了上述诸作的共同特征。

白居易

白居易（772—846），字乐天，祖籍太原，徙居华州下邽（今陕西渭南北）。建中末随父至徐州别驾任所，寄居符离，后避难吴越。贞元十六年（800）登进士第。十九年登书判拔萃科，授秘书省校书郎。元和元年（806），登才识兼茂明于体用科，授盩厔尉。七月，权摄昭应事。二年十一月召入翰林为学士。三年除左拾遗。五年改京兆府户曹参军，均依前充翰林学士。六年丁母忧，退居下邽。九年冬服阕，授太子左赞善大夫。十年六月，上疏请捕刺宰相武元衡之贼，执政以宫官先台谏言事恶之，忌之者复诬其母看花坠井死而作《赏花》《新井》诗，贬江州司马。十三年十二月量移忠州刺史。穆宗即位，召为司门员外郎，改授主客郎中、知制诰。长庆元年（821）十月，转中书舍人。二年七月外任杭州刺史。四年五月，除太子左庶子分司。宝历元年（825）三月，除苏州刺史。次年九月因病罢官归洛阳。大和元年（827）三月征为秘书监，赐金紫。二年除刑部侍郎。三年春以太子宾客分司东都，此后定居洛阳，历河南尹、太子宾客分司、太子少傅分司等职。会昌二年（842）以刑部尚书致仕。会昌六年卒。居易前期以兼济天下为志，直言敢谏，倡导诗歌之美刺比兴，以“补察时政”“泄导人情”，对新乐府的创作潮流有重要的推动作用。贬江州后，转向独善其身，闲适之作居多。曾将自己之诗作分为讽喻、闲适、感伤、杂律诗四类。讽喻诗中之《秦中吟》《新乐府》，揭露时弊、反映百姓疾苦，富于社会政治意义；感伤诗中之《长恨歌》《琵琶引》为古代文人叙事诗中之杰出代表。杂律诗中也有一部分吟咏情性、诗酒唱和、描绘自然风光的佳作。其总体风格平易通俗，自然流畅，佳者犹不失精纯与韵味，为唐诗中影响广远的大家。自编《白氏文集》七十五卷，现存《白氏长庆集》七十一卷。《全唐诗》编其诗为三十九卷。今人朱金城有《白居易集笺校》，谢思炜有《白居易诗集校注》。

宿紫阁山北村[1]

晨游紫阁峰，暮宿山下村。村老见余喜，为余开一樽[2]。举杯未及饮，暴卒来入门。紫衣挟刀斧[3]，草草十余人[4]。夺我席上酒，掣我盘中飧[5]。主人退后立，敛手反如宾[6]。中庭有奇树，种来三十春。主人惜不得，持斧断其根。口称采造家[7]，身属神策军[8]。“主人慎勿语[9]，中尉正承恩[10]！”

［校注］

①紫阁山，即紫阁峰，在鄠县东南三十里。为终南山的一座山峰。张礼《游城南记》：“圭峰、紫阁在终南山四皓祠之西，圭峰下有草堂寺，紫阁之阴即渼陂。”《关中胜迹图志》卷二引《雍胜略》：“紫阁峰，旭日射之，烂然而紫，其形上耸若楼阁然。”此诗约作于元和五年（810）。②樽，指酒樽，盛酒器。③紫衣，粗紫衣，系下级胥吏所服，与贵官显宦所服之朱紫、金紫之服不同。《唐会要》卷三十一《杂录》：“通引官许依前粗紫绝及紫布充衫袍……其行官门子等，请许依前服紫粗绝充衫袄。”此指神策军军校所穿之紫衣。④草草，骚乱貌。《魏书·外戚传上·贺泥》：“太祖崩，京师草草。”⑤掣（chè），拉拽。飧（sūn），熟食。⑥敛手，拱手，表示恭敬。⑦采造家，采集木材为官廷建造房屋的机构。朱金城注引《册府元龟》卷六十一帝王部·立制度第二：“唐文宗太和元年五月癸酉，左神策军奏当军请铸‘南山采造印’一面。”谓“可知南山采造系左神策军之直属机构。”⑧神策军，唐禁军名之一。自代宗、德宗起，即由宦官统领。《旧唐书·职官志三》：“贞元中，特置神策军护军中尉，以中官宦官为之，时号两军中尉。贞元以后，中尉之权倾于天下，人主废立，皆出其可否。”⑨慎，千万，无论如何，与“勿”“毋”等连用，表示警戒。⑩中尉，此指当时的神策军左军中尉吐突承璀。《旧唐书·吐突承璀

传》："吐突承璀，幼以小黄门直东宫，性敏慧，有才干。宪宗即位，授内常侍、知内省事，左监门将军。俄授左军中尉、功德使。四年，王承宗叛，诏以承璀为河中、河南、浙西、宣歙等道赴镇州行营兵马招讨等使……谏官、御史上疏相属，皆言自古无中贵人为兵马统帅者……及承璀率禁军上路，帝御通化门楼，慰喻遣之，出师经年无功。""中尉正承恩"，正指吐突承璀极受宪宗宠信，权势气焰正炽。《旧唐书·白居易传》："王承宗拒命，上令神策中尉吐突承璀为招讨使，谏官上章者十七八，居易面论，辞情切至……上颇不悦。"《白居易集》卷五十九有《论承璀职名状》专论承璀充诸军行营招讨处置使一事之不可，谓："国家故事，每有征伐，专委将帅，以责成功，近年已来，渐失旧制，始加中使，命为都监……此皆权宜，且为近例。然则兴王者之师，征天下之兵，自古及今，未有令中使专统领者。"

[笺评]

白居易曰：闻《宿紫阁村》诗，则握军要者切齿矣。(《与元九书》)

洪迈曰：宣和间，朱勔挟花石进奉之名，以固宠规利。东南部使者郡守多出其门。如徐铸、应安道、王仲闳辈济其恶，豪夺渔取。士民家一石一木稍堪玩，即领健卒直入其家，用黄封表志，而未即取。护视稍不谨，则被以大不恭罪。及发行，必撤屋决墙而出……偶读白乐天《紫阁山北村》诗，乃知唐世固有是事，漫录于此。(《容斋续笔》)

钟惺曰：("主人"二句下）乐府妙语。(《唐诗归·中唐四》)

汪立名曰：贞元十二年始立左右神策护军中尉，统禁旅。时窦、霍权势震赫，嗣是宦官之骄横日长，公《与元九书》所谓"闻《紫阁村》诗，则握军要者切齿"是也。(《白香山诗长庆集》卷一)

何焯曰："中尉正承恩"，此亦谓承璀。(同上书卷一引何氏评)

[鉴赏]

白居易的讽喻诗中，有相当一部分是先设题立意，而后据此搜集素材，进行叙述描写和议论的，不同程度上存在着从理念出发的弊病。这一首所叙写的却是他亲历的事件。因而感受特别痛切，感情也非常愤激。但诗人却没有像他通常写讽喻诗那样对此事大发议论，甚至对讽刺对象进行痛骂，而是采用客观写实的方式对整个事件进行描述，自始至终不发一句议论，这在他的讽喻诗中是相当特别的。

“晨游紫阁峰，暮宿山下村。村老见余喜，为余开一樽。”开头四句，紧扣题目，用简练的笔墨概写晨游暮宿的过程和村老设宴招待的情景。写得很紧凑，也很从容，字里行间流露出轻松喜悦的感情和主客间融洽而随便的气氛。这样的开头和前奏，使双方根本料想不到下面会发生那样令人扫兴和愤慨的情事。因此它对诗的主体部分正是一种有力的反衬。这里的“喜”，正为下文的怒和愤作了铺垫。

“举杯未及饮，暴卒来入门。紫衣挟刀斧，草草十余人。”酒宴刚设，主客举杯，尚不及饮，突然闯进了一群凶暴的士卒。他们身穿神策军的紫衣，挟带着明晃晃的刀斧，乱糟糟地有十来人。这是这帮不速之客给作者的第一印象。“暴卒”之“暴”，即从他们这伙人横冲直撞地闯入民宅的蛮横行动，从他们身着神策军的“紫衣”所标明的身份，从身带明晃晃的“刀斧”，也从那乱糟糟的狐假虎威架势上看出。

“夺我席上酒，掣我盘中飧。主人退后立，敛手反如宾。”接下来四句，进一步描绘这伙暴卒们的横暴行动：他们气势汹汹地夺过了酒席上的酒，拽过了盘里的菜肴，当着主人的面大吃大喝起来，好像他们才是这里的主人，而真正的主人村老见此情景反而退后而立，拱手胸前，恭恭敬敬，如同客人一般。一边是蛮横凶暴，肆意抢夺，一边却是拱手退让，默不作声。这鲜明的对照说明在暴卒的凶横面前，胆小怕事的主人只能采取忍让的态度，既不敢怒，也不敢言，也透露出村老对这伙人的身份已有所察觉，但抢夺酒食并非暴卒此行的目的，真正的掠夺还在后头。

“中庭有奇树，种来三十春。主人惜不得，持斧断其根。”村老家的庭院中一棵种植了三十年的珍奇树木，才是这伙人此行掠夺的真正目标。看来他们早就作了踏勘调查，此行“挟刀斧”而来就是为了砍伐这棵奇树。当主人明白他们一伙的真正意图时，暴卒们已经不由分说动手砍伐了，三下两下便用斧头砍断了它的根。诗人只用“主人惜不得”五个字便表现出主人在暴徒面前不但无理可讲，无话可说，而且连公开表示惋惜也不能的畏惧情态。这“惜不得”正是对暴卒们横暴凶恶嘴脸的更深一层的揭示。

“口称采造家，身属神策军。”暴卒们一边肆行掠夺，一边还不忘亮出自己的身份，声称自己是宫里专门采集建筑材料、负责建造的机构，属于神策军管辖。表明这特殊的身份，自然意在威吓主人，警告他别想有所不满和反抗，也进一步表现了他们狐假虎威、有恃无恐的丑恶嘴脸。

“‘主人慎勿语，中尉正承恩！’”结尾两句，是诗人对主人的告诫：千万别作声表示不满怨愤，这伙人的头子神策军的中尉眼下正深受皇帝的恩宠呢！整个事件中，暴卒肆行掠夺、凶横霸道，主人拱手退立、忍受沉默，目击这一切场景的诗人似乎也始终未置一词，但最后悄悄告诫主人的话却如同一柄连透数层的利剑，由眼前正在施暴的暴卒身上透过，直射暴卒身后深受皇帝宠信的宦官头子神策军中尉吐突承璀，又由“承恩”的“中尉”身上透过，直刺施恩的当今皇帝。诗胆之大，锋芒之利，揭露之深，感情之愤激，都臻于极致。妙在说到“中尉正承恩”随即截住，不再另置一词，满腔愤激化为无言的沉默和冷峻，尤其显得含蓄深沉、隽永耐味。

轻　肥①

意气骄满路②，鞍马光照尘。借问何为者，人称是内臣③。朱绂皆大夫④，紫绶或将军⑤。夸赴军中宴⑥，走马去如云。樽罍溢九酝⑦，水陆罗八珍⑧。果擘洞庭橘⑨，脍切天池鳞⑩。食饱心自若⑪，酒酣气益振⑫。是岁江南旱⑬，衢州人食人⑭！

［校注］

①本篇系《秦中吟》十首中的第七首。序云："贞元、元和之际，予在长安。闻见之间，有足悲者。因直书其事，命为《秦中吟》。"这组诗约作于元和五年（810）。组诗中各篇所闻所见之事，即生活素材，则可能发生在贞元末元和初这段时间内。如本篇提及"江南旱"之事，发生于元和三、四年（见注⑬）。《论语·雍也》："乘肥马，衣轻裘。"此以"轻肥"借指权豪势要的豪华奢侈生活。②意气，神色。《晏子春秋·杂上》："晏子为齐相，出，其御之妻从门间而窥，其夫为相御，拥大盖，策驷马，意气扬扬，甚自得也。"此处"意气"亦含神色自负得意之意。③内臣，指宫中宦官。与外朝官员相对而言。④朱绂（fú），本指古代礼服上的红色蔽膝，后多借指官服，此指朱红色的朝服。大夫，指将帅。朱金城注引《通鉴》胡三省注："唐中世以前，率呼将帅为大夫，白居易诗所谓'武官称大夫'是也。"⑤紫绶，紫色的朝服。朱金城笺："唐人诗文中多称'朱衣'、'紫衣'为'朱绂'、'紫绶'。白氏《初著绯戏赠元九》诗：'……我朱君紫绶，犹未得差肩。'《初除尚书郎脱刺史绯》诗：'便留朱绂还铃阁，却着青袍侍玉除。'《早春西湖闲游……》诗：'贵垂长紫绶，荣驾大朱轮。'……今人所注唐诗及白诗选本，多误释为系印之绶，盖未熟谙唐人诗文之习语也。"唐代有权势的宦官常赐以将军的封号。《旧唐书·宦官传》："玄宗在位既久，崇重宫禁，中官稍称旨者，即授三品左右监门将军。"如高力士天宝初加冠军大将军、右监门卫大将军，程元振加镇军大将军、右监门卫大将军，俱文珍累迁至右卫大将军。宪宗所宠信之吐突承璀为左卫上将军等均其例。⑥军中，指宦官所统领之神策军。⑦樽，酒樽。罍，酒器上刻绘有云雷花纹者。九酝，美酒名。李肇《国史补》卷下："酒之美者，宜城之九酝。"⑧八珍，本指八种烹饪法，后转指各种珍馐美味。《三国志·魏书·卫觊传》：

“饮食之肴，必有八珍之味。”杜甫《丽人行》：“御厨络绎送八珍。”⑨擘（bò），剖开。洞庭橘，苏州太湖洞庭山所产名橘。⑩脍，将鱼肉等细切而制成的食品。天池，指海。《庄子·逍遥游》：“南冥者，天池也。”天池鳞即珍奇的海鱼。⑪心自若，心情安闲自在，心满意足。⑫振，读平声，盛貌。⑬《旧唐书·宪宗纪》：元和三年：“是岁淮南、江南、江西、湖南、山南东道旱。”《新唐书·五行志二》：“元和三年，淮南、江南、江西、湖南、广南、山南东西皆旱。四年春夏，大旱。秋，淮南、浙西、江西、江东旱。”⑭衢州，唐江南东道州名，今属浙江。

［笺评］

白居易曰：闻《秦中吟》，则权豪贵近者，相目而变色矣。（《与元九书》）

吴乔曰：诗贵和缓优柔，而忌率直迫切。元结、沈千运是盛唐人，而元之《舂陵行》、《贼退》诗，沈之“岂知林园主，却是林园客”已落率直之病。乐天《杂兴》之“色禽合为荒，政刑两已衰”，《无名税》之“夺我身上暖，买尔眼前恩。进入琼林库，岁久化为尘”，《轻肥》之“是岁江南旱，衢州人食人”，《买花》之“一丛深色花，十户中人赋”等，率直更甚。（《围炉诗话》）

何焯曰：言将相皆中官私人，召灾害而为民贼也。（《白香山诗长庆集》卷二评）又曰：《秦中吟》中何以所书者“江南”？其实秦中适当天旱人饥之会，故深刺之也。《春秋·庄公十一年》：“秋，鲁大水。”公羊子曰：“外灾不生，此何以书及我也？时鲁亦有水灾，书鲁则宋灾不见，两举则烦文不省，故诡例书外以见内也。”公之诗学，其源远矣。（同上）

宋长白曰：襄阳宜城东，有金沙泉，造酒甚美，世称宜城春，又名竹叶青。张华《轻薄篇》：“苍梧竹叶青，宜城九酝酒。”梁简文

《乌栖曲》："宜城酝酒今朝熟，投鞭系马暂栖宿。"（《柳亭诗话》卷十八）

《唐宋诗醇》：结句斗绝，有一落千丈之势。（卷十九）

宋宗元曰：（末二句下）与少陵"忧黎元"同一心事。（《网师园唐诗笺》）

罗宗强曰：这组诗与《新乐府五十首》所相同处，是规讽之旨；不同处，是不由理念写诗，而写所闻见，不夸饰，不隐讳，直歌其事。因之也具有比《新乐府五十首》更大的感染力。十首中《轻肥》先写权贵之骄奢，而结以"是岁江南旱，衢州人食人"，形成强烈对比，写法类似杜甫。《歌舞》、《买花》都是这种写法。（《唐诗小史》）

[鉴赏]

这首诗从命题到写法都显然和杜诗有直接的渊源关系。"轻肥"一语，虽本自《论语·雍也》"乘肥马，衣轻裘"，但《论语》并未将"轻""肥"二字连缀为一个词语，且无讽意，杜甫《秋兴八首》"五陵衣马自轻肥"之句当为白此诗诗题所本。至于写法，更直接继承了杜甫《自京赴奉先县咏怀五百字》中"朱门酒肉臭，路有冻死骨"的鲜明对比手法。

"意气骄满路，鞍马光照尘。"开头两句，突兀而起，写一群人走马长街时的情景。"意气"，指人的神色、神态，着一"骄"字，其骄横跋扈、扬扬自得的神态如在目前。"骄"本来是表现于神色意态之间的，可以感受到，却难以描摹。"骄"而"满路"这一夸张的形容使它具象化了，仿佛道路上每一寸土地，每一个微小的空间都充满了那骄横之气，令人想见这伙人骑着高头大马，在繁华的街道上招摇过市，横冲直撞，旁若无人的神态。这句写"骄"。下句写"奢"：他们那油光发亮的骏马和华美光鲜的马鞍，简直可以照亮地上的灰尘。灰尘色暗，而可照亮，则鞍马之光鲜亮丽可想。作者《采地黄者》有句说："与君啖肥马，可使照地光。"可见追求鞍马之"照地光"，正是这帮人炫耀自己的权势富贵的一种手段，故虽写"奢"，而"骄"亦自含其中。

"借问何为者，人称是内臣。"两句是说，借问他们这一伙是干什么的呢？有人说，这不就是那帮太监嘛。这两句不但是为了交代这伙骄横豪奢的人的身份，而且是为了表现路人对他们的鄙视和痛恨。"借问""人称"，语带冷刺。其实"问"是明知故问，答也是明知故答，不过借此发泄对这伙骄横豪奢的宦官的愤恨和不屑，两句所显示的，正是"道路以目"的情景。

"朱绂皆大夫，紫绶或将军。"宦官本是皇帝的家奴，身份卑贱。可现在他们一个个都得了将军的名号，穿上朱紫的官服，成了贵显的权势人物。两句中的"皆"和"或"都颇具感情色彩，大有"沐猴而冠"的讽嘲意味。既对这伙政治暴发户充满鄙视，又对皇帝宠信宦官、滥赐封爵表示不满。

"夸赴军中宴，走马去如云。"他们炫耀着自己是去赴神策军头子的宴会，骑着快马，疾速飞驰，像一团团乌云那样翻滚向前。这里着重点出了一个"夸"字，把前面的一系列描写串连在一起。原来他们金鞍骏马，朱绂紫绶，横冲直撞，走马如云，都是为了炫耀他们的权力地位，都是为了摆阔气，抖威风。

以上八句是一个场面，写宦官走马赴宴。下六句紧接"军中宴"，写宴会上的情景。

"樽罍溢九酝，水陆罗八珍。"两句先概写一笔，说各式酒器盛满了美酒，桌上摆满了山珍海味。用"溢""罗"写宴席的豪华，"九酝""八珍"突出其酒肴的珍奇。

"果擘洞庭橘，脍切天池鳞。"接下来两句，在概写的基础上突出两种最珍奇的果肴，以进一步渲染宴席的豪奢。上两句是宴席的全景，这两句则是特写。

"食饱心自若，酒酣气益振。"两句互文，形容这伙人食饱酒酣之后，心满意足、神气嚣张的样子。“心自若”，安闲自在、泰然自若、心满意足之意兼而有之；“气益振”，兴高采烈、趾高气扬、气焰嚣张之状如在目前。用语平易中见精练。

以上六句写宴会场景，前四句着重写其豪奢，后两句写其骄横。

通过长街走马和豪奢宴会这两个场景，层层铺叙渲染，已将宦官的骄横气焰和豪奢生活描绘得淋漓尽致，诗人对宦官的痛恨、鄙视的感情也流露在字里行间。按照讽喻诗“卒章显其志”的惯例，接下去似应对上述现象发表议论，但诗人却出乎意料地将镜头迅速从宴会场景上拉开，用这样两句诗结束：

是岁江南旱，衢州人食人！

据史载，元和三年（808），包括江南道在内的广大地区皆旱，四年春夏，浙西、江东又旱，可见江南一带受旱之烈，衢州地属江南东道，因连续受旱饥荒，竟发生了人吃人的惨剧。一边是花天酒地、山珍海味、美酒佳肴的豪奢宴会，一边却是旱饥绝食，被逼得“人食人”。这尖锐而鲜明的对比，既震撼人心，又发人深省。不着一字议论，却具有极强烈的艺术感染力。

此诗之所以具有极强烈的艺术感染力、震撼力，与此前一系列出色的描绘渲染分不开。不妨设想一下，将这首诗的前十四句概括为两句，但还保留原意，即将全诗变成一首五绝：“内臣军中宴，水陆罗八珍。是岁江南旱，衢州人食人。”对比依然鲜明，但其尖锐的锋芒和强烈的震撼力却差远了。原因就在于作者在运用对比手法时，采用了层层铺叙渲染、引满而发的艺术手段，也就是所谓铺垫，前面十四句，写长街走马，写军中宴会，就是要把弓拉得满满的，等到将宦官的骄横气焰、豪奢生活渲染到极致时，才对准目标，猛地射出一箭，这一箭才特别有力，直刺宦官的心窝，形成震撼人心的艺术力量。

一边是骄横奢侈，一边是饥饿死亡，这鲜明而强烈的对比当然是对宦官的尖锐抨击。但这只是问题的一个方面，即两种现象的尖锐对立，但问题还有另一面，这就是两种现象之间的深刻内在联系，这是作者用意更深的地方。这种内在联系又可以从两个方面去理解。一是这帮人的奢侈生活就是建立在广大百姓饥饿和死亡的基础之上的；二是“衢州人食人”的现象正是这帮根本不顾百姓死活的人掌握了军政大权的结果。不要忽略了“食饱心自若，酒酣气益振”这两句诗，它暗示这伙人除了抖威风、摆阔气、干坏事以外，国家的命运、百姓的死活是根本不放在心上的，让这样一帮人掌握了大权，怎么能不发生“衢州人食人”的事件呢？这正是作者的深意所在，也是这首诗发人深省之处。从这个意义上说，这首诗也就并不单纯是对宦官骄横气焰和奢华生活的揭露，而且含有对这股腐朽势力的政治批判意义，无怪乎“权豪贵近，相目而变色”了。

上阳白发人①悯怨旷也②

上阳人，红颜暗老白发新。绿衣监使守宫门③，一闭上阳多少春。玄宗末岁初选入④，入时十六今六十⑤。同时采择百余人，零落年深残此身⑤。忆昔吞悲别亲族，扶入车中不教哭⑥。皆云入内便承恩，脸似芙蓉胸似玉。未容君王得见面，已被杨妃遥侧目⑦。妒令潜配上阳宫⑧，一生遂向空房宿。宿空房，秋夜长，夜长无寐天不明。耿耿残灯背壁影⑨，萧萧暗雨打窗声。春日迟⑩，日迟独坐天难暮。宫莺百啭愁厌闻，梁燕双栖老休妒。莺归燕去长悄然，春往秋来不记年。唯向深宫望明月，东西四五百回圆⑪。今日宫中年最老，大家遥赐尚书号⑫。小头鞋履窄衣裳⑬，青黛点眉眉细长⑭。外人不见见应笑，天宝末年时世妆⑮。上阳人，苦最多。少亦苦，老亦苦，少苦老苦两如何！君不见昔时吕向美人赋⑯，又不见今日上阳白发歌。

[校注]

①本篇系《新乐府》五十首的第七首。《新乐府序》说："凡九千二百五十二言，断为五十篇。篇无定句，句无定字。系于意，不系于文。首句标其目，卒章显其志，《诗》三百之义也。其辞质而径，欲见之者易喻也；其言直而切，欲闻之者深诫也；其事核而实，使采之者传信也；其体顺而肆，可以播于乐章歌曲也；总而言之，为君、为臣、为民、为物、为事而作，不为文而作也。"自注云："元和四年为左拾遗时作。"据陈寅恪《元白诗笺证稿》考证，五十首中亦有可能作于元和五年者，如《杏为梁》《海漫漫》等篇即是。本篇敦煌本题作《上阳人》。白此诗系和元稹《上阳白发人》之作，当有"白发"二字。此题为李绅原唱，元、白相继和之，见元稹《和李校书新题乐府十二首并序》。上阳，宫名，在东都洛阳。《新唐书·地理志》："上阳宫在禁苑之东，东接皇城之西南隅，上元中置。高宗之季常居此以听政。"《唐六典》卷七："上阳宫南临洛水，西拒穀水。"②愍怨旷，怜悯宫女长期幽闭深宫、无缘得到皇帝临幸的哀愁痛苦。作者《奏请加德音中加节目二件·请拣放后宫内人》云："右伏见大历已来四十馀载，宫中人数稍久渐多。伏虑驱使之馀，其数犹广。上则虚给衣食，有供亿糜费之烦，下则隔离亲族，有幽闭怨旷之苦。事宜省费，物贵遂情……臣伏见太宗、玄宗已来，每遇灾旱，多有拣放……伏望圣意，再加处分。"奏状上于元和四年，与本篇当为同年所作，可互参。长安大明宫西亦有上阳宫，而此诗一则云"已被杨妃遥侧目"，再则云"大家遥赐尚书号"，当指洛阳之上阳宫。作者自注："天宝五载已后，杨贵妃专宠，后宫人无复进幸矣。六宫有美色者，辄置别所，上阳是其一也，贞元中尚存焉。"③绿衣监使，指管理宫苑的太监。唐内侍省有宫闱局，令二人，从七品下。掌侍宫闱，出入管籥。见《新唐书·百官志二》。唐制，六、七品官着绿，七品官着浅绿。④陈寅恪

笺："假定上阳宫人选入之时为天宝十五载（西历七五六年），则至贞元十六年（西历八〇〇年）其年六十。"按：诗既作于元和四年（809），则所谓"今"自不可能指贞元十六年，而当指作诗之当时，则上阳宫人年为六十四岁，此云"六十"，约略言之耳，不必拘。⑤二句谓同时被采选入宫的百余宫女，年深日久，悉已零落逝世，唯余自身一人。残，剩、余。⑥教，让。⑦侧目，斜目而视，表示愤恨。⑧潜配，暗地发配到。⑨耿耿，烦躁不安。心事重重貌。《诗·邶风·柏舟》："耿耿不寐，如有隐忧。"按："耿耿"亦有明亮义，然下云"残灯"，与明亮之义不合。⑩迟，久、长。相对于冬日之短，春日渐长。故下云"日迟独坐天难暮"。⑪东西，指月升于东方落于西方。陈寅恪笺："自入宫至此凡历四十五年，须加十六闰月，共约五百五十六望，除去阴雨暗夕，上阳宫人之获见月圆次数，亦不过四五百回。三五之时，月夕生于东，朝没于西，所以言东西者盖隐含上阳人自夕至旦通宵不寐之意也。"按："四五百回圆"亦大略言之，不必拘泥。⑫大家，宫中近臣或后妃对皇帝的习惯称呼。蔡邕《独断》上："天子自谓曰行在所……亲近侍从官称曰大家。"唐刘肃《大唐新语·酷忍》："初令宫人宣敕示王后，后曰：'愿大家万岁，昭仪长承恩泽，死是吾分也。'"李商隐《宜都内人》："宜都内人曰：'大家知古女卑于男邪？'"尚书，此指宫中女官，即女尚书。东汉、三国魏、后汉石虎宫中均有女尚书，管理批阅宫外奏章、文书等。此句"尚书号"指徒有虚名的女尚书名号。唐代宫中设"六尚"各二人，均正五品，其职掌类似六尚书。⑬陈寅恪笺："姚汝能《安禄山事迹》下云：'天宝初，贵游士庶，好衣胡服，为豹皮帽。妇人则簪步摇，衩衣之制度，衿袖皆小。'又《白氏长庆集》一四《和梦游春》：'时世宽妆束。'则知贞元末年妇人时妆尚宽大。"⑭青黛，画眉的青黑色颜料。陈寅恪笺："《才调集》五元微之《有所教》诗云：'莫画长眉画短眉，斜红伤竖莫伤垂。人人总解争时势，都大须看各自宜。'……颇疑贞元末年之时世妆，其画眉尚短，与乐天此诗所云天宝末年之时尚为'青黛点眉眉细长’者适得其反也。”⑮时世妆，时尚的装束。⑯自注：“天宝末，有密采艳色者，当时号花鸟使。吕向献《美人赋》以讽之。”按：《文苑英华》卷九十六录吕向《美人赋》。《新唐书·文艺传·吕向》：“玄宗开元十年，召入翰林……时常岁遣使采择天下姝好，内之后宫，号‘花鸟使’，向因奏《美人赋》以讽，帝善之，擢左拾遗。”白氏自注载吕向献赋事于天宝末，恐系误记。

［笺评］

洪迈曰：白乐天《长恨歌》、《上阳人歌》，元微之《连昌宫词》，道开元间宫禁事最为深切矣。（《容斋随笔》）

田雯曰：香山讽喻诗乃乐府之变，《上阳白发人》等篇，读之心目豁朗，悠然有馀味。（《古欢堂杂著》）

黄周星曰：（“入时十六今六十”句）只此一语，可以泣鬼矣。（“零落年深残此身”句）泣鬼语。（“未容君王得见面”二句）殊可切齿。马嵬之死，不足悲也。（“唯向深宫望明月”句）泣鬼语。（“大家遥赐尚书号”句）要他何用！（“天宝末年时世妆”句）此一语更惨。（《唐诗快》）

何焯曰：不可斥言宫掖，故举别都言之，却以吕向《美人赋》一语暗包两都。（《白香山诗长庆集》卷三）

沈德潜曰：只“唯向深宫望明月，东西四五百回圆”二语，已见宫人之苦，而杨妃之嫉妒专宠，足以致乱矣。女祸之诫，千古昭然。（《重订唐诗别裁集》卷八）

陈寅恪曰：元氏《长庆集》二四《上阳白发人》，本愍宫人之幽闭，而其篇末乃云：“此辈贱嫔何足言，帝子天孙古称贵。诸王在阁四十年，七宅六宫门户闭……”此为微之前任拾遗时之言论，于作此诗时不觉连类及之，本不足异，亦非疵累。但乐天《上阳白发人》之作，则截去微之诗末题外之意，则更切径而少枝蔓。（《元白诗笺证稿》）

[鉴赏]

宫怨是唐诗中常见的题材，但这类作品多为抒情短章，往往只截取一个横断面或一个具体场景，很难从纵向上表现一个较长的时间过程与生活历程，容量比较有限，描绘也不易充分展开。白居易这篇《上阳白发人》，用叙事诗的形式，展现了一个幽闭深宫四十余年的宫女痛苦凄凉的生活和悲剧命运，对传统的宫怨诗无论在内容的涵量和描写的细致方面都有明显发展。

开头八句是对女主人公的概括介绍。这位宫女在天宝末年初选入时，还是十六岁的红颜少女，如今已是白发日新的憔悴老人了。青春的岁月与容颜就在这"绿衣监使守宫门"的上阳宫中黯然消逝。同时进宫的百余人中，现在就只剩下她这位"年深"的白发宫人了。这段介绍，像是伴着深沉的画外音出现的一组电影画面：寥落冷寂的上阳宫，朱漆斑斑的深闭着的宫门，像狱吏一样看守宫门的绿衣监使，然后是形容憔悴、白发满头、目光呆滞的宫人。这是一座变相的牢狱。"红颜暗老白发新"，不仅展示了这座牢狱对宫女青春容貌长期的无形的摧残，而且暗透出久居牢狱的宫女心灵上的麻木。"零落年深残此身"，孑然一身，是悲苦孤寂的，但还有更多的宫女甚至挨不到"白发新"便纷纷凋零了。这段介绍，不但概括了女主人公悲剧的大半生，而且初步展示了她所处的这个牢狱般的环境。

接下来"忆昔"八句，追述她入宫的过程。这是她一生悲剧境遇的直接根源。离家的情景，只用了两个镜头：一个是女主人公吞悲饮泣，与亲人告别的镜头，另一个是亲族忍泪安慰女主人公的镜头。明明都知道，生离即是死别，却因迫于皇家的淫威，连放声恸哭的权利也被剥夺了，还不得不装点一丝欢容，说一些连自己也未必相信的话（所谓"入内便承恩"）。这就更加突出了"别"的悲剧色彩。果然，一进宫迎接她的便是厄运。在宫里这个充满倾轧的环境中，特别是在

“三千宠爱在一身”的情况下，女主人公“脸似芙蓉胸似玉”不仅不能成为“承恩”的凭借，反倒成了“杨妃遥侧目”的原因。于是，在“未容君王得见面”的情况下，就被暗中发配到了远离长安的上阳宫，开始了“一生遂向空房宿”的幽闭生活。人物命运的描写和宫廷环境的展示，在这里被巧妙地结合在一起了。

“空房宿”以下十三句，正面描写幽闭深宫四十余年的生活。幽闭生活的特点，就是同样情境的长期重复。因此，纵向的生活历程却不宜采用纵向的叙述方式。诗人撇开四十余年的漫长岁月的各个具体阶段，只选取“秋夜”“春日”作为代表，来概写她“一生遂向空房宿”的寂寞凄凉生活。写秋夜，用残灯孤影、暗雨敲窗来烘托身处深宫的孤寂凄清、长夜不寐。写春日，则用宫莺百啭、梁燕双栖来反托她的哀怨和孤独，一正一反，笔法富于变化。“萧萧暗雨打窗声”的“暗”字，“梁燕双栖老休妒”的“休”字，一则传出漫漫长夜，愁听秋窗风雨的黯然伤神之状，一则透出红颜已老的白发宫人连妒羡之意也不得不让它泯灭的心理，用语平易，而写景抒情却细致入微。“莺归燕去”四句，由分而合，不但写岁月的流逝，而且写心灵的可悲适应。年年都是一样的莺归燕回，春往秋来，都是一样的凄凉寂寞。久而久之，对时间的流逝，对环境的变化，都逐渐变得感受迟钝，感情麻木了，所以说“长悄然”“不记年”。对生活失去了希望，被判处变相无期徒刑的人对这一切时序景物的变化往往是无动于衷的。这是一种令人揪心的漠然。深宫与外界人事完全隔绝，唯一能望见的外界事物便是天上的明月。望月，是寄托悠长的乡思？是向往人间的团圆？是排遣深宫的寂寞？是挨过漫漫的长夜？仿佛都是，又仿佛都不是，只是由于思绪寂寥，无聊而不由自主地失神痴望。“唯向深宫望明月”，“唯向”二字，殊可玩味，除了呆呆地“望月”，又能做什么呢？“东西四五百回圆”，四十余年的岁月，就在这“望月”中黯然消逝了。牢狱般的环境，囚徒般的生活，长期幽闭禁锢而形成的近乎麻木的心灵，在这一段中得到了充分的表现。

到这里，上阳白发人四十多年的怨旷生活似乎已经写尽。诗人却别开生面，转入新境，借仿佛是喜剧性的情节来表现更深刻的悲剧。“今日宫中年最老，大家遥赐尚书号。”四十多年幽闭深宫的痛苦生活，换来了一个宫中女尚书的头衔名号，而且还是“遥赐”。皇帝的这个“恩典”简直就是对她“一生遂向空房宿”的悲剧命运的一种无情嘲弄。“小头鞵履窄衣裳，青黛点眉眉细长。外人不见见应笑，天宝末年时世妆。”当年的时髦装扮，在过了四十多年之后，已经变得像是在古墓中木乃伊的妆容，只能让人感到滑稽可笑了。这正是四十多年囚徒般的幽闭生活在她身上留下的印记。这是一种含泪的幽默，字里行间充满了对这位身心受到长期摧残、恍如隔世之人的宫女深刻的人道主义同情。“愍怨旷”的主题最后是借助于“见应笑”来完成的。这种艺术上的曲笔所造成的始则令人感到滑稽可笑，继而令人哭笑不得，终则令人深悲沉思的艺术感染力，说明白居易优秀诗篇平易中的深刻内涵。

结尾七句，用“少苦老苦”概括上阳人的悲惨命运，并用对举吕向《美人赋》与《上阳白发歌》来点醒作诗意图，将批判的矛头指向封建统治者。按而不断，留有余地，是“卒章显其志”的又一种方式。

新丰折臂翁[①] 戒边功也[②]

新丰老翁八十八，头鬓眉须皆似雪。玄孙扶向店前行，左臂凭肩右臂折[③]。问翁臂折来几年，兼问致折何因缘。翁云贯属新丰县，生逢圣代无征战。惯听梨园歌管声[④]，不识旗枪与弓箭。无何天宝大征兵[⑤]，户有三丁点一丁。点得驱将何处去[⑥]，五月万里云南行[⑦]。闻道云南有泸水[⑧]，椒花落时瘴烟起[⑨]。大军徒涉水如汤[⑩]，未过十人二三死[⑪]。村南村北哭声哀，儿别爷娘夫别妻。皆云前后征蛮者[⑫]，千万人行无一回。

是时翁年二十四，兵部牒中有名字[13]。夜深不敢使人知，偷将大石捶折臂[14]。张弓簸旗俱不堪[15]，从兹始免征云南。骨碎筋伤非不苦，且图拣退归乡土[16]。臂折来来六十年[17]，一肢虽废一身全。至今风雨阴寒夜，直到天明痛不眠。痛不眠，终不悔，且喜老身今独在。不然当时泸水头，身死魂孤骨不收。应作云南望乡鬼，万人冢上哭呦呦[18]。老人言，君听取。君不闻开元宰相宋开府[19]，不赏边功防黩武[20]。又不闻天宝宰相杨国忠，欲求恩幸立边功[21]。边功未立生人怨[22]，请问新丰折臂翁。

［校注］

①本篇系《新乐府》五十首的第九首。新丰，唐京兆府属县。今陕西省西安市临潼区新丰镇。《雍录》卷七："唐新丰县在（京兆）府东五十里。凡自长安东出而趋潼关，路必由此。"《旧唐书·地理志》：京兆府昭应县："隋新丰县，治古新丰城北。垂拱二年，改为庆山县。神龙元年，复为新丰。天宝二年，分新丰、万年置会昌县。七载，省新丰县，改会昌为昭应，治温泉宫之西北。"②戒边功，以黩武开边战争为戒。诗中反映的战争，是天宝十载（751）至十三载唐王朝对南诏发动的不义战争。当时唐剑南节度使鲜于仲通与云南太守张虔陀对南诏肆行侮辱、征求，南诏王阁罗凤被迫反抗，杀死张虔陀。天宝十载，鲜于仲通率兵八万攻打南诏，在西洱河大败，死者六万人。天宝十三载，宰相杨国忠派李宓率兵七万攻打南诏，结果在太和城一带全军覆没，李宓被擒。杨国忠掩盖败状，向玄宗报捷，再发兵。兵士因水土不服，伤亡惨重。据《资治通鉴》载：鲜于仲通大败后，朝廷下制大募两京及河南北兵以击南诏。人闻云南多瘴疠，未战，士卒死者八九，莫肯应募。于是行者愁怨，父母妻子送之，所在哭声震野。诗中所说"天宝大征兵"，即指此。③凭肩，靠在玄孙肩上。④梨园，

陈寅恪《元白诗笺证稿》第三章“胡旋女”笺：“唐长安有二梨园，一在光化门北，一在蓬莱宫侧。其光化门北者，远在宫城墙外。其蓬莱宫侧者，乃教坊之所在。”《新唐书·礼乐志十二》：“玄宗既知音律，又酷爱法曲，选坐部伎子弟三百教于梨园，声有误者，帝必觉而正之，号‘皇帝梨园弟子’。宫女数百，亦为梨园弟子，居宜春北院。”⑤无何，不多时、不久。天宝大征兵，参注②引《资治通鉴》。⑥将，助词，用于动词之后。⑦云南，指南诏国。因在云岭之南，故称云南。⑧泸水，指今雅砻江下流及汇入金沙江以后的一段江流，在今四川宜宾以下者。⑨椒，花椒。椒花落时，约当农历四五月。瘴烟，即瘴气。南部及西南部地区山林间湿热蒸发能致病之气。《后汉书·南蛮传》：“南州水土温暑，加有瘴气，致死者十必四五。”⑩汤，滚烫的水。⑪此句敦煌本作“未战十人五人死”。⑫蛮，古代对长江中游及其以南地区少数民族的泛称。此指南诏。《新唐书·南蛮传》：“南诏……乌蛮别种也，夷语王为‘诏’。”⑬兵部牒，兵部的花名册，兵部是唐代尚书省六部中管军政的部门。⑭捶，敲击。⑮簸旗，摇动军旗。⑯拣退，经挑选后不合格而退回。⑰臂折来来，《全唐诗》原作“此臂折来”，据敦煌本、那波本改。来来，以来。陈寅恪笺引段成式《戏高侍御七首》之一云：“百媚城中一个人，紫罗垂手见精神。青琴仙子常教示，自小来来号阿真。”谓“来来”连文亦唐人常语。⑱万人冢，作者自注：“云南有万人冢，即鲜于仲通、李宓曾覆军之所也，今冢犹存。”唐军先后两次大败，死亡十二万余人，战后南诏收敛尸骨，葬万人冢。⑲宋开府，指宋璟。开元八年（720），以开府仪同三司罢政事，故称。⑳作者自注：“开元初，突厥数寇边。时天武军牙将郝灵筌出使，因引特勒、回鹘部落，斩突厥默啜，献首于阙下，自谓有不世之功。时宋璟为相，以天子年少好武，恐徼功者生心，痛抑其赏。逾年，始授郎将，灵筌遂恸哭吐血而死也。”按：自注中“天武军”当作“大武军”，郝灵筌当作郝灵佺，特勒当作铁勒。详《元白诗笺证稿》。㉑作者自注：“天宝末，杨国忠为相，重构阁罗凤之役，募人讨之，前后发二十馀万众，去无返者。又捉人连枷赴役，天下怨哭，民不聊生。故禄山得乘人心而盗天下。元和初，而折臂翁犹存，因备歌之。”恩幸，皇帝的恩宠。㉒生人，生民，老百姓。

［笺评］

黄周星曰：（“夜深”二句）泣鬼语，呜呼！为民父母者，奈何使天下有折臂翁乎！（《唐诗快》）

沈德潜曰：穷兵黩武之祸，慨切言之。末以宋璟、杨国忠对言，见开、宝治乱之机实分于此。（《重订唐诗别裁集》卷八）

《唐宋诗醇》：大意亦本之杜甫《兵车》，前、后《出塞》诸篇，借老翁口中说出，便不伤于直遂。促促刺刺，如闻其声，而穷兵黩武之祸，不待言矣。末又以宋璟、杨国忠比勘，开元、天宝治乱之机，其分于此。前事不忘，后事之师也。可谓诗史。（卷二十）

施补华曰：《上阳白发人》、《新丰折臂翁》两篇，长于讽咏，颇得风人之旨，惜词未简古。（《岘佣说诗》）

陈寅恪曰：此篇为乐天极工之作。其篇末“老人言，君听取”以下，固《新乐府》大序所谓“卒章显其志”者，然其气势若常山之蛇，首尾回环相应，则尤非他篇所可及也。后来微之作《连昌宫词》，恐亦依约摹此篇。盖《连昌宫词》假宫边老人之言，以抒写开元、天宝之治乱系于宰相之贤不肖及深戒用兵之意，实与此篇无不相同也。（此篇所写之折臂翁为新丰人。新丰即昭应县之本名，为华清宫所在，是亦宫旁居民也。）至《连昌宫词》以“连昌宫中满宫竹”起，以“努力庙谟休用兵”结，即合于乐天《新乐府》“首句标其目，卒章显其志”之体制，自是不待论矣。（《元白诗笺证稿》第五章《新乐府·新丰折臂翁》）

［鉴赏］

唐代三位大诗人李白、杜甫、白居易都写过以天宝末征南诏为背景的反黩武战争的优秀诗篇，但他们这些题材和主题相同的作品，都有各自独特的反映生活的方式和不同的艺术风貌。白居易的这首《新丰折臂翁》，既与李白挟带强烈主观感情色彩的《古风·羽檄如流星》不同，也与同具写实倾向而重在揭露黩武战争破坏生产、动摇国本的杜甫的《兵车行》有别。作为一首叙事诗，它主要是通过诗中人物独特的生活经历、命运和心理，来反映黩武战争给广大人民所带来的深重灾难和深刻创伤。正是由于这一点，尽管有李杜的名作在前，白居易这首于事隔六十余年后所写的反映天宝末年黩武战争的诗，仍然有它不可替代的思想艺术价值。

反黩武战争的作品一般多以其直接参加者——出征士兵为描写对象。这首诗却特意选取新丰折臂翁这样一个逃避战争的人物作为对象。从表面上看，似乎不如写征人的痛苦和牺牲更为直接。但由于这位老翁的独特经历与印记——折臂，与这场黩武战争有着特殊的联系，因此他的经历与命运反而更深刻地反映了黩武战争的反人民、反人道的本质。这和柳宗元揭露赋敛之毒的名作《捕蛇者说》不以直接遭受赋税剥削的农民而以捕蛇者的经历遭遇为描写对象，在选材和构思上可谓神合。一个是因为逃避苛税而冒死捕蛇，一个是因逃避黩武战争而忍痛折臂。这种富于创造性的选材和构思，正是这两篇诗文取得强烈艺术效果的重要原因。因此，当作者将这一构思化为具体的艺术描写时，就必须紧紧围绕“折臂”这个中心来结构故事，展开情节，塑造人物。

故事一开头，作者让我们首先接触的便是须眉似雪、右臂断折的新丰老翁。这不只是为了交代题目、避免平直（采用倒叙），更重要的是将黩武战争造成的严重恶果和历史见证突出地提到面前，使人们从老翁的折臂自然提出“致折何因缘”这个问题，进而引出下面一大段叙写。

紧接着是老翁的回答和自叙，自始至终都紧紧围绕折臂展开叙述。先渲染“无征战”时的无忧无虑，是为了突出当权者破坏人民的和平安乐生活，将战争强加在人民头上的罪恶，为“捶折臂”作远铺垫。接下“无何天宝大征兵”四句，正式点出了那场“万里云南行”的黩武战争，并用“驱将”二字暗示了它的不义与强迫性质。“闻道”四句，进一步渲染了云南自然环境的险恶和此前刚发生的那场“未过十人二三死”的惨剧；然后又拉回到眼前的征兵场面，描绘出哭声震天、生离死别的悲惨景象，最后归结为“皆云前后征蛮者，千万人行无一回”这样一个怵目惊心的严峻事实。这一切叙述，当然也有直接揭露黩武战争的作用，但主要还是为“捶折臂”的行动提供社会的心理的依据，使这样一个难以令人置信的行动显得合理而必然。在为黩武战争白白送命与“折臂”以“身全”之间，主人公作出“折臂”的抉择是不奇怪的。这种逃避是一种带有主人公独特性格印记的反抗方式。

折臂的过程写得很简单。因为对于揭露黩武战争来说，重要的不是折臂的具体情况，而是迫使主人公作出如此痛苦的惊人的抉择的原因和他的心理状态。因此，在叙述折臂之后，作者又集中笔墨来写主人公的心理。这里有两层对比：一层是“骨碎筋伤”的一时痛苦与“拣退”还乡而得终天年的对比，一层是折臂所造成的长期病痛与当年身死泸水头的对比。而无论是折臂时“骨碎筋伤”的剧烈痛苦或折臂六十年来风雨阴寒之夜的长期伤痛，都没有使主人公动摇过、后悔过。足可想见这场黩武战争是多么遭到人民的反对与憎恨。将折臂的痛苦与长期的残疾看成不幸中的幸事，这种心理本身就是对黩武战争的深刻揭露。这种写法也跟《捕蛇者说》以乡邻之不幸与自己之“幸”作层层对照十分相似。

结尾一段，借老翁之口进行议论。艺术上虽未见精彩，内容上却非蛇足。它把黩武战争和决策的统治者这个祸因和民心的怨愤这个后果联系起来，这就把主题进一步深化了。但对决策的统治者，只点了杨国忠，虽出于与开元宰相宋璟进行对照的需要，但和杜甫《兵车行》之直指“边庭流血成海水，武皇开边意未已”相比，就不免显得有些锋芒不够尖锐了。

在事隔六十余年后重提这场黩武战争的祸因和后果，自然有某种现实针对性。据《旧唐书·杜佑传》记载，宪宗元和初年，西北边境又有边将邀功求战的情况发生，故诗人要当权者记取这一“边功未立生人怨”的历史教训。但这首诗的客观意义，却超出了这种有限的现实政治考虑，而是向后世的人们展示了统治者发动的黩武战争给人民造成的永难磨灭的伤痕。这种伤痕，既是生理上的，更是心理上的。

卖炭翁苦宫市也[①]

卖炭翁，伐薪烧炭南山中[②]。满面尘灰烟火色，两鬓苍苍十指黑。卖炭得钱何所营[③]？身上衣裳口中食。可怜身上衣正单，心忧炭贱愿天寒。夜来城外一尺雪，晓驾炭车辗冰辙[④]。牛困人饥日已高，市南门外泥中歇[⑤]。翩翩两骑来是谁？黄衣使者白衫儿[⑥]。手把文书口称敕[⑦]，回车叱牛牵向北[⑧]。一车炭，千馀斤[⑨]，宫使驱将惜不得[⑩]。半匹红纱一丈绫，系向牛头充炭直[⑪]。

［校注］

①本篇系《新乐府》五十首中的第三十二首。宫市，本指宫廷内所设的市肆。此特指唐德宗贞元末年，宫中派宦官到民间市场强行买物，实为掠夺的弊政。韩愈《顺宗实录》卷二：“旧事：宫中有要，市外物，令官吏主之，与人为市，随给其直。贞元末，以宦者为使，抑买人物，稍不如本估。末年不复行文书，置‘白望’数百人于两市并要闹坊，阅人所卖物，但称宫市，即敛手付与，真伪不可复辨，无敢问所从来。其论价之高下者，卒用百钱物买人直数千钱物，仍索进奉‘门户’并‘脚价’钱。将物诣市，至有空手而归者。名为宫市，而实夺之。”②薪，木柴。南山，指终南山，在长安城南五十里。

③营，营求，打算。④冰辙，结了冰的车辙。⑤市，指长安的东市或西市。⑥黄衣使者，指穿黄衣的宫市使者。白衫儿，指官使手下无品级着白衫的小宦官。⑦把，持、拿。敕，皇帝的命令。⑧回车，转过车头。叱牛，吆喝着牛。牵向北，将载炭的牛车拉向北面的皇宫。唐代都城建置，东西二市在南而皇宫在北。⑨一车炭，《全唐诗》校："一本此下有'重'字。"⑩宫使，即上文之"黄衣使者"。⑪直，值，价。《通鉴》卷二百三十五："(宫市) 率用直百钱物，买人直数千物。多以红紫染故衣败缯，尺寸裂而给之。"以"半匹红纱一丈绫"充千余斤炭之价钱，亦类此。

[笺评]

韩愈《顺宗实录》卷二：尝有农夫以驴负车至城卖，遇宦者称宫市，取之，才与绢数尺。又就索"门户"，仍邀以驴送至内。农夫涕泣，以所得绢付之，不肯受，曰："须汝驴送柴至内。"农夫曰："我有父母妻子，待此而后食。今以柴与汝，不取直而归，汝尚不肯，我有死而已。"遂殴宦者。街吏擒以闻。诏黜此宦官而赐农夫绢十匹。然宫市亦不为之改易。谏官御史数奏疏谏，不听。

《唐宋诗醇》：直书其事，而其意自见，更不用着一断语。(卷二十)

陈寅恪曰：宫市者，乃贞元末年最为病民之政，宜乐天《新乐府》中有此一篇，且其事又为乐天所得亲有见闻者，故此篇之摹写，极生动之致也……退之之史，即乐天诗之注脚也……今传世之《顺宗实录》，乃昌黎之原本，故犹得窥见当日宫市病民之实况，而乐天此篇竟与之吻合。于此可知白氏之诗，诚足当诗史。比之少陵之作，殊无愧色。其《寄唐生诗》中所谓"转作乐府诗"，"不惧权豪怒"者，洵非夸词也……关于乐天此诗，更有可论者，此篇径直铺叙，与史文所载者不殊，而篇末不着己身之议论，微与其他诸篇有异，而其感慨亦自见也。(《元白诗笺证稿》第五章“新乐府·卖炭翁”)

[鉴赏]

在白居易的讽喻性短篇叙事诗中,《卖炭翁》具有选材典型,叙事于顺畅中见波澜曲折,语言于平易中见奇警精切的优长,而没有他的讽喻诗常见的太尽太露的弊病,是艺术上比较完美的佳作。

宫市,由于对人民采取直接、公开的掠夺手段,在当时各项弊政中本就具有典型性,作者在揭露宫市之弊时,又特意选取一个极端穷困的老翁一车赖以活命的炭被肆意掠夺的事件作为题材,它的典型性由于集中和强烈,便变得更为突出。富有四海的统治者一方面大量浪费从人民那里掠夺来的财物而毫不爱惜(《新乐府》中的《重赋》《缭绫》《红线毯》等多次对此加以揭露抨击),另一方面却让他们的爪牙去不择手段地掠夺这一车炭。这个事实充分反映出他们的掠夺已经到了根本不顾百姓死活也不顾自己脸面的程度。这正是逐步走向末路的封建统治者的典型特征。卖炭翁这个人物,其生活原型很可能是同时代的韩愈在《顺宗实录》中所记载的那个进城卖柴被宦官抢掠的农夫。在实际生活中,这位农夫因为忍无可忍,将宦官揍了一顿,被街吏所擒,结果反而意外地得到了皇帝十匹绢的赏赐,而宦官则受到了黜罚。这样的结局,显然带有偶然性,不能反映生活的本质,不具有典型性、普遍性。《卖炭翁》没有照搬生活,而是将生活中偶然的喜剧性结局变成了艺术作品中的悲剧性结局。可见作者在对生活进行提炼加工时,已经把某些个别的偶然的东西舍弃掉了。在史学家以史证诗,看到诗史的同时,似乎不能忽略文学创作对生活素材进行提炼加工,加以典型化的艺术创造性。当然,如果在保留农民被迫反抗的情节的同时写其悲剧的结局,其思想性可能更高,但这是今天的读者不能苛求于古人的。

全篇叙述的就是卖炭翁的一车炭被掠夺的事件,情节非常单纯,但写来却颇富波澜曲折。一开头用简练的笔墨交代主人公的身份、居处和职业，接着用“满面尘灰烟火色，两鬓苍苍十指黑”十四个字，为主人公画了一幅传神的肖像，不仅展现出其职业、年龄、外貌特征，而且透露出其生活的贫困与劳动的艰辛，那满脸的尘灰烟火之色和乌黑的十指，映衬着斑白的双鬓，便是长期“烧炭南山中”所烙下的印记，具有浮雕般的清晰和特写式的强烈感，为下面“卖炭得钱何所营？身上衣裳口中食”提供了形象的依据。而后者又正是全篇情节发展的基点，整首诗就是围绕着卖炭能否求得“身上衣裳口中食”这个最低也最迫切的生活愿望来设置悬念，展开情节的。

“可怜身上衣正单，心忧炭贱愿天寒。”寒冬腊月，老翁身上还穿着单薄的衣衫，不难想见其生活的贫困和在凛冽的寒气中瑟缩发抖之状。这一句还属一般的描写，但下一句却出乎意料。衣单，按说应盼天暖；但天暖则炭贱，炭贱则无法营求“身上衣裳口中食”，势必遭受更难堪的饥寒；因此宁愿衣单受冻而盼望天之寒。十四个字中包含许多曲折和难言的痛苦。这里深刻地揭示出社会底层善良的劳动者由于生活的重压所造成的心理状态：对生活从来不抱奢望，却又时刻担心连最微末的希望也不能实现，因而总是甘愿为微末的希望而忍受一切痛苦饥寒，以换取哪怕是暂时的温饱。这种心理刻画是个性化的(带有卖炭翁的职业特点)，又具有典型性和普遍性。内涵深刻精警，语言平易浅显，如不经意中随口道出。刘熙载说：“常语易，奇语难，此语之初关也；奇语易，常语难，此诗之重关也。香山用常得奇，此境甚非易到。”(《艺概·诗概》)这两句诗正是用常得奇的范例，也是于顺畅中见曲折的生动体现。

接下来“夜来城外一尺雪，晓驾炭车辗冰辙”两句，仿佛天从人愿，给“心忧炭贱愿天寒”的老人送来一个充满艰困却闪烁着希望的早晨。克服艰困的努力将希望点燃得更旺盛，以反衬下文希望突遭破灭的更大悲痛。以“牛困人饥日已高”一句稍稍点染到达目的地的艰难，却并不马上写卖炭，而是缀一闲笔：“市南门外泥中歇。”这是因为情节发展到这里，需要稍作停顿间歇，也使读者在高潮到来之前情绪上稍微松弛一下，有一个回味思考的时间，以便迎接下面的高潮。但“泥中歇”的描写，仍显示出老翁经过长途艰难跋涉之后筋疲力尽，不择地而歇的艰困之状。

“翩翩两骑来是谁？黄衣使者白衫儿。”这是从老人眼里写宫使的出现。用“来是谁”这种疑问口吻，说明一开始老人并不知道这一黄一白，骑着大马，神气活现的人是谁，更不清楚他们的出现会给自己带来什么灾难。在高潮到来之前故作摇曳之笔，使下面情节的发展更加出人意料。

“手把文书口称敕，回车叱牛牵向北。”这两句用漫画化的手法，生动传神地刻画出宫使狐假虎威、装腔作势的丑态和骄横凶暴、为所欲为的嘴脸。这里一连用了五个动作，写出他们干这种掠夺的勾当已经十分熟练，到了得心应手、不假思索的程序化流程化程度，不由受害者分说的程度，也暗透出老人在这突然袭击面前瞠目结舌、茫然无措的情状。紧接着“一车炭，千馀斤，宫使驱将惜不得”三句，是老人在突然袭击下明白过来以后悲愤无告、无可奈何的心理反应。本该发泄心中的极端愤怒，却连“惜”都“惜不得”。这一层曲折，进一步揭露了统治者及其爪牙的淫威，也表明了老人善良的性格。

结尾尤为精彩。明明是公开掠夺，却又偏偏要扯出“半匹红纱一丈绫”的破烂，以示公平交易。这一被抢后的曲折，对统治者及其爪牙的残酷、虚伪与专横，对老人痛苦无告的心情都是深刻的揭示。

诗写到“系向牛头充炭直”，即在矛盾冲突的高潮中戛然收束。老人被劫后的命运，作者对这件事的感慨和议论，都不置一词，完全打破了作者讽喻诗“卒章显其志”的常规，结果反而留下了大片供读者玩索思考的空白，避免了太露太尽的弊病。

井底引银瓶[①] 止淫奔也[②]

井底引银瓶，银瓶欲上丝绳绝。石上磨玉簪，玉簪欲成中央折。瓶沉簪折知奈何[③]？似妾今朝与君别。忆昔在家为女时，人言举动有殊姿。婵娟两鬓秋蝉翼[④]，宛转双蛾远山色[⑤]。笑随戏伴后园中，此时与君未相识。妾弄青梅凭短墙，君骑白马傍垂杨。墙头马上遥相顾，一见知君即断肠。知君断肠共君语，君指南山松柏树[⑥]。感君松柏化为心，暗合双鬟逐君去[⑦]。到君家舍五六年，君家大人频有言。聘则为妻奔是妾[⑧]，不堪主祀奉蘋蘩[⑨]。终知君家不可住，其奈出门无去处。岂无父母在高堂，亦有亲情满故乡。潜来更不通消息[⑩]，今日悲羞归不得。为君一日恩，误妾百年身。寄言痴小人家女[⑪]，慎勿将身轻许人！

[校注]

①本篇系《新乐府》第四十首。银瓶，用来汲水的银质的瓶。题意详鉴赏。②淫奔，古代称女子未经父母之命、媒妁之言而私自与男子结合、离家者为淫奔。③知奈何，犹知如何，像什么。④婵娟，美好貌。秋蝉翼，形容鬓发缥缈轻薄如同秋蝉之翼。《古今注·杂注》："魏文帝宫人绝所宠者，有莫琼树……日夕在侧，琼树乃制蝉鬓。缥缈如蝉翼，故曰蝉鬓。"⑤宛转，形容女子眉毛细长弯曲之状。《西京杂记》卷二："（卓）文君姣好，眉色如望远山。"⑥谓男子指南山松柏为誓，表明自己的爱情坚贞不变。⑦唐代未婚女子梳双鬟发式，结婚时挽成发髻。"暗合双鬟"是说偷偷地将头发梳成已婚的发髻。逐，随。⑧《礼记·内则》："聘则为妻，奔则为妾。"⑨主祀，主持祭祀仪式。蘋蘩，古代祭祀祖先时供的两种水草。《诗·召南·采蘋》："于

以采蘋，南涧之滨。”郑玄笺：“古者妇人先嫁三月……教以妇德、妇言、妇容、妇功。教成之际，牲用鱼，芼用蘋藻，所以成妇顺也。”又《采蘩序》：“《采蘩》，夫人不失职也。夫人可以奉祭祀，则不失职矣。”正室始可奉蘋蘩，主祭祀，妾则无此资格。⑩潜来，暗地离家来到男方家。⑪痴小，幼稚。

［笺评］

杨慎曰：杜子美诗：“不嫁惜娉婷。”此句有妙理，读者忽之耳。陈后山衍之曰：“当年不嫁惜娉婷，傅粉施朱学后生。不惜卷帘通一顾，怕君着眼未分明。”深得其解矣。盖士之仕也，犹女之嫁也；士不可轻于从仕，女不可轻于许人也……白乐天诗：“寄言痴小人家女，慎勿将身轻许人。”亦子美之意乎？（《升庵诗话·不嫁惜娉婷》）

陈寅恪曰：乐天《新乐府》与《秦中吟》所咏，皆贞元、元和间政治社会之现象。此篇以“止淫奔”为主旨，篇末以告诫痴小女子为言，则其时社会风俗男女关系与之相涉可知。此不须博考旁求，元微之《莺莺传》即足为最佳之例证。盖其所述者，为贞元间事，与此篇所讽刺者时间至近也……夫始乱终弃，乃当时社会男女间习见之现相。乐天之赋此篇，岂亦微之《和李校书新题乐府序》所谓“痛时之尤急”者耶？但微之则未必以斯为尤急者，元、白二人之不同，殆即由此而判与？（《元和诗笺证稿》第五章“新乐府·井底引银瓶”）

［鉴赏］

这是一个爱情婚姻悲剧故事。悲剧的根源既不是男女双方门第的悬殊，也不是男方的始乱终弃，甚至也不是男方父母的直接逼迫离异（这一切在作品中都找不到任何依据）。“聘则为妻奔是妾”的封建礼教固然是酿成悲剧的根本原因，但这又是通过女主人公的特有个性来实现的。

“井底引银瓶，银瓶欲上丝绳绝。石上磨玉簪，玉簪欲成中央折。”一开头刻意设置的两个比喻便颇可玩味。它所喻示的，乃是经过长期不懈的努力，眼看就要达到追求的目标，却突然跌落到绝望的深渊，遭受严重的毁灭性挫折。正是这种“欲上”而突“绝”，“欲成”而忽“折”的结局，加强了故事的强烈悲剧色彩。随着女主人公的“瓶沉簪折知奈何？似妾今朝与君别”这一声深沉的叹息，记忆的帷幕也就拉开了。

从“忆昔在家为女时”，到“暗合双鬟逐君去”一节，是女主人公自叙和对方相遇、结合的过程，也可以说是整个悲剧的喜剧前奏。

“忆昔”四句，在仿佛是客观地转述“人言”中，情不自禁地流露出对自己少女时代青春容颜的自赏。“婵娟两鬓秋蝉翼，宛转双蛾远山色。”是对“殊姿”的形容，却只用轻柔的笔触稍作点染而不施浓墨重彩，使读者从这有代表性的局部去想象她整个明丽天然的风韵。

“笑随”六句，写与对方的相遇相识。“笑随戏伴后园中，此时与君未相识。”这里特意点明“与君未相识”，正是要使相识前的单纯愉快与相识后的悲欢离合形成鲜明的对照。相识的场景写得简洁而充满诗情画意。李白的《长干行》用“郎骑竹马来，绕床弄青梅”描绘两小无猜的天真嬉戏，而这里的“弄青梅”则是天生丽质的少女未脱稚气而又略带娇羞的传神写照。在短墙的另一边，是骑马伫立的少年。白马和垂杨，不但衬出了对方的英武俊美，也衬出了他的飘逸风流。这样一种“墙头马上”邂逅相遇的场景，对于正处在青春觉醒期而又缺乏社交自由的少男少女，无疑是心灵上的一次强烈冲击。在“满园春色关不住”的环境气氛感染下，双方的心在短短的“遥相顾”中就立即得到了感应和交流——“一见知君即断肠”。在现代社会中可能显得有些过于匆遽，在古代社会条件下却显得合理可信。

接下来“知君”四句，进一步写到双方的结合。值得注意的是，首先采取主动的是女方：“知君断肠共君语。”尽管在“墙头马上遥相顾”的过程中已经由脉脉含情迅速过渡到心心相印，但采取这样一个决定性步骤，却需要率真和大胆。正是在这种关节点上，显示出作为

“痴小人家女”的这位女主人公与“以礼自持”、内心和行动有时不免矛盾的崔莺莺一类名门闺秀有着不同的个性。因为在这种小家碧玉身上，世袭的礼教负担相对来说是比较轻的。女方的主动又反过来促进了双方的迅即结合。“暗合双鬟逐君去”，是一个富于包蕴的诗句。它把“博山炉中沉香火，双烟一气凌紫霞”的炽热情景推到了幕后。当女主人公重新出现在面前时，双鬟分梳的少女已经变成了单髻的少妇。“暗合”二字，正是一个富于象征暗示色彩的镜头。结合后随即采取的行动是“逐君去”，即所谓私奔。这进一步反映出女主人公的个性和追求：并不以自由结合为满足，而是要争取长远的幸福和合法的地位。这是一个更加大胆的行动，尽管它不免显得幼稚。

这一节，整个节奏、风格，是欢快明朗，富于喜剧色彩的，特别是“妾弄”句以下，有意运用顶针句法，续续相生，意致流走，使读者仿佛感触到女主人公对生活的深情憧憬和柔情召唤。但喜剧在这里只是悲剧的前奏，在“暗合双鬟逐君去”的同时，悲剧的阴影已经开始笼罩女主人公了。

从“到君家舍五六年”至“今日悲羞归不得”这一节，写悲剧的发展过程与结局。过程的叙述极简括，一句话就掠过了“五六年”。这里有两点值得注意：一是这位私奔而来的女子在漫长的五六年中似乎并没有受到“君家大人”的辱骂与驱逐，只不过经常在她面前提到“聘则为妻奔是妾”这个封建礼教教条，不承认她的宗法地位——正妻而已。二是女主人公在身份未明的情况下，在事实上的夫家生活了五六年。究竟是什么想法在支持着她？这两点似乎说明了同一个问题：女主人公当初“暗合双鬟逐君去”，就是要取得“君家大人”的正式承认，取得家庭中合法的正妻地位。恰恰是在这一点上，恪守封建礼教的“君家大人”是绝对不肯让步的。如果女主人公安于被歧视的“妾”的地位，那么她也许可以在夫家继续待下去，但这恰恰又是把自己的爱情与婚姻看得很重，因而把家庭中的合法地位也看得很重的女主人公所不能忍受的。她去夫家忍受了五六年被歧视的生活，目的就是要用事实上的婚姻来换取合法的正妻地位，当她终于明白这个目的不可能达到，幻想完全破灭以后，“与君别”的结局便不可避免了。这是封建礼教压迫酿成的悲剧，也是像主人公这样一个不能忍受封建礼教安排的人物的性格悲剧。“终知君家不可住”，这里是饱含着五六年的长期盼望、努力、忍受而终归幻灭的痛苦生活体验的。读到这里，也就不难明白开头那两个比喻的真正含义。默默忍受了五六年，本以为长期的努力能达到追求的目的，最后才明白即使到老到死，也不可能改变“妾”的地位。这不正是“银瓶欲上丝绳绝”“玉簪欲成中央折”吗？

“君家”既不可住，父母家中又“悲羞归不得”。当年“暗合双鬟逐君去”，已是公然无视“父母之命”，潜逃后不通消息的行动更无异于跟父母亲族断绝了关系。“今日悲羞归不得”同样反映出女主人公不能忍受屈辱的性格。欲留不能，欲归不得，悲剧的结局已经显示出来，具体的归宿便不再费辞。

跟上一节侧重于具体场景的描绘不同，这一节更侧重于人物内心感情的展示，通过直接抒情来渲染悲剧气氛，“终知”“其奈”“岂无”“亦有”“更不”等一系列词语连递而下，逼出“悲羞归不得”的悲剧心情，更增强了感染力。

结尾四句，是女主人公由自身悲剧遭遇引发出来的结论。它像是女主人公的自省自悔，又像是对痴情幼稚少女充满深情的告诫。不妨把它看成“卒章显其志”的一种形式。值得注意的是，题下的小序“止淫奔也”，更像是后世道学家的严厉口吻，读来不免刺耳。从诗歌的形象、情节、语吻，特别是在故事叙述中透露的感情看，诗人是怀着始则欣赏、后则同情的态度来歌咏这个始则喜、后则悲的爱情婚姻故事的；对自己笔下的女主人公，并没有进行道德上的谴责或鄙弃。在自主的爱情、婚姻被认为不合法、不道德的社会中，诗人的这种态度，已经相当可贵了。但诗人也无法解除封建礼教对青年男女自主爱情婚姻的束缚，而给他们安排更好的命运。在无可奈何的情况下，只能发出“慎勿将身轻许人”的告诫。我们有理由说“止淫奔”并非作品的实际主题，因为艺术形象和具体描绘都没有为这种道德上的谴责提供任何依据。

江楼闻砧[1]

江人授衣晚[2]，十月始闻砧[3]。一夕高楼月，万里故园心。

[校注]

①题下原注："江州作。"作于元和十年（815）贬江州司马十月初到任时。江楼，当指江州（今九江市）城楼。砧，捣衣石，此指捣衣声。②江人，此指江州一带的人。授衣，制备寒衣。《诗·豳风·七月》："七月流火，九月授衣。"朱金城校："查校谓'人'当作'城'。"③因江州一带气候温暖，故十月始闻砧杵之声，家家开始缝制寒衣。

[笺评]

唐汝询曰：卒然而闻，所以动故园之思。（《唐诗解·五言绝句四》）

[鉴赏]

此篇白集卷十入感伤诗古调诗五言，当为短篇五古，不过写法倒近于一般的五绝。

"江人授衣晚，十月始闻砧。"前两句写江楼闻砧。初到异地，对异乡的物候往往特别敏感。诗人于贞元十八年（802）之后，一直居住在长安及附近的盩厔、下邽等地。深秋九月，家家都已在缝制寒衣，砧杵之声不绝。李白《子夜吴歌·秋歌》"长安一片月，万户捣衣声。秋风吹不尽，总是玉关情"所描绘的正是深秋月夜捣衣的情景。但诗人来到江州，已是初冬十月，月夜登上江楼，却听到城中传来阵阵清亮的砧杵声，这才恍然感到身处卑湿的异乡，连缝制寒衣的时间也推迟了。两句中的“晚”字、“始”字，前后呼应，正透露出诗人身处江南异乡的陌生感。而砧杵之声，又往往是触动游子故园之思的触媒，杜甫《秋兴八首》之一后幅云：“丛菊两开他日泪，孤舟一系故园心。寒衣处处催刀尺，白帝城高急暮砧。”砧杵之声常与寒衣寄远相关，故闻砧杵之声的异乡漂泊者很自然因砧声之远闻而起思念故园之情。前两句的“闻砧”中已暗伏三、四句的“故园心”。

“一夕高楼月，万里故园心。”三、四两句，进一步写因闻砧而思故园。前两句的“授衣晚”和“始闻砧”已透露出身处异乡的陌生感，“砧”声又曲折透露出“故园”之情。第三句“高楼月”的意象更暗示“共对明月应垂泪，一夜乡心五处同”的情思，故末句的“故园心”便水到渠成，自然流出。“一夕”，见诗人终夜不寐，愁听砧声，愁对明月而思牵故园的情景；“万里”则不但突出了“故园心”与漂泊之地的遥隔，而且扩展了广远的诗境。如果将诗人此行的远贬境遇与“万里故园心”相联系，则所谓“故园心”实际上还蕴含了思念故园的感情和对朝廷的眷恋。

白诗平易通俗，有时不免失之浅俗。此诗却格高境阔，调古情深，在白诗中是难得的佳作，一结尤富悠然不尽的余韵。

真娘墓[①]

真娘墓，虎丘道[②]。不识真娘镜中面，唯见真娘墓头草。霜摧桃李风折莲，真娘死时犹少年。脂肤荑手不牢固[③]，世间尤物难留连[④]。难留连，易销歇，塞北花，江南雪。

［校注］

①原注：“墓在虎丘寺。”李绅《真娘墓序》：“吴之妓人歌舞有名者，死葬于吴武（虎）丘寺前。吴中少年从其志也。墓多花草，以满

其上。”张祜《真娘墓》自注：“在虎丘西寺冈。”《云溪友议》卷中《谭生刺》：“真娘者，吴国之佳人也。时人比于苏小小，死葬吴宫之侧。行客感其华丽，竞为诗题于墓树，栉比鳞臻。有举子谭铢者，吴门秀逸之士也，因书绝句以贻后之来者。睹其题处，经游之者稍息笔矣。诗曰：‘武（虎）丘山下冢累累，松柏萧条尽可悲，何事世人偏重色，真娘墓上独题诗。’”据陆广微《吴地记》，虎丘有东西两寺。今苏州城西阊门外虎丘山上大道侧犹有真娘墓之古迹。诗当作于宝历元年至二年（825—826）白居易任苏州刺史期间。视末句，似作于宝历元年末或二年初，刘禹锡有《和乐天题真娘墓》。②虎丘，山名，山上有虎丘寺。《越绝书·记吴地传》：“阖庐冢在阊门外，名虎丘，千万人筑治之。筑三日而白虎居其上，故号曰虎丘。”《吴郡志》卷三十三：“云岩寺即虎丘山寺，晋司徒王珣及弟司空王珉之别业也。咸和二年舍以为寺。即剑池而分东西，今合为一。”会昌五年（845）佛寺被废，后移建山顶，合为一寺。③脂肤荑（tí）手，肤如凝脂，手如柔荑。荑，茅的嫩芽。《诗·卫风·硕人》：“手如柔荑，肤如凝脂。”④尤物，指特异的美女，绝色美女。《左传·昭公二十八年》：“夫有尤物，足以移人。”留连，长久。

[笺评]

刘禹锡《和乐天题真娘墓》：薝蔔林中黄土堆，罗襦绣黛已成灰。芳魂已死人不怕，蔓草逢春花自开。幡盖向风疑舞袖，镜灯临晓似妆台。吴王娇女墓相近，一片行云应往来。（《刘禹锡集·外集》卷二）

李商隐《和人题真娘墓》：虎丘山下剑池边，长遣游人叹逝川。罥树断丝悲舞席，出云清梦想歌筵。柳眉空吐效颦叶，榆荚还飞买笑钱。一自香魂归不得，祇应江上独婵娟。

史承豫曰：促节古调。（《唐贤小三昧集》）

沈德潜曰：不着迹象，高于众作。梦得云：“香魂虽死人不怕”，

真可笑人也。(《重订唐诗别裁集》卷八)

高步瀛曰:(末二句)径住,笔力高绝。(《唐宋诗举要》卷二)

[**鉴赏**]

唐代诗人与歌舞妓人的交往相当密切,咏妓诗成为唐诗的重要品种,白居易诗集中尤多此类作品。除家喻户晓的《琵琶引》外,咏关盼盼的《燕子楼三首》和这首《真娘墓》也都是佳作。在现存唐人咏真娘的诗中,白氏此作堪称上品。

这是一首凭吊真娘的杂言诗,以七言为主,而首尾杂用三言句式,以造成一种整齐中有错综变化的格调和清畅流美的韵致,使全诗充满咏叹的情味。

“真娘墓,虎丘道。不识真娘镜中面,唯见真娘墓头草。”开头四句,在点出真娘墓所在之地——虎丘道旁之后,立即进入凭吊的主意。真娘生活的时代,离白居易不远,但当他到苏州任刺史时,这位一代名妓已经埋骨荒冢,再也见不到她在镜中映现的美好姿容,只见到虎丘道旁长满花草的坟墓了。“不识”“唯见”“镜中面”“墓头草”两两对举,流露出不识真娘于生前的遗憾和对一代佳人埋骨荒冢的追思伤悼。

“霜摧桃李风折莲,真娘死时犹少年。脂肤荑手不牢固,世间尤物难留连。”接下来四句,是对真娘悲剧身世的叙写和由此引发的感慨。真娘去世时,正当青春妙龄之年,诗人用“霜摧桃李风折莲”这两个比喻来形况她的不幸早夭,不仅喻示她的美艳,而且暗透出她过早夭折的原因是“风刀霜剑”的摧残,这就使她的悲剧结局具有更深的社会根源而倍加令人同情。紧接着,诗人又由她的少年夭折而触发更深广的感慨:肤如凝脂、手若柔荑的美丽女子往往寿命不牢固,人世间的绝色美女常常难以久留。这是由真娘的少年夭折而联想到古往今来的一切美丽女子的共同遭遇。由个别上升到一般,诗的意蕴也因而加深、拓宽了。这种感慨,诗人在其他诗作中也抒发过,所谓“大都好物不坚牢，彩云易散琉璃脆”的感慨也同样因歌妓苏简简之逝而发，和本篇这两句是同一个意思。则所谓“尤物”，不但指绝色美女，推而广之，也可指世间一切美好的事物。这正是人世间的普遍悲剧。

“难留连，易销歇，塞北花，江南雪。”前两个三字句是对“世间尤物难留连”的重复和强调，也进一步加强了深情咏叹的情味。妙在此下突接两个似兴似比复似赋，与上两句似断而实连的三字对句。塞北之花，迟开而早凋；江南之雪，稀见而易销。二者都密切关合着“不牢固”，“易销歇”。而花之明艳，雪之莹洁，又使人自然联想起真娘姿容之美好与心灵之纯洁。诗人此时身处江南之苏州，“江南雪”更可能是眼前实景，由此触发联想，形成即景的比兴象征，更觉情景浑融，妙合无垠。而写到“江南雪”就立即收煞，又留下了无限的想象空间，使人回味不尽。在白诗中，这应是最高妙而富隽永韵致的结法。全篇对真娘的美貌并无多少具体的描绘渲染，而其美好的姿容和高洁的情操却引人遐思。沈德潜评“不着迹象，高于众作”，高步瀛评结尾“径住，笔力高绝”，可谓的评。

长恨歌[①]

汉皇重色思倾国[②]，御宇多年求不得[③]。杨家有女初长成[④]，养在深闺人未识。天生丽质难自弃，一朝选在君王侧。回眸一笑百媚生，六宫粉黛无颜色[⑤]。春寒赐浴华清池[⑥]，温泉水滑洗凝脂[⑦]。侍儿扶起娇无力，始是新承恩泽时[⑧]。云鬓花颜金步摇[⑨]，芙蓉帐暖度春宵[⑩]。春宵苦短日高起，从此君王不早朝。承欢侍宴无闲暇，春从春游夜专夜。后宫佳丽三千人，三千宠爱在一身。金屋妆成娇侍夜[⑪]，玉楼宴罢醉和春[⑫]。姊妹弟兄皆列土[⑬]，可怜光彩生门户[⑭]。遂令天下父母心，不重生男重生女[⑮]。骊宫高处入青云[⑯]，仙乐风飘处处闻。缓歌慢舞凝丝竹[⑰]，尽日君王看不足。渔阳鼙鼓动地来[⑱]，惊

破霓裳羽衣曲[19]。九重城阙烟尘生[20]，千乘万骑西南行[21]。翠华摇摇行复止[22]，西出都门百余里。六军不发无奈何[23]，宛转蛾眉马前死[24]。花钿委地无人收[25]，翠翘金雀玉搔头[26]。君王掩面救不得，回看血泪相和流[27]。黄埃散漫风萧索，云栈萦纡登剑阁[28]。峨眉山下少人行[29]，旌旗无光日色薄[30]。蜀江水碧蜀山青，圣主朝朝暮暮情[31]。行宫见月伤心色[32]，夜雨闻铃肠断声[33]。天旋地转回龙驭[34]，到此踌躇不能去[35]。马嵬坡下泥土中，不见玉颜空死处[36]。君臣相顾尽沾衣，东望都门信马归[37]。归来池苑皆依旧，太液芙蓉未央柳[38]。芙蓉如面柳如眉，对此如何不泪垂？春风桃李花开日，秋雨梧桐叶落时[39]。西宫南内多秋草[40]，落叶满阶红不扫[41]。梨园弟子白发新[42]，椒房阿监青娥老[43]。夕殿萤飞思悄然[44]，孤灯挑尽未成眠[45]。迟迟钟鼓初长夜[46]，耿耿星河欲曙天[47]。鸳鸯瓦冷霜华重[48]，翡翠衾寒谁与共[49]？悠悠生死别经年[50]，魂魄不曾来入梦。临邛道士鸿都客[51]，能以精诚致魂魄[52]。为感君王辗转思[53]，遂教方士殷勤觅。排空驭气奔如电[54]，升天入地求之遍。上穷碧落下黄泉[55]，两处茫茫皆不见。忽闻海上有仙山[56]，山在虚无缥缈间。楼阁玲珑五云起[57]，其中绰约多仙子[58]。中有一人字太真[59]，雪肤花貌参差是[60]。金阙西厢叩玉扃[61]，转教小玉报双成[62]。闻道汉家天子使，九华帐里梦魂惊[63]。揽衣推枕起徘徊[64]，珠箔银屏迤逦开[65]。云鬓半偏新睡觉[66]，花冠不整下堂来。风吹仙袂飘飖举[67]，犹似霓裳羽衣舞。玉容寂寞泪阑干[68]，梨花一枝春带雨[69]。含情凝睇谢君王[70]，一别音容两渺茫。昭阳殿里恩爱绝[71]，蓬莱宫中日月长[72]。回头下望人寰处[73]，不见长安见尘雾。惟将旧物表深情，钿合金钗寄将去[74]。钗留一股合一扇，钗擘黄金合分钿[75]。但教心似金钿坚，天上人间会

相见。临别殷勤重寄词[76]，词中有誓两心知。七月七日长生殿[77]，夜半无人私语时。在天愿作比翼鸟，在地愿为连理枝[78]。天长地久有时尽，此恨绵绵无绝期[79]。

［校注］

①作于元和元年十二月（807），时作者任盩厔（今陕西周至）尉。诗咏唐玄宗和杨贵妃的爱情悲剧故事，故题为《长恨歌》。陈鸿《长恨歌传》："元和元年冬十二月，太原白乐天自校书郎尉于盩厔，鸿与琅玡王质夫家于是邑。暇日相携游仙游寺，话及此事（指玄宗与杨妃的爱情悲剧故事），相与感叹。质夫举酒于乐天前曰：'夫希代之事，非遇出世之才润色之，则与时消沉，不闻于世。乐天深于诗、多于情者也，试为歌之，如何？'乐天因为《长恨歌》。"歌既成，使陈鸿为《长恨歌传》。故白集中传与歌并载。②汉皇，借汉武帝指唐玄宗。倾国，美女的代称。汉武帝宠李夫人。其兄李延年曾在汉武帝面前歌曰："北方有佳人，绝世而独立。一顾倾人城，再顾倾人国。宁不知倾城与倾国，佳人难再得。"事见《汉书·外戚传》。这里暗以汉武帝与李夫人的关系喻指唐玄宗与杨贵妃的关系。③御宇，统治天下。④杨家有女，指杨玉环。《新唐书·后妃传上·杨贵妃》："玄宗贵妃杨氏，隋梁郡通守汪四世孙。徙籍蒲州，遂为永乐人。幼孤，养叔父家。始为寿王妃。开元二十四年（当作二十五年），武惠妃薨，后庭无当帝意者。或言妃资质天挺，宜充掖廷，遂召内禁中。异之。即为自出妃意者，丐籍女官，号太真，更为寿王聘韦昭训女，而太真得幸。善歌舞，邃晓音律，且智算警颖，迎意辄悟。帝大悦，遂专房宴，宫女号'娘子'，仪礼与皇后等。天宝初，进册贵妃。"按：据《唐大诏令集》，开元二十三年（735）十二月二十四日，杨玉环已正式册封为寿王妃。开元二十五年十二月武惠妃薨后，杨氏入宫，度为女道士（事在开元二十八年十月），天宝四载（745），册为贵妃。同时册韦昭

训女为寿王妃。此言“杨家有女初长成，养在深闺人未识。天生丽质难自弃，一朝选在君王侧”云云，系有意淡化杨妃原已为寿王妃之事。⑤六宫，古代皇后的寝宫，正寝一，燕寝五，合为六宫。《礼记·昏义》：“古者，天子后立六宫，三夫人，九嫔，二十七世妇，八十一御妻，以听天下之内治，以明章妇顺，故天下内和而家理。”后亦泛指后妃或其居住之地。六宫粉黛，犹后宫佳丽。⑥华清池，华清宫内的温泉池。地在今陕西西安市临潼区南骊山西北麓。唐太宗贞观初建时名汤泉宫，咸亨年间改名温泉宫，天宝六载扩建，改名华清宫。玄宗每年冬携妃嫔来此游宴，翌年春暖后方归长安。⑦《诗·卫风·硕人》：“肤如凝脂。”形容皮肤洁白而柔腻。⑧新承恩泽，新受皇帝的宠幸。⑨金步摇，一种华美的头饰。用金丝制成的花枝，缀以垂珠，插在发髻上，行走时随步摇动。⑩芙蓉帐，绣有荷花图案的帷帐。⑪金屋，《汉武故事》：“帝……年四岁，立为胶东王。数岁，长公主嫖抱置膝上，问曰：‘儿欲得妇不？’胶东王曰：‘欲得妇。’……指其女问曰：‘阿娇好不？’于是乃笑对曰：‘好，若得阿娇作妇，当作金屋贮之也。’”此以“金屋”指杨妃所居华美的宫殿。下句“玉楼”亦同指宫中华美的楼阁。⑫醉和春，醉意与春意交融。⑬《新唐书·后妃传上·杨贵妃》：“天宝初，进册贵妃。追赠父玄琰太尉、齐国公。擢叔玄珪光禄卿。宗兄铦鸿胪卿，锜侍御史，尚太华公主……而钊亦浸显。钊，国忠也。三姊皆美劭，帝呼为姨，封韩、虢、秦三国，为夫人。出入宫掖，恩宠声焰震天下。”杨国忠自御史至宰相，凡领四十余使。封卫国公。⑭可怜，可羡。⑮《长恨歌传》：“故当时谣咏有云：‘生女勿悲酸，生男勿喜欢。’又曰：‘男不封侯女作妃，看女却为门上楣。’其为人心羡慕如此。”⑯骊宫，骊山上的宫殿。⑰凝丝竹，指歌舞与管弦音乐的节奏配合得很紧密和谐。⑱渔阳，唐范阳节度使所辖八郡之一。此处泛指安禄山所盘踞的范阳地区。时安禄山身兼范阳、平卢、河东三镇节度使。鼙鼓，骑兵用的小鼓，此犹言战鼓。“渔阳”句暗用汉代彭宠据渔阳反叛的典故，以暗示“渔阳鼙鼓”的反叛性质。⑲霓裳羽衣曲，唐代著名大型舞曲名。开元中河西节度使杨敬述所进，可能曾经唐玄宗加工润色。陈寅恪曰：“句中特取一‘破’字。盖破字不仅含有破散或破坏之意，且又为乐舞术语，用之更觉浑成耳，又《霓裳羽衣》‘入破时’，本奏以缓歌柔声之丝竹，今以惊天动地急迫之鼙鼓，与之对举，相映成趣，乃愈见造语之妙矣。”(《元白诗笺证稿》第30页）⑳九重城阙，指京城长安。《楚辞·九辩》：“君之门以九重。”㉑西南行，指唐玄宗仓皇奔蜀。《通鉴·天宝十五载》：六月，“命龙武大将军陈玄礼整比六军，厚赐钱币，选闲厩马九百馀匹，外人皆莫之知。乙未，黎明，上独与贵妃姊妹、皇子妃主皇孙、杨国忠、韦见素、魏方进、陈玄礼，及亲近宦官宫人，出延秋门。妃主皇孙之在外者，皆委之而去”。㉒翠华，用翠鸟羽毛装饰的旗子，是皇帝的仪仗。㉓《旧唐书·肃宗纪》：“玄宗幸蜀，至马嵬，六军不进。请诛杨氏。于是诛国忠，赐贵妃自尽。”六军，《周礼·夏官·序官》谓“王六军”。此指唐之禁军六军。《新唐书·百官志四上》：“左右龙武、左右神武、左右神策，号六军。”实则其时仅有左右龙武、左右羽林四军。㉔宛转，细长弯曲的样子，用以形容蛾眉。《新乐府·井底引银瓶》：“宛转双蛾远山色。”此以“宛转蛾眉”代指杨妃。《新唐书·后妃传上·杨贵妃》：“及西幸至马嵬，陈玄礼等以天下计诛国忠，已死，军不解。帝遣力士问故，曰：‘祸本尚在。’帝不得已，与妃决，引而去，缢路祠下，裹尸以紫茵，瘗道侧，年三十八。”㉕花钿，镶嵌珠宝的花朵形首饰。“委地无人收”五字贯下句。㉖翠翘，翠鸟尾部的长毛，此指翠鸟形的钗饰。金雀，钗名。玉搔头，玉簪，句意谓杨妃头上佩戴的翠翘钗、金雀钗和玉簪都委弃于地无人收。㉗“回看”者系玄宗。㉘云栈，高入云霄的栈道。萦纡，曲折盘绕。剑阁，指剑阁道，在今四川剑阁县大小剑山之间，绵延数十里。《水经注·漾水》：“又东北迳小剑戍北，西去大剑戍三十里，连山绝险，飞阁通衢，故谓之剑阁也。张载铭曰：‘一夫当关，万夫莫开。’信然。”㉙峨眉山，在今四川峨眉山市境。玄宗由长安至成都，并不经过峨眉山。此系泛举蜀中名山作为入蜀的标志，不必拘泥。㉚日色薄，日色惨淡无光。㉛谓见蜀江水碧，蜀山青翠，都禁不住引动玄宗对贵妃的朝思暮想之情。㉜伤心色，谓月光惨淡，呈现令人伤心之色。㉝郑处晦《明皇杂录·补遗》："明皇既幸蜀，西南行。初入斜谷，霖雨涉旬，于栈道雨中闻铃音，与山相应。上既悼念贵妃，采其声为《雨霖铃》曲以寄恨焉。"栈道险处，行人攀铁索行走，索上系铃，闻铃响便于前后照应，然此句谓"夜雨闻铃"，疑指夜雨时闻风吹檐铃之声，与上"行宫"之句一贯。㉞天旋地转，喻指局势扭转，两京收复。回龙驭，皇帝的车驾回归。肃宗至德二载（757）十月，郭子仪收复长安。十二月，太上皇（玄宗）返回长安。㉟此，指马嵬坡。踌躇不能去，徘徊不前，不忍离去。㊱空死处，承上省"见"字，犹空见死处。㊲信马，听任马前行，不加鞭策拘束。形容心绪茫然失落之状。㊳太液，汉建章宫北有太液池，唐代大明宫含凉殿后亦有太液池。未央，汉代宫名。此与"太液"均泛指唐代宫中池苑。㊴二句均上承"泪垂"，写玄宗一年春秋四季均触景伤情，思念杨妃。㊵西宫，指太极宫。南内，指兴庆宫。玄宗回长安后，先居兴庆宫，后迁居太极宫。㊶红，指红叶。㊷梨园弟子，《新唐书·音乐志十二》："玄宗既知音律，又酷爱法曲，选坐部伎子弟三百教于梨园，声有误者，帝必觉而正之，号'皇帝梨园弟子'。宫女数百，亦为梨园弟子，居宜春北苑。"㊸椒房，本指皇后所居宫殿，以花椒泥涂壁，取其温暖、芬芳、多子之义。后泛指后妃所居宫殿。阿监，宫中女官。青娥，美丽的少女，此指青春的容颜。㊹悄然，忧伤愁闷的样子。㊺古代宫廷燃烛，不点油灯，此云"孤灯挑尽"，是为了渲染玄宗的寂寞凄清。㊻因长夜难眠，故觉报时的钟鼓迟迟。㊼耿耿，微明貌。星河，指银河。㊽屋瓦一仰一俯，谓之鸳鸯瓦。霜华，霜花。㊾翡翠衾，绣有翡翠鸟图案的被子。㊿谓玄宗贵妃，一生一死，别来悠悠经年。(51)临邛，剑南道县名，属邛州，治所在今四川邛崃市。系道教盛行之地。鸿都，东汉都城洛阳宫门名。《后汉书·灵帝纪》：

“光和元年二月，始置鸿都门学士。”鸿都客，谓其曾作客于东都。或说，鸿都，犹大都，借指京城长安。㊾句意谓临邛道士自称能以自己的精诚召致杨妃的魂魄。㊿辗转思，《诗·周南·关雎》：“窈窕淑女，寤寐求之。求之不得，寤寐思服。悠哉悠哉，辗转反侧。”谓卧不安席，思念杨妃。54排空驭气，凌空驾风。55碧落，天上。黄泉，地府。下黄泉，即“下穷黄泉”，承上省。56海上仙山，指蓬莱、方丈、瀛洲三座神山。《史记·封禅书》：“自威、宣、燕昭使人入海求蓬莱、方丈、瀛洲，此三神山者，其传在勃海中，去人不远；患且至，则船风引而去。盖尝有至者，诸仙人及不死之药皆在焉。其物禽兽尽白，而黄金银为宫阙。未至，望之如云；及到，三神山反居水下。临之，风辄引去，终莫能至云。”下“山在虚无缥缈间”“金阙”皆本此。57玲珑，形容楼阁构造华美精巧。五云，五色彩云。58绰约，柔婉轻盈貌。《庄子·逍遥游》：“藐姑射之山，有神人居焉，肌肤若冰雪，淖约若处子。”释文引李曰：“淖约，柔弱貌。”又引司马曰：“好貌。”59太真，杨贵妃的道号。参注④引《新唐书·后妃传上·杨贵妃》。又《杨太真外传》上：“（开元）二十八年十月，玄宗幸温泉宫，使高力士取杨氏女于寿邸，度为女道士，号太真，住内太真宫。”60参差，仿佛，差不多。61金阙，指仙山上黄金制造的宫阙。玉扃，玉石的门户。62小玉，传说中吴王夫差之女，后成仙。双成，董双成，西王母的侍女。白居易《霓裳羽衣歌》“吴妖小玉化作烟”自注：“夫差女小玉死后，形见于王。其母抱之，霏微若烟雾散空。”唐人诗中常用以指仙人侍女或人间的侍女。《汉武帝内传》：“西王母命玉女董双成吹云和之笙。”63九华帐，汉宫中有九华殿，见《西京杂记》。《博物志》卷三：“汉武帝好仙道，时西王母遣使乘白鹿告帝当来，乃供帐九华殿以待之。”此以“九华帐”泛指宫廷中华丽的床帐。64揽衣，披衣。65珠箔，珠帘。迤逦，接连不断。66新睡觉，刚睡醒。67袂，衣袖。68寂寞，静默凄清。阑干，纵横。69谓其面容正如一枝洁白的梨花沾满了春雨。70凝睇，凝目注视。谢，告。指托方士转告。71昭阳殿，汉代宫殿名，汉成帝的皇后赵飞燕曾居此。此借指唐宫中杨妃居处。⑫蓬莱宫，指蓬莱仙山中的宫殿。⑬人寰，人世间。⑭钿合，镶嵌金丝珠宝的盒子，一盖一底。《长恨歌传》："定情之夕，授钿合金钗以固之。"⑮二句谓金钗留下一股，钿合留下一扇给自己永作纪念，擘开金钗的另一股，钿合的另一扇寄给君王。⑯殷勤，郑重。前已托方士转告，此处又托其捎话，故云"重寄词"。寄词，托人捎话。⑰长生殿，华清宫中殿名，又名集灵台，用以祀神。但唐代后妃的寝殿亦每称长生殿。⑱连理枝，两株不同根而枝干纠结的树。⑲此恨，指玄宗杨妃的生离死别之恨。

[笺评]

白居易曰：及再来长安，又闻有军使高霞寓者，欲聘倡妓，妓大夸曰："我诵得白学士《长恨歌》，岂同他妓哉！"由是增价……又昨过汉南日，适遇主人集众乐娱他宾。诸妓见仆来，指而相顾曰："此是《秦中吟》《长恨歌》主耳。"……仆数月来，检讨囊帙中，得新旧诗各以类分，分为卷目。自拾遗以来，凡所遇所感，关于美刺兴比者，又自武德迄元和，因事立题，题为《新乐府》者，共一百五十首，谓之讽喻诗。又或退公独处，或移病闲居，知足保和，吟玩情性者一百首，谓之闲适诗。又有事物牵于外，情理动于内，随感遇而形于叹咏者一百首，谓之感伤诗。又有五言七言长句绝句，自一百韵至两韵者四百馀首，谓之杂律诗……故仆志在兼济，行在独善……谓之讽喻诗，兼济之志也；谓之闲适诗，独善之义也。……今仆之诗，人所爱者，悉不过杂律诗与《长恨歌》已下耳。时之所重，仆之所轻。至于讽喻诗，意激而言质；闲适者，思澹而词迂，以质合迂，宜人之不爱也。(《与元九书》）又曰：一篇《长恨》有风情，十首《秦吟》近正声。每被老元偷格律，苦教短李伏歌行。世间富贵应无分，身后文章合有名。莫怪气粗言语大，新排十五诗卷成。(《编集拙诗成一十五卷因题

卷末戏赠元九李二十》）

陈鸿曰：元和元年冬十二月，太原白乐天自校书郎尉于盩厔，鸿与琅玡王质夫家于是邑。暇日相携游仙游寺，话及此事，相与感叹。质夫举酒于乐天前曰："夫希代之事，非遇出世之才润色之，则与时消没，不闻于世。乐天深于诗，多于情者也，试为歌之，如何?"乐天因为《长恨歌》。意者不但感其事，亦欲惩尤物、窒乱阶，垂于将来者也。歌既成，使鸿传焉。世所不闻者，予非开元遗民，不得知；世所知者，有《玄宗本纪》在。今但传《长恨歌》云尔。（《长恨歌传》）按：《文苑英华》卷七百九十四载《长恨歌传》原文后附注云："此篇又见《丽情集》及京本大曲，颇有异同，并录于后。"其所录《丽情集·长恨歌传》篇末一段文字为："元和元年冬十二月，太原白居易尉于盩厔。予与琅玡王质夫家仙游谷，因暇日携手入山，质夫于道中语及于是。白乐天，深于思者也，有出世之才。以为往事多情而感人也深，故为《长恨词》以歌之，使鸿传焉。世所隐者，鸿非史官，不知；所知者有玄宗内传今在。予所据，王质夫说之尔。"与今流传之《长恨歌传》篇末一段文字有明显差异。

李忱（唐宣宗）曰：缀玉联珠六十年，谁教冥路作诗仙。浮云不系名居易，造化无为字乐天。童子解吟《长恨》曲，胡儿能唱《琵琶》篇。文章已满行人耳，一度思卿一怆然。(《吊白居易》）

黄滔曰：大唐前有李、杜，后有元、白，信若沧溟无际，华岳干天。然自李飞数贤，多以粉黛为乐天之罪。殊不谓《三百五篇》多乎女子，盖在所指说如何耳。至如《长恨歌》云："遂令天下父母心，不重生男重生女。"此刺以男女不常，阴阳失伦，其意险而奇，其文平而易，所谓言之者无罪，闻之者足以自戒哉！（《答陈磻隐论诗书》）

李觏曰：玉辇迢迢别紫台，系环衣畔忽兴哀。临邛漫遂蓬山好，争奈人间有马嵬。　蜀道如天夜雨淫，乱铃声里倍沾襟。当时更有军中死，争奈君王不动心。(《读长恨辞二首》）

惠洪曰：老杜《北征》诗曰："惟昔艰难初，事与前世别。不闻夏商衰，中自诛褒妲。"意者明皇鉴夏、商之败，畏天悔过，赐妃子死也。而刘禹锡《马嵬》诗曰："官军诛佞倖，天子舍妖姬。群吏伏门屏，贵人牵帝衣。"白乐天《长恨词》曰："六军不发争奈何，宛转蛾眉马前死。"乃是官军迫使杀妃子，歌咏禄山叛逆耳。孰谓刘、白能诗哉！其去老杜何啻九牛毛耶？《北征》诗识君臣之大体，忠义之气与秋色争高，可贵也。(《冷斋夜话》卷二)

魏泰曰：唐人咏马嵬之事者多矣。世所称者，刘禹锡曰："官军诛佞幸，天子舍妖姬。群吏伏门屏，贵人牵帝衣。依回转美目，风日为无辉。"白居易曰："六军不发争奈何，宛转蛾眉马前死。"此乃歌咏禄山能使官军皆叛，逼迫明皇，明皇不得已而诛杨妃也。噫！岂特不晓文章体裁，而造语蠢拙，抑亦失臣下事君之礼矣！老杜则不然，其《北征》诗曰："忆昔狼狈初，事与古先别。不闻夏殷衰，中自诛褒妲。"乃见明皇鉴夏商之败，畏天悔过，赐妃子死，官军何预焉？《唐阙史》载郑畋《马嵬》诗，命意似矣，而词句凡下，比说无状，不足道也。(《临汉隐居诗话》)

范温曰：白乐天《长恨歌》，工矣，而用事犹误。"峨眉山下少人行"，明皇幸蜀，不行峨眉山也；当改云"剑门山"。"七月七日长生殿，夜半无人私语时。"长生殿乃斋戒之所，非私语地也。华清宫自有飞霜殿，乃寝殿也，当改"长生"为"飞霜"，则尽矣。(《潜溪诗眼》)

《林泉随笔》：白乐天《长恨歌》备述明皇、杨妃之始末，虽史传亦无以加焉。盖指其覆毕，托为声诗以讽时君，而垂戒来世。(转引自《唐诗汇评》)

周紫芝曰：白乐天《长恨歌》云："玉容寂寞泪阑干，梨花一枝春带雨。"人皆喜其工，而不知其气韵之近俗也。东坡作送人小词云："故将别语调佳人，要看梨花枝上雨。"虽用乐天语，而别有一番风味，非点铁成黄金手，不能为此也。(《竹坡诗话》)

吴幵曰：白乐天《长恨歌》云："回眸一笑百媚生，六宫粉黛无颜色。"盖用李太白应制《清平乐》词云："女伴莫话孤眠，六宫绮罗三千。一笑皆生百媚，宸衷教在谁边?"（《优古堂诗话》）

张戒曰：梅圣俞云："状难写之景，如在目前。"元微之曰："道得人心中事。"此固白乐天长处，然情意失于太详，景物失于太露，遂感浅近，略无馀蕴，此其所短处。如《长恨歌》虽播于乐府，人人称诵，然其实乃乐天少作，虽欲悔而不可追者也。其叙杨妃进见专宠行乐事，皆秽亵之语。首云："汉皇重色思倾国，御宇多年求不得。"后云："渔阳鼙鼓动地来，惊破霓裳羽衣曲。"又云："君王掩面救不得，回看血泪相和流。"此固无礼之甚，"侍儿扶起娇无力，始是新承恩泽时"。此下云云，殆可掩耳也。"遂令天下父母心，不重生男重生女。"此等语乃乐天自以为得意处，然而亦浅陋甚。"夕殿萤飞思悄然，孤灯挑尽未成眠。"此尤可笑。南内虽凄凉，何至挑孤灯耶?惟叙上皇还京云："天旋日转回龙驭，到此踌躇不能去。马嵬坡下泥土中，不见玉颜空死处。君臣相顾尽沾衣，东望都门信马归。归来池苑皆依旧，太液芙蓉未央柳。"叙太真见方士云："风吹仙袂飘飖举，犹似霓裳羽衣舞。玉容寂寞泪阑干，梨花一枝春带雨。"一篇之中，惟此数语称佳耳。《长恨歌》元和元年尉盩厔时作，是时年三十五。谪江州十一年，作《琵琶行》，二诗工拙，远不侔矣。如《琵琶行》虽未免于烦悉，然其语意甚当，后来作者，未易超越也。（《岁寒堂诗话》卷上）

葛立方曰：杨妃专宠帝室，金印盩绶，宠偏于铦、钊；象服鱼轩，荣均于秦、虢。当时遂有"生女勿悲伤，生男勿喜欢。男不封侯女作妃，君看女却为门楣"之咏。而乐天《长恨歌》亦云："遂令天下父母心，不重生男重生女。"（《韵语阳秋》卷十）又曰：老杜《北征》诗云："忆昨狼狈初，事与古先别。不闻夏殷衰，中自诛褒妲。"其意谓明皇英断，自诛妃子，与夏商之诛褒妲不同。老杜此语，出于爱君，而曲文其过，非至公之论也。白乐天诗："六军不发无奈何，宛转蛾眉马前死。”非逼迫而何哉？然明皇能割一己之爱，使六军之情贴然，亦可谓知所轻重矣。故前辈有诗云：“毕竟圣明天子事，景阳宫井是何人？”（同上卷十九）

范成大曰：金盘潋滟晓妆寒，国色天香胜牡丹。白凤诏书来已暮，六宫粉黛半春阑。　紫薇金屋闭春阳，石竹山花却自芳。莫道故情无觅处，领巾独有隔生香。　闻道蓬壶重见时，瘦来全不奈风吹。无端却作尘间念，已被仙宫圣得知。　别后相思梦亦难，东虚云路海漫漫。仙凡顿隔银屏影，不似当年取次看。　人似飞花去不归，兰昌宫殿几斜晖。百年只有云容姊，留得当时旧舞衣。　骊山六十二高楼，突兀华清最上头。玉明长川湘浦暗，三郎无事更神游。　帝乡云驭若为留，八景三清好在否？玉笛不随双鹤去，人间犹得听凉州。（《读长恨歌七首》）

马永卿曰：诗人之言，为用固寡，然大有益于世者，若《长恨歌》是也。明皇、太真之事本有新台之恶，而歌云：“杨家有女初长成，养在深闺人不识。”故世人罕知其为寿王瑁之妃也。《春秋》为尊者讳，此歌真得之。（《懒真子》卷二）

张邦基曰：白乐天作《长恨歌》，元微之作《连昌宫词》，皆明皇时事也。予以为微之之作过乐天。白之歌，止于荒淫之语，终篇无所规正。元之词，乃微而显，而其荒诞之意皆可考，卒章乃不忘箴讽，为优也。（《墨庄漫录》卷六）

车若水曰：白乐天《长恨歌》叙事详赡，后人得知当时实事，有功记录。然以败亡为戏，更无恻怛忧爱之意。身为唐臣，亦当知《春秋》所以存鲁之法，便是草木，亦将不忍。盖祖、父与身，皆朝廷长养，不可谓草茅不知朝廷。吾之此说不是不容臣下做此语，但有恻怛忧爱之意，语言自重。（《脚气集》）

瞿佑曰：乐天《长恨歌》凡一百二十句，读者不厌其长；元微之《行宫》才四句，读者不觉其短，文章之妙也。（《归田诗话》卷上）

都穆曰：昔人词调，其命名多取古诗中语，如……《玉楼春》取

白乐天“玉楼宴罢醉和春”。(《南濠诗话》)

杨慎曰：范元实《诗话》(按：即《潜溪诗眼》，已见前录)……按郑嵎《津阳门诗》：“金沙洞口长生殿，玉蕊峰头王母祠。”则长生殿乃在骊山之上，夜半亦非上山时也。又云：“飞霜殿前月悄悄，迎风亭下风飕飕。”据此，元实之所评信矣。(《升庵诗话·飞霜殿》)

王世贞曰：大历中，卖一女子，姿首如常，索价至数十万，云：“此女子诵得白学士《长恨歌》，安可他比!”(《艺苑卮言》卷八)

胡应麟曰：乐天《长恨歌》妙极才人之致，格少下耳。唐时一女子，姿仅中庸，而索价十倍，以能诵《长恨歌》，故不知徐君蒨姬侍三百，悉暗记《鲁灵光》者，当何直酬之耶?(《读白乐天长恨歌》)

唐汝询曰：此讥明皇迷于色而不悟也。始则求其人而未得，既得而爱幸之，即沦惑而不复理朝政矣。不独宠妃一身，而又遍及其宗党，不惟不复早朝，益且尽日耽于丝竹，以致禄山倡乱，乘舆播迁，帝既诛妃以谢天下，则宜悔过，乃复辗转怀思，不以自绝。至令方士遍索其神，得钿合金钗而不辨其诈，是真迷而不悟者矣。呜呼！以五十年致治之主，而一女子覆其成功，权去势诎而以忧死，悲夫！女宠之祸岂浅鲜哉！杨妃本出寿邸，而曰“养在深闺人不识”，为君讳也。“花钿委地无人收”，伏后钿合金钗案。意谓妃就绝之时，花钿散落民间，必有得之者，方士特挟此以欺上皇，非有他术也。(《唐诗解》卷二十）又曰：乐天云：“一篇《长恨》有风情”，此自赞其诗也。今读其文，格极卑庸，词颇娇艳。虽主讥刺，实欲借事以骋笔间之风流，其称“风情”，自评亦当矣。《品汇》收《琵琶行》而黜此，为其多肉而少骨也。(《删补唐诗选脉笺释会通评林·中七古》引)

唐陈彝曰：白善敷衍，真长篇手。“死别经年”、“不曾入梦”二句，起下迎神话头。“揽衣推枕”四语，皆从“惊”字生意。“临别殷勤”以下，天子私语，傍岂无人?恃钗钿足信矣，此段文人之装点不可知。(同上引)

唐孟庄曰：“旌旗无光”句，惨。“夜雨闻铃”句，是实事。“春风桃李”二句，冷语含情，摹写入细。“忽闻”二字，装点其事，“虚无缥缈”，明见其假。“风吹仙袂飘飖举”四语，俱以媚词描写，是其弄笔法处，“旧物表深情”，方士所恃以欺上皇者，长生殿“夜半私语”，方士交通近臣，漏此言为信。(同上引)

钟人杰曰：文亦茜丽。(同上引)

周珽曰：作长篇法如构危宫大厦，全须接榫合缝，铢两皆称。乐天《琵琶行》、《长恨歌》，几许胆力。觉龙气所聚，有疑行疑伏之妙，读者未易测其涯岸。(同上)

黄周星曰：乐天诗如《长恨歌》、《琵琶行》，皆所谓老妪解颐者也。然无一字不深入人情，而且刺心透髓。即少陵、长吉歌行皆不能及。所以然者，少陵、长吉虽能为情语，然犹兼才与学为之；凡情语一夹才学，终隔一层，便不能刺透心髓。乐天之妙，妙在全不用才学，一味以本色真切出之，所以感人最深。由是观之，则老妪解颐，谈何容易！(《唐诗快》)

吴乔曰：《连昌》、《长恨》、《琵琶行》前人之法变尽矣。(《围炉诗话》卷二)

魏裔介曰：余读白乐天《长恨歌》，而不能无疑也。妃子以倾国之色，专宠金屋，养成渔阳之乱，以致鼙鼓动也，城阙烟生，翠华西幸，六军不发。蛾眉死于马前，花钿委于陌上。明皇于此，其有悔心之萌矣。故杜子美诗称之曰：“不闻夏殷衰，中自诛褒妲。”以见肃宗之所以能中兴者，由于明皇割衽席之爱，以援六军之心。天下闻之，皆知其有迁善改过之思也。至于龙驭既回，春风桃李，秋雨梧桐，复动其鸳鸯翡翠之梦。是以临邛道士乘间而入之，排空驭气，得之海上仙山，寄钿钗以明心，忆七夕以私语。此术士幻化之所为，明皇堕其中而不觉也。夫以妃子之狐媚，误人家国，使其死而有知，亦不过为丽色之鬼耳，岂得复处于金阙玉扃之间哉！然则七日之语，何以知之？金钿之寄，胡为来乎？此术士之易晓者耳。凡物之精魅者，尚能知人已往之事，岂鸿都羽客而不解此耶？余深怪明皇之既悟而复迷，乐天又著为歌诗以艳其事，恐后之人君陷溺于中，甘心尤物而煽处者，且妄觊其死后之馀荣也，则所云“窒乱阶”者，恐反为乱阶矣。故诗人之义，必当以子美为正。(《白乐天〈长恨歌〉论》)

宋征璧曰：七言初唐、盛唐虽各一体，然极七言之变，则元、白、温、李皆在所不废。元、白体至卑，乃《琵琶行》、《连昌宫词》、《长恨歌》未尝不可读。但子由所云“元、白纪事，寸步不遗”，所以拙耳。(《抱真堂诗话》)

杜诏曰：(“从此君王不早朝”)明皇荒淫乱政只(“不早朝”)三字蔽之。(“天旋地转”句下)上写禄山犯阙，只“鼙鼓”二字，此写肃宗收复，只“天旋地转”四字。读者但觉叙事明畅，不知简径如此。(《中晚唐诗叩弹集》)

杜庭珠曰：(“千乘万骑”句下)此下明皇幸蜀及缢皇妃于马嵬之事。(“天旋地转”句下)此下上皇还京之事。(“魂魄不曾”句下)以下命令求贵妃之事。(“天上人间”句下)此下重申密约，结归“长恨”之意。(同上)

徐增曰：收纵得宜，调度合板。譬如跳狮子，锣也好，鼓也好，狮子也跳得好。周身本事，全副精神俱显出来。(《而庵说唐诗》)

汪立名曰：按《隐居诗话》云(前已录)，此论为推尊少陵则可，若以此贬乐天，则不可。论诗须相题。《长恨歌》本与陈鸿、王质夫论杨妃始终而作，犹虑诗有未详，陈鸿又作《长恨歌传》，所谓“不特感其事，亦欲惩尤物，窒乱阶，垂于将来也”，自与《北征》诗不同。若讳马嵬事实，则“长恨”两字便无着落矣。读书全不理会作诗本末，而执片词肆议古人，已属太过，至谓歌咏禄山能使官军云云，则尤近乎锻炼矣。宋人多文字吹求之祸，皆酿于此等议论。若唐人作诗本无所谓忌讳，忠厚之风，自可慕也。然陈《传》中叙贵妃进于寿邸，而白诗讳之，但云“杨家有女初长成，养在深闺人未识。天生丽质难自弃，一朝选在君王侧”，安得谓乐天不识文章大体耶！倘有祖其谬以罗织少陵者，必将以少陵《忆昔》诗“张后不乐上为忙”句为

失以臣事君，“百官跣足随天王”句为歌颂吐蕃追逼代宗，又岂通论乎！(《白香山诗长庆集》卷十三)

赵执信曰：倾国争夸天宝时，才人例解说相思。三生影响陈鸿传，一种风情白傅诗。(《上元观演长生殿剧十绝句》之一)

贺裳曰：王勉夫《丛谈》中多辨论，余独喜其一则。乐天《长恨歌》：“夕殿萤飞思悄然，孤灯挑尽未成眠。”或谓岂有兴庆宫中夜不点烛，明皇自挑灯之理？王曰：“此所以状宫中向夜萧索之意，使言高烧画烛，贵则贵矣，岂复有长恨意耶！”此言深得诗人之致，前说小儿强作解人耳。(《载酒园诗话·野客丛谈》) 按：黄生评：白语诚失检，勉夫与黄公终属书生之见。

沈德潜曰：此讥明皇之迷于色而不悟也。以女宠几乎丧国，应知从前之缪戾矣。乃犹令方士遍索，而方士固得以虚无缥缈之词为对，遂信钿钗私语为真，而信其果为仙人也。天下有妖艳之妇而成仙人者耶？(以上多本唐汝询解) 迷离惝恍，不用收结，此正作法之妙。诗本陈鸿《长恨传》而作，悠扬旖旎，情至久生，本王、杨、卢、骆而又加变化者矣。时有一妓夸于人曰：“我能诵白学士《长恨歌》，岂与他妓等哉！”诗之见重于时如此。(《重订唐诗别裁集》卷八)

何焯曰：(“养在”句) 此为尊者讳。(“仙乐”句)“仙乐风飘”乃暗入《霓裳曲》，不为突也，此处不甚铺叙最是。(“惊破”句)《霓裳羽衣曲》、金钗钿合二事乃传中纲领，此处宜先伏。然后照顾有情。今则“惊破霓裳”句既觉其突，“唯将旧物表深情”，“旧”字都无着落，亦不见二物系情之重矣。(“六军”二句) 不直书“六军”二句则“恨”字不出。以《北征》比拟而议之者，真痴俗也。(“春风”句) 此处铺叙，专为透出“恨”字。(“梨园”二句) 二语亦是对贵妃之横夭。(“梨花”句) 画出玉真。(“钿合”句) 唯其定情时所寄之妙，故曰谨献以寻旧好。前半不伏，此处遂少情致。白公此诗流传且向千载，愚者独妄议之如此。“此恨绵绵无绝期”，留在结处煞出“恨”字，缠绵中转峭拔。又曰：是传奇体，然法度好，风神顿挫，

亦要为才子之最也。(《白乐天诗长庆集》卷十二)

薛雪曰：白香山“玉容寂寞泪阑干，梨花一枝春带雨”，有喜其工，有诋其俗。东坡小词：“故将别语调佳人，要看梨花枝上雨。”人谓其用香山语，点铁成金，殊不然也。香山冠冕，东坡尝新，夫人婢子，各有态度。(《一瓢诗话》)

《唐宋诗醇》：从古女祸，未有甚于唐者。明皇践阼，覆辙匪远。开元厉精，几致太平。天宝以后，游情床笫，太真潜纳，新台同讥。艳妻煽处，职为厉阶。仓皇播迁，祖宗再造，幸也。姚、宋诸贤臣辅之而不足，一太真败之而有馀，南内归来，倘返而自咎，恨无终穷矣，遑系心于既殒倾之妇耶。《长恨》一传，自是当时傅会之说，其事殊无足论者。居易诗词特妙，情文相生，沉郁顿挫，哀艳之中，具有讽刺。“汉皇重色思倾国”、“从此君王不早朝”、“君王掩面救不得”皆微词也。“养在深闺人未识”，为尊者讳也。欲不可纵，乐不可极，结想成因，幻缘奚罄？总以为发乎情而不能止乎礼义者戒也。通首分四段。“汉皇重色思倾国”至“惊破霓裳羽衣曲”畅叙杨妃擅宠之事，却以“渔阳鼙鼓动地来”二句暗摄下意，一气直下，灭去转落之痕。“九重城阙烟尘生”至“夜雨闻铃肠断声”，叙马嵬赐死之事，“行宫见月伤心色”二句，暗摄下意，盖以幸蜀之靡日不思，引起还京之彷徨念旧，一直说去，中间暗藏马嵬改葬一节，此行文之飞渡法也。“天旋地转回龙驭”至“魂魄不曾来入梦”，叙上皇南宫思旧之情，“悠悠生死别经年”二句，亦暗摄下意。“临邛道士鸿都客”至末，叙方士招魂之事。结处点清“长恨”，为一诗结穴，戛然而止，全势已足，更不必另作收束。(卷二十二)

袁枚曰：考据家不可与论诗。或訾余《马嵬》诗曰：“‘石壕村里夫妇别，泪比长生殿下多。’当日，贵妃不死于长生殿。”余笑曰：“白香山《长恨歌》：‘峨眉山下少人行。’明皇幸蜀，何曾路过峨眉耶？其人语塞。(《随园诗话》卷十三）又曰：莫唱当年《长恨歌》，人间亦自有银河。石壕村里夫妻别，泪比长生殿上多。(《马嵬四首》

之二）

翁方纲曰：白公之为《长恨歌》、《霓裳羽衣曲》诸篇，自是不得不然，不但不蹈杜公、韩公之辙也。是乃“浏漓顿挫，独出冠时”，所以为豪杰耳。始悟后之欲复古者，其强作解事。（《石洲诗话》卷二）

宋宗元曰：（“遂令天下”二句下）闲处一束，无限低回。（“蜀江水碧”四句下）从景上写出悲凉情味，虚际描摹，笔意宕漾，如聆三峡猿啼。（“悠悠生死”二句下）引起下半首。（“犹似霓裳”句下）回眸一盼。（“临别殷勤”四句下）征典故以虚无，异样空灵缥缈。（《网师园唐诗笺》）

赵翼曰：香山诗名最著，及身已风行海内，李谪仙以后一人而已。观其《与微之书》……是古来诗人，及身得名，未有如是之速且广者。盖其得名，在《长恨歌》一篇。其事本易传，以易传之事，为绝妙之词，有声有情，可歌可泣，文人学士既叹为不可及，妇人女子亦喜闻而乐诵之，是以不胫而走，传遍天下。又有《琵琶行》一首助之。此即无全集，而二诗已自不朽，现又有三千八百四十首之工且多哉！（《瓯北诗话》卷四）又曰：《长恨歌》自是千古绝作。其叙杨妃入宫，与陈鸿所传选自寿邸者不同，非惟惧文字之祸，亦讳恶之义，本当如是也。惟方士访至蓬莱，得妃密语归报上皇一节，此盖时俗讹传，本非实事。明皇自蜀还长安，居兴庆宫，地近市廛，尚有外人进见之事。及上元元年，李辅国矫诏迁至西内，元从之陈玄礼、高力士等，皆流徙远方。左右近侍，悉另易人，宫禁严密，内外不通可知。且鸿传云：上皇得方士归奏，其年夏四月，即晏驾，则是宝应元年事也。其时肃宗卧病，辅国疑忌益深，关防必益密，岂有听方士出入之理？即方士能隐形入见，而金钗，钿合，有物有质，又岂驭气者所能携带？此必无之事。特一时俚俗传闻，易于耸听，香山竟为诗以实之，遂成千古耳。（同上）

孙洙曰：（“风吹仙袂”二句）空虚处偏于实证。（《唐诗三百

首》）

陆鎣曰：白傅诗“后宫佳丽三千人，三千宠爱在一身。”陈后山《妾薄命》云：“主家十二楼，一身当三千。”语简意尽。考亭谓其笔力高妙，信不虚也。（《问花楼诗话》卷二）

林则徐曰：藉甚才名《长恨》篇，先皇愧德老臣宣。诗家解识君亲义，杜老而还只郑畋。（《题杨太真墓八首》之八）

施补华曰：讥刺语当含蓄，如少陵“落日留王母，微风倚少儿”，太白“汉宫谁第一，飞燕在昭阳”，皆刺明皇、贵妃事，何等婉曲。若香山《长恨歌》、微之《连昌宫词》，真是讪谤君父矣。诗品人品，均分高下。义山“如何四纪为天子，不及卢家有莫愁”，尤为轻薄坏心术。又曰：香山《长恨歌》今古传诵，然语多失体。如“汉皇重色思倾国”，明明言唐，何必曰汉！“春宵苦短日高起，从此君王不早朝。”岂非讪谤君父？“孤灯挑尽未成眠”，又似寒士光景，南内凄凉，亦不至此。又曰：读《公孙大娘弟子舞剑器》诗，叙天宝事只数语而无限凄凉，可悟《长恨歌》之繁冗。（《岘佣说诗》）

朱庭珍曰：吴梅村诗，善于叙事，尤善言闺房儿女之情……其诗虽缠绵悱恻，可歌可泣，然不过《琵琶》、《长恨》一格，多加藻采耳。（《筱园诗话》卷三）至香山《长恨》、《琵琶》二篇，亦一时风行，名满天下。至妓人能诵《长恨歌》，即增身份，到今脍炙人口。（同上卷四）

王国维曰：以《长恨歌》之壮采，而所隶之事，只“小玉”“双成”四字，才有馀也。梅村歌行，则非隶事不办。白、吴优劣，即于此见。不独作诗为然，填词家亦不可不知也。（《人间词话》卷上）

吴闿生曰：如此长篇，一气舒卷。时复风华掩映。非有绝世才力，未易到也。（《唐宋诗举要》卷二引）

陈寅恪曰：《长恨歌》者，虽从一完整机构之小说，即《长恨歌》及《传》中分出别行，为世人所习诵，久已忘其与传文本属一体。然其本身无真正收结，无作诗缘起，实不能脱离传文而独立也……殊不知《长恨歌》本为当时小说之中歌诗部分，其史才、议论已别见于陈鸿传文之内，歌中自不涉及。而详悉叙写燕昵之私，正是言情小说文体所应尔，而为元、白所擅长者……唐人竟以太真遗事为一通常练习诗文之题目。此观于唐人诗文集即可瞭然。但文人赋咏，本非史家记述，故有意无意间逐渐附会修饰。历时既久，益复曼衍滋繁，遂成极富兴趣之物语小说……在白歌陈传之前，故事大抵尚局限于人世，而不及于灵界，其畅叙人天生死形魂离合之关系，似《长恨歌》及《传》为开始。此故事既不限现实之人世，遂更延长而优美。然则增加太真死后天上一段故事之作者，即是白、陈诸人，洵为富于天才之文士矣。虽然，此节物语之增加，亦极自然容易，即从汉武帝李夫人故事附益之耳。陈传所云“如汉武帝李夫人”者，其明证也。故人世上半段开宗明义之“汉皇重色思倾国”一句，已暗示天上下半段之全部情事。文思贯澈钩结如是精妙，特为标出……综括论之，《长恨歌》为具备众体体裁之唐代小说中歌诗部分，与《长恨歌传》为不可分离独立之作品。故必须合并读之、赏之、评之。明皇与杨妃之关系，虽为唐世文人公开共同作诗文之题目，而增入汉武帝李夫人故事，乃白、陈之所特创。诗句传文之佳胜，实职是之故。(《元白诗笺证稿》第一章《长恨歌》)

罗宗强曰：从《长恨歌传》与《长恨歌》的内容看，二者的故事情节是相同的。这样一个故事情节，在当时民间传说中是一个被普遍接受的情节。这样一个故事情节所表现的基本倾向，当然也是当时民间对这一故事所持的基本态度……全诗缠绵悱恻，纯然是一个带着感伤意味的动人爱情故事。本来，这一主题在当时应该是一个纠葛在政治事件中的敏感问题……但是马嵬坡之变，杨贵妃一死，却又在民间引起了同情。从《长恨歌》和《传》所反映的民间关于李、杨故事的传说看，着眼点已从政治转到爱情上来了，倾向也从责备转为同情。可以推想，这一故事在流传过程中受到了群众心理状态的影响，包括群众对于开元、天宝盛世的理想化，由这理想化而对风流天子的同情。

由这同情而及其爱情生活，甚至可能还受到流行于民间的类似变文故事的因果报应思想的影响。在流行过程中，这一故事赋予了浓厚的人情味。帝王生活的政治色彩淡泊了，人情味加强了，它在流传过程中成了一个爱情悲剧故事。就故事本身看，非关讽喻。（《唐诗小史》）

[鉴赏]

《长恨歌》所歌咏的是一个帝、妃的爱情悲剧故事。如果从生活原型和历史事实出发，玄宗和杨妃的关系始末，不仅可以写成一个带有明显讽喻鉴戒意味的爱情悲剧，像作者在《新乐府·李夫人》序中所标明的那样——“鉴嬖惑”，而且可以用它作为中心线索，揭示唐王朝安史之乱前后的各种矛盾和政治危机，写成一个具有严肃政治批判色彩的历史悲剧。但白居易却在当时民间流传的李、杨爱情故事传说的基础上，根据自己的美学理想，把它写成了一个带有明显同情倾向乃至赞颂色彩的哀感顽艳的爱情悲剧。为了净化、美化悲剧故事中的主人公，诗人舍弃了历史人物原型中杨贵妃原为寿王妃及玄宗霸占儿媳的事实，竭力淡化玄宗由于专宠杨妃而导致的政治腐败、边防危机以及安史之乱给国家和人民带来的巨大灾难，而倾注感情于李、杨爱情的描写。安史之乱前，着意渲染他们的爱情遇合和欢爱的浓烈；安史之乱爆发（特别是马嵬事变）后，更集中全力描绘他们生离死别的痛苦和双方刻骨铭心的思念。悲剧性的事变和天上人间的隔绝，正是对他们生死不渝爱情充分展开描写并加以同情赞颂的凭借。在这个意义上，《长恨歌》不妨说是以悲剧形式出现的“长爱歌”。作者自己，也明确地将《长恨歌》归之于歌咏“风情”的感伤诗，而不归于有关“美刺兴比”的“正声”——讽喻诗之列。明刊本《文苑英华》卷七九四附引了《丽情集》中所收陈鸿《长恨歌传》的全文，篇末说道：“白乐天，深于思者也，有出世之才。以为往事多情而感人也深，故为《长恨词》以歌之，使鸿传焉。”没有通行本陈《传》中“意者不但感其事，亦欲惩尤物、窒乱阶，垂于将来者也”一段文字（陈寅恪疑《丽情》本为陈氏原文），也可作为《长恨歌》是歌咏一个“多情而感人也深”的爱情悲剧故事的佐证。联系中唐城市经济繁荣，市民阶层的思想意识在文艺作品特别是在传奇小说及与传奇并行的爱情故事诗中得到较多反映这一背景，《长恨歌》所歌咏的这个浪漫主义化了的悲剧爱情故事，多少也反映了市民阶层的审美理想和趣味，而与正统的封建统治阶级的思想（包括诗学观念）有一定的距离。尽管作者出于同情乃至赞颂李、杨爱情的需要而对笔下的主人公进行了种种净化、美化、淡化，但要写出李、杨的爱情悲剧，便不能不写到马嵬事变，不能不涉及导致马嵬事变的“从此君王不早朝”“姊妹弟兄皆列土”等情事，因此客观上仍在一定程度上显示出这一爱情悲剧与玄宗后期荒政、任用戚属权幸之间的关联。这是这一题材本身的特殊性决定的，也是引起后世对《长恨歌》多种解读的原因。

《长恨歌》的价值，更主要地体现在它的独创性艺术成就上。

它突出地体现了我国古代文人叙事诗叙事与抒情密切结合的优良传统。古代民间叙事诗，一般重叙述故事、描绘人物而不大重视抒情。文人叙事诗如蔡琰《悲愤诗》，颇富抒情色彩，但这种类型的故事诗后来没有得到很大发展。盛唐诗人李白的《长干行》、杜甫的《佳人》，抒情气氛颇浓，而篇幅未广，白居易的《长恨歌》是在古代抒情诗发展到高度成熟和传奇小说高度繁荣条件下出现的。因而得以充分吸取抒情诗的艺术经验，用来刻画人物心理，渲染环境气氛，叙说故事及情节发展；同时又吸收传奇小说作意好奇的特色，创造出超现实的神仙境界。诗中叙事与抒情的结合大体上有三种情况。一是在情节性的叙述中带有浓郁的抒情色彩。如杨妃入宫、承宠，李、杨的欢爱，都用充满咏叹的笔调加以叙写，使这一段描叙洋溢着一种蜜月般的融洽热烈气氛。二是用情景交融的手法刻画人物心理。如入蜀、归京两节，写玄宗的刻骨思念、悲伤凄寂，就全部借助触景生情、情寓景中的手法来表现。在情景交融的意境不断展现的推移过程中，入蜀的行程、归途的情况、归来后的时序流逝和玄宗晚年的凄寂生活也自然表现出来了。这是全篇中写得最精彩、最感人的两个段落。三是在描绘人物情态、记叙人物对话时渗透抒情色彩。如太真听到方士到来时的一段描写：

闻道汉家天子使，九华帐里梦魂惊。
揽衣推枕起徘徊，珠箔银屏迤逦开。
云鬓半偏新睡觉，花冠不整下堂来。
风吹仙袂飘飖举，犹似霓裳羽衣舞。

前四句通过一系列行动描写，将乍闻消息时的惊喜交集、激动情况下的疑幻疑真和茫然失措，定神以后的迫不及待，都挟带着强烈的感情色彩生动展现出来。后四句写“下堂”情态，不仅极富美感，且与前面“缓歌慢舞”相互映照，寓含无限今昔之慨。末段杨妃致词，更充满深情密意。没有这一段，杨妃在读者心目中便仍止于宠妃的形象，而不是真挚爱情的化身。有了这一段，杨妃的形象就在精神领域得到了丰富和升华，使双方的爱情超越生死、超越仙凡、超越时空而达到永恒的境界。尽管结尾仍无法改变生死人天相隔的绵绵长恨的结局，但读者记住的却是“在天愿作比翼鸟，在地愿为连理枝”的爱情誓言和“但教心似金钿坚，天上人间会相见”的美好愿望。叙事诗不同于一般的叙事文学的特点，就在于它是诗，是深情地歌唱咏叹一个故事，而不是单纯地叙述一个故事。《长恨歌》在这方面的巨大成就，最能体现中国古代文人叙事诗在高度成熟的抒情诗辐射下形成的鲜明民族特点。

《长恨歌》还表现出围绕故事主线进行叙事的高度技巧。它所歌咏的故事本身就比较曲折，特别是又涉及一系列历史事件和多方面的社会情况，如果作者没有明确的意识和高明的手段，稍不注意，就有可能使叙事偏离李、杨爱情这条主线，去写天宝年间的政治、社会生活，写震惊全国的安史之乱，等等。如果这样，《长恨歌》便不再是一首爱情悲剧故事诗。作者一方面自始至终紧紧抓住主线，写结合、惊变、思念、寻觅、致词，笔笔不离男女主人公的爱情；另一方面，又不忽略对影响主人公命运和爱情悲剧结局的历史事件作必要的叙述交代。往往在情节发展的关键处用一两句极精练概括的话醒目地标示出来，紧接着便立即拉回到李、杨爱情上来。如叙安史之乱爆发，只用“渔阳鼙鼓动地来”一句突兀而郑重地揭出，下一句“惊破霓裳羽衣曲”马上回叙李、杨爱情的中断。大事变导致爱情的大转折，笔力极陡健，又极简括，毫不旁涉。叙玄宗回銮，只用“天旋地转回龙驭”一句带过，下句即接“到此踌躇不能去”，回到杨妃昔日惨死的马嵬坡。马嵬事变，由于是这场爱情悲剧的关键性情节，所以用了六句加以叙写，但完全从爱情悲剧的发生这个角度来写男女主人公的情态心理，而不涉及这场事变的其他方面。比较起来，《长恨歌传》在这里叙及杨国忠被诛的情况，若从表现爱情悲剧的角度看，笔墨就显得不够集中省净。以上这些叙述，虽都非常简括，但因为都出现在情节发展的关键处，诗句本身又往往颇富气势，所以并不给人以草率匆遽之感，而是显得既简练又郑重。这样，就腾出了更多的篇幅来描写李、杨爱情，使整个爱情悲剧故事显得非常集中紧凑，不枝不蔓，毫无拖泥带水、喧宾夺主之弊。这既需要艺术的魄力，也需要艺术的功力。

《长恨歌》创造了一种明丽圆畅、优美和谐、雅俗共赏的叙事诗的语言风格。叙事诗的语言不同于抒情诗，它首先要求明晰流畅。刻意追求古奥、奇崛、瘦硬、简约，固然会破坏叙事的明快，就是过分的典雅、锤炼、含蓄也不完全适用叙事的需要。白居易的诗歌语言本就具有平易流畅的特点，比较便于叙事，他在《长恨歌》中所采用的这种受近体影响较深的七言歌行体，从初唐以来又一直具有语言明丽流美、音节谐和圆畅的传统。这两方面的优点结合起来，就形成了一种明丽圆畅、优美和谐、雅俗共赏的语言风格。既便于明畅婉转地叙事，又长于哀婉缠绵地抒情和鲜明如画地描绘渲染，具有很强的艺术表现力。如“归来池苑皆依旧”一段，在平易流畅和华美婉丽的和谐统一中，次第展现出宫苑中或美好或凄清的景物，将玄宗触景伤怀、凄冷寂寞的情思和物是人非的感慨表现得非常真切细腻，缠绵悱恻，既富华彩，复具诗情。而“春风桃李花开日，秋雨梧桐叶落时。西宫南内多秋草，落叶满阶红不扫”这类诗句，既明白如话，又富于包蕴。“玉容寂寞泪阑干，梨花一枝春带雨”“回眸一笑百媚生，六宫粉黛无颜色”，前者写杨妃的情态，用优美的比喻展现出一种动人的悲剧美；后者写杨妃的娇媚，用平易而精练的语言传出其勾魂摄魄的魅力，都称得上是化工之笔。这种明丽圆畅、优美和谐的语言风格，也是《长恨歌》流传广远的一个重要原因。

中国古代叙事诗不发达，流传下来的少数作品无论在规模体制的宏大、想象的丰富和描写的细致等方面，都不能与源于古代史诗的外国古代叙事诗相比。但以白居易的《长恨歌》《琵琶引》为杰出代表的古代文人叙事诗，在抒情、优美、和谐等方面，却显示出鲜明的民族特色与优长。

寒食野望吟①

丘墟郭门外②，寒食谁家哭。风吹旷野纸钱飞③，古墓累累春草绿。棠梨花映白杨树④，尽是死生离别处。冥冥重泉哭不闻⑤，萧萧暮雨人归去。

[校注]

①寒食，节令名，在清明节前一二日，参见元稹《连昌宫词》“初过寒食一百六”句注。唐时习俗，寒食有扫墓之俗。诗约作于长庆三年（823）之前，具体年份不详。②丘墟，此指坟墓。郭门，外城门。③纸钱，用以祭奠的圆铜钱形纸片，扫墓时撒向空中、挂于坟头或在墓前焚化。④棠梨，俗称野梨，落叶乔木，叶长圆形或菱形，暮春开白花，果实小，略呈球形。元稹《村花晚》：“三春已暮桃李

伤，棠梨花白蔓菁黄。”坟墓旁多栽白杨树。《古诗十九首》：“古墓犁为田，松柏摧为薪。白杨多悲风，萧萧愁杀人。”陶渊明《拟挽歌辞三首》之三：“荒草何茫茫，白杨亦萧萧。严霜九月中，送我出远郊。四面无人居，高坟正嶕峣。”⑤冥冥，昏暗貌。重泉，即九泉。

[笺评]

王直方曰：东坡云：与郭生游寒溪，主簿吴亮置酒。郭生善作挽歌，酒酣发声，坐为凄然。郭生言恨无佳词，因改乐天《寒食》诗歌之。坐客有泣者。其词曰：“乌飞鹊噪昏乔木，清明寒食谁家哭？风吹田野纸钱飞，古墓累累青草绿。棠梨花映白杨树，尽是死生离别处。冥冥重泉哭不闻，萧萧暮雨人归去。”东坡易以“乌飞鹊噪昏乔木，清明寒食谁家哭？”每句杂以散声。（《王直方诗话·寒食诗》）

贺裳曰：乐天“丘墟郭门外，寒食谁家哭”。（下略）东坡易以“乌飞鹊噪昏乔木，清明寒食谁家哭”，此如美人梳掠已竟，增插一钗，究其美处岂系此？至张子野衍其《花非花》为小词，则掖庭之流入北里也。（《载酒园诗话·改古人诗》）

史承豫曰：顿觉尽情。（《唐贤小三昧集》）

宋宗元曰：（末二句下）哀冷。（《网师园唐诗笺》）

[鉴赏]

寒食节是一个春游的节日，又是一个祭扫坟墓的节日。春天的明媚鲜艳和盎然生机与累累坟墓所显示的生命消逝的悲哀正形成鲜明的对比映照，使生命消逝的悲哀和死生离别的痛苦更显得突出。白居易的这首《寒食野望吟》正体现出这个特点。

题为“寒食野望”，说明诗人在寒食节那一天信步出郭，游望春天的郊野。但首先扑入诗人眼帘，萦回诗人耳际的却并不是鲜花啼鸟，而是郭门外的一片坟茔丘墟和隐隐传来的阵阵哭声。这荒凉的丘墟和凄悲的哭声给眼前的寒食节平添了黯淡的色调和凄凉的气息。次句以问语出之，使诗的格调显得摇曳有致。

“风吹旷野纸钱飞，古墓累累春草绿。”三、四两句，进一步写寒食扫墓祭奠景象。哭祭既毕，飘撒纸钱，是扫墓的习俗。但见旷野之上，春风起处，纸钱漫天飞舞；累累古墓之旁，春草芊芊，一片盎然绿意。两句纯用白描，将旷野古墓荒冢的空寂荒凉与碧绿春草的欣然生机构成鲜明对比映衬，使旷野古墓在萋萋碧草的衬托下愈显其空寂荒凉，也显出自然界生生不已的规律和人间世界新陈代谢的常规。

“棠梨花映白杨树，尽是死生离别处。”五、六句分承三、四句。上句写旷野上的两种树，下句写墓前死生离别的悲哀。旷野上的树当然不止棠梨树与白杨树两种，之所以只写二者，是因为棠梨花开当暮春，一片白色，正渲染出祭扫亲人的生者伤悼逝者的哀思；而“白杨”的意象，由于在诗歌中常与坟墓相连，白杨萧萧更用来表达荒凉萧索的意绪，因而“棠梨花映白杨树”的景象在读者心中唤起的便不再是春花的鲜艳和生命的绿意，而是一片哀思愁绪和萧索的意绪，这就自然引出了下句的强烈深沉感慨——“尽是死生离别处”。在看来是花发树绿的春色中，上演的正是死生离别的悲剧。“尽是”二字，上应“古墓累累”，透露出在这寒食季候的旷野中，祭扫者不止一家两家，处处都充满生死相隔的悲哀。

“冥冥重泉哭不闻，萧萧暮雨人归去。”尽管生者祭扫哭吊，但身处昏暗泉下的逝者却根本听不到他们的哭声。一阴一阳，生死相隔，生者也只能徒寄哀思而已。“哭不闻”二字，写出了阴阳隔绝的深悲与无奈。在萧萧暮雨之中，祭扫者只能怀着黯然的心绪踏上归途。末句以景结情，富于悠然不尽的余韵。

这是一篇短篇七古，写“寒食野望”，全从所见祭扫坟墓节俗着眼。所写的虽是生死离别、阴阳相隔的悲哀，但却将情与景的相反相成的关系处理得相当成功，令人在感受到这种悲哀的同时仍然领略到诗歌意境、韵调的美感。全篇节奏明快、音调流美，也加强了它的艺术魅力。开头两句用五字句，以问语起，以下改用七言，使诗歌的节奏跳跃变化，更加流畅。苏轼改前两句为七言，不但未为全诗增色，反而使它变得呆滞了。

琵琶引 并序[1]

元和十年，予左迁九江郡司马[2]。明年秋，送客湓浦口[3]。闻船中夜弹琵琶者[4]，听其音，铮铮然有京都声[5]。问其人，本长安倡女[6]。尝学琵琶于穆、曹二善才[7]，年长色衰，委身为贾人妇[8]。遂命酒，使快弹数曲，曲罢悯默[9]。自叙少小时欢乐事，今漂沦憔悴[10]，转徙于江湖间[11]。予出官二年，恬然自安，感斯人言，是夕始觉有迁谪意。因为长句[12]，歌以赠之，凡六百一十六言[13]，命曰《琵琶引》。

浔阳江头夜送客[14]，枫叶荻花秋瑟瑟[15]。主人下马客在船，举酒欲饮无管弦。醉不成欢惨将别，别时茫茫江浸月。忽闻水上琵琶声，主人忘归客不发。寻声暗问弹者谁？琵琶声停欲语迟。移船相近邀相见，添酒回灯重开宴[16]。千呼万唤始出来，犹抱琵琶半遮面。转轴拨弦三两声[17]，未成曲调先有情。弦弦掩抑声声思[18]，似诉平生不得意[19]。低眉信手续续弹[20]，说尽心中无限事。轻拢慢捻抹复挑[21]，初为霓裳后六幺[22]。大弦嘈嘈如急雨[23]，小弦切切如私语[24]。嘈嘈切切错杂弹，大珠小珠落玉盘。间关莺语花底滑[25]，幽咽泉流冰下难[26]。冰泉冷涩弦凝绝[27]，凝绝不通声暂歇。别有幽愁暗恨生，此时无声胜有声。银瓶乍破水浆迸[28]，铁骑突出刀枪鸣。曲终收拨当心画[29]，四弦一声如裂帛。东船西舫悄无言，唯见江心秋月白。沉吟放拨插弦中[30]，整顿衣裳起敛容[31]。自言本是京城女，家在虾蟆陵下住[32]。十三学得琵琶成，名属教坊第一部[33]。曲罢

曾教善才伏[34]，妆成每被秋娘妒[35]。五陵年少争缠头[36]，一曲红绡不知数[37]。钿头云篦击节碎[38]，血色罗裙翻酒污[39]。今年欢笑复明年，秋月春风等闲度[40]。弟走从军阿姨死[41]，暮去朝来颜色故[42]。门前冷落鞍马稀，老大嫁作商人妇。商人重利轻别离，前月浮梁买茶去[43]。去来江口守空船[44]，绕船月明江水寒。夜深忽梦少年事，梦啼妆泪红阑干[45]。我闻琵琶已叹息，又闻此语重唧唧[46]。同是天涯沦落人，相逢何必曾相识！我从去年辞帝京，谪居卧病浔阳城。浔阳地僻无音乐[47]，终岁不闻丝竹声。住近湓江地低湿，黄芦苦竹绕宅生[48]。其间旦暮闻何物？杜鹃啼血猿哀鸣[49]。春江花朝秋月夜，往往取酒还独倾。岂无山歌与村笛，呕哑嘲哳难为听[50]。今夜闻君琵琶语[51]，如听仙乐耳暂明。莫辞更坐弹一曲，为君翻作琵琶行[52]。感我此言良久立，却坐促弦弦转急[53]。凄凄不似向前声[54]，满座重闻皆掩泣。座中泣下谁最多？江州司马青衫湿[55]。

［校注］

①诗题或作《琵琶行》，按：题当作《琵琶引》。宋人称引评论此诗，虽多作《琵琶行》，然今传各本及《文苑英华》卷三百三十四所载此诗题及序均作《琵琶引》。故仍从旧本及《文苑英华》。引与行均为乐府歌曲名。王灼《碧鸡漫志》卷一："古诗或名曰乐府，谓诗之可歌也。故乐府中有歌有谣，有吟有引，有行有曲。"诗作于元和十一年（816）秋，时作者谪贬江州司马已经年。余详序及注。②左迁，谪官。古代以右为尊，故称贬官为左迁。九江郡，即江州（今江西九江市）。司马，州刺史的副职，协助刺史处理军政事务。但唐代的州司马每用以安排贬谪官吏或闲散官员。白居易之贬江州司马、柳宗元之贬永州司马均属此种安排。《旧唐书·白居易传》："（元和）十年七

月，盗杀宰相武元衡，居易首上疏论其冤，急请捕贼以雪国耻。宰相以宫官非谏职，不当先谏官言事，会有素恶居易者，掎摭居易言浮华无行。其母因看花坠井死，而居易作《赏花》及《新井》诗，甚伤名教，不宜寘彼周行。执政方恶其言事，奏贬为江州刺史。诏出，中书舍人王涯上疏论之，言居易所犯状迹不宜治郡，追诏江州司马。”③湓浦口，湓水流入长江的入水口，亦即诗首句之“浔阳江头”。④船，《全唐诗》校：“一作舟。”按作者有《夜闻歌者》（题下注：宿鄂州）云：“夜泊鹦鹉洲，江月秋澄澈。邻船有歌者，发词堪愁绝。歌罢继以泣，泣声通复咽。寻声见其人，有妇颜如雪。独倚帆樯立，娉婷十七八。夜泪如真珠，双双堕明月。借问谁家妇，歌泣何凄切。一问一沾襟，低眉终不说。”诗作于元和十年赴江州途中。情节与《琵琶引》有相似处。或有疑《琵琶引》所叙情事为作者虚构者，恐无据。参《夜闻歌者》，可见此类情事或遇于旅途中，或发生在江边送客时，均属常事。⑤京都声，京城长安乐曲特有的声调风格。⑥倡女，给人唱歌或弹奏乐器的歌妓、乐妓。⑦善才，唐代对琵琶师或曲师的通称，《乐府杂录》卷上琵琶：“贞元中有王芬、曹保保，其子善才，其孙曹纲，皆袭所艺。”穆、曹二善才，姓穆与姓曹的两位弹奏琵琶的高手。白居易有《听曹刚（曹纲）琵琶兼示重莲》诗。元稹《琵琶歌》“铁山已近曹穆间”原注：“二善才姓。”⑧委身，把自己托付给。贾（gǔ）人，商人。⑨悯默，忧伤不语。⑩漂沦，漂泊沦落。⑪转徙，辗转迁徙。⑫长句，唐代称七言诗为长句，此指七言歌行。⑬六百一十六，原作六百一十二，据《文苑英华》及卢文弨校改。⑭浔阳江，指流经浔阳（今江西九江）的一段长江。⑮荻，生长在水边形状像芦苇的一种草，秋天开白花。瑟瑟，风吹草木声。或解为萧瑟，亦通。刘希夷《捣衣篇》：“秋天瑟瑟夜漫漫，夜白风清玉露团。”杨慎《升庵诗话》卷十一谓“瑟瑟”本是珍宝名，其色碧。此句言枫叶赤、荻花白、秋色碧也，并引白氏诸诗为证。吴景旭《历代诗话》亦从杨说。然此句七字一意贯串，谓枫叶荻花均在秋风中瑟瑟作响，以渲染秋声秋意。与萧瑟意亦不矛盾。解“瑟瑟”为“碧色”则反破坏全句之萧瑟情调气氛。⑯回灯，重新挑亮灯。⑰转轴，转动琵琶上端系弦的木轴，以调节音的高低。⑱掩抑，形容音调低沉。思，读去声，悲伤、哀愁。《礼记·乐记》：“亡国之音哀以思。”⑲意，《全唐诗》校：“一作志。”⑳低眉，低头。信手，随手。续续，连续不断。㉑拢，左手指叩弦。捻（niǎn），左手指揉弦。抹，右手顺弦下拨。挑，右手反手回拨。拢、捻是指法；抹、挑是弹法。㉒霓裳，《霓裳羽衣曲》的简称。六幺，唐大曲名，又称《绿腰》《录要》，亦即《乐世》。元稹《琵琶歌》：“绿腰散序多拢捻。”白居易《杨柳枝调》：“六幺水调家家唱。”㉓嘈嘈，形容声音沉重舒长。㉔切切，形容声音细促轻幽。㉕间关，黄莺鸣叫声。㉖冰下难，《全唐诗》原作“水下滩”，据何焯、段玉裁校改。段氏《经韵楼集》卷八《与阮芸台书》云：“白乐天‘间关莺语花底滑，幽咽泉流水下滩’。‘泉流水下滩’不成语，且何以与上句属对？昔年尝谓当作‘泉流冰下难’，故下文接以‘冰泉冷涩’。‘难’与‘滑’对，难者，滑之反也。莺语花底，泉流冰下，形容涩滑二境，可谓工绝。”陈寅恪《元白诗笺证稿》复引白诗《筝》“冰泉咽复通”，元诗《琵琶歌》“冰泉鸣咽流莺语”等句以证之。遂成定论。幽咽，形容声音的低微与抑塞不畅。㉗弦凝绝，琵琶弦上的声音好像（冰下的泉水）凝结不通了一样。㉘银瓶，汲井水的器具。水浆，即水。㉙拨，弹奏琵琶的拨子。当心画，用拨子对着琵琶槽的中心，用力一下划过四根弦。这是曲终收拨时的弹法。㉚沉吟，沉思忖度、欲语犹疑的样子。㉛起敛容，起立而显出庄重的表情。㉜虾蟆陵，在长安东南曲江附近，是当时歌妓舞女聚居之地和游乐区。相传这里是汉代大儒董仲舒的墓地，名下马陵，音讹为“虾蟆陵”，《雍录》卷七：“虾蟆陵在万年县南六里。”《长安志》卷十一万年县：“虾蟆陵在县南六里。韦述《两京记》：本董仲舒墓。”李肇《国史补》卷下：“旧说，董仲舒墓，国人过皆下马，故谓之下马陵，后语讹为虾蟆陵。”㉝教坊，唐代官方设立的管理、教练歌舞的机构，有内教坊，在京城长安蓬莱宫侧；有外教坊，分左、右二坊。崔令钦《教坊记》："西京右教坊在光宅坊，左教坊在延政坊。左多善歌，右多工舞。"此即外教坊。第一部，即坐部。白居易《新乐府·立部使》："太常部伎有等级，堂上者坐堂下立。……立部贱，坐部贵，坐部退为立部伎，击鼓吹笙和杂戏。"原注："太常选坐部伎无性识者，退入立部伎。"故坐部地位高于立部，称"第一部"，含有第一等之义。㉞伏，服，佩服。㉟秋娘，唐时歌舞妓常用名，此特指当时长安著名的歌舞伎人。高步瀛《唐宋诗举要》卷二："秋娘，或以李锜妾（杜）秋娘当之，非是……元微之《赠吕二校书》云：'竟添钱贯定秋娘'，当与此同，特其事迹未详耳。"陈寅恪《元白诗笺证稿》："韦縠《才调集》一载乐天《江南喜逢萧九彻因话长安旧游戏赠五十韵》云：'多情推阿软，巧语许秋娘。'即此《琵琶引》中秋娘，盖当时长安负盛名之倡女也。乐天天涯沦落，感念昔游，遂取以入诗耳。"㊱五陵，西汉长安西有五个皇帝的陵墓。汉元帝前，每立陵墓，从四方挑选富豪及外戚于此居住，令供奉园陵，称为陵县。五陵年少，指京都富豪子弟。缠头，古代舞女以锦缠头，唐时习俗，歌舞伎表演完后，以锦帛相赠，称缠头彩。争缠头，竞相送缠头彩，杜甫《即事》"歌罢锦缠头"。九家注："锦缠头以赏舞者。"㊲红绡，红色薄绸。当即赏歌舞伎之缠头彩。㊳钿头云篦，两头镶金翠珠宝的云形发篦。击节，打拍子。㊴翻酒污，因酒杯翻倾而为酒所污。㊵等闲度，轻易随便地度过。㊶弟，指女弟，教坊中年轻的歌舞伎。从军，指入军幕为营妓。阿姨，指年长的歌舞妓。㊷颜色故，容颜衰老。㊸浮梁，唐江南西道饶州属县，今江西景德镇北浮梁镇，为当时著名的产茶地。《元和郡县图志》卷二十八：江南西道饶州浮梁县："每岁出茶七百万驮，税十五馀万贯。"㊹去来，走了以后。㊺梦啼，梦中啼哭。妆泪红阑干，纵横流溢的泪水沾湿了残妆上的红粉胭脂。㊻重唧唧，又复叹息。㊼地僻，《全唐诗》原作"小处"，校："一作地僻"，兹据改。㊽黄芦，枯黄的芦苇。㊾杜鹃鸟口红，相传其春末夏初时"夜啼达旦，血渍草木"，故云“杜鹃啼血”。杜鹃鸣声有如“不如归去”，与哀猿长鸣每易触动旅人之乡思。㊿呕哑嘲（zhāo）哳（zhā），形容声音嘈杂不悦耳。难为听，难以入耳。51琵琶语，琵琶声，指琵琶所奏的曲调。语，指所谓音乐语言。52翻，按曲调写歌词。53却坐，退回到原处坐下。促弦，拧紧弦。54向前声，刚才奏过的曲调声情。55王楙《野客丛书》卷二十七：“唐制服色不视职事官，而视阶官之品。”青衫，唐代八、九品官着青衫，白居易当时的官衔是“将仕郎守江州司马”，散官将仕郎为最低级之从九品下官阶，故着青衫。

[笺评]

李忱（唐宣宗）曰：缀玉联珠六十年，谁教冥路作诗仙。浮云不系名居易，造化无为字乐天。童子解吟长恨曲，胡儿能唱琵琶篇。文章已满行人耳，一度思卿一泫然。(《吊白居易》)

洪迈曰：白乐天《琵琶行》一篇，读者但羡其风致，敬其词章，至形于乐府，咏歌之不足。遂以为真为长安故倡所作。予窃疑之。唐世法网虽于此为宽，然乐天尝居禁密，且谪官未久，必不肯乘夜入独处妇人船中，相从饮酒，至于极弹丝之乐，中夕方去，岂不虞商人者他日议其后乎？乐天之意，直欲摅写天涯沦落之恨耳。(《容斋五笔卷十·琵琶行海棠诗》）又见三笔卷六。按：曾慥《类说》卷二十二引《荆湖近事》：李守愚闻人诵白傅《琵琶行》，笑曰：“此妇本长安倡女，嫁茶商在外，而居易辄于夜间移船就之，听其琵琶以佐欢，得非奸状显然耶?”与洪氏说近似。陈寅恪《元白诗笺证稿》：“移船相近邀相见”之“船”，乃“主人下马客在船”之“船”，非“去来江口守空船”之“船”。盖江州司马移其客之船，以就浮梁茶商外妇之船，而邀此长安故倡从其所乘之船出来，进入江州司马所送客之船中，故能添酒重宴。否则江口茶商外妇之空船中，恐无如此预设之盛筵也。

朱熹曰：白乐天《琵琶行》云：“嘈嘈切切错杂弹，大珠小珠落

玉盘”云云，这是和而淫。至“凄凄不似向前声，满座重闻皆掩泣”，这是淡而伤。(《朱子语类》)

何汶曰：《禁脔》云……乐天题琵琶曰：“银瓶乍破水浆迸，铁骑突出刀枪鸣。”又曰：“四弦一声如裂帛。”此皆曲尽万物之情状。若音声不可把玩，如石火电光，而人之才力能攫取之，然此但得其情状，非能写其不传之妙。如山谷《题芦雁图》，则妙绝矣。(《竹庄诗话》卷十)

刘克庄曰：《舞剑器行》，世所脍炙绝妙好诗也……余谓此篇与《琵琶行》，一如壮士轩昂赴敌场，一如儿女恩怨相尔汝，杜有建安、黄初骨气，白未脱长庆体耳。(《后村诗话新集》卷一)

戴复古曰：浔阳江头秋月明，黄芦叶底秋风声。银龙行酒送归客，丈夫不为儿女情。隔船琵琶自怨思，何预江州司马事？为渠感激写歌行，一写六百十六字。白乐天，白乐天，生平多为达者语，到此胡为不释然。弗堪谪宦便归去，庐山正接柴桑路。不寻黄菊伴渊明，忍泣青衫对商妇？(《琵琶行》)

唐汝询曰：此宦游不遂，因琵琶以托兴也。言当清秋明月之夜，闻琵琶哀怨之音，听商妇自叙之苦，以动我逐臣久客之怀，宜其泣下沾襟也。《连昌》纪事，《琵琶》叙情，《长恨》讽刺，并长篇之胜。而高、李弗录，今采而笺释之，俾学者有所观法焉。(《唐诗解》卷二十)又曰：此乐天宦游不遂，因琵琶以托兴也。“饮无管弦”，埋琵琶话头。一篇之中“月”字五见，“秋月”三用，各自有情。何尝厌重！“声沉欲语迟”，“沉”字细，若作“停”字便浅，“欲语迟”，形容妙绝。“未成曲调先有情”，“先有情”三字，一篇大机括。“弦弦掩抑”，下四语总说，情见乎辞。“大弦”以下六语，写琵琶声响，曲尽其妙，“水泉冷涩”四语，传琵琶之神。“银瓶”二语，已歇而复振，是将罢时光景。“唯见江心秋月白”，收用冷语，何等有韵！“自言本是京城女”下二十二句，商妇自诉之词，甚夸，甚戚，曲尽青楼情意。“同是天涯沦落人”二句，钟伯敬谓“止此，妙，亦似多后一段”。若止，乐天本意，何处发舒！惟从“沦落人”转入迁谪，何等相关！香山善铺叙，繁而不冗，若百衲衣手段，如何学得？（《删补唐诗选脉笺释会通评林·中七古》引）

钟惺曰：（“冰泉冷涩”二句下）以此说曲罢，情理便深。（“门前冷落”二句下）唤醒人语，不怕说得败兴。（“同是天涯”二句下）止此，妙，亦似多后一段。（《唐诗归》）

陆时雍曰：乐天无简练法，故觉顿挫激昂为难。（《唐诗镜》）又曰：形容仿佛。又曰：作长篇须得崩浪奔窗，蓦涧腾空之势，乃知乐天只一平铺次第。（《删补唐诗选脉》引）

许学夷曰：乐天七言古，《长恨》、《琵琶》及《新乐府》虽成变体，然尚有唐人音调。至《一日日一年年》及《达哉乐天行》，则全是宋人声口，始为之变矣。（《诗源辩体》卷二十八）

杨慎曰：白乐天“枫叶荻花秋瑟瑟”，此句绝妙。枫叶红，荻花白，映秋色碧也。瑟瑟，珍宝名，其色碧，故以“瑟瑟”影指“碧”字。读者草草，不知其解也。今以问人，辄答曰：“瑟瑟者，萧瑟也。”此解非是。何以证之？乐天又有《暮江曲》云：“一道残阳照（铺）水中，半江瑟瑟半江红。”此“瑟瑟”岂萧瑟哉！正言残阳照江，半红半碧耳。乐天有灵，必惊予为千载知音矣。（《升庵诗话·瑟瑟》）又曰：白居易诗：“千呼万唤始出来。”始字不如“才”字。诗人有作者未工而后人改定者胜，如此类多有之。使作者复生，亦必心服也。（同上《古诗文宜改定字》）

李沂曰：初唐人喜为长篇，大率以词彩相高而乏神韵。至元、白，去其排比，而仍踵其拖沓。惟《连昌宫词》直陈时事，可为龟鉴。《琵琶行》情文兼美，故特取之。（《唐诗援》）

郝敬曰：以诗代叙，记情兴，曲折婉转，《连昌宫词》正是伯仲。（《批选唐诗》）

吴景旭曰：《博雅》：“瑟瑟，碧珠也。”《杜阳杂编》有瑟瑟幕，其色轻明虚薄，无与为比。《唐语林》：卢昂有瑟瑟枕，宪宗估其值曰："至宝无价。"《水经注》："水木明瑟。"韦庄诗："留得溪头瑟瑟波，泼成纸上猩猩色。"据此，则升庵之说益信。乃陈晦伯以刘桢"瑟瑟谷中风"正之。盖乐天诗言色，公干诗言声，用意各别。安得强证为"萧瑟"之"瑟"也！若卢照邻"风横天而瑟瑟，云覆海而沉沉"，乃与公干同意。(《历代诗话》卷五十)

宋征璧曰：元、白体格不必论，若《琵琶行》，颇尽情事。又杨升庵曰："白居易'千呼万唤始出来'，不如易以'才'字。"予意诗以声调而工，若"才出来"，则不中宫商矣。升庵强作解事。(《抱真堂诗话》)

杜庭珠曰：("梦啼妆泪"句下)以上琵琶妇自叙，下，乐天自言迁谪之感也。(《中晚唐诗叩弹集》)

田雯曰：余尝谓白香山《琵琶行》一篇，从杜子美《观公孙大娘弟子舞剑器行》得来。"临颍美人在白帝，妙舞此曲神扬扬，与余问答既有以，感时抚事增惋伤。"杜以四语，白成数行，所谓演法也。凫胫何短，鹤胫何长，续之不能，截之不可，各有天然之致。不惟诗也，文亦然。(《古欢堂杂著》卷三)

徐增曰：此篇铺叙甚佳，语多情至，顿挫之法颇有。若较子美之陡健，相去远矣。滥觞从此始。"琵琶声停欲语迟"，"欲语迟"，宛然妇人行径矣。"枫叶荻花秋瑟瑟"，人知是写景，不知是写秋。古人作长篇，法有详略。此篇纯用详法，此乐天短处也。("转轴拨弦"句下)"未成曲调先有情"。司马迁谪，复当别离，此乐天之情也；嫁与商人，不得遂意，此妇人之情也。大家暗暗相关。此诗是乐天听过琵琶曲从亮处做的。"其间旦暮闻何物"，作问辞，句法变，方无直下之弊。"春江花朝秋月夜，往往取酒还独倾。"要知乐天不是单对妇人自叙，还有所送之客在此，正是眼光向客处。此二句妙甚。(《而庵说唐诗》卷三)

黄周星曰：乐天诗如《长恨歌》、《琵琶行》皆所谓老妪解颐者也。然无一字不深入人情。不但入情，而且刺心透髓，即少陵、长吉歌行，皆不能及。所以然者，少陵、长吉虽能为情语，然犹兼才与学为之。凡诗语一夹才学，终隔一层，便不能刺透心髓。乐天之妙，妙在全不用才学，一味以本色真切出之，所以感叹最深，由是观之，则老妪解颐，谈何容易！(《唐诗快》卷七)

查慎行曰：春江带城沙嘴白，弓势弯环抱新月。我来纵棹半日游，败意眼前无一物。吟诗直入老僧家，小技忽痒难搔爬。分明有句和不得，古调岂叶筝琵琶。先生不作谁与语，白日茫茫变风雨。男儿失路虽可怜，何至红颜相尔汝，与公相去又千年，依旧荒城无管弦。扫空题壁孤亭在，笑指门前浪拍天。(《琵琶亭次宋郭明复旧韵》)

严元照曰：予向读吴梅村《琵琶行》，喜其浏漓顿挫，谓胜白文公《琵琶行》，久而知其谬也。白诗开手便从江头送客说到闻琵琶，此直叙法也。吴诗先将琵琶铺陈一段，便成空套。(《蕙櫋杂记》)

吴瑞荣曰：香山每有所作，令老妪能解则录之，故格调局而不高，此篇以清壮发其悲情，写实追空，听词似泣。王元美、李于鳞虽不见收，要不失为佳制。(《唐诗笺要后集》卷五)

黄子云曰：香山《琵琶行》，婉折周详，有意到笔随之妙。笔中句亦警拔。音节靡靡，是其一生短处，非独是诗而已。（《野鸿诗的》）

沈德潜曰：写同病相怜之意，恻恻动人。诸本“此时无声胜有声”，既“无声”矣，下二语如何接出？宋本“无声复有声”，谓住而双弹也，古本可贵如此。(《重订唐诗别裁集》卷八)

《唐宋诗醇》：满腔迁谪之感，借商妇以发之，有同病相怜之意焉。比兴相纬，寄托遥深，其意微以显，其音哀以思，其辞丽以则。《十九首》云：“清商随风发，中曲正徘徊。一弹再三叹，慷慨有馀哀。”及杜甫《观公孙大娘弟子舞剑器行》，与此篇同为千秋绝调，不必以古近、前后分也。(卷二十二)

史承豫曰：感商妇之飘流，叹谪居之沦落。凄婉激昂，声能引泣。(《唐贤小三昧集》)

《精选评注五朝诗学津梁》：结以两相叹感收之。此行似江潮涌雪，馀波荡漾，有悠然不尽之妙，凡作长题，步步映衬，处处点缀，组织处，悠扬处，层出不穷。笔意鲜艳无过白香山者。

宋宗元曰：（“醉不成欢”二句下）为下二段伏线。（“此时无声”句下）即“声暂歇”时言。（“唯见江心”句下）应首段，作一束。（“绕船月明”句下）映上重作一束，为文章留顿法。（“同是天涯”二句下）双收上二段，转到自己。（“其间旦暮”句下）自叙踪迹，与起处相应。此诗及《长恨歌》，诸家选本率与元微之《连昌宫词》并存。然细玩之，虽同是洋洋大篇，而情辞斐亹，无论元词之远不逮白歌，即此与李亳州之《悲善才》，并为闻琵琶作，而亦有仙凡之判，固不但以人品高下为去取也。（《网师园唐诗笺》）

赵翼曰：盖其得名在《长恨歌》一篇……又有《琵琶行》一首助之。此即无全集，而二诗已自不朽。（《瓯北诗话》卷四）又曰：《琵琶行》亦是绝作，然身为本郡上佐，送客到船，闻邻船有琵琶女，不问良贱，即呼使奏技，此岂居官者所为？岂唐时法令疏阔若此耶？盖特香山借以为题，发抒其才思耳。然在鄂州，又有《夜闻歌者》一首云（诗略，见注④引）。则闻歌觅人，竟有其事，恬不为怪矣。（同上）

马位曰：乐天“转轴拨弦三两声，未成曲调先有情”，与谪仙“楚歌吴语娇不成，似能未能最有情”，异曲同工。（《秋窗随笔》）

陈鲤庭曰：乐天《长恨歌》节节蝉联，《琵琶引》处处截断。中云：“冰泉冷涩弦凝绝，凝绝不通声暂歇。别有幽愁暗恨生，此时无声胜有声。”此作一断。下接云：“银瓶乍破水浆迸，铁骑突出刀枪鸣。”于无声之后忽然有声，则“乍破”、“突出”始字字有力。今有改作“此时无声复有声”，则语意庸近，而曰“校自宋本”，今传宋本《长庆集》不如此。（《过庭录》卷十六）

洪亮吉曰：今人以九江郡西琵琶洲谓得名于白傅为江州司马时听商妇琵琶于此，因号琵琶洲，不知非也。《水经注·江水下》：“江水

东径琵琶山南，山下有琵琶湾。”考其道里，正在浔阳境内，则“琵琶”之名久矣。(《北江诗话》卷三)

施补华曰：《琵琶行》较有情味。然“我从去年”一段又嫌繁冗，如老妪向人谈旧事，叨叨絮絮，厌渎而不肯休也。(《岘佣说诗》)

陈廷焯曰：“商人重利轻别离”，白香山沉痛语也。江开之《菩萨蛮·商妇怨》云：“嫁郎如未嫁，长是凄凉夜。情少利心多，郎如年少何？”俚极笨极，真是点金成铁。(《白雨斋词话》卷七)

吴汝纶曰：(“同是”二句)一篇主句。(《唐宋诗举要》卷二引)

高步瀛曰：(“犹抱”句下)以上送客江口遇弹琵琶妇人。(“唯见”句下)以上摹写琵琶技术之工。(“梦啼”句下)以上妇人自述其旧事。(“江州”句下)以上自叙迁谪之感。(《唐宋诗举要》卷二)

陈寅恪曰：既专为此长安故倡女感今伤昔而作，又连绾己身迁谪失路之怀，直将混合作此诗之人与此诗所咏之人二者为一体，真可谓能所双亡，主宾俱化，专一而更专一，感慨复加感慨，岂微之泛泛之作（指《琵琶歌》）所能企及者乎！(《元白诗笺证稿》第47页)

靳极苍曰：白氏此处的“瑟瑟”，绝不能解作碧色。因这一句的前一句是“夜送客”。夜间月下，能分清什么红色碧色呢？张若虚《春江花月夜》：“月照花林皆似霰。”月照下各种颜色的花林，全像霰一样的白色了，因为月下不可能辨别颜色呀，王弇州尝讥升庵“求之宇宙之外，而失之耳目之前”，这便是一例。这里的“瑟瑟”句，该解为秋天枫叶荻花因夜风而响的声音。“秋”既点明出季节，更主要的是表现作者当时的情绪，奠定着全篇的气氛……作者送别友人，所以心情是萧瑟的，枫叶荻花发出来的“瑟瑟”之声，作者听来是有萧瑟意味的。(《百家唐宋诗新话》第360页)

罗宗强曰：《序》的中心，落在迁谪上。全诗的感情基调，也是这迁谪引起的凄凉之感。诗的两个主要部分，是写人生沦落。写弹琵琶者坎坷命运的一段，用对比的手法，写出年长色衰之后的悲怆遭遇……写自己遭遇的一段，着重抒发贬谪以来的冷落寂寞与孤独凄寂……这两段描写，在长篇叙事诗的手法上有了发展。两段都采用第一人称叙述自己的身世，叙述又都采用回顾的方式，类于倒叙，各自独立地展示了两个人的遭遇，中间用“我闻”转折，把两条线索贯穿起来，使感情的发展自然衔接，在叙事中自然抒发了“同是天涯沦落人”的凄凉情思。叙事用衬托、铺垫和高度浓缩的故事交代，显得既曲折动人，又干净利索，自然流畅，在叙事艺术上，《琵琶行》在唐诗发展中是一个高峰。《琵琶行》另一成功的地方，是对音乐的描写……把整个演奏过程的旋律变化完美表现出来……与韩愈、李贺比，白居易写乐声更趋于写实，更少幻想变怪的奇异的美，更多真切细腻的感受。这或者是它的魅力所在，它有自己的独特性。（《唐诗小史》第205~207页）

[鉴赏]

《琵琶引》与作者创作于十一年前的《长恨歌》，后先辉映，堪称古代文人叙事诗的双璧。比较而言，《琵琶引》思想内容的民主性更为明显，艺术上也有新的发展。

全诗三段。从开头到“犹抱琵琶半遮面”是一个引子。一上来先勾画出一个枫叶荻花在瑟瑟秋风中摇曳作响，充满凄清萧瑟情调的环境，为身世凄凉的琵琶女及天涯沦落的诗人的出场布置好一个自然场景。紧接着用饯别时“举酒欲饮无管弦”自然引出“水上琵琶声”，使下文“移船相近”顺理成章。琵琶女的出场写得有曲折有情致，始则殷勤相邀，继则声停语迟，再则千呼万唤，终则虽出而“犹抱琵琶半遮面”。这不单是引人入胜，更是为了表现“漂沦憔悴”的女主人公的身份与性格。这十四句诗像一部乐曲精彩的前奏，写得有声有色，有景有情，曲折自如，极富抒情气氛，可谓“转轴拨弦三两声，未成曲调先有情”。以下二十四句，便进而通过对琵琶女弹奏全过程的精心描摹，揭示其“平生不得意”的“幽愁暗恨”和听者的感情共鸣。

这一部分音乐描写的出色成就及其在全篇中的作用，将在下面专门作具体阐说分析。

第二段从“沉吟放拨插弦中”到“梦啼妆泪红阑干”二十四句，写琵琶女自诉身世。明显分成“少小时欢乐事”和“年长色衰，委身为贾人妇”两层，前后构成鲜明对比。前一层着重写了两个方面：一是学艺于名师，技艺超群；二是五陵年少对她的倾倒。这主要是为了突出琵琶女身世遭遇的变化。“少小时欢乐事”越渲染得红火热闹，年长色衰、转徙江湖的生活越显得落寞凄凉。同时对上文的音乐描写，也是一种映照与补充。后一层写时光流逝中青春的消逝，门前的冷落和郁郁寡欢中的出嫁，以及独守空船的凄清，像是电影上一连串镜头的高明剪接，既层次分明又流畅自如。语言的照应、勾连、重叠，使一系列各自独立的生活片断连接得天衣无缝，读来如同行云流水。这一段的一个显著特点是在叙事中渗透一种带有浓郁感情色彩的诗美。它使得这首叙事诗兼有叙事与抒情的双重品格。这一点在下面将作重点剖析。

第三段从“我闻琵琶已叹息”到篇末二十六句，写诗人自抒迁谪之慨。“我闻”二句，分别照应前两段，承上启下，从琵琶女自叙身世过渡到诗人自抒感慨。在自我抒感中，只突出谪居浔阳、不闻音乐一事，而“天涯沦落”之恨自见。而“同是天涯沦落人，相逢何必曾相识”二句，又极其自然地将琵琶女的身世与诗人的身世融为一体，揭出全篇主旨。最后以“重弹”结束，回应开头的“水上琵琶声”。末二句主客双收，泪湿青衫，不仅为自己，也为琵琶女一洒同情之泪。

《琵琶引》具有叙事与抒情的双重品格。这一点与《长恨歌》有同有异。《长恨歌》是在叙事过程中渗透浓郁的抒情气氛，而《琵琶引》则既是琵琶女和听琵琶的诗人昔荣今悴、天涯沦落命运的传奇故事诗，又是抒发诗人天涯沦落之恨的抒情诗。作为一首叙事诗，《琵琶引》有两个贯串始终的人物，其中琵琶女是主角，白居易是配角。但他们之间的关系并非是简单地以宾托主，而是宾主互衬。白居易的同情固然进一步烘托出琵琶女的悲剧命运，而琵琶女昔荣今悴的遭遇也反映或暗示了白居易的类似遭遇。他们之间通过“琵琶声”这个中介，互相映衬，双向交流，最后汇成“同是天涯沦落人”的主题。这种格局的叙事诗，在白居易之前还没有出现过。作为一首特殊形式的抒情诗，《琵琶引》可以说是白居易“感斯人言”而抒“迁谪意”的贬谪者之歌。从这个角度看，琵琶女的天涯沦落命运和幽愁暗恨就成了诗人天涯沦落之恨的触发物和载体。诗歌性质的双重性和人物关系的双向性，正是《琵琶引》的显著特点。

诗中的两个人物形象，在当时都各有其典型意义。琵琶女是一个色艺双全、感情丰富而又根本不能掌握自身命运的市民社会下层的女子。这样一种人物，是特定时代的产物。中唐城市经济畸形繁荣，歌楼妓馆应运而大大发展起来，出现了许多像琵琶女这类人物。她们中有不少人凭借自己的青春美貌和出众技艺，曾经走红一时；但当年长色衰，不能再靠出卖青春来取得五陵年少的垂青时，便不能不落到“门前冷落鞍马稀”“老大嫁作商人妇”的境地。在这种时候，甚至感到年轻时能够出卖青春的生活也是值得追恋的。“人生莫作妇人身，百年苦乐由他人。”（白居易《太行路》）妇女这种不由自主的命运，在琵琶女这类人物身上表现得最为典型。表现这类人物的命运和心态，成为中唐文人的一种风尚。除白居易的《琵琶引》外，刘禹锡、李绅、元稹等人都有类似的叙事诗或带叙事成分的诗。传奇小说中写妓女命运的更是屡见不鲜。可以说用叙事诗的形式来塑造琵琶女这种人物形象，是时代生活的需要及其产物。琵琶女的形象因此带有那个时代城市商业经济畸形发展的明显印痕。写妓女生活的文学虽早已出现，但用这种同情态度来叙写她们传奇式生活命运的却是首创。从此妓女命运就成为一个文学母题，从晚唐杜牧的《杜秋娘诗》《张好好诗》与李商隐的《和郑愚赠汝阳王孙家筝妓二十韵》，历宋元明清，从李师师、赵盼儿、谢天香一直到李香君、陈圆圆、傅彩云，各种文学样式中都出现了一系列这类人物，其著名的源头就是白居易的《琵琶引》。

《琵琶引》中诗人的自我形象，是一个怀有天涯沦落之恨的贬谪者形象。这个形象在中唐同样有其特殊的时代典型性。安史之乱后，国运衰落，矛盾复杂，中唐士大夫普遍要求政治革新。不仅追随二王的刘、柳以锐意革新著称，连元、白、韩愈等也都在不同程度上有革新政治的愿望和行动。但这些改革者的命运无一不与遭受贬谪相连。这种改革者“天涯沦落”的命运，带有时代悲剧的色彩，也自然成为这一时期的重要题材和主题。刘、柳、韩、白、元等人都写了不少贬谪诗，但其中多数人仍继承前人传统，用抒情诗形式来写，只有白居易别开生面借叙述琵琶女身世，抒迁谪之恨，而且取得巨大成功。从此“江州司马青衫泪”也成为表现迁谪之恨的一种典型。

志在革新而遭贬谪的官吏与年长色衰而漂沦转徙的琵琶旧倡之间的命运虽然具有某种相似性，古代也有以弃妇喻逐臣的比兴传统。但无论是京城故倡或江边商妇，在社会身份上与遭贬的官吏毕竟是悬殊的两类人。故除刘禹锡的《泰娘歌》曾于歌咏泰娘遭际及绝艺的同时微露以遗妾比逐臣之感外（详参陈寅恪《元白诗笺证稿》第 48~49 页），将这两种不同身份的人物的命运绾结在一起，以叙事长诗的形式来表现，不能不推白居易的《琵琶引》。诗人不仅以饱蘸同情之笔叙写了琵琶女的不幸身世遭遇，而且明确地将自己的迁谪沉沦遭遇与之相提并论，发为“同是天涯沦落人，相逢何必曾相识”的深沉感慨，集中揭示出全篇的主旨。这种思想感情，已经超越了一般封建文人对下层人民的怜悯，也不单纯是失意文人的怨嗟与牢骚，而是表现为一种超越身份地位的同命相怜之感，一种素昧平生的不同社会地位的男女之间感情的沟通与交流，一种同命运者与知音者之间的理解与尊重（细味“我闻琵琶已叹息，又闻此语重唧唧”及“感我此言良久立，却坐促弦弦转急”等语可知）。这在等级森严的封建社会中，显然具有民主性和进步性。“隔船琵琶自怨思，何预江州司马事”“男儿失路虽可怜，何至红颜相尔汝”，从这些认为白居易有失身份的言论中，正可看出“同是天涯沦落人，相逢何必曾相识”所蕴含的思想观念和感情的可贵，这种基于“妇女固不定，士林亦如斯”（杜牧《杜秋娘诗》）认识基础上的朦胧平等意识，将推进作家对社会下层的接触与了解，从而为文学题材、思想内容与艺术的更新提供重要条件。

《琵琶引》保持了《长恨歌》中已经突出表现出来的诸方面的艺术特点，同时在以下几方面又有新的发展。

精妙的构思及曲折严谨的结构。《琵琶引》有比较纷繁的头绪与内容，如不精心安排，极易顾此失彼、拉杂重复或前后脱节。诗人在琵琶女、江州司马与琵琶演奏这三者之中，抓住琵琶演奏这个关键性的情节与场面，充分展开描写，既借此显示琵琶女精湛的演奏技艺，更透出她的幽愁暗恨。而透过听者与弹者的感情共鸣，听者自己的“平生不得意”也尽在不言之中。这样，下面接写琵琶女与诗人自身遭遇，归结到“同是天涯沦落人”的主题，便显得水到渠成，绝无喧宾夺主或平分秋色之弊。全篇以琵琶演奏与音乐贯串始终，从江头送客，忽闻水上琵琶声引出琵琶女，再引出琵琶演奏场面，又由此引出琵琶女与诗人身世境遇（叙身世也不离琵琶或音乐），最后以重弹琵琶作结。全篇既一线贯串，又有波澜变化，结构曲折而谨严。

叙述的详略安排极见匠心。全篇以琵琶演奏与琵琶女自叙身世最详，诗人自叙次之，重弹琵琶最略。琵琶演奏的场面由于在整体构思中具有如上所述的多方面作用，因而不惜笔墨细致地加以描写。琵琶女自叙身世一节，在全篇中是详写，但详中有略。其中既有“钿头云篦击节碎，血色罗裙翻酒污”那样的细节描写，也有“今年欢笑复明年，秋月春风等闲度”那样的大跨度笔法。诗人自叙身世一节，只紧扣“地僻无音乐”来写，而谪居生活的苦闷无聊与孤单寂寞均曲曲传出。重弹琵琶，只用“凄凄不似向前声”数语带过，但这里的“略”由于有前面的“详”作基础，内涵并不贫乏，能引起读者对经历了感情的充分交流的弹者与听者心绪的丰富想象。

出色的音乐描写。作者描写音乐的声调、意境和魅力，运用了一系列成功的艺术技巧。

一是运用一连串生动贴切富于独创性的比喻，将难以形容的音乐化为可感的视觉、听觉、触觉形象，所用喻体多为日常生活中习见的景物与现象，如急雨、私语、珠落玉盘、莺语花底、泉流冰下、银瓶水迸、铁骑突出、裂帛之声等等，但又都用得新鲜贴切而富诗情。特别是“大珠小珠落玉盘”之喻，更深得琵琶不同声调旋律交错并现的神韵，可谓“用常得奇”的范例。

二是通过对比映照来传达不同的声调意境。如动与静、高与低、强与弱、缓与急、浊与清的相互映照衬托，使对立的双方都更为鲜明。特别是从“凝绝不通声暂歇”到“东船西舫悄无言”一节，几乎全在动静交替的对比中进行。先是由动到静，由有声到无声，然后突然发出急风骤雨式的节奏，由静突转到更强烈的动，最后在高潮中猛然收束，复归于乐终时出奇的静。波澜起伏，境界屡变，而又层次分明，富于节奏感。

三是写音乐的动人效果。有声的效果，如“主人忘归客不发”“满座重闻皆掩泣”“江州司马青衫湿”。更出色的是无声的效果：“别有幽愁暗恨生，此时无声胜有声。”“东船西舫悄无言，唯见江心秋月白。”前者写出了由“涩”到“凝”到“歇”的过程中，乐声似断似续，若有一丝幽怨从暂时的静寂中悄然传出的意境和听者在由动趋静的听觉暂留中凝神屏息、捕捉静中之境的情景，后者传出了听众沉浸在音乐意境中如醉如痴的情景，以致曲终之际恍若梦醒，唯见一轮明月映照江心。凡此种种，都堪称出神入化之笔。

但《琵琶引》音乐描写最为出色之处还在于它是人物描写的一个极其重要的组成部分。它表现了琵琶女的精湛演奏技艺，从“转轴拨弦”，调音试弹，到曲终收拨，生动细致地描绘出整个演奏过程中各种指法、弹法的纯熟变化，各种曲调的先后衔接，各种音乐意境的不断展现，无不体现出琵琶女技艺的高超，使下文自叙“曲罢曾教善才伏”有了充分的依据。同时，它还表现了琵琶女内心丰富复杂的感情。作者特别重视借声写情。从一开始调音试弹时的“未成曲调先有情”到“弦弦掩抑声声思，似诉平生不得意。低眉信手续续弹，说尽心中无限事”，固然直接点出声中所含之情与女主人公自身的悲剧境遇息息相关，就是下面描绘的各种音乐意境，也都曲折透露出历经人生悲欢和人世沧桑的琵琶女种种复杂的心态心声。而听者与弹者内心感情的沟通交流，也在这一大段出色的音乐描写中自然地表现出来了。从音乐描写成为人物描写的有力手段来看，《琵琶引》的成就在所有描写音乐的诗中可以说是独树一帜，难以企及的。

花非花①

花非花，雾非雾。夜半来，天明去。来如春梦几多时②，去似朝云无觅处③。

[校注]

①诗以首句为题，近似无题，约作于长庆三年（823）之前。后人用此诗题及句式为词牌《花非花》。②几多时，即多少时，无多时之意。③朝云，暗用宋玉《高唐赋序》“旦为朝云，暮为行雨”之典。

[笺评]

黄升（花庵词客）曰：白乐天《长相思》、《望江南》，缛丽可爱，非后世作者可及。《花非花》一首，尤缠绵无尽。（沈雄《古今词话》引）

杨慎曰：白乐天之词，《望江南》三首在《乐府》，《长相思》二首见《花庵词选》。予独爱其《花非花》一首（略）。盖其自度之曲因情生文者也。“花非花，雾非雾”，虽《高唐》、《洛神》，奇丽不及也。张子野衍之为《御街行》，亦有出蓝之色。（《词品》卷一）按：张先《御街行》云：“夭非花艳轻非雾，来夜半，天明去。来如春梦不多时，去似朝云何处？远鸡栖燕，落星沉月，紞紞城头鼓。参差渐辨西池树，珠阁斜开户。绿苔深径少人行，苔上屐痕无数。馀香遗粉，剩衾闲枕，天把多情付。”

徐士俊曰：因情生文，虽《高唐》、《洛神》，奇丽不及也。（卓人月《古今词统》卷一引）按：此评与杨慎同。

茅暎曰：此乐天自谱体也，语甚趣。（《词的》卷一）

毛奇龄曰：白乐天《花非花》诗（略），自是词格。（《西河词话》卷一）

张德瀛曰：白太傅《花非花》词：“来如春梦不多时，去似朝云无觅处。”此二语欧阳永叔用之，张子野《御街行》、毛平仲《玉楼春》亦同之。（《词徵》卷一）

沈雄曰：《花非花》近刻有作古风者，唐诗《擘香集》中收此。（《古今词话·词评》上卷）

徐棨曰：《白乐天诗集》收《花非花》于歌行曲引卷中。《词律》云：“此本长庆长短句诗，而后人名之为词者。”于后二句“来如春梦不多时，去似朝云无觅处”，注“来”字“春”字可仄，“去”字可平，不知有无佐证。既收入词而为之制谱，则不得因其本是诗，而遂以诗句平仄注词谱也。若即依诗句之平仄，则何以“来”、“春”、“去”三字皆注，而“朝”字独不注为可仄耶？宋、元似无倚此调者，或有之余未见。余所见者明人计南阳一首云：“同心花，合欢树。四更风，五更雨。画眉山上鹧鸪啼，画眉山下郎行去。”平仄小异，末句全反。万氏所注，又非据此，其或别有所据耶！（《词律笺榷》卷一）

王蒙曰：“花非花，雾非雾，夜半来，天明去。来如春梦不多时，去似朝云无觅处。”白居易的诗写得够朦胧的了，结构却非常平实有序。先说形状——无一定的形状，所以非花非雾。再说活动规律，夜来朝去，昼伏夜出。最后写的是感觉，是意象。如这似那感觉也，不知是新感觉派还是老感觉派，春梦朝云，意象也。有此意象统领，花呀雾呀夜中呀天明呀也就都意象起来了。这首诗的朦胧美，就是由一群意象编织起来的。(《双飞翼·混沌的心灵场》) 又曰：把诗当作谜语猜，猜中了也未必是定论，猜中了也难算解诗。《北京晚报》日前载文称白居易的“花非花，雾非雾。夜半来，天明去。来如春梦几多时，去似朝云无觅处”为谜语，谜底是“霜”，说老实话，这个谜底相当贴切，霜如花而非花，成雾而非雾，夜生而昼消，蒸发后哪有什么去处？这样的解释难以推翻，只是煞风景得厉害。盖以谜为诗，以破谜（解闷儿）的方法解诗，这个路子就太无诗意。（有这么一解聊备一格也挺妙）（同上《再谈锦瑟》）

[鉴赏]

古代是有诗谜的，那种严格遵循诗面中不出题咏之物的咏物诗，就是一种诗谜。《红楼梦》中的灯谜，更是名副其实的“诗谜”。这首《花非花》，从诗面看，也颇像一首诗谜，但它却不是“打一物”的咏物诗，而是抒写诗人的一种诗意印象和感受，一种对美好事物的记忆和失落的怅惘。把它理解为一首咏霜的诗谜之所以“煞风景”，最主要的原因是这个“谜底”完全阉割了诗的优美意境，特别是完全无法传达末二句所表现的诗情诗境，即便单从外在形态而言，那洁白清冷的霜和温馨美好的春梦以及红艳绚丽的朝云之间有哪一点相似之处呢？这样的解释首先是不符合谜面与谜底契合无间的标准，更无论有无诗意了。

“花非花，雾非雾。”开头两句表面上看是两个否定性的比喻，说诗中所咏的对象表面上像花而实非花，表面上像雾而实非雾。实际上诗人所要强调的倒是它像花又像雾的一面——尽管它实际上非真花，亦非真雾。这里的“花”和“雾”需要和下面的“春梦”“朝云”联系起来体味，方能品出诗人说它像“花”像“雾”的真正感受，因为它们本是一个艺术整体。从对应关系看，“花”之明艳绚丽色彩与“朝云”之间明显相似，而“雾”之缥缈朦胧则近乎“梦”，而说

"春梦"，则又包含着既美好又短暂的意蕴。

"夜半来，天明去。"三、四两句，写所咏对象的来去行踪。这一行踪带有两个明显的特点，一是时间短暂，夜半始来，天明即去；二是行踪飘忽朦胧，难以察觉。而这两个特点又都共同体现出某种神秘或私密的色彩。

"来如春梦几多时，去似朝云无觅处。"五、六两句，紧承三、四句的"来"和"去"，分别用"几多时"和"无觅处"来进一步表现其来时的短暂和消逝之迅疾而且无踪，而点眼之处则全在"春梦""朝云"这两个中心意象。"春梦"这个意象，具有美好、缥缈、朦胧、短暂、飘忽等一系列特征，而"朝云"（即朝霞）则具有灿烂明艳、绚丽多彩而又短暂的特点。如果将上述特点加以综合概括，并与前四句的"花""雾"及"夜半来，天明去"联系起来，那么这首诗所抒发的感受可以说是对某种美好情事匆匆消逝的记忆和惆怅。诗人特意选用"朝云"而不用"朝霞"，当是因为"朝云"暗用宋玉《高唐赋序》中巫山神女自称"妾在巫山之阳，高丘之阻，旦为朝云，暮为行雨。朝朝暮暮，阳台之下"的典故，其中隐含着一段美丽浪漫的爱情故事，而且它本身就是一个虚无缥缈的梦境。这梦境中的一夜情缘，无论是其人、其事、其情、其境，都既像花和朝云那样明艳，又像雾和春梦那样虚幻缥缈，飘忽不定，虽美好而短暂。这种情境与感慨，唐人诗歌、传奇小说中多有描写。传奇叙事，故有情节故事、人物活动；诗歌抒情，故每出以空灵缥缈之笔。我们从元稹的《莺莺传》《梦游春》《会真诗》等作品中可以看出白氏《花非花》这种诗谜式作品产生的背景，而在晚唐的李商隐诗中，则出以更加迷离惝恍之笔，如《碧城三首》之"星沉海底当窗见，雨过河源隔座看"，《明日》之"天上参旗过，人间烛焰销。谁言整双履，便是隔三桥"，所写的就是这种夜合晓离、如花似雾、美好且短暂的浪漫情缘。至于白氏《花非花》所写的究竟是自己的经历体验，还是别人的情事，甚至是泛写，诗人既未明言，读者自亦不必深究了。

邯郸冬至夜思家[1]

邯郸驿里逢冬至，抱膝灯前影伴身。想得家中夜深坐，还应说着远行人[2]。

[校注]

①邯郸，唐河北道磁州属县，今河北邯郸市。诗作于贞元二十年(804)冬至。此年仍任秘书省校书郎，始徙家秦中，卜居下邽县义津乡金氏村。冬至前后，曾往洺州、磁州。《除夜宿洺州》云："家寄关西住，身为河北游。萧条岁除夜，旅泊在洺州。"邯郸在洺州之西南百余里。②远行人，指诗人自己。

[笺评]

范晞文曰：白乐天"想得家中夜深坐，还应说着远行人"，语颇直，不如王建"家中见月望我归，正是道上思家时"有曲折之意。(《对床夜语》卷三)

何焯曰：却翻转道，妙甚。"遥知兄弟登高处，遍插茱萸少一人。"(《白香山诗长庆集》卷十三)

沈德潜曰：只得有一"真"字。(《重订唐诗别裁集》卷二十)

富寿荪曰：自己思家，却言家人思己。与王维"遥知兄弟登高处，遍插茱萸少一人"同一作法，皆从对面落笔，透过一层，愈见深挚。(《千首唐人绝句》)

[鉴赏]

钱锺书《管锥编·毛诗正义·陟岵》广引古代诗文词曲，阐发《陟岵》诗中"己思人乃想人亦思己"艺术手法在历代各种文学体裁作品中的广泛运用。其中引及白居易诗作的，除本篇外，还有《初与元九别后忽梦见之及寤而书忽至》:“以我今朝意,想君此夜心。”《江楼月》:“谁料江边怀我夜,正当池畔思君时。”《望驿台》:“两处春光同日尽,居人思客客思家。”《客上守岁在柳家庄》:“故园今夜里,应念未归人。”可见白居易对这种艺术手法的偏好与熟练运用。白居易在生活中是一个极重亲情、友谊的人,而这种“己思人乃想人亦思己”的艺术手法正适用于思念亲友的诗。

诗作于冬至旅途中,“每逢佳节倍思亲”,这是因为佳节常有家人团聚共同进行的种种活动。在唐代,一阳之始的冬至是一个重要的节日,皇帝隆重祭天,民间隆重祭祖,不但合家,而且合族团聚。同时冬至又是一年中最寒冷季节(数九)的开始,对于身在旅途中的远行人来说,会因此而倍感寒冷和孤单。诗的前两句,“邯郸驿里逢冬至,抱膝灯前影伴身”,就用既平易浅切而又简练传神的笔墨,写出了冬至之夜,独处客馆的情景。邯郸地处黄河之北,冬至时节,天气已经相当寒冷,入夜之后,四周一片黑暗,悄无声息。整个空荡荡的驿馆中,只剩下自己一人,独对着一盏黯淡的孤灯。这种夜宿空馆的情景,前人的诗中不乏精彩的描写,如高适的《除夜作》:“旅馆寒灯独不眠,客心何事转凄然?故乡今夜思千里,霜鬓明朝又一年。”戴叔伦的《除夜宿石头驿》:“旅馆谁相问,寒灯独可亲。一年将尽夜,万里未归人。”白诗的独特之处,是绘形逼肖,借形象的描绘传神。“抱膝”二字,既生动地描绘出因寒冷而不由自主地瑟缩之状,更传出一种长夜独坐、百无聊赖的意态。说“抱膝灯前”,则面前所对者唯一盏寒灯而已。灯前别无他人,唯有自身的影子与己相伴。虽不明说“孤”“独”,而孤独之神已出,如果说戴诗是以一“亲”字反衬出自己的孤独,则白诗是以一“伴”字反托出自身的孤独,言外均含无限凄然之意。戴诗以抒写主观感受为主,白诗则以描绘客观景象为主。故意蕴虽似,而艺术表现手法则异。

“想得家中夜深坐,还应说着远行人。”如果说前两句是写“邯郸冬至夜”驿馆独坐的情景,三、四句便进一步写到“思家”。驿馆独对孤灯，形影相伴的孤单和凄寒，自然使诗人联想到千里之外的家中的温馨与热闹。虽未言想念二字，而于“抱膝灯前影伴身”的长时间过程中自己神驰家中，故第三句水到渠成地点明“想得家中夜深坐”，照应题目“夜思家”。但接下第四句，却忽地宕开一笔，既不写“家中夜深坐”时家人欢聚笑语的情景，也不写自己如何想念家人、神牵魂绕的情景，而是反过来写家中人如何思念自己、谈论自己这个“远行人”的情景。这种写法，虽很古老，却历久不衰，或谓之“从对面着笔”，或谓之“透过一层”，其实它的本质是感情深挚的诗人在深刻体验到自己客游他乡的凄寒孤独的同时，往往推己及人，想到亲人朋友此刻也正想念着自己、关切着自己。这是一种关系亲密的人与人之间心灵的自然沟通交流、契合相融。它来自深切的生活体验，而不是出于对前人技巧手法的单纯模仿。“还应说着远行人”，出语极平淡、自然却又极真切而有分寸感。“还应”是揣度之辞，但揣度之中透出其必然。“说着远行人”，则“远行人”虽是家人关切的对象，却只是家人谈说的话题之一而非全部。如果将这一点强调得过分，则反而不符合生活实际，在失去分寸感的同时也影响到它的真切感。至于家人“说着远行人”的时候，究竟说了些什么具体内容，正好利用绝句有限的篇幅就此淡淡收住，留下空间让读者自己想象。

范晞文批评白诗的后两句“语颇直”，只是单纯从字面的直白着眼。其实，“己思人乃想人亦思己”这种艺术构思和手法本身便已经包含了由己及人，又由人及己的曲折反复，再加上末句的即转即收中体现的含蕴，则这首表面上极平易朴直的诗，实可谓平直中见曲折含蓄，朴素中见真挚深厚了。

赋得古原草送别[①]

离离原上草[②]，一岁一枯荣。野火烧不尽，春风吹又生。远芳侵古道[③]，晴翠接荒城[④]。又送王孙去，萋萋满别情[⑤]。

[校注]

①赋得，见韦应物《赋得暮雨送李胄》注①。此或为集会分题赋咏以“古原草”为题的送别诗，也有可能是即景赋咏古原草送别。或作于贞元三年（787），见陈振孙谱。唐张固《幽闲鼓吹》载：“白尚书（白居易以刑部尚书致仕），初至京，以诗谒顾著作（指顾况，曾于贞元四年任秘书省著作佐郎）。顾睹姓名，熟视白公曰：‘米价方贵，居亦弗易。’乃披卷，首篇曰：‘咸阳原上草，一岁一枯荣。野火烧不尽，春风吹又生。’即嗟赏曰：‘道得个语，居即易矣。’因为之延誉，声名大振。”稍后王定保之《唐摭言》卷七亦载此事，内容相同。朱金城《白居易集笺校》云：“居易十五六岁时在江南，至长安实不可能。往长安至少在贞元五年以后，而此时顾况已贬官饶州司户，则此诗或系在江南时作。”傅璇琮《唐代诗人丛考·顾况考》亦据白居易“贞元十五年秋，予始举进士，与侯生俱为宣城守所贡。明年，予中春官第”（《送侯权秀才序》）之自述，证明“白居易到长安谒见顾况以及顾况‘长安居大不易’的誉语，只不过是一种故事传说。”顾肇仓《白居易年谱简编》以为只有贞元五年时白居易曾去长安，两人才能相遇。②离离，浓密茂盛貌。曹操《塘上行》：“蒲生我池中，其叶何离离。”唐陈昌言《白日丽江皋》：“郁郁长堤上，离离浅渚毛。”原，郊原，原野。③侵，迫近。④晴翠，晴光映照下翠绿的草。荒城，指友人所往的远处的城。⑤《楚辞·招隐士》：“王孙游兮不归，春草生兮萋萋。”王孙，借指所送友人。萋萋，草生长茂盛貌。

[笺评]

《复斋漫录》：乐天以诗谒顾况，况喜其《咸阳原上草》云：“野火烧不尽，春风吹又生。”予以为不若刘长卿“春入烧痕青”之句语简而意尽。(《苕溪渔隐丛话》引）又李东阳《麓堂诗话》袭此评。

吴幵曰：顾况喜白乐天《送友人原上草》诗："野火烧不尽，春风吹又生。"乃是李太白《瀑布诗》"海风吹不断，江月照还空"意。(《优古堂诗话》)

范晞文曰：刘商《柳》诗"几回离别折欲尽，一夜春风吹又长"，不如乐天《草》诗"野火烧不尽，春风吹又生"语简而思畅。或又谓乐天此联不如"春入烧痕青"之句。(《对床夜语》卷三)

唐汝询曰：上二联写物生之无间，下二联是草色之关情。乐天语尚真率，佳处固自不少，要非入选之诗，独此丰格犹存。姑采以备长庆之一体。(《唐诗解》卷三十八)

许学夷曰：乐天五言律，如"边角两三枝"、"离离原上草"、"烟翠三秋色"等篇，尚为小变；如"巧未能胜拙，忙应不及闲"、"荣华急如水，忧患大于山"、"虽过酒肆上，不离道场中"、"白首谁留住，青山自不归"等句，遂大入议论；如"寒衣补灯下，小女戏床头"、"莫强疎慵性，须安老大身"、"病看妻捡药，寒遣婢梳头"、"佛容为弟子，天许作闲人"、"百年慵里过，万事醉中休"、"天供闲日月，人借好园林"等句，则快心自得，宋人门户多出于此。(《诗源辩体》卷二十八)

周珽曰：首联原物理之循环，次联见生机之不息，三联咏草色之周遍，结联咏物情之系感。(《删补唐诗选脉笺释会通评林·中五律》)

冯时可曰：《续古诗》："何意掌上玉，化为眼中砂……晴沙金屑色，春水曲尘波"，自是晚唐色相；至《古原草》诗："野火烧不尽，春风吹又生。"几希初唐乎？(《雨航杂录》)

田雯曰：刘孝绰妹诗："落花扫更合，丛兰摘复生。"孟浩然"林花扫更落，径草踏还生"，此联岂出自刘欤？白乐天《咏原上草送别》诗"野火烧不尽，春风吹又生"一句之意，分为两句，风致亦自不减。古人作诗，皆有所本，而脱化无穷，非蹈袭也。(《古欢堂杂著·原上草诗》)

徐增曰：前一解，要看“原上”二字；后一解，要看“王孙去”三字。古人作诗，一丝不走。(《而庵说唐诗》)

冯舒曰：逋翁（顾况）真巨眼。(《瀛奎律髓汇评》引)

查慎行曰：人但知三、四之佳，不知先有“一岁一枯荣”句紧接上，方更精神。试置之他处，当亦索然。(《初白庵诗评》)

吴昌祺曰：结不宜又用双字（指“萋萋”二字）。(《删订唐诗解》)

王尧衢曰：前解言原上草，以“荣枯”为眼；后解言其关情处。(《唐诗合解笺注》卷八)

谭宗曰：浑朴。其体当在《十九首》之间。(《近体秋阳》)

纪昀曰：此乃是未放笔时，后乃愈老愈颓唐矣。(《瀛奎律髓汇评》引)

屈复曰：不必定有深意，一种宽然有馀地气象，便不同啾啾细声。此大小家之别。(《唐诗成法》)

何焯曰：少作自不足存，如《古原草》之属。编为外集可耳。(《白香山诗长庆集》)

沈德潜曰：此诗见赏于顾况，以此得名者也。然老成而少远神，白诗之佳者，正不在此。(《重订唐诗别裁集》卷二十)

宋宗元曰：(“野火”二句）天然名句，宜见赏于逋翁。(《网师园唐诗笺》)

李因培曰：“野火烧不尽，春风吹又生。”十字有化机。(《唐诗观澜集》)

顾安曰：三、四的是好句。五、六虽分“古道”、“荒城”，而用意实是合掌。结句呆用“王孙”，更庸弱。香山诸体颇称大手笔，此作独枯率窄狭，不能滚动，得非以好句累之乎？(《唐律消夏录》)

范大士曰：极平淡，亦极新异，宜顾况之倾倒也。(《历代诗发》)

黄叔灿曰：“野火”一联，刻划跳脱，真是名句。若下半首，犹

人所能。(《唐诗笺注》)

吴瑞荣曰：大段未免轻率，不能入人心脾，而久与之留。其价盛鸡林以此，其声施不久磨灭亦以此。(《唐诗笺要》)

周咏棠曰：三、四信是名句。(《唐贤小三昧集续集》)

方南堂曰：白乐天“野火烧不尽，春风吹又生”，韩退之《拘幽操》，孟东野《游子吟》，是非有得于天地万物之理，古贤圣人之心，焉能至此？可知学问理解，非徒无碍于诗，作诗者无学问理解，终是俗人之谈，不足供士大夫之一笑。(《辍锻录》)

许印芳曰：“又”字复。(《律髓辑要》)

刘文蔚曰：言离离原上之芳草，其生最易，而一枯一荣，顺其自然，岁序之中，当其枯也，野火烧之不尽；及其欲荣也，春风吹之又生。侵古道而接荒城，萋萋送王孙去，若不舍别离之情也。(《唐诗合选详解》卷六)

潘德舆曰：文章各有境界，宜繁而繁，宜简而简，乃各得之。推简者为上，则减字法成不刊典，而文章之妙晦而不出矣。王右丞“黄云断春色”，郎士元“春色临关近，黄云出塞多”，一语化作两语，何害为佳！必谓王系盛唐，能以简胜，此矮人之观也。然西涯犹谓“南山与秋色，气势两相高”不如“千崖秋气高”，“野火烧不尽，春风吹又生”不如“春入烧痕青”，则为简字诀所误者亦多矣。(《养一斋诗话》卷二)

王闿运曰：行卷诗便重一字，且重要紧字，若使我见之，居不易矣。(《手批唐诗选》)

高步瀛曰：情韵不匮，句亦振拔，宜其见重于逋翁也。(《唐宋诗举要》卷三)

俞陛云曰：此诗借草取喻，虚实兼写。起句实赋“草”字。三、四承上“荣枯”而言。唐人咏物，每有仅于末句见本意者，此作亦同之。但诵此诗者，皆以为喻小人去之不尽，如草之兹蔓。作者正有此意，亦未可知。然取喻本无确定，以为喻世道，则治乱循环；以为喻天心，则贞元起伏，虽严寒盛雪，而春意已萌。见智见仁，无所不可。一篇《锦瑟》，在笺者会意耳。五、六句“古道”、“荒城”，言草所丛生之地；“远芳”、“晴翠”，写草之状态，而以“侵”字“接”字，绘其虚神，善于体物，琢句尤工。末句由草关合人事，远送王孙，与南浦春来，同一魂销黯黯。作咏物诗者，宜知所取格矣。（《诗境浅说》甲编）

[鉴赏]

历来评鉴此诗，最大的误区是把它看成一首单纯的咏物诗以至说理诗，而全然忽视诗中洋溢的浓郁的诗情韵致。更有甚者，则谓“诗以喻小人也，消除不尽，得时即生，干犯正路，文饰鄙陋，却最易感人”（《唐诗三百首》评），堪称史上最煞风景之评鉴。另一误区，则是孤立赞赏诗中“野火”一联，而忽视全体，其实此诗不仅前幅一意贯串，自然工妙，后幅亦紧承前幅，富情韵而饶远神，固不能因其为少作而轻率读过。

“离离原上草，一岁一枯荣。”开头两句，从眼前所见原上青草发兴，引发出对它的生生不已的生命过程的联想。“离离”二字，形容望中原上青草，浓密茂盛，绿遍郊野的情景。用双声联绵字，读来自有一种赏心悦目、兴会淋漓的情致。“一岁一枯荣”亦即“岁岁一枯荣”，概括表现的正是枯荣交替、生生不已的自然规律。如果说“离离”二字表现的是生命的外在情状和蓬勃生机，那么“枯荣”二字表现的则是生命的内在节奏和变化规律。把开头两句看成是单纯的抽象议论，不免把诗人目接“离离原上草”时的兴会情思忽视掉了。

“野火烧不尽，春风吹又生。”三、四两句，紧承“枯荣”，与前两句一意贯串。“野火”既可以是自然发生的野火，也可以是农民冬天于野外纵火烧草。“野火”所“烧”者乃是秋冬时枯黄的草叶草枝，它那生命的根仍藏于土壤之中。来年春回大地，春雨的滋润，春风的吹拂，使它那潜藏的生机又勃发出来，形成一片浓密茂盛的翠绿。这人人常见的原上草一岁一枯荣的景象，在诗人的妙笔点染下，不仅将自然界的生机表现得极为生动形象，饱满有力，任何外力的摧残也不能消灭，不能阻挡，生命的力量无法抗拒，而且充满了对生命的轮回与复苏的热情礼赞和诗意感悟。两句对偶工整，对照鲜明，而用流水对，意致流走，一气贯串。较之上联，更能充分表现诗人于赏会感悟之际那种抑制不住的兴奋喜悦和淋漓兴会。诗美的奥秘就在于发现。于极平凡的景象中发现生命的活力与奥秘，又用如此明快而富于启发性的语言表达出来，遂成千古名句。而平易流走中见奇警，正是它的独特风格，前人或以为此二句不如刘长卿“春入烧痕青”简省，实则刘诗所表现的是烧痕中初露青色的早春景象，与白诗所描绘的原上一片翠绿的三春景象并不相同。如此茂盛浓密、触处皆春、满眼晴翠的景象，自应用如此明快舒展之笔来充分渲染，如果把它勉强压缩成一句，反显得局促，也无法表现诗人的淋漓尽致的诗情。

“远芳侵古道，晴翠接荒城。”五、六二句，仍承首句“离离”续写远望中的“原上草”，而以“古道”“荒城”关合题内“送别”。因为朋友就是沿着眼前的这条古道走向远处的荒城的。“古”与“荒”正紧扣题内“古原”。但这一联主要描写对象仍是“古原草”，“古道”与“荒城”只是陪衬。“远芳”与“晴翠”所指均为“原上草”，但一则以“芳”字引起读者的嗅觉联想，似乎那自近而远的原上绿草在春风和艳阳的吹拂照耀下，散发出一阵阵芬芳的气息，沁人心脾；一则以“晴翠”二字引发读者的视觉联想（包括光感和色感），使人似乎看到那在晴光映照下的一片翠绿显得更加光鲜亮丽，生意盎然。而两句的句眼则是“侵”字和“接”字。前者见青草生长之茂盛，不但绿遍郊原，而且紧挨着古道两边，仿佛要蔓连滋生到道路中间；后者见青草延展之遥远，仿佛随着古道的伸展一直弥漫到远处的荒城。原野之广阔，古道之遥远以及春草的绿遍郊原，弥漫伸展之态都因这一“侵”一“接”而变得鲜明生动，宛然在目了。由于“古道”“荒城”

的衬托，那绵延广远的平芜晴翠变得更加鲜丽而富于生机，而“古道”“荒城”也因这弥漫广远的绿芜的衬托而平添了生意和春色，整个境界给人的感觉是舒展而富于青春气息的，丝毫没有“古道”“荒城”通常给人的古老荒寂之感。而由远望中景象，又可见诗人伫立遥望，目送友人沿古道逐渐远去，神驰荒城的形象，虽尚未明言“送”字，而目送神驰之情状已俨然在目。这就自然引出诗的末联。

“又送王孙去，萋萋满别情。”《楚辞·招隐士》有“王孙游兮不归，春草生兮萋萋”之语，这里化用故典，以“王孙”借指远去的友人，用“萋萋”形容指代茂盛的春草，不仅巧妙地将春草与送别自然联系起来，体现出用典的自然工妙，驾轻就熟，更重要的是“萋萋满别情”五字，赋予自然界的春草以人的感情，在诗人想象中，眼前这广远延展的芳草仿佛带着自己对友人的无限情意，一直沿着古道送友人直至荒城。这种构思和意境，有些类似王维的《送沈子福归江东》的后幅：“唯有相思似春色，江南江北送君归。”而白诗不用“相思似春色”这种直接挑明的比喻语，而是浑说“萋萋满别情”，将人的感情融于客观的物，使赋物与送别浑然一体，妙合无垠，构思之新妙，可谓化境。唯其如此，读者也往往浑然不觉，轻易读过，遂使诗人的妙思历千余年而始终未发。

欲与元八卜邻先有是赠①

平生心迹最相亲，欲隐墙东不为身②。明月好同三径夜③，绿杨宜作两家春④。每因暂出犹思伴，岂得安居不择邻。可独终身数相见⑤，子孙长作隔墙人。

[校注]

①元八，元宗简（？—822），行八，河南府洛阳人。作者《故京兆元少尹文集序》云：“居敬姓元，名宗简，河南人。自举进士历御

史府、尚书郎讫京兆亚尹，凡二十年。”诗集中有《和元八侍御升平新居四绝句》《东坡秋意寄元八》《朝归书寄元八》《新秋早起有怀元少尹》《题故元少尹集后二首》《故京兆元少尹文集序》《浔阳岁晚寄元八郎中庾三十二员外》《答元郎中杨员外喜乌见寄》《哭诸故人……》《答元八郎中杨十二博士》《和元少尹新授官》《朝回和元少尹绝句》《重和元少尹》《题新居寄元八》《元家花》及本篇等均寄和元宗简之作。此诗作于元和十年（815），时元任监察御史，在升平坊有新居。白居易《和元八侍御升平新居四绝句》自注：“时方与元八卜邻。”与此篇系先后同时之作。卜邻，选择邻居。《左传·昭公三年》：“且谚曰：‘非宅是卜，唯邻是卜。’”清徐松《两京城坊考》卷三：“按白居易诗每言与元八卜邻，其后《哭元尹诗》云：‘水竹邻居竟不成。’是终未结邻也。”朱金城按：“元宗简宅在长安升平坊，白时居昭国坊，地虽邻近，然亦非隔墙之邻。其《和元八侍御升平新居四绝句》自注云：‘时方与元八卜邻。’亦指欲卜邻而言也。”②隐墙东，《后汉书·逸民传·逢萌》：“（王）君公遭乱独不去，侩牛自隐，时人谓之论曰：‘避世墙东王君公。’”后以“隐墙东”指隐于市井。此以“隐墙东”指与元隔墙而居，偕隐于市。不为身，不独为己一身。③三径，指隐者的家园。赵岐《三辅决录·逃名》：“蒋诩归乡里，荆棘塞门，舍中有三径，不出，唯求仲、羊仲从之游。”陶渊明《归去来兮辞》：“三径就荒，松竹犹存。”④《南史·陆慧晓传》：“慧晓与张融并宅，其间有池，池上有二株杨柳。”⑤可，《全唐诗》作“妙”，据宋本改。可独，岂独。数，屡屡。

[笺评]

查慎行曰：“明月好同三五夜，绿杨宜作两家春。”对更好。（《查初白诗评》）

王尧衢曰：前解写卜邻之美，后解推原卜邻之故，而极言之。

(《唐诗合解笺注》卷十一)

何焯曰：起句含盖全篇。后四句变化生动。结句欲远及子孙，第五却言“暂出”，转掣不测。(《白香山诗长庆集》评)

沈德潜曰：两家意，语语夹写，一步深是（似）一步。(《重订唐诗别裁集》卷十五)

《唐宋诗醇》：句句细贴，一层深一层。(卷二十三)

胡本渊曰：(首二句下）为有邻。(“明月”二句下）前写卜邻之契。(末二句下）又深一层。(《唐诗近体》)

方东树曰：“不为身”三字终未亮。(《昭昧詹言》)

王寿昌曰：何谓缠绵？……白香山之“平生心迹最相亲，欲隐墙东不为身。明月好同三径夜，绿杨宜作两家春。每因暂出犹思伴，岂得安居不择邻。可独终身数相见，子孙长作隔墙人”是也。(《小清华园诗谈》卷上)

王文濡曰：起句“最相亲”三字，是通首主脑。以下言卜邻之美，及所以卜邻之故，皆从此三字生出。(《唐诗评注读本》)

俞陛云曰：此诗论句法则层层推进，论交情则愈转愈深，在七律中此格甚少，词句亦流转而雅切也。首二句生平至友，独数君家，所以卜邻者，欲与吾友联踪叠迹，不独为身谋也。三、四言素月当天，绿杨拂地，虽佳景天然，只能独赏；今与卜邻，三径则清辉同照，两家则春色平分，其乐弥多。后人结邻诗，如吴企晋诗云：“两岸人烟分市色，一溪灯火共书声。”梅圣俞诗云：“隔篱分井水，穿壁共灯光。”徐铉诗云：“井泉分地脉，砧杵共秋声。”皆结邻之佳句。比类纪之，俾初学者知题同句异，各有思致也。后半首意极明畅，言暂出犹思，何况久住？更愿子孙芳邻永结，交情至此，深挚无伦矣。杜牧《街西》诗“名园相倚杏交花”与“绿杨”句同妙，而工细过之。(《诗境浅说》丙编)

[鉴赏]

对日常生活中的诗美的注意与发现，是中唐诗歌新变的一个重要标志。像卜邻这种题材，此前似乎很少进入诗人的视野。白居易的这首诗，是为表达“欲与元八卜邻”的恳切意愿而寄赠给对方的，双方结邻之事不但当时尚未实现，而且最终也是“水竹邻居竟不成”。但在诗人的妙笔点染下，却将结邻而居的生活想象得极富诗情画意，极富人情味，称得上卜邻诗中的绝唱。

“平生心迹最相亲”，起句统摄全篇，“心迹最相亲”正是“欲与元八卜邻”之根。这里的心迹，不仅指心事，且兼包思想行为，志趣爱好而言。白居易的挚友，自首推元稹，而元宗简也是与其相交相知二十年的至交。集中寄酬及有关元宗简的诗文二十余篇。长庆二年(822)冬元宗简“疾弥留，将启手足，无他语，语其子途云：‘吾平生酷嗜诗，白乐天知我者，我殁，其遗文得乐天为之序，无恨矣’”(《故京兆元少尹文集序》)，可见元宗简视白居易为相知之一斑。

“欲隐墙东不为身”，次句承“心迹最相亲”，化用王君公隐墙东之典，而以“墙东”指称元宗简新居之墙东，亦即表示欲为元八之东邻。王君公避乱世而居墙东，系独善其身之举，故曰“为身”，而自己之欲与元八卜邻，却并非如君公之避世，而是为了与“心迹最相亲”者朝夕相伴，共赏美景良辰，共诉彼此志趣，甚至使双方的子孙世世代代结邻，故说“欲隐墙东不为身”。这一句表达的是“欲与元八卜邻”的动机与目的。

“明月好同三径夜，绿杨宜作两家春。”颔联用工整流丽、明秀天然的对仗形容“卜邻”之美。彼此隔墙而居，园池相连，每当月明之夜，三径同游，佳景同赏；墙边绿杨，枝叶伸延，覆盖两园，正好给两家平添了绿意和春色。这一联化用蒋诩、陆慧晓两个事典，既巧切家园及卜邻，却又如同最通俗明畅的口语，丝毫不见用典的痕迹。尤为可贵的是用最常见的景物抒发了最浓郁的诗情画意，堪称化工之笔。

“每因暂出犹思伴，岂得安居不择邻。”畅想得傍佳邻之美以后，却不再继续对此作进一步描绘渲染，而是掉笔议论，以“暂出犹思伴”衬托“安居择邻”的重要性。上句是宾，下句是主。这两句看似泛泛的议论，实则暗中都紧贴着特定的对象——元宗简来说。白居易《答元八宗简同游曲江后明日见赠》云："长安千万人，出门各有营。唯我与夫子，信马悠悠行。行到曲江头，反照草树明。"这正是所谓"每因暂出犹思伴"的生动例证。长安千千万万人中，暂出而游曲江，亦君我相伴，实因彼此心迹相亲，出门无所营之故。既如此，则安居长住，岂不择如此志趣相投之佳邻？"犹"字与"岂得"相呼应。"犹"字先放一步，"岂得"反逼一步，意思递进而语气一贯。

"可独终身数相见，子孙长作隔墙人。"在强调了安居必择"心迹最相亲"之人——元八为邻之后，似乎话已说尽，诗人却又出人意料地转进一层。得与元八为邻，岂独彼此有生之年得以朝夕相邻，屡屡见面，同赏佳景，共赋新诗，连彼此的后辈子孙也可因此而长作隔墙而居的旁邻，永续"心迹最相亲"的世谊了。从己身想到后代子孙，从彼此心迹之相亲想到世代的情谊，从此前的"绿杨宜作两家春"想到"子孙长作隔墙人"，不但对诗境作了更深广的开拓，而且将那种"心迹最相亲"的深挚情谊也抒发到了极致，似乎可以传之子孙了。

白诗素称平易浅切，但这首诗却是在整体平易晓畅之中有波澜曲折，有层层转进。在表达"欲与元八卜邻"意愿的同时写出了佳邻相伴的情境之美，人情心迹相亲之美，子孙隔墙相居之美。卜邻诗写得如此富于生活美而毫无头巾气，堪称难得的佳构。

浦中夜泊[①]

暗上江堤还独立，水风霜气夜稜稜[②]。回看深浦停舟处，芦荻花中一点灯。

［校注］

①浦，江边可泊船的港湾。诗作于元和十年初冬贬江州途中（约作于自鄂州至江州一段江行途中）。②稜稜，寒气袭人状。

［笺评］

桂馥曰：七绝诗喜深而不宜浅，喜婉曲而不宜平直。白乐天《浦中夜泊》……自家泊舟之景，却自从堤上回看得之。此意最婉曲。（《札朴》卷六）按：林昌彝《射鹰楼诗话》卷三十一全袭此。

［鉴赏］

白诗每伤浅直，此诗却如桂馥所评，颇有婉曲风致。但并非故作婉曲，而是于不经意中偶然有所发现，故虽婉曲而自然天成。

“暗上江堤还独立，水风霜气夜棱棱。”这是一个没有月亮的暗夜。诗人泊舟江浦，独自一人上岸，登上江堤，伫立茫茫黑暗之中。时已初冬，江上吹来的寒风和暗夜中弥漫的霜气，阵阵袭来，砭人肌肤，寒意侵人。这两句写泊舟独自登堤所见所感，着重写触觉感受，既传达出诗人的孤孑感、迷茫感，又透露出心理上的凄寒感。这种感受，虽因初冬暗夜江堤独立的特定氛围环境而引起，却曲折地反映了贬谪者的凄寒孤寂心态。这种心态，在贬江州舟行途中的诗作中往往借景物描写自然流露出来。如《舟中读元九诗》之“逆风吹浪打船声”，《望江州》之“水烟沙雨欲黄昏”，《赠江客》之“岸绕芦花月满船”，均其例。

“回看深浦停舟处，芦荻花中一点灯。”伫立江堤的诗人，在寒气逼人的环境中忽然于不经意中回望自己泊舟的港湾，但见丛丛芦荻花中，一点灯火，在茫茫暗夜中闪烁不定，那正是自己所乘的一叶孤舟了。在四周茫茫黑夜的包围和舟旁隐隐的芦荻花的映衬下，这“一点灯”使诗人所寄的孤舟愈显得孤单凄清，这种境况和感受，与“水风霜气夜棱棱”的感受是一致的，都表现了谪宦天涯者的孤寂凄寒之感。但三、四两句所描绘的境界和所透露的诗人的感受又不止于此一端。更主要的是，诗人于回望深浦自己泊舟之处时，竟意外地发现了一种从未发现和领略的美的境界。这种“芦荻花中一点灯”的境界，虽然孤清，却又别具一种新鲜感和亲切感。说它新鲜，是因为这种境界，只有在离舟登岸，独立堤上，于茫茫暗夜中回望时才能发现，如果仍然留在舟中就无从发现与领略。这也正是桂馥所说的“自家泊舟之景，却自从堤上回看得之”。而这“芦荻花中一点灯”的景象，如果只是一般的客旅所泊之舟，则虽也能给人以新鲜的美感，却唤不起亲切感。正因为回看所见者恰是自己孤舟夜泊之景，故在感到新鲜的同时又感到亲切——那就是伴随着自己漂泊天涯的一叶孤舟。而在茫茫暗夜、凛凛水风霜气中闪烁的“一点灯”，又使这凄寒的氛围中透出稍许光亮和暖意。这一切，都使于不经意中发现这一境界的诗人在心灵中感到一丝意外的欣喜和愉悦。这种感受，多少冲淡了孤舟夜泊、漂泊天涯的凄寒孤寂。这种含蓄在诗境中的感情，诗人并未明白说出，需要读者自行细心体会品味。

大林寺桃花①

人间四月芳菲尽②，山寺桃花始盛开。长恨春归无觅处，不知转入此中来。

［校注］

①大林寺，在庐山西大林峰南，晋代所建，白居易《游大林寺序》云：“自遗爱草堂历东、西二林，抵化城，憩峰顶，登香炉峰，宿大林寺。大林穷远，人迹罕到。环寺多清流苍石、短松瘦竹。……山高地深，时节绝晚，于时孟夏月，如正二月天，梨桃始华，涧草犹短，人物气候与平地聚落不同，初到恍然若别造一世界者，因口号绝句云（诗略）……时元和十二年四月九日。”此即上大林寺。《大清一统志·九江府二》：“上大林寺在庐山西大林峰南，晋建，元末毁，明宣德中重建……中大林寺在庐山锦涧桥北，下大林寺在桥西。”②人

间，此与山中相对而言，指一般的平原地区，即《序》中所说“平地聚落”。

[笺评]

沈括曰：古法采草药多用二月、八月，此殊未当……用花者取花初敷时，用实者成实时采，皆不可限以时月。缘土气有早晚，天时有愆伏。如平地三月花者，深山中则四月花。白乐天《游大林寺》诗云：“人间四月芳菲尽，山寺桃花始盛开。”盖常理也。此地势高下之不同也。（《梦溪笔谈》）李颀《古今诗话》亦有类似语。

宋长白曰：白香山与元集虚十七人游庐山大林寺，时已孟夏，见桃花盛开，乃作诗曰：“人间四月芳菲尽，山寺桃花始盛开。长恨春归无觅处，不知转入此中来。”梅花尼子行脚归，有诗曰：“着意寻春不见春，芒鞋踏破岭头云。归来笑捻梅花嗅，春花枝头已十分。”二绝可谓得禅机三昧矣。（《柳亭诗话》）

黄周星曰：只恐“此中”亦不能久驻，奈何！（《唐诗快》）

查慎行曰：上大林寺，乐天先生曾游此，于四月见桃花，集中有诗序，今犹称“白司马花径”。寺前一溪泠然，宝树二株，叶如刺杉而细，如璎珞柏而长，桑《纪》谓为娑罗木者，非也。（《庐山纪游》）

刘永济曰：此诗亦以见诗人所感有与常人不同者，苏轼《望江南》词有“百舌无言桃李尽，柘林深处鹁鸪鸣，春色属芜菁”之句，辛弃疾《鹧鸪天》词亦有“城中桃李愁风雨，春在溪头荠菜花”之句，皆与白氏此诗用意相同，可以互参。（《唐人绝句精华》）

[鉴赏]

这首诗所写的是日常生活中常见的物候现象。一般的人由于常见，往往习而不察，引不起任何诗情诗趣和意外的欣喜感悟，而敏感的诗人却从中触发了浓郁的诗情和带有启发性的诗思，从平常的现象中发现了美好事物的流转，给人以新鲜喜悦的感受和广泛的联想。

“人间四月芳菲尽，山寺桃花始盛开。”据《游大林寺序》，写这首诗的时间是农历四月初九。这个时间节点非常关键，春天刚刚消逝，对春天“百般红紫斗芳菲”的记忆还非常新鲜，对它的逝去的怅恨也非常强烈。诗人居近湓江低湿之地，到这个时候，不但早开的梅花、仲春的桃杏均已不存，就连暮春的牡丹、蔷薇也已凋谢，“人间四月芳菲尽”所咏叹的就是这种芳菲凋零的现象，一个“尽”字流露出的正是无限的怅恨与无奈。第二句紧接着描写的却是与“人间四月芳菲尽”完全不同的另一种景象，在庐山深处的大林古寺周围，桃花正繁英满枝，红艳盛开。海拔的高低、深山平地气温的差异，使同一时间内不同的空间呈现出完全不同的自然物候景观。由于心中正蕴藏着对刚刚逝去的春天芳菲的留恋与怅恨，因此乍到深山古寺，忽见此桃花盛开的景象，顿觉眼前一亮，仿佛置身另一个美好的既向往又陌生的世界。“始盛开”的“始”字正显示出这里的芳菲美景方兴未艾的态势。其中流露出一种意外的欣喜感、兴奋感，也有一种恍惚感、惊异感。这一切，又都集中凝聚成为对美好事物重现的新鲜感。因此，开头两句虽貌似客观叙事写景，其实却饱含着浓郁的诗情。

“长恨春归无觅处，不知转入此中来。”第三句承首句“四月芳菲尽”，着“长恨”二字，则不独今年如此，年年四月芳菲凋尽之时，都怀着“春归无觅”的怅恨与无奈。这仿佛是无法改变的客观事实。第四句承次句，转出新意。“此中”即指深山古寺之中，“不知转入”四字，语意殊妙。在同一空间的平地，四月芳菲净尽确实是不可改变的自然现象，但换一空间，进入深山之中，却意外发现春天并未消逝，那满枝桃花，繁英如簇，正显示春天在这里方兴未艾。如果说“转入”二字显示了春天的美好景象在不同空间的流转，则“不知”二字正显示出意外发现的欣喜与感悟。黄周星说：“只恐‘此中’亦不能久驻，奈何！”固定在同一空间，确实有“‘此中’亦不能久驻”之感慨；但随着人类行踪的不断扩大，却会发现此地“春归无觅”，自会“转入”彼处。不但同一中国有“四季如春”之处，同一寰球，当北半球秋色满眼之时，南半球正繁花盛开。尽管诗人所处的时代，人们还不可能有这样宽广的视野和与之相应的思维，但这首诗的发现却给人以极富诗情诗趣的启示。

建昌江①

建昌江水县门前②，立马教人唤渡船③。忽似往年归蔡渡④，草风沙雨渭河边⑤。

[校注]

①建昌江，即修水，又名抚河。源出江西修水县西幕阜山。唐江南西道洪州有建昌县，建昌江在其南。诗作于元和十二年（817）。②县门，县治门。《元和郡县图志·江南道四·洪州》：建昌县，“东三里故海昏城，即汉昌邑王贺所封。今县城，则吴太史慈所筑”。③教，令、让。④蔡渡，渭河渡口名。与白居易故居下邽义津乡金氏村（俗称紫兰村）隔河相对。渡因汉孝子蔡顺而得名。白居易《重到渭上旧居》云：“旧居清渭曲，开门当蔡渡。”王士禛《居易录》卷十三引《渭南图经》：“渭水至临潼交口渡，东入渭南境。又东折至县城，北曰上涨渡，又东南流曰下涨渡，又东北折而流曰蔡渡，以汉孝子蔡顺得名，其地有蔡顺碑。与乐天故居紫兰村正隔渭河一水耳。”

[笺评]

《太平寰宇记》：唤渡亭，白居易贬江州司马过此作诗云：“建昌江水县门前，立马教人唤渡船。好似往年归蔡渡，草风沙雨渭河边。”（《江南西道九·南康军》）

王士禛曰：唤渡亭在修水南岸，白居易过此，有诗云：“建昌江水县门前，立马教人唤渡船。好似往年归蔡渡，草风莎雨渭河边。”黄庭坚书之亭上，明知县梁崧重刻石，今存。又曰：过唤渡亭，亭以白傅诗得名。有白诗石刻，堤行二里，人家种竹为藩篱，鸡声人语，皆在竹中。(《带经堂诗话》)

刘拜山曰：渭河近故居，建昌江则远在贬地。同一待渡，情味迥殊。对照而言，寄慨自深。(《千首唐人绝句》)

[鉴赏]

有些诗的诗味，缺乏某种特定的生活体验，是很难体味的。像这首诗中所写的“唤渡船”的景象，在高速公路、铁路、飞机为出行工具的时代，年青一代的读者习惯了快节奏的生活，恐怕很难想象旧时代那种慢节奏的生活，以及对这种生活产生的特有心态和美感。因此也就很难体味这首诗所抒写的情境所蕴含的情韵风调之美。

诗写作者贬任江州司马期间一次近境之游的经历与感触。建昌县属洪州，不属江州。作为贬职的司马，名为上佐，实为闲职。这次出游，恐非公务，而系闲游。诗的前两句写作者和从人行旅途中来到建昌江渡口的情景。渡口的对岸，就是建昌县的县府门，那大概就是诗人今晚的投宿之处，故首句特为标出。但一条建昌江水，却挡住了诗人的去路。修水流至建昌，已快到鄱阳湖口，水面较宽，水也比较深，故只有津渡而无桥渡，要渡江只能“唤渡船”。第二句便接写诗人令从人唤渡。“立马”即勒马停止行进，驻马等待。旧时的津渡，往往只有一只渡船，停泊在对岸的渡船，船上未必随时有船夫，只有来了过往客人，才会唤住在近旁的船夫摆渡。故“唤渡船”便是行旅之人经常经历的事。如无急事，这种“唤渡船”本身便是行旅生活的一道风景。这边拉长了声音慢悠悠地喊，那边则或即时或移时方懒洋洋地回答，然后才慢悠悠地踱向埠头，撑篙摇橹，先上水逆驶，再顺水横渡靠岸。这种情境，对心情悠闲的候渡者来说，本身就是一种带有诗意的享受。“时见归村人，平沙渡头歇”（孟浩然《秋登万山寄张五》）所描绘的风景，正蕴含着一种悠闲自在、从容不迫的天然韵致。

“忽似往年归蔡渡，草风沙雨渭河边。”三、四两句，忽然从眼前情境宕开，转写往年所历类似情境。“忽似”二字，极富神味，暗透诗人在建昌江边“立马教人唤渡船”时，脑海中忽然浮现当年归下邽旧居时在蔡渡等待渡船的情景：微风吹拂着河边的青草，如沙的细雨飘洒在河岸水中。这如诗似画的情境给等待渡船平添了无限意趣和韵味。今日建昌江边，忽如旧境重现，于意外发现的欣喜中又包含了一种既恍惚又亲切的感觉。诗写到这里，悠然而收，留下了不尽的余味。而那摇曳的风神韵味则更令人悠然神远。

问刘十九[①]

绿蚁新醅酒[②]，红泥小火炉。晚来天欲雪，能饮一杯无[③]？

［校注］

①刘十九，白居易在江州期间的友人。其《刘十九同宿》诗作于元和十二年（817）十月淮西吴元济之叛初平时，云：“红旗破贼非吾事，黄纸除书我无名。唯共嵩阳刘处士，围棋赌酒到天明。”知刘十九系嵩阳（原河南府登封）人，时寓居江州。白集中又有《雨中赴刘十九二林之期及到寺刘已先去因以四韵寄之》《蔷薇正开春初酒熟因招刘十九张大夫崔二十四同饮》等诗，刘十九均同指一人，名未详。或以为即刘轲，非。轲郡望彭城，寄籍岭南，元和初由岭南至江西，隐于庐山。白此诗作于元和十二年冬，时刘轲已不在庐山。详参朱金城《白居易诗选编年注释质疑》（《中华文史论丛》第五辑）。②绿蚁，米酒面上浮起的绿色泡沫。醅酒，未滤去糟的米酒。《文选·张衡〈南都赋〉》：“酒则醪浮数寸，浮蚁若萍。”《释名·释饮食》：“汎

齐，浮蚁在上汎汎然也。”谢朓《在郡病卧》：“绿蚁方独持。”③无，否。问话的语气词。

[笺评]

黄周星曰：岂非天下第一快活人。(《唐诗快》)

《精选评注五朝诗学津梁》：气盛言直，所谓白诗“妇孺都解”也。

孙洙曰：信手拈来，都成妙谛。诗家三昧，如是如是。(《唐诗三百首》)

王文濡曰：用土语不见俗，乃是点铁成金手段。(《唐诗评注读本》)

俞陛云曰：寻常之事，人人意中所有而笔不能达者，得生花江管写之，便成绝唱，此等诗是也。即以字面而论，当天寒欲雪之时，家酿新熟，炉火生温，招素心人清谈小饮，此境正复佳绝。末句之“无”字，妙作问语，千载下如闻声口也。(《诗境浅说》续编)

刘永济曰：读此二诗（指本篇及《招东邻》）知白居易之好客，有酒则呼友同饮。(《唐人绝句精华》）按：《招东邻》云：“小榼二升酒，新簟六尺床。能来夜话否？池畔欲秋凉。”

富寿荪曰：佳酿新熟，晚来欲雪，正宜招素心人小饮。写来亲切隽永，声口盎然。此等诗浅淡中自有神味，乐天独擅也。(《千首唐人绝句》)

傅庚生曰：绿蚁红炉，已经蛮有意思，既“新”又“小”，更增强了诱惑力，又何况“晚来”没啥事体好做了，更兼“天欲雪”，有些寒意，正好饮些酒挡挡寒，解解闷。劝人饮酒，最好不要一开口就说“一举累十觞”，因此只问道：“能饮一杯无？”我想这刘十九见了这二十个字是一定命驾无疑的。这首劝酒的诗，本身就带有醇美的酒意。(《百家唐宋新诗话》第 361 页)

朱金城曰：这首诗的构思十分精巧，从立意、布局到选词铸句都经过提炼，达到了浅淡中见神韵的境界……作者为诗歌设计了一个独特的令人羡慕的场景：夜雪拥炉小酌。先写酒，再写火，然后才提到夜雪，发出邀请，既顺乎自然思维，又造成一种诱人的情调。诗歌充分运用了色彩的调配：绿色的酒，红艳的火，洁白的雪……烘托出诗人好客的真心，洋溢着温暖炽热的情意。诗的末句设问，也别具一格。不仅与诗题遥相呼应，而且让我们恍然大悟，原来作者勾勒了那么美好的画图，为的是要引起朋友共酌的兴趣。问句的口吻十分亲切自然，诗人那坦荡而慈祥的形象跃然纸上。(《历代绝句精华鉴赏辞典》)

[**鉴赏**]

这是一首以诗代柬的招饮诗，写得非常质朴真率而浅切随便，但却创造出一种充满亲切温暖情感的氛围和真淳浓郁诗情的意境。招饮诗写得这样令人心醉神往的，唐代唯此一首。

既是招友同饮，自然要先写到酒。首句“绿蚁新醅酒”，点眼处在那个“新”字。酒未必名贵，却是家酿的新酒。还来不及过滤，上面还浮着一层细如绿蚁的泡沫，微微地泛着绿色。这“绿蚁”正显示出它的“新醅”，不但使我们如见其色其形，而且似乎可以闻到新酒的芳香。以新酿送人或新酿招友，都是亲切友谊的表现，强调“新醅”正见诗人时时想着对方的淳厚情谊。

“红泥小火炉”，第二句接着写暖酒的炉子。点眼处在“小”字。这种用红色泥土制成的炉子，形制小巧，是专门用来暖酒的。米酒不宜凉喝，须用热水煨或微火温，取其暖胃，更取其热后四溢的芳香。形制小巧的暖酒炉，中置烧得不旺却能持续相当长时间的炭火，置小酒壶于火上，正可供挚友二人相对而坐，细斟慢酌，随意交谈。因此这似乎有些简陋而土气的“红泥小火炉”，就不仅仅是温酒的工具，而且成了一种洋溢着酒香、暖意、友谊和诗情的艺术品了。

“晚来天欲雪”，第三句仿佛离开了酒而转写天气。晚间的天空阴沉沉的。空气中弥漫着湿润的气息，正酝酿着一场雪。“天欲雪”的“欲”字，写出了一种正在变化进行中的天气状态（雪将下而未下），也透露出诗人面对这种天气状态时微微感到的寒意。而这即将到来的寒天雪夜，对于一个漂泊异乡的谪宦者来说，酒和友谊的温暖无疑是驱散心头的孤清和凄寒的最好精神慰藉。对于友人刘十九而言，在浔阳雪夜与良友拥炉相对，饮酒共话，无疑也是一种饶有诗意的精神享受。因此这“晚来天欲雪”不但没有离开招饮的主题，反而成了招饮与赴饮的最佳理由和最好氛围。

有了酒和温酒的火炉，又有了最适宜的饮酒理由与氛围，于是乎就水到渠成地引出了最关键的招饮词——“能饮一杯无?”尽管殷切盼望拥炉共饮，度此寒夜，但却出以轻松随意的问语。虽料其必来，却不催其必来速来。这正是好友之间常有的俏皮和幽默。曰“饮一杯”，可见其兴趣不在酒，而在寒夜拥炉对饮共话的诗意氛围和精神享受。画龙点睛，这点睛之笔所流露的正是对即将到来的拥炉对饮共话情景的诗意想象。作为一首以诗代柬的五绝，以问语收束，不但紧扣题目，而且给读者留下了广阔的想象空间，使整首诗变得既亲切风趣，又隽永含蓄。它无须作答，也不能作答。如果有人嫌它意犹未足，将它展衍成一篇五古，那就只能是画蛇添足，狗尾续貂了。

勤政楼西老柳①

半朽临风树②，多情立马人③。开元一株柳，长庆二年春。

［校注］

①勤政楼，在唐长安兴庆宫西南隅，即勤政务本之楼的简称。《旧唐书·睿宗诸子·让皇帝传》：“玄宗于兴庆宫西南置楼，西面题曰花萼相辉之楼，南面题曰勤政务本之楼。”《两京城坊考》卷一：

"楼向南，开元八年造。每岁千秋节酺饮楼前。元和十四年以左右军官健三千人修勤政务本楼。按：明皇劳遣哥舒翰及试制举人，尝御此楼。楼前有柳。"诗作于长庆二年（822）春，时作者任中书舍人。②临风树，《南史·张绪传》："绪每朝见，武帝目送之……刘悛之为益州，献蜀柳数株……武帝以植于太昌灵和殿前，常赏玩咨嗟曰：'此杨柳风流可爱，似张绪当年时。'"此以"临风树"借称柳树。③立马人，驻马（望树）之人，指诗人自己。

［笺评］

何焯曰：以刺穆宗荒怠厥政，不得见开元之盛也。公元和时诗多发露，此更蕴藏，抑所谓"匡谏者微，哀叹而已"者耶？（《白香山诗长庆集》卷十九何氏评）

《唐宋诗醇》：不着一字，尽得风流。（卷二十四）

宋顾乐曰：语似率易，而"开元"、"长庆"四字中，寓无限俯仰悲感。（《唐人万首绝句选》评）

俞陛云曰：四句皆对语而不异单行，由于语气贯注也。首二句言勤政楼乃当时紫禁朝天之地，今衰柳临风，驻马徘徊，怆然怀旧。后二句言自开元至长庆，其间国运之隆替，耆旧之凋零，等于无痕春梦，剩有当年垂柳，依依青眼，阅尽沧桑。诗仅言开元之树，长庆之人，不着言诠，而含凄无限也。（《诗境浅说》续编）

刘拜山曰：言开元之柳半朽，开元之政久息。长庆之世，所见唯此柳而已，多情者自然立马踌躇而不能去。写来含蓄不露，深意只于"多情"二字微微一逗。（《千首唐人绝句》）

［鉴赏］

白居易对自己诗歌创作艺术上的缺点是有一定认识的，其《和答诗十首序》说："常与足下（元稹）同笔砚，每下笔时辄相顾，共患其意太切而理太周。故理太切则辞繁，意太切则言激。”辞繁言激，再加上感受体验不深，便难免太露太尽，缺乏含蕴和韵味。这对短小的抒情诗来说，尤为大病。他后期的部分诗作中，似乎有意纠正这种毛病，这首《勤政楼西老柳》便写得含蓄蕴藉，寓慨遥深。

诗只四句二十字，但却有四个要素：树和人，开元和长庆。树是通篇歌咏的对象，人是歌咏的主体，开元和长庆则是树所处的特定历史时间段，也是人兴感抒慨的特定历史时间段。尤其不能忽略的是诗的题目特为标出的“勤政楼西老柳”。建于开元八年（720）的勤政务本殿，殿名本身便显示出唐玄宗初当政时励精图治的精神意志，联系着整个开元时期比较开明的政治和繁荣昌盛的局面，而勤政殿西的柳树正是当年盛世的历史见证，也是从开元到长庆这一百多年盛衰变化的历史见证。因此题目本身便带有象征意味，寓含着历史的沧桑感。

“半朽临风树”，首句从眼前所见的柳树写起。建于开元八年（720）的勤政殿，植于约略同时的殿西柳树，到长庆二年（822）诗人面对它时，已是百龄的老树。“半朽临风”四字，正描绘出它那干老枝枯，树叶稀疏，在风中摇曳的衰朽之状。而“临风”二字，又使人联想起眼前这衰朽的柳树，也曾有过郁郁葱葱、玉树临风的当年。故此句虽明写柳之今已“半朽”，却暗寓有柳昔之繁茂葱郁。它似乎正象征着昔日繁荣昌盛的大唐王朝，经历百年历史风雨的侵袭摧残，如今已经“半朽”了。

“多情立马人”，次句由眼中之衰柳写到正在驻马观看的诗人自身，转接自然。“多情”之“情”，自非一般的男女风情，亦非泛指一切情感，而是专指关注国家命运、王朝盛衰的情思。此二字虽浑沦虚涵，含蓄不露，却是全篇点眼。其他各句中蕴含的感怆之意，均由此二字生发。

“开元一株柳，长庆二年春。”三、四两句，又由人回到树，但却特意标举出眼前这株半朽的柳树所经历的时间和朝代——“开元”和“长庆”。“忆昔开元全盛日”，在中唐诗人心中，“开元”是大唐王朝政治清明、经济繁荣、文化昌明的全盛时代，这“开元一株柳”也就自然寄托着后世诗人对这个全盛时代的向往追慕；而经历了安史之乱的八年浩劫和其后长期的内忧外患，昔日辉煌显赫、国威远扬的大唐王朝已经从繁荣昌盛的顶峰跌落到战乱频仍、民生凋零的低谷，眼前这“半朽临风树”也正像国运凋衰的王朝一样，在风中摇荡，日益衰朽了。“长庆二年春”，是一个关键性的时间节点。宪宗元和时期，先后平定各地藩镇的叛乱，曾经重现过全国统一的“中兴”局面。但长庆二年正月，河北魏博军乱，“牙将史宪诚夺帅，田布（节度使）伏剑而卒”，朝廷即以史宪诚为节度使。二月，又诏雪叛镇王庭凑，以之为成德节度使。幽州则于长庆元年七月已为军阀朱克融所据。从此“再失河朔，迄于唐亡，不能复取”（《通鉴》卷二百四十二）。可以说，长庆二年正是唐王朝由乱而衰的过程中从暂时的统一再次恢复割据，由暂时的“中兴”再次走向衰落的关节点。白居易其时任中书舍人，仕途上虽有进展，而国运则再现凋衰。这种局面又和穆宗的荒政庸弱有密切关系。诗人面对勤政殿西这株经历了百年历史风雨的半朽衰柳，心系唐王朝百年由盛而衰的国运，处在“长庆二年春”这个历史关节点上，其心中的无限今昔盛衰之慨，无力回天之感，统统在“开元一株柳，长庆二年春”这仿佛不加任何评说的叙述中包括了。其艺术概括之深广，感慨之深沉，表情之含蓄都达于极致。

暮江吟[①]

一道残阳铺水中，半江瑟瑟半江红[②]。可怜九月初三夜[③]，露似真珠月似弓。

［校注］

①此诗作年，有约作于元和十一年至十三年（816—818）任江州司马期间（朱金城《白居易集笺校》）、约作于长庆元年（821）秋在

长安游曲江时（刘拜山、富寿荪《千首唐人绝句》）、约作于长庆二年（822）秋赴杭州途中时（文研所《唐诗选》）诸说。按：白集卷十九所收诸诗，作于长庆二年者较多，其他具体年代不明者，亦均作于长庆二年之前（包括长庆二年）。曲江虽亦可称“江”，但终非通常意义上的江水，且因其河水水流曲折而得名，与“半江瑟瑟半江红”之宏阔气象不甚符合，似以作于赴杭州刺史任途中较合理。是年七月，居易由中书舍人除杭州刺史，因宣武军乱，汴河未通，取道襄汉洞庭沿长江而下，抵杭州时为十月。九月初正可见诗中所描绘之暮夜长江景象。②瑟瑟，本绿色宝珠名，亦可指碧色。详参《琵琶引并序》“枫叶荻花秋瑟瑟”句注。二诗中之“瑟瑟”字同而义异。③可怜，可爱。

[笺评]

范晞文曰：唐人绝句，有意相袭者，有句相袭者。王昌龄《长信宫》云：“玉颜不及寒鸦色，犹带昭阳日影来。”孟迟《长信宫》亦云“自恨身轻不如燕，春来还绕御帘飞”。……又杜牧《沈下贤》云：“一夕小敷山下梦，水如环珮月如襟。”白乐天《暮江吟》云：“可怜九月初三夜，露似真珠月似弓。”刘长卿《送朱放》云：“莫道野人无外事，开田凿井白云中。”韩偓《即日》云：“须信闲中有忙事，晓来冲雨觅渔师。”此皆意相袭也。(《对床夜话》)

杨慎曰：诗有丰韵。言残阳铺水，半江之碧，如瑟瑟之色；半江红，日所映也。可谓工致入画。(《升庵诗话·白乐天暮江吟》)

王士禛曰：白古诗，晚岁重复什而七八；绝句作眼前景语，却往往入妙，如“上得篮舆未能去，春风敷水店门前”，“可怜八（当作九）月初三夜，露似珍珠月似弓”之类，似出率易，而风趣复非雕琢可及。(《带经堂诗话》综述门二摘瑕类)

《唐宋诗醇》：写景奇丽，是一幅着色秋江图。(卷二十四)

宋顾乐曰：丽绝韵绝，令人神往。(《唐人万首绝句选》评)

俞陛云曰：此诗分两段写景。上二句言薄暮之景。大江空阔，阴阳划分，半为云气所掩，作瑟瑟秋光；半则一道斜阳，平铺水面，映江水面皆红。写江天晚景入妙。后二句言，一至深宵，如弓新月，斜挂楼头，正初三之夕，其时露气渐浓，如珠光的皪，正九月之时，夜色清幽，诵之觉凉生袖角。通首皆写景，惟第三句"谁怜"二字，略见惆怅之思。如水清愁，不知其着处也。(《诗境浅说》续编)

刘永济曰：此篇为传诵人口者，全诗从日晚写到夜，中间只"可怜"二字带感情，不知何意。但诗人明纪时日，多有事在。诗言"九月初三夜"，或有所指，但已无考。(《唐人绝句精华》)

富寿荪曰：前半写曲江薄暮之景，后半写曲江深宵之景，能状难写之景如在目前。通首设色奇丽，丰神绝世，故推名篇。第三句"可怜"为"可爱"义。"九月初三夜"正是"露似真珠月如弓"之时。乐天写景诗中，间有着作诗年月日者，则读《长庆集》可知矣。(《千首唐人绝句》)

[鉴赏]

白居易的七绝，佳者每于末句点染景物，烘托氛围，以造成摇曳不尽的风神情韵，通篇以描绘景物为主者鲜见。此诗写江上暮夜景色，除第三句交代特定时间外，其余三句全为写景，但却写得极为鲜明工丽，富于新鲜感和流丽圆转的音乐美。

"一道残阳铺水中，半江瑟瑟半江红。"前两句写残阳斜照江面景象。长江中下游一带，多为平野地区，江面宽阔，行将沉西的残阳得以无阻挡地放射出它的光辉，投向江面。用"一道"来形容残阳映江的形态，正准确地描绘出这残阳余光的宽度、长度和整齐度，就像一条闪光的道路一样。而"铺"字与"道"字紧相呼应，生动地展现了这一条闪光的道路平铺水面，向前伸展的情景。"铺"字给人以平缓舒展之感，可以想见夕阳映照下的江面水波不兴，安闲恬静之态，也透露出诗人此时平和舒展的心境。首句重在形态描写，次句则重在色彩的描绘。“瑟瑟”本是碧玉名，此处指碧色。由于行将沉西的残阳余晖斜照江面，故江面的一半向阳处，被映染得一片鲜红，而另一半阳光不及之处，则呈现出一片碧绿之色。红与碧是两种比较强烈鲜明的色彩，它们相互映衬，使红的更红，碧的更碧。这种景象，其实很多人都见过，但却几乎都没有引起注意，发现它特有的美感，一种色彩对比鲜明，景象新鲜奇丽，境界宽阔舒展的画面美、诗意美。而句中自对，“半江”重叠的句式又特具一种回环往复的音乐美。这又一次说明平常景象中本来就存在着美，关键在于发现。

“可怜九月初三夜，露似真珠月似弓。”后两句转写由暮入夜的江天景色。“九月初三夜”这个特定的季节时间，正是为第四句写景提供引线的，同时也是前后幅之间的连接过渡。前后幅之间，有时间的推移过渡（由暮入夜），却写得令人浑然不觉。用“可怜”二字领起，不但使全句，而且使全诗充满了咏叹赞赏的情味。上弦月出现得早，但真正明亮起来却在由暮入夜之后，九月初三，约当农历霜降节气，入夜之后，气温下降得快，故初夜江边草上即有露珠闪烁。仰望星空，一弯明亮的新月正高悬天际，放射清辉；俯视地下，草间的露珠在明月清辉映照下，正闪烁不定，晶莹似珠。用“弓”来形容初三的新月，用“真珠”来形容露，不但贴切逼真，而且流露出对它们的赞叹赏爱之情，句中自对，“似”字重复的句式不但与次句呼应，而且加强了第三句“可怜”二字的抒情咏叹韵味。诗从暮到夜，由残阳而月露，时间景物均有变化，但读来却一气流注，浑然一体，除第三句的勾连转接外，二、四两句句中自对而又有变化的句式，大大加强了全诗回环往复、流转如珠的风神韵味。

深秋、残阳、孤月、凉露，这些时令物象往往容易习惯性地触发萧瑟、暗淡、孤清、凄冷之感，但诗人却发现了一个色彩鲜明，境界阔远，充满新鲜感，令人赏心悦目、流连忘返的诗境。在审美情趣的独特方面，也给人以启发。

钱唐湖春行①

孤山寺北贾亭西②，水面初平云脚低③。几处早莺争暖树④，谁家新燕啄春泥⑤。乱花渐欲迷人眼，浅草才能没马蹄。最爱湖东行不足，绿杨阴里白沙堤⑥。

[校注]

①钱唐湖，或作钱塘湖，亦即杭州西湖。作者《杭州回舫》云："欲将此意凭回棹，报与西湖风月知。"又有《西湖晚归回望孤山寺赠诸客》《早春西湖闲游怅然兴怀》《西湖留别》等诗。此诗作于长庆三年（823）春，时作者任杭州刺史。长庆四年春，白居易曾增筑钱塘湖堤，贮水以防天旱，见其《别州民》诗"唯留一湖水，与汝救凶年"二句自注。又白氏《钱塘湖石记》云："钱塘湖一名上湖，周回三十里。"因其在杭州城西，故名西湖。②孤山，在西湖中，北里湖与外湖之间。元稹《永福寺石壁法华经记》："永福寺一名孤山寺，在杭州钱塘湖心孤山上。"《咸淳临安志》卷二十二："孤山在西湖中稍西，一屿耸立，旁无联附，为湖山胜绝处。旧有智果观音院、玛瑙宝胜院、报恩院、广化寺。"贾亭，即贾公亭。《唐语林》卷六："贞元中，贾全为杭州，于西湖造亭，为贾公亭。未五六十年废。"钱塘湖即在"孤山寺北贾亭西"。③云脚，下雨前后流荡不定似垂于地面水面的云气。④暖树，指春回大地，气候转暖，呈现春天的绿色和暖意的树木。⑤啄春泥，指燕子啄泥衔草筑巢。⑥白沙堤，今称白堤，在西湖东畔，建成于长庆之前。沿堤向西北行，直通孤山。春天桃柳满堤，景色秀丽。白居易《杭州春登》："谁开湖寺西南路，草绿裙腰一道斜。"自注云："孤山寺路，在湖洲中，草绿时望如裙腰。"白沙堤在居易刺杭前已有，后世或谓系其刺杭时所筑，非。（详参朱金城《白居易集笺校》第1352~1353页）

[笺评]

王夫之曰：大历之诗变为长庆，自如出黔中溪箐，入滇南佳地。元、白同以一往风味，流荡天下心脾。雅可以韵相赏，櫽括微至，自非所长。不当以彼责此。(《唐诗评选》)

金圣叹曰：（前解）先写湖上。横开，则为寺北、亭西；竖展，则为低云、平水。浓点，则为早莺、新燕；轻烘，则为暖树、春泥。写湖上真如天开图画也。（后解）方写春行。花迷、草没，如以戥子称量此日春光之浅深也。“绿杨阴里白沙堤”者，居于如是浅深春光中，幅巾单袷，款段闲行，即此杭州太守白居士也。（五、六是春，七、八是行）(《贯华堂选批唐才子诗》卷五)

汪立名曰：按西湖苏、白堤，相传二公始筑。《新书》亦云：“居易为杭州刺史，始筑堤捍钱塘湖。”此公初到杭州诗已有“十里河堤”句。又《钱塘湖石函记》但云：“修筑河堤，加高数尺。”《别杭民》诗注云：“增筑湖堤。”筑不自公始明矣。或以公诗有“绿杨阴里碧沙堤”，为白堤所自来，然公诗曰“护江堤白蹋晴沙”，亦用白沙，不独湖堤也。况公所修湖堤在湖之东北，接连下湖。旧志：“近昭庆有石函桥、溜水桥”，是其故址，即李泌设闸泄水引灌六井处。今杭人率指苏堤之西为白堤，亦不相涉。又有指石径塘为白堤者，不知张祜已有“断桥荒藓合”之句矣。白诗“谁开湖寺西南路，草绿裙腰一径斜”自注云：“孤山寺在湖洲中，草绿时望如裙腰”，正指今石径塘也。(《白香山诗长庆集》)

毛奇龄曰：杭州钱塘湖中，有一堤穿于湖心。作志者初称白堤，后称白公堤，谓白乐天为刺史时所筑。及读乐天《杭州春望》诗有云：“谁开湖寺西南路，草绿裙腰一道斜。”则并非白筑，未有己所开堤而反曰谁开者，且诗下自注有云：“孤山寺路，在湖洲中，草绿时望如裙腰。”是必前有此堤，故注以证己诗，其非初开可知也。是以张祜诗云："楼台映碧岑，一径入湖心。"其诗不知何时作，但乐天出刺杭州在长庆末，而陆鲁望每推张祜为元和诗人，则此堤非长庆后始筑断可知者。尝考此堤为白沙堤。乐天《钱塘湖春行》有云："最美湖东行不足，绿柳阴里白沙堤。"则意此堤本名白沙，或有时去"沙"字，单称白堤。而不幸白字恰与乐天姓合，遂误称白公。观有时去"白"字，单称"沙堤"。如乐天又有诗云："十里沙堤明月中。"是一"沙"一"白"，遂多误称。而不知白堤不得称白公堤，犹沙堤不得称宰相堤也。杭志极荒唐，至钱塘湖诸志则尤荒唐之至者，此第一节耳。（《西河文集·诗话三》）

胡以梅曰：三、四灵活之极，"争"字既佳，而"谁家"更有情。（《唐诗贯珠串释》）

赵臣瑗曰：何言乎上半首写湖上？察他口气所重，只在"寺北"、"亭西"、"几处"、"谁家"，见其间佳丽不可胜纪，而初不在"水平"、"云低"、"早莺"、"新燕"、"暖树"、"春泥"之种种布景设色也。何言乎下半首专写春行？察他口气所重，只在"渐欲迷"、"才能没"、"绿杨阴"之一路行来，细细较量春光之浅深，春色之浓淡，而初不在"湖东"、"白沙堤"几个印板上之衬贴字也。要之，轻重既已得宜，风情又复宕漾，最是中唐佳调。谁谓先生之诗近乎俗哉！（《山满楼笺注唐诗七言律》）

杭世骏曰：《金壶字考》云："《咸淳临安志》无白公堤。所谓白公筑之堤在上湖与下湖有隔处，公自著《钱塘湖石记》可证。今人所指之白堤即是白诗所云'绿杨阴里白沙堤'，白公前已有之。"（《订讹类编》卷五引）

沈德潜曰：今之白堤，即白沙堤，白公时已有之，非白公筑之。虎丘白公堤，公为刺史（指苏州刺史）时所筑。（《重订唐诗别裁集》卷十五）

何焯曰：平平八句，自然清丽，小才不知费多少妆点。（《唐律偶评》）

杨逢春曰：首领笔，言自孤山北贾亭西行起。下五句历写绕湖行处春景。七、八以行不到之湖东结，遥望犹有馀情。(《唐诗绎》)

宋宗元曰：娟秀无比。(《网师园唐诗笺》)

方东树曰：章法意匠，与前诗（指《西湖留别》）相似。而此加变化。佳处在象中有兴，有人在，不比死句。(《昭昧詹言》卷十八)又曰：句句回旋，曲折顿挫，皆从意匠经营而出。(同上)

[鉴赏]

苏轼的《饮湖上初晴后雨》“欲把西湖比西子，淡妆浓抹总相宜”之句，咏西湖之美，妙在巧喻而富于想象。实则早在苏轼之前数百年，白居易已在一系列咏杭州风景的诗中对西湖之美作了出色的描绘。其中《钱唐湖春行》一诗更对钱塘湖的春色进行了集中的描写，可以说是最早描绘西湖胜景的佳作。读这首诗，要特别注意题目中的那个“行”字，诗人不是在一个固定的立足点观赏西湖春色，而是边走边看，左顾右盼，处处观赏流连，人和景物都在流动变化之中，是随着诗人的足迹在眼前不断展开的活动画面。而在不断活动变化的画面展开的同时，又流注洋溢着浓郁的春天的气息和诗人的浓浓意兴。

首句“孤山寺北贾亭西”，正点“钱唐湖”的位置所在，也是诗人此次春游西湖之行的起点。孤山在西湖的外湖与北里湖之间，山上有寺，陈文帝天嘉初年建造，离白居易写诗时已有二百六十来年，算得上是西湖一处古迹了。贾亭却是贞元十三四年杭州刺史贾全所建的一处近代亭阁。寺与亭一古一今，正构成钱塘湖的一段人文景观的历史，给西湖之春增添了历史人文气息。站在孤山寺上、贾公亭边，正可俯瞰西湖的湖面，是观赏整个西湖的最佳立足点，所谓“湖山胜绝处”。“水面初平”，是形容春雨过后，湖水涨满，与岸齐平的景象，“初”字显出这正是春水初涨的早春天气。雨后初晴，流荡不定的云气低垂，贴近湖面，高空却已放晴了。两句均用句中自对，相互构成工整的对仗，而句法却有变化，显得既整齐又错综，读来自有一种抑扬顿挫、自然流走的美感，体现出“春行”一开始就带有一种轻快愉悦的感情。

“几处早莺争暖树，谁家新燕啄春泥。”“暖树”似不必泥解为向阳的树或枝条，用“暖”来形容树，无非是春归大地，天气转暖，树木发芽抽绿，呈现出一片嫩绿，使人感到一种暖融融的早春气息。而黄莺是春天最活跃的鸟，最早哺育出的莺对早春的气息尤其敏感，正如苏轼诗所说“春江水暖鸭先知”，这“暖树”所散发出的春天暖意被早出的黄莺首先感知到了，因而争相飞向带着春天暖意的树梢，发出清脆欢快的鸣啭声；“争”字虽明写早莺竞相扑向春树的形态，读者却可从中联想到它们的欢快啼鸣，感知到它们的喜悦。这正是写春天的生意与活力。“新燕啄春泥”也是一样。燕子每年飞去又飞来，说它“新”，是强调这是人们在今年春天见到的头一批燕子。燕子衔泥筑巢，标志着一个新的春天的来临。“泥”而冠以“春”，和上句的“树”而冠以“暖”一样，都是写诗人感觉中的春天，使我们似乎能闻到那“泥”中带有春天的湿润与芳香。但如果只有“早莺争暖树”和“新燕啄春泥”，虽然也写出了早春景物的特征，早春的气息和气氛，用来形容钱塘湖之春也许差不多，用来表现“春行”却显得不够。这“行”字就在两句句首的“几处”“谁家”四字上集中体现出来。“几处”，说明不是一处，这就暗示出了游人的活动，说明诗人是边走边看；而“几处”与“谁家”联系起来，更可明显体味到诗人在行走游赏的过程中，左顾右盼，目不暇接的情景。而不说“处处”“家家”，则正体现出这是早春，而不是“杂花生树，群莺乱飞”的暮春，而且“处处”“家家”也显得太实太死，只能说明客观情况，很难表达游赏者那种轻快愉悦和新鲜的感受。这些地方，可以看出作者遣词用语虽很平易通俗，但却很注意分寸感，很有表现力。

“乱花渐欲迷人眼，浅草才能没马蹄。”腹联写行进中见到的花草。用“乱”来形容花，是很有独创性的。春暖花开，树上有花，地上有花，这里一丛，那里一丛，各有各的特色和意态，所以说“乱”。这形形色色，各具姿态的花，使游赏的诗人目不暇接、眼花缭乱、目眩神迷，不知道欣赏哪一处哪一丛好，故说“迷人眼”。在“乱花”与“迷人眼”之间插入“渐欲”二字，是对“迷人眼”的一种限制。意味着它们已经接近“迷人眼”但还没有到“迷人眼”的程度，这时的花，将盛而未盛，所以给人的感受是“欲迷”而犹未全迷。如果是姹紫嫣红、繁花似锦的季节，那就不再是“渐欲迷人眼”而是“正欲迷人眼”了。说“渐欲”，是正在发展中的态势，同时也预示了姹紫嫣红开遍的景象行将来临。下一句“浅草才能没马蹄”，既写出早春时节的草长得浅浅的、嫩嫩的，刚刚能掩过马蹄，同时又显示人正在骑马行进。“才能”不是遗憾草长得太浅，而是“刚能”“恰能”的意思，它传达的是一种惬意感。这草不长不短，刚刚好掩没马蹄，马走在上面，既不扬尘，又不碍蹄。这与其说是写春景之美，不如说是写春游的快感。

以上两联，是整首诗的主体。从选择的景物看，不过是莺、燕、花、草、树、泥这样一些最常见的东西，它们之间也各自独立，但当诗人用“行”字将它们串连起来，并写出其早春的特征和诗人对这一连串景象的诗意感受时，就组成了一个有机的艺术整体。这里有乱花浅草的颜色，有莺啼燕语的声音，有花草和春泥的芬芳气味，有早春的温暖气氛，不仅展示出钱塘湖早春景象的外在形态，而且传达出早春的内在活力，特别是传达出诗人对这一切景象的审美愉悦。

“最爱湖东行不足，绿杨阴里白沙堤。”尾联是全诗的总结。两句实际上是用“最爱”领起的一句话：在整个西湖中，我最赏爱而且游赏不倦的地方，就是湖东绿杨覆盖掩映的白沙堤一带。诗人把“绿杨阴里白沙堤”和“湖东”拆开，一方面是为了突出“白沙堤”之美，另一方面也使诗句更加疏宕，更加抑扬顿挫，富于咏叹情调，表现出对这一带风景的激赏和流连。实际上，颔腹二联所描绘的就是“湖东”的“绿杨阴里白沙堤”的美好春色。虽是总结，却非重复，“绿杨阴里白沙堤”的明丽画面就是前面两联当中没有出现过的新景象，而“行不足”的表态更给此后的重游预留了地步，显得余波荡漾，有不尽之致。

这首诗用春天习见的景物，平易浅切的语言，写钱塘湖春行所见所感。写得很轻松随便，从容不迫，但却写出了气氛，写出了心情。“意态由来画不成”，这首诗好就好在画出了钱塘湖早春的意态，特别是画出了诗人的风神意态，让我们不仅感受到钱塘湖早春的气氛，而且感受到诗人那种新鲜、愉悦、惬意、流连的感情。这两方面都饶有诗的韵味。同时，在构思、遣词、设色上也都下了一番功夫，不过不露雕琢之痕而已。从表面看，莺燕花草树木，仲春、暮春都有，并不能体现具体的季节特征，但诗人却凭借他对景物的敏锐细微感受，通过“初平”“几处”“早”“争”“暖”“谁家”“新”“渐欲”“浅”“才能”等一系列词语，将早春的景物特征、气氛和诗人的心情毫不费力而又恰到好处地表现出来了。白居易的有些诗，确有浅率、繁冗、直露之弊，但这样的诗，却既平易通俗，又诗味浓郁，优游不迫，意到笔随，完全是大家风范。

华州西①

每逢人静慵多歇，不计程行困即眠。上得篮舆未能去②，春风敷水店门前③。

[校注]

①华州，唐关内道华州华阴郡，州治在今陕西华县。文宗大和三年（829）三月，白居易罢刑部侍郎，以太子宾客分司东都。诗作于由长安赴洛阳途中，当时在三月末。②篮舆，类似后世的轿子，乘坐其上用人抬着走的代步工具。去，离开。③敷水，即罗敷水，在华州西。《大清一统志·华州府》：“敷水在华阴县西……县志：敷水在县

西二十五里，源出大敷谷，即罗敷谷，以别于小敷谷也。”诗人大和元年有《过敷水》诗云：“秦氏双蛾久冥寞，苏台五马尚踟蹰。”大和九年又有《罗敷水》诗：“野店东头花落处，一条流水号罗敷。芳魂艳骨知何在，春草茫茫墓亦无。”此诗中之“野店”即《华州西》诗中之“店门前”。按之地理，诗题当作“华阴西”。

［笺评］

王士禛曰：白古诗，晚岁重复什而七八；绝句作眼前景语，却往往入妙，如“上得篮舆未能去，春风敷水店门前”“可怜八（当作九）月初三夜，露似珍珠月似弓”之类，似出率易，而风趣复非雕琢可及……予过其地，忆白诗，亦为之流连而不发也。（《香祖笔记》卷五）

宋顾乐曰：情景俱绝，流连无尽。（《唐人万首绝句选》评）

刘拜山曰：前半写慵写困，逼出后半欣然会心，自觉精神奕奕。（《千首唐人绝句》）

［鉴赏］

白居易晚年的诗，题材、命意、诗语每多重复，且多流于率易，这是事实。有关敷水的诗，就多达四首。除本篇外，尚有《过敷水》《罗敷水》及《与裴华州同过敷水戏赠》，均为道途经过此地所作。可见其对这条在地理上很不起眼的敷水情有独钟。从其他三首有关敷水的诗不难看出，诗人之所以经过踟蹰流连而不能去，主要是因这条以“罗敷”命名的水引发了他对古诗《陌上桑》中那位美丽而智慧的女子秦罗敷的美好遐想，但这首《华州西》却独得主神韵的王士禛的欣赏，原因其实很简单。其他三首，或说“秦氏双蛾久冥漠，苏台五马尚踟蹰”，或说“芳魂艳骨知何在，春草茫茫墓亦无”，或说“每过桑间戏留意，何妨后代有罗敷”，把追思怀慕的那点意思说得既直白又浅率，没有给读者留下吟味玩赏的空间，读者自然也很难激发进一步想象的欲望。而这首诗却除点出“敷水”以外，通篇对罗敷其人其事其貌不着一字，只用虚笔点染出之，因此显得特别空灵含蓄，风神摇宕，令人神远，颇具王氏所特别赞赏的那种“不着一字，尽得风流”的神韵。

“每逢人静慵多歇，不计程行困即眠。”前两句概写从长安出发后一路行程，而白居易这次赴东都，是在长安任刑部侍郎后期长假百日期满罢职，以太子宾客分司的身份前往赴任的。可以明显看出他对朝廷政局的厌倦不满和对闲适自在生活的追求。太子宾客分司是个闲职，正符合他的这种愿望。因此，行程宽松，不必匆匆赶路。一路上每逢人静处，感到有些慵懒了，便停下来歇歇，不必计算一天的行程，困倦了，便在路边小憩入眠。“慵”“困”“歇”“眠”四字，将自长安出发以来的行程描叙得从容自在，无拘无束，率意而行，不像是赴任，倒像是随意的出游。之所以逢人静处方歇，正反映出诗人对熙熙攘攘的场所的厌倦，也透露出人静处方能领略周围景物的佳胜，而“不计程行”则透露此次行程完全没有官程的迫促。这两句明写行程，实写心态之悠闲自在，从容不迫。而这种特定的心态，正是领略道途中诗趣的前提和凭借。

“上得篮舆未能去。”第三句承“歇”与“眠”，说自己休息之后重上轿子准备启程之际，却流连徘徊，舍不得离去。歇够了，眠够了，却“不能去”，这陡然的转折，使诗出现了波澜曲折，也引起了读者的悬念。点出“篮舆”，说明此行一直是以轿子代步的，这就更加强了“慵”“困”的从容悠闲情致，对末句的景物点染起着进一步的铺垫渲染作用。

“春风敷水店门前。”末句是对上句的交代说明，却不着交代说明的痕迹，只用极清淡的笔墨不经意地点染出一幅眼前的图景：乡村的野店旁边，敷水静悄悄地流淌着，春风起处，河水涟漪轻荡。诗人的心也像眼前的河水一样，涟漪摇漾，悠然神远。这里可能包含着对那位美丽而智慧的女子秦罗敷的诗意遥想，但也可能含有对眼前这朴素而美好的乡野风光的流连欣赏。由于诗人并未正面点明自己当时的情思，读者从中只能作一些约略的推测和想象。景物本身是鲜明如画的，但内含的情思却是不确定的，模糊朦胧的。这种情景的关系，使诗变得意境悠远，情思摇漾，韵味无穷，分外让人神往了。

诗所写的正是一种彻底放松的心态，以及在这种心态下不经意发现的美。由于这种美的发现带有心与境会，妙处难与君说的性质，故诗人一反其他几首诗那种将自己的所思所感明白说出的方式，而只书即目所见的景物，而诗人在写出观赏景物，悠然与境相会的同时，读者也因此而悠然神远了。

魏王堤[1]

花寒懒发鸟慵啼，信马闲行到日西。何处未春先有思[2]，柳条无力魏王堤[3]。

［校注］

①魏王堤，在东都洛阳。元《河南志》卷四："（魏王池）与雒水隔堤。初建都，筑堤壅水北流，馀水停成此池，与雒水潜通，深处至数顷。水鸟翔泳，荷芰翻覆，为都城之胜地。贞观中以赐魏王泰，故号魏王池。"魏王堤即魏王池上之堤。唐时洛水过皇城端门，经尚善、旌善两坊之北，南溢为池。诗作于大和四年（830）初春，时作者为太子宾客分司。②思，意。未春先有思，虽未到春天却透露出春天的消息。③柳条无力，形容初发的柳枝纤细柔弱的样子。

［笺评］

宋顾乐曰：触处有情，诗家妙境也。（《唐人万首绝句选》评）

俞陛云曰：岁暮凄寒，鸟慵花懒，斜日西沉之际，在魏王堤上信马行吟。其时春气已萌，虽枯干萧森，而堤柳已有回青润意，万缕垂垂。

自来诗家，鲜有咏及者。乐天以“无力”二字状柳意之含春，与刘梦得之“秋水清无力”状水势之衰，皆体物之工者。(《诗境浅说》续编)

刘永济曰：杜甫有“漏泄春光有柳条”之句，白氏诗言“未春先有思”，则更进一层。“花懒”、“鸟慵”、“柳条无力”，皆是未春景象。然而柳之春思，乃为诗人所觉，正以见诗人之敏感，不必待“漏泄”而已。诗人之异于常人者即在此。(《唐人绝句精华》)

[鉴赏]

这首诗所写景物的时令，当是初春。洛阳地处中原，较之幽燕朔北，虽气候比较暖和，但总属北方地域。在岁暮的严冬季节，再敏感的诗人也不大可能在堤柳上捕捉到春天的气息。而初春季候，虽仍春寒料峭，但杨柳已生嫩枝，露出一丝春意，故有“柳条无力”的景象与感受。如果是岁暮严冬，这种描写便显得过于超前而失真了。诗中的“未春”，是说还没有到真正的春天的意思。

“花寒懒发鸟慵啼，信马闲行到日西。”初春季候，料峭的春寒尚自袭人，魏王堤上，花还在寒意的包围中瑟缩未开；树上枝头，鸟儿也因春寒的侵袭而缄默不啼。诗人用一“懒”字、一“慵”字将花、鸟加以拟人化，不但画出它们因春寒而尚瑟缩未舒、缄默无声之状，而且传出一种懒洋洋的神情意态。这种景象，似乎有些令人意趣索然，但诗人却在这行人尚稀的魏王堤上信马闲行，直到红日西沉的薄暮。这是因为，时令季候虽未到真正的春天，但诗人心中却早就盼望春天的来临。出现在魏王堤上，信马闲行的诗人形象，正是一位“未春”而“寻春”者。正因为诗人心中切盼春天，才会特别关注“花”“鸟”的春情春态，否则，他所描绘的景象也许是寒风枯枝，一片萧瑟之景了。

“何处未春先有思，柳条无力魏王堤。”第三句突作转折，呼起末句。第四句紧相应接，点明“未春先有思”之处就在那魏王堤上的丝丝柳条上。“未春先有思”五字，一篇之主。这首诗所要抒写的，就是诗人在信马闲行魏王堤的过程中对春意的寻觅和忽见柳条透露春消息时的那份欣喜和新鲜的诗意感受。用“无力”来形容“柳条”，表面上看和前两句用“慵”“懒”来形容花鸟似乎差不多。但细味却自有不同的神味，“花”之“懒”，“鸟”之“慵”所表现的是初春料峭寒意包围中花和鸟瑟缩无声，提不起精神的意致，给人的感受是春天的消息还相当遥远，而这魏王堤上看似“无力”的柳条所传递透露的却是春天的气息。在严寒的冬天，柳条是干枯的，即使寒风劲吹，柳条的姿态也是瑟缩而僵硬地随风摆动；而初春阳气萌动，柳条虽未显现一片鹅黄嫩绿的色彩，但由于春气的浸润，它已在不知不觉中抽出柔嫩的细丝，在风中轻轻摇漾。人们虽然还不能从它的颜色上看到春天的来临，却能从它那初生时柔弱无力的情态中感知到春天的消息。对于一个对大自然的体察特别细致敏感的诗人来说，这初生而“无力”的柳条正是春意的最早传递者，它标志着“万条垂下绿丝绦”的场景即将出现。正像韩愈在“草色遥看近却无”中发现春来临的脚步一样，白居易也在柔弱无力的柳条身上发现了春天的消息。敏锐细腻的感受都源于诗人对春天的热爱、追寻，源于诗人的心灵。

杨柳枝词八首（其四）[1]

红板江桥青酒旗，馆娃宫暖日斜时[2]。可怜雨歇东风定[3]，万树千条各自垂。

［校注］

①《杨柳枝》，《乐府诗集》卷八十一列入近代曲辞。按：汉乐府横吹曲辞有《折杨柳》，开元时教坊曲有《杨柳曲》。王灼《碧鸡漫志》卷五：“《乐府杂录》云：‘白傅作《杨柳枝》。’予考乐天晚年唱和此曲词，白云：‘古歌旧曲君休听，听取新翻《杨柳枝》。’又作《杨柳枝二十韵》云：‘乐童翻怨调，才子与妍词。’注云：‘洛下新声也。’

刘梦得亦云‘请君莫奏前朝曲，听唱新翻《杨柳枝》’。盖后来始变新声。而所谓乐天作《杨柳枝》者，称其别创词也。今黄钟商有《杨柳枝》曲，仍是七字四句诗，与刘、白及五代诸子所制并同。但每句下各增三字一句，此乃唐时和声，如《竹枝》《渔父》，今皆有和声也。”此八首《杨柳枝》词系与刘禹锡唱和之作，约作于大和二年（828）至开成三年（838）之间。②馆娃宫，春秋时吴王夫差为西施所造，吴人呼美女为娃，故名。旧址在今江苏苏州西南灵岩山上，即今之灵岩寺。左思《吴都赋》：“幸乎馆娃之宫，张女乐而娱群臣。”③可怜，可爱。定，指风停歇。

［笺评］

洪迈曰：薛能者，晚唐诗人，格调不能高，而妄自尊大……别有《杨柳词》五首，最后一章曰：“刘白苏台总近时，当初章句总是推。纤腰舞尽春杨柳，未有侬家一首诗。”自注云：“刘、白二尚书继为苏州刺史，皆赋《杨柳枝》词，世多传唱。虽有才语，但文字太僻，宫商不高耳。”能之大言如此。但稍推杜陵，视刘、白以下蔑如也。今读其诗，正堪一笑……白之词云：“红板江桥青酒旗，馆娃宫暖日斜时。可怜雨歇东风定，万树千条各自垂。”其风流气概，岂能所仿佛哉！（《容斋随笔》卷七）

黄生曰：咏杨柳未有不咏其舞风者，此独从风定时着笔，另是一种风致。只写景，不入情，情自无限。（《唐诗摘抄》卷四）

查慎行曰：“可怜雨歇东风定”二句，无意求工，自成绝调。（《查初白诗评》）

宋顾乐曰：于闲冷处传神，情味悠然。（《唐人万首绝句选》评）

俞陛云曰：乐天尚有《杨柳枝词》“红板江桥青酒旗”云云，专咏柳枝，不若“永丰”篇（按：指《永丰坊园中垂柳》，诗云：“一树春风千万枝，嫩于金色软于丝。永丰西角荒园里，尽日无人属阿

谁。”）之有馀味也。(《诗境浅说》续编)

刘永济曰：诗人作《柳枝词》，多有寓意，非纯粹咏物也。此二首（按：指第三首“依依袅袅复青青，勾引春风无限情。白雪花繁空扑地，绿丝条弱不胜莺”及本篇）前首讥之，后首怜之也。前首首二句写其得意之态，后二句则讥其无可贵处。后首以红板江桥比卑微者，馆娃宫比尊贵者。末二句见盛时一过，则同样无聊，故皆可怜也。于此知白居易盖有庄子“齐物”之思想。(《唐人绝句精华》)

[鉴赏]

刘、白唱和之《杨柳枝词八首》，均为新翻《杨柳枝》旧曲、创制新词之当时流行歌曲。此类歌词，但取其情思婉转缠绵，格调清新爽利，声韵圆转流美，别无深刻寓托。此首除兼有上述特点外，在内容构思上亦新颖别致，不落咏柳熟套。

“红板江桥青酒旗。”首句写苏州城中桥边之柳。苏州城中，水网密布，到处可见跨河而建的桥梁，所谓“君到姑苏见，人家尽枕河。古宫闲地少，水港小桥多”。南方水不论大小，通称为“江”，此处之“江桥”，实即河港上的小桥，因多用红漆栏杆木板建造，故说“红板江桥”。白居易任苏州刺史时所作《正月三日闲行》诗云：“黄鹂巷口莺欲语，乌鹊桥头冰欲销。绿浪东西南北水，红栏三百九十桥。（自注：苏之官桥大数）鸳鸯荡漾双双翅，杨柳交加万万条。借问春风来早晚，只从前日到今朝。”诗中之“红栏三百九十桥”亦即此诗所谓“红板江桥”。河边遍植杨柳，桥边每有酒店，挑出青色的酒帘。碧波荡漾的河港，跨河而建的红板桥梁，桥边的酒家青旗，为这一座具有千余年悠长历史的苏州城平添了鲜明的色彩和迷人的风韵，也将桥旁河边的成行柳树映衬点缀得更具袅娜的风姿。句中不出“杨柳”字，固是《杨柳枝词》常规，视题目及三、四句自见。

“馆娃宫暖日斜时。”次句写苏州城外馆娃宫畔之柳。时令已是春天，春日和煦的阳光映照在馆娃宫旧址上，让人感到一种暖融融的气氛。由于馆娃宫和著名的美女西施及吴王夫差对她的宠爱的一段历史故事紧密相连，这“馆娃宫暖”的“暖”字还容易唤起读者对当年历史情境的遐想。点出“日斜时”这个特定的时间，既是给斜日暮霭中的馆娃宫笼罩上一层迷离的氛围，更是给未曾明点出的宫旁垂柳增添一种烟笼雾罩的朦胧色调。以上两句，用对起句式分写苏州城中、城外之柳，虽只写环境景物，不正面写柳，而在此环境氛围中杨柳之身姿面影可想。

“可怜雨歇东风定，万树千条各自垂。”三、四两句，转写“雨歇东风定”时杨柳的万树千条，各自丝丝下垂的景象，而以“可怜”二字冠首，用充满咏叹的笔调表现诗人对这种景象的赏爱流连。咏柳者多赏其风姿情态，而柳之风姿情态多不离“风”。盖柳枝于风中摇曳荡漾，方能见其婀娜多姿、依依惜别的情态。而诗人却别具灵心慧感，发现雨歇风定之后的杨柳“万树千条各自垂”的景象自有另一种静态之美，闲雅淡定之美。正是对杨柳美好风姿情态的这种别有会心的新发现，使这首诗摆脱了咏柳的熟套，表现出新的构思、内容和意境，显得分外清新可喜。

但诗的值得玩味，还在于第三句虽明写“雨歇东风定”时的环境，却暗透了雨未歇、风未定时的昔境。上文说到“日斜”，此处又言“雨”和“风”，所写自非一日中同时之景象，而是对柳在晴日映照下、春风吹拂下、春雨飘洒等各种情境中的一种综合性描写。由于篇幅体制的限制，对上述不同的情境显然不能也不必一一展开描写，但读者却可由此而想象出在各种环境中的杨柳不同的风姿情态，这就进一步丰富了诗的内涵与意境。

八首中此首声韵格调最为圆转流美，吟咏之际，不但可以感受到其音乐美，而且可以感受到在和谐圆转的格调中流注的浓郁诗情，黄生说“不入情，情自无限”，指的正是这种与声韵格调相融的浓郁诗情。

贾　岛

贾岛（779—843），字阆（一作浪）仙，幽州范阳（今北京市）人。早岁为僧，法名无本。元和初在洛阳以诗投张籍、韩愈、孟郊。后随韩愈入京，返俗应举。连年不第。开成二年（837），因诽谤责授遂州长江县主簿。五年九月秩满，迁普州司仓参军。会昌三年（843），转授普州司户参军，未受命而卒。作诗以苦吟著称，有“两句三年得，一吟双泪流”之句。《新唐书·艺文志》著录其《长江集》十卷，《小集》三卷。《全唐诗》编其诗四卷。今人黄鹏有《贾岛诗集笺注》十卷（巴蜀书社2002年出版）。

暮过山村

数里闻寒水，山家少四邻。怪禽啼旷野，落日恐行人。初月未终夕①，边烽不过秦②。萧条桑柘外③，烟火渐相亲。

［校注］

①初月，指月初的新月，因其早出早没，故云“未终夕”。②边烽，边境地区报警的烽火台。不过秦，谓未越过秦地。换言之，即秦地关陇一带已属烽火相传的边境地区，即白居易《新乐府·西凉伎》“自从天宝兵戈起，犬戎（指吐蕃）日夜吞西鄙。凉州陷来四十年，河陇侵将七千里。平时安西万里疆，今日边防在凤翔”之意。《旧唐书·吐蕃传下》：“（德宗建中）四年正月，诏张镒与尚结赞盟于清水……文曰：‘……今国家所守界：泾州西至弹筝峡西口，陇州西至清水县，凤州西至同谷县，暨剑南西山大渡河东，为汉界。蕃国守镇在兰、渭、原、会，西至临洮，东至成州，抵剑南西界磨些诸蛮，大渡水西南，为蕃界。’”③桑柘，桑树与柘树，叶均可养蚕。故常以

“桑柘”指农桑之事或农耕地区。

[笺评]

欧阳修曰：圣俞（梅尧臣）尝语余曰：“诗家虽率意，而造语亦难。若意新语工，得前人所未道者，斯为善也。必能状难写之景，如在目前；含不尽之意，见于言外，然后为至矣。贾岛云：‘竹笼拾山果，瓦瓶担石泉。’姚合云：‘马随山鹿放，鸡逐野禽栖。’等是山色荒僻，官况萧条，不如‘县古槐根出，官清马骨高’为工也。”余曰：“语之工者固如是。状难写之景，含不尽之意，何诗为然？”圣俞曰：“作者得于心，览者会以意，殆难指陈以言也。虽然，亦可略道其仿佛。若严维‘柳塘春水漫，花坞夕阳迟’，则天容时态，融和骀荡，岂不如在目前乎？又若温庭筠‘鸡声茅店月，人迹板桥霜’，贾岛‘怪禽啼旷野，落日恐行人’，则道路辛苦，羁愁旅思，岂不见于言外乎？”（《六一诗话》）

范晞文曰：岑参诗：“疲马卧长坂，夕阳下通津。山风寒空林，飒飒如有人。”贾岛云：“数里闻寒水，山家少四邻。怪禽啼旷野，落日恐行人。”远途凄惨之意，毕现于此。（《对床夜语》卷四）

方回曰：“怪禽”、“落日”一联，善言羁旅之味，诗无以复加。“初月未终夕”，则村落之黑尤早。“边烽不过秦”，似是西边寇事始息，初有人烟处。（《瀛奎律髓》卷二十九）

冯舒曰：次联奇妙之句。（《瀛奎律髓汇评》卷二十九引）

冯班曰：六句谓不过京师也。字字洗拔。（同上引）

叶矫然曰：贾岛“怪禽啼旷野，落日恐行人”，夕阳驴背上，真有此景，想之心怦怦然动。（《龙性堂诗话续集》）

纪昀曰：“无以复加”语太过。“初月”碍“落日”，“边烽”句语意未明。（《瀛奎律髓汇评》卷二十九引）

宋宗元曰：（“初月”联）一字作一句。（《网师园唐诗笺》）

沈德潜曰：后李洞全学此种。又“落日”、“初月”，平头之病。（《重订唐诗别裁集》卷十二）

李怀民曰：“怪禽啼旷野，落日恐行人。”可畏，是谓能状难显。（《重订中晚唐诗主客图说》卷下）

赵翼曰：欧阳公称周朴诗“风暖鸟声碎，日高花影重”。“晓来山鸟闹，雨过杏花稀”，梅圣俞以严维“柳塘春水漫，花坞夕阳迟”，皆以为佳句。然总不如温庭筠《晓行》诗“鸡声茅店月，人迹板桥霜”，不着一虚字，而晓行景色都在目前，此真杰作也。贾岛有“怪禽啼旷野，落日恐行人”，亦写得孤客辛苦之状，然已欠自然矣。（《瓯北诗话》卷十一）

［**鉴赏**］

贾岛以苦吟著称。诗不妨有苦吟之时，苦吟而工之句。但如果将苦吟作为毕生追求的创作手段，则实际上表明诗人诗材、诗思的枯竭，也透露出唐诗发展过程中逐渐显露的危机，昭示出必须改弦更张的讯息。司空图《与李生论诗书》：“贾阆仙诚有警句，然视其全篇，意思殊馁。”这正是对苦吟诗人切中要害的批评。“秋风吹渭水，落叶满长安”，诚可比美盛唐，但全篇与此联之气象迥不相侔；至于历代盛赞的“鸟宿池边树，僧敲月下门”，本身已乏韵味，更无论全篇了。这篇《暮过山村》，则既有“怪禽啼旷野，落日恐行人”这样新警的佳联，全篇意境氛围也比较和谐统一，是贾岛诗中艺术整体感较强的作品。

从全诗看，诗人这次所经的山村，是安史之乱后唐朝实际控制版图大大缩小后与吐蕃邻接地区的村庄。因而诗中所写景象，均暗透出特定的时代氛围和气息。

“数里闻寒水，山家少四邻。”首联分别从视、听角度写行程所见所闻。道路傍河蜿蜒伸展，一路行来，数里之内，但闻寒水潺潺，暗透除水声外别无鸡鸣犬吠之声和人声鸟语等内地村庄常有的景象，“寒水”的“寒”字既点明秋冬的时令，更透露出行人心理上的孤寂荒寒感受。偶尔见到一两家山边的住家，也是孤零零地散落着，见不到周边的邻舍。呈现出这一带人烟稀少，荒寂萧条的景况。这种荒寒萧条的景象，与“边烽不过秦”联系起来，便能深一层地体味出它所折射出的时代原因。由于吐蕃的势力深入秦陇交界一带地区，这一带历经吐蕃的多次侵掠，已经荒凉残破不堪，故昔日的内地，如今已经变得十分荒寒了。

“怪禽啼旷野，落日恐行人。”颔联续写行程中的闻见感受。在荒寂无人的旷野中，时不时地可以听到怪禽啼鸣的声音。着一“怪”字，突出渲染这种禽鸟的啼鸣声给人带来的惊恐感。由于天色已近晚暮，这昏暗的氛围更加强了行人闻声心惊的怵惕感和悄无人声的荒寂感。承平年代，边境地区的阔远和平景象，使诗人王维写出“大漠孤烟直，长河落日圆”的壮阔画面，而如今的边地落日景象，给行人带来的竟是一种恐怖感。这是因为，日落以后，天地昏暗，本就荒寂萧森的边地变得更加令人不安和恐惧，因此才会有见落日而恐的特殊感受。“落日恐行人”是一个奇警而富创意的诗句，它也许显得有些突兀，但却完全符合生活真实和艺术真实。萧涤非先生说：“贾岛诗‘落日恐行人’，在乱世更有此感受。”这体会是很真切的。

“初月未终夕，边烽不过秦。”时值秋冬月初，落日沉西之际，新月已高悬天上。“未终夕”是想象之词，意在突出新月之早没而不能终夕照临，其中蕴含有对初月隐没后昏暗氛围的担忧，与第四句“落日恐行人”意脉相承，下句“边烽不过秦”意谓边境的烽火没有超越秦地的范围，言外则秦地以西的大片地区，如今已沦为吐蕃侵占的异域了。此句词虽婉曲而意实沉痛，与白居易“平时安西万里疆，今日边防在凤翔”对照，其意自明。方回说此句“似是西边寇事始息”，恰好把意思理解反了。这一句虽平平道出，实为一篇之主。前后所写一切景象、感受，都与此密不可分。昔日承平年代的京畿近地，今日竟为沿边荒寒之域，正反映出唐王朝国势的衰颓。

“萧条桑柘外，烟火渐相亲。”诗人的行进方向是由西向东，由与吐蕃邻接的秦陇边境向关中长安方向行进。因此透过秋冬间变得萧疏了的桑柘林，可以看到村庄聚落的烟火冉冉升起。“渐相亲”三字，显示出诗人的行进动态，更透露出在经历了沿边地区的荒寂萧条和惊恐不安后，望见不远处人烟稠密地区时内心升起的喜悦与亲切。平常的村庄烟火竟使诗人感到如此亲切，正反透出此前所历的荒寂萧条与惊恐不安。这个结尾，给全诗增添了一些温暖的色调，使诗境不至沦于枯寂。

诗所写的是一个动态的行进过程。随着景物的变化，诗人的感情也随之发生由冷寂惊恐到亲切欣喜的变化。由于将这个过程表现得很真实自然，因此前后仍显得浑然一体。贾岛的诗，极少关注时代民生，这首诗在描叙暮过山村的过程中无意透露出的时代氛围与气息，在他的诗中是个难得的例外。尾联于远望中收束，侧重写见到村庄烟火时的心态，也饶有余韵。

孙　革

孙革，越（今浙江）人。德宗时登进士第，元和间任监察御史。长庆二年（822）任刑部员外郎。大和四年（830）为左庶子。今存诗一首。

访羊尊师①

松下问童子②，言师采药去。只在此山中，云深不知处。

［校注］

①尊师，对道士的敬称。王昌龄《武陵开元观黄炼师院》：“松间白发黄尊师，童子烧香禹步时。”此诗一作贾岛诗，题《寻隐者不遇》。非。诗首见于《文苑英华》卷二百二十八，题孙革作。《万首唐人绝句》卷二百七十五署无本（即贾岛）。《唐音统签》校记：“岛集不载此。”（按：朱之蕃校《长江集》不载此诗。）今从《文苑英华》及贾岛本集，作孙革诗。②松，《文苑英华》作“花”。非。

［笺评］

吴逸一曰：自是妙音，所谓不用意而得者。（《唐诗正声》）

《增定评注唐诗正声》：李（维桢?）曰：首句问，下三句答。直中婉，婉中直。

钟惺曰：愈近愈杳。（《唐诗归》）

唐汝询曰：设为童子之言，以状山居之幽。（《唐诗解》卷二十四）

俞仲蔚曰：意味闲雅，脍炙人口。（《唐诗广选》引）

蒋一葵曰：设为童子之答，以状山居之幽。首句问，下三句答。

直中有婉，婉中有直。(《唐诗选汇解》) 按：此兼唐解与李评。

王夫之曰：《十九首》及“上山采蘼芜”等篇，止以一笔入圣证。自潘岳以凌杂之心作芜乱之词，而后元声几熄。唐以后间有能此者，多得之绝句耳。一意之中但取一句，“松下问童子”是已。如“怪来妆阁闭”，又止半句，愈入化境。(《姜斋诗话》卷下)

徐增曰：夫寻隐者不遇，则不遇而已矣。却把一童子来作波折，妙极。有心寻隐者，何意遇童子，而此童子又所寻隐者之弟子，则隐者可以遇矣。问之，“言师采药去”，则不可以遇矣。童子既回他不在家便了，如何复有下二句？要知问不是一问，却是两问。岛既不知其师去采药，即应随口又问曰：“可归来未？倘不即归，烦汝去寻一次。”童子即答“云深不知处”便了，偏不肯先说，乃曰“只在此山中”。“此山中”，见甚近。“只在”，见并不往别处，则又可以遇矣。岛方喜形于色，童子却又云：“是便是，但此山中云深，卒不知其所在，却往何处去寻？”是隐者终不可遇矣。此诗一遇，一不遇，可遇而终不遇，作多少层折。今人每每趁笔直下。古人有云：“笔扫中军，词流三峡。”误尽后贤。此唐以后所以无诗也。(《而庵说唐诗》卷九)

黄周星曰：此韩康、向平之流，不当以刘、阮目之。(《唐诗快》卷十四)

王尧衢曰：“云深不知处”，虽然只在山中，山中云深，安能知其所向何处，如何寻得？则是隐者真个不能遇矣。一首二十字，有如是曲折。(《唐诗合解笺注》卷四)

吴烶曰：设为童子之言，以答寻问之意。不必实有其事。不露题字，而意已见。(《唐诗选胜直解》)

黄生曰：此诗分明两问两答。而复一问，却从答处见出，答中见问，例见古诗评。初问曰：“令师何在”，言“师采药去矣”。又问：“往何处采药？”答：“只在此山中，云深不知处也。”(《唐诗摘抄》卷二)

朱之荆曰：“采药去”，难寻矣；“此山中”，似可寻也；究答以

"不知处"，何能寻也。"不遇"二字，写得如许曲折。(《增订唐诗摘抄》)

刘大勤曰：问："或论绝句之法，谓绝者截也。须一问一断，特藕断丝连耳。然唐人绝句如'打起黄莺儿'、'松下问童子'诸作，皆顺流而下，前说似不尽然。"(《师友诗传续录》) 按：王士禛之答无关此篇，故不录。

袁枚曰：此设为童子之言。首句问童子起，次句以童子答承之，下二，一转一合，状隐者山居之幽。(《诗学全书》卷四)

黄叔灿曰：语意真率，无复人间烟火气。(《唐诗笺注》)

李锳曰：一句问，下三句答，写出隐者高致。(《诗法易简录》)

王文濡曰：此诗一问一答，四句开合变化，令人莫测。(《唐诗评注读本》)

刘拜山曰：说"在山中"，却"不知处"，用笔顿挫生姿。而隐者避世之深心，遂已不言而遇。(《千首唐人绝句》)

[鉴赏]

这首诗自《万首唐人绝句》误收入无本（贾岛）名下以来，明清的许多唐诗选本均误为贾岛之作。其实，单就此诗之白描手法与闲逸风格来说，也与贾岛的苦吟诗风明显有别。

题为"访羊尊师"，诗的实际内容则是"访羊尊师不遇"。访人而不遇，本是生活中习见之事，要从这样平凡的小事中发现诗意，必须作诗者有不同于常人的诗心诗趣。由于诗极短小，其中又包含着访者与童子的问答，不少评者便将注意力集中到诗中究竟包含着几问几答(有说一问一答的，有说二问二答的，甚至有说三问三答的)，并由此引出诗的精练和曲折有致的优长。相对于实际生活场景来说，诗确有以简驭繁、寓问于答、顿挫曲折之妙，但像徐增那样解说，却无异于将诗化为淡而无味的散文，还原于生活本身，而完全忽略甚至消解了原作的浓郁诗情诗趣。这可能是解说这首诗最大的误区。

在我看来，这首诗最令人神远的是从不遇中写出了被访者——羊尊师的精神风貌。按常理，写一个人的精神风貌，总是要亲见其人，从他的言谈举止、居处环境等方面画出其品性风神。但这首诗却很特别，访其人而不见，所遇者唯有道童。全诗就是由诗人与道童的问答组成。问答的次数并不重要，重要的是童子回答的内容与口吻神情。“松下问童子”，点出“松下”，是因为道院坐落于松林间，见其清幽高致。“言师采药去”，是道童对师父行止的最直白而简单的回答。道士采药，在实际生活中或为卖药为生，或为济世活人，都不免有现实的目的，但这里童子用略不经意的口吻道出，却是一种离世绝俗的生活方式和生活态度，把入山采药作为一种融于自然的生活乐趣。寻常的采药行为在这里显出了几分离世遁俗的仙气。

“只在此山中，云深不知处。”妙在三、四两句，先是一转，说师父采药，就在眼前这座山中，仿佛近在咫尺，不难见面，接着却突然一跌，说山中白云缭绕，云雾弥漫，深杳难测，正不知何处可寻其行迹呢。这一转一跌，将仿佛拉近了的寻觅对象忽然又引向虚无缥缈之域，变得杳不可即了。这位羊尊师也就飘飘然隐入茫茫云海之中，成了与尘世绝缘的具有仙风道骨和闲云野鹤风貌的另一世界中人了。

童子所说，也许是事实。但透过那漫不经意而又有些神秘的口吻，却让诗人，也让读者感受到这位羊尊师的远离尘嚣、弃绝凡近的精神风貌和悠然陶然于深山白云之中的缥缈身影。于是诗人与读者也一齐悠然神往于深山白云之中的缥缈出尘境界，而忘却了此行此访的目的了。

这首诗所描绘的境界，有些类似韦应物的《寄全椒山中道士》。“只在此山中，云深不知处”二句，更神似韦诗的“落叶满空山，何处寻行迹”，只不过韦诗中的境界出自诗人的遥想，而孙诗中的境界却出自童子的回答。但从不见其人中透出对方的精神风貌来这一点上，二诗却有惊人的相似之处。诗虽曲折顿挫，读来却一气直下，浑然天成，这在中唐诗中也显得很突出。

刘　皂

刘皂，郡望彭城，咸阳（今属陕西）人。长期旅居并州（今山西太原市）。元和中曾摄孝义尉，以忤西河守董叔经而弃职，事见张读《宣室志》卷五。元和九年（814）至十三年间，翰林学士守中书舍人令狐楚编选进呈《御览诗》，收刘皂诗四首。《全唐诗》卷四百七十二录存其诗五首。

旅次朔方①

客舍并州数十霜②，归心日夜忆咸阳。无端又隔桑干水③，却望并州似故乡④。

［校注］

①旅次，旅途中留宿。朔方，有泛称北方及专指朔方郡两解。汉朔方郡治在今内蒙古杭锦旗北，唐夏州朔方郡治在今陕西靖边县北之白城子，均距诗中所言桑干水甚远。据三、四二句，此“朔方”当指朔州（今山西朔县），地正当桑干河之北，南距并州四百六十里，距咸阳一千七百余里。唐代并州、朔州均属河东节度使管辖。此诗最早见于元和九至十三年（814—818）令狐楚编选呈送之《御览诗》。而宋王安石《唐百家诗选》卷十五、《万首唐人绝句》卷二十一、《唐诗纪事》卷四十均引作贾岛诗，《长江集》卷九亦载此诗，均题为《渡桑干》。按：贾岛系范阳人，并无客居并州十载乃至数十载之经历，故此诗当据最早出之《御览诗》定为刘皂作。萧穆《敬孚类稿·卷六·跋卢抱经手校贾浪仙集》谓“壳士（令狐楚）于岛为先辈，并有交，诗果为岛所作，壳士选时不应有误”，甚是。详参李嘉言《长江集新校》。②数，贾岛集作“已”，《苕溪渔隐丛话》《唐诗纪事》作

“三”。霜，秋。数十霜，犹数十年。③又，贾岛集作“更”。隔，《全唐诗》作“渡”，贾岛集同。此从《御览诗》。桑干水，古㶟河，今永定河之上游。源出管涔山，经朔州、云州、蔚州入河北道之妫州、幽州入海。④却望，回望。似，贾岛集作“是”。

[笺评]

惠洪曰：贾岛诗有影略句，韩退之喜之，其《渡桑干》诗曰(略)。(《冷斋夜话》卷四）又曰：《登岷山》：“荒山秋日午，独上意悠悠。如何望乡处，西北是融州?”《渡桑干》：“客舍并州已十霜，归心日夜忆咸阳。无端更渡桑干水，却望并州是故乡。”《山驿有作》：“策杖驱山驿，逢人问梓州。长江那可到，行客替生愁。”此三诗，前一柳子作，后二贾岛作。子厚客洛阳，融州盖岭外也。幽、燕、并、关、河东，望咸阳为西南。长江在梓州之西。前辈多诵此诗，少游尝自题桑干诗于扇上。此所谓含蓄法。(《天厨禁脔》卷上)

张邦基曰：唐人诗行役异乡，怀归感叹而意相同者，如贾岛云：“客舍并州已十霜，归心日夜忆咸阳。无端更渡桑干水，却望并州是故乡。”窦群云：“风雨荆州二月天，问人初雇峡中船。西南一望云和水，犹道黔南有四千。”柳宗元云：“林邑山县瘴海秋，牂牁水向郡前流。劳君更向龙池地，正北三千到锦州。”李商隐云：“君问归期未有期，巴山夜雨涨秋池，何时更剪西窗烛，却话巴山夜雨时。”皆佳作也。(《墨庄漫录》卷五)

范晞文曰：唐人绝句，有意相袭者，有句相袭者……贾岛《渡桑干》云（略)。李商隐《夜雨寄人》云（略)。此皆袭其句而意别者。若定优劣，品高下，则亦昭然矣。(《对床夜语》卷四)

谢枋得曰：久客思乡，人之常情。旅寓十年，交游欢爱，与故乡无殊。一旦别去，岂能无依依眷恋之怀。渡桑干而望并州，反以为故乡，此亦人之至情也。非东西南北之人不能道此。(《注解章泉涧泉二

先生选唐诗》卷三)

安磐曰：并非故乡而以为故乡，久客无聊之意，可想见矣。只如此说，似更直切。(《颐山诗话》)

王世懋曰：一日偶诵贾岛《桑干》绝句，见谢枋得注云：“旅寓十年，交游欢爱，与故乡无异。一旦别去，岂能无情？渡桑干而望并州，反以为故乡也。”不觉大笑，招以问玉山程生曰：“诗如此解否?”程生曰：“向如此解。”余谓此岛自思乡作，何曾与并州有情？其意恨久客并州，远隔故乡，今非惟不能归？反北渡桑干，还望并州，又是故乡矣。并州且不得住，何况得归咸阳？此岛意也。谢注有分毫相似否？程始叹赏，以为闻所未闻，不知向自听梦中语耳。(《艺圃撷馀》)

唐汝询曰：居并州而忆咸阳，苦矣。渡桑干而远于昨，则并(州)非故乡乎？此从《庄子》“流人”一段想出话头。(《汇编唐诗十集》)

何仲德曰：为奇隽体。(《删补唐诗选脉笺释会通评林·中七绝》引)

徐充曰：远而不可见，故曰“忆”，近而可见，故曰“望”。妙在二字。“无端”二字，更妙。(同上引)

蒋一梅曰：萍飘蓬转，无限伤怀。(同上引)

陆时雍曰：诗之所云真者，一率性，一当情，一称物，彼有过刻以求真者，虽真亦伪矣。贾岛近真耳。(同上引)

焦竑曰：此诗及“凭君传语报平安”、“行人临发又开封”、“春明门外即天涯”，一时率然语，遂成千古口实，亦理有不可易者也。(同上引)

钟惺曰：两种客思，熔成一团说。(《唐诗归》)

邢昉曰：韵高调逸，意参盛唐。(《唐风定》卷二十二)

吴乔曰：景同而语异，情亦因之而殊。宋之问《大庾岭》云：“明朝望乡处，应见岭头梅。”贾岛云：“无端更渡桑干水，却望并州

是故乡。”景、意本同，而宋觉优游，词为之也。然岛句比之问反为醒目，诗之所以日趋于薄也。(《围炉诗话》卷一)

徐增曰：《周礼》云：“正北曰并州。”即今太原府。客舍，岛作客，寓并州。十年，无日无夜不思归咸阳。及至渡桑干河，较并州更远。无端，不是无谓，是不由我作主，出于无意也，连自己也想不出缘故，向在并州，与咸阳相近，终日思归咸阳；今在桑干，与咸阳相远，去望并州，如在并州之忆咸阳。在并州时，想归咸阳，终不得归，今在桑干，欲归咸阳，岂易得哉？而思归之心反渐渐歇息了。不但不思咸阳，即并州相近，亦不敢思。岛盖知思之无益，今始搁起念头。桑干、并州、咸阳住去总是一般，有何分别。万一又到一处，更远于桑干，吾又思桑干，则思从无了日，回想在并州时忆咸阳，岂不痴杀人哉？岛于是悟道矣。“却”字当如何解？昔日厌倦并州，故忆咸阳，今又望并州，向日厌倦之心，一旦却去，故用“却”字也。吾看今人，都不善用“却”字，故及之。“已”字好，寓并州十年，亦可当故乡矣。(《而庵说唐诗》卷十二)

周容曰：阆仙所传寥寥，何以为当时推重？“客舍并州”一绝，结构筋力，固应值得金铸耳。(《春酒堂诗话》)

刘敬夫曰：自伤久客，用曲笔写出。(《唐诗归折衷》)

黄生曰：咸阳，即故乡。地志：太原府，本并州。桑干河，此去并州又二百馀里。客并州，非其志也，况渡桑干乎！在并州且忆故乡，今渡桑干，则望并州已如故乡之远，况故乡更在并州之外乎？必找此句，言外意始尽。久客不归，复尔远适，语意殊觉悲怨。后人不知故乡即咸阳，谬解可笑。(《唐诗摘抄》卷四)

王尧衢曰：“无端更渡桑干水”，并州与咸阳近，尚不得归，不但不得归，而更北渡桑干河，又去并州又百馀里矣。并州尚不得住，何问归咸阳！“却望并州是故乡”，“却”字更用得妙。言向忆故乡，故厌并州；今却把并州一望，当作故乡，然则归并州而且不得，又安望归咸阳哉！此总为忆咸阳心切，故深一层写法，非真以并州为故乡也。

(《唐诗合解笺注》卷六)

岳端曰：自起到结，句句相生，字字相应。章、句、字三法无一不妙。(《寒瘦集》)

沈德潜曰：谓并州且不得久住，况咸阳乎？仍是思咸阳，非不忘并州也。王敬美驳谢注甚允。(《重订唐诗别裁集》卷二十)

黄叔灿曰：谢看得浅，王看得深。诗内数虚字自见，然两层意俱有。(《唐诗笺注》)

宋宗元曰：咸阳之忆愈深。(《网师园唐诗笺》)

范大士曰：久客之人反以旅寓为故乡，萍踪飘荡，真情真境。(《历代诗发》)

邱文庄曰：眼前景致口头语，便是诗家绝妙词。(《唐绝诗钞注略》引)

施补华曰：李义山“君问归期”一首、贾长江“客舍并州”一首，曲折清转，风格相似，取其用意沉至，神韵尚欠一层也。(《岘佣说诗》)

刘文蔚曰：此恨久客并州，非惟不得归，反北渡桑干，还望并州又是故乡矣。然则归并而且不能，又安敢望归咸阳哉！(《唐诗合选详解》卷四)

俞陛云曰：此诗曲写其客中怀抱也。言家本秦中，自赴东北之并州，屈指已及十载。正日夕思归，乃又北渡桑干，望秦关更远，而并州久住，未免有情，南云回首，亦权作故乡矣。作七绝者，或四句一气贯注，或曲折写出而仍能一气，最为难到之境，学诗之金针也。(《诗境浅说》续编)

刘拜山曰：此诗曲折深至，风格苍劲，盖炼意之作也。黄叔灿评折衷谢、王二家，最为允洽。(《千首唐人绝句》)

[鉴赏]

在通行的唐诗选本里，这首诗题为“渡桑干”，作者是贾岛。据清代萧穆及近人李嘉言考证，贾岛是范阳人，与诗中“归心日夜忆咸阳”显然不合；并且未久住并州，与“客舍并州已十霜”亦不合。当从最早收入此诗的令狐楚编选的《御览诗》，为刘皂所作。令狐楚之父为太原府功曹，家居太原，贞元七年（791）登进士第前，楚大部分时间在太原。贞元十一年至元和四年（809），李说、尹绶、郑儋相继为河东节度使，均辟楚为掌书记。因而在元和四年之前的绝大部分岁月中，除贞元八年至九年短期为桂林从事外，均未离开太原。对照刘皂“客舍并州数十霜”的经历，令狐楚与刘皂当在并州结识，并熟知其诗，故编选《御览诗》时选了刘皂四首诗。

题为“旅次朔方”，说明诗是在作者渡过桑干河后，在朔州居留时写的。前两句说自己客居并州已经数十个年头，日日夜夜都在思念着自己的故乡咸阳，盼望着有那么一天回到故乡的怀抱。“数”字贾岛集作“已”，从“数十”减到“已十”，时间压缩了至少一半（有引作“三十”的，则压缩了三分之二），这大约是由于贾岛的诗中丝毫看不到他有数十年客居并州的迹象而将“数十”改为“已十”的。其实，从末句“却望并州似故乡”看，作“数十霜”更接近生活的实际。从并州到咸阳，距离并不算太远，即使在古代交通不便的情况下，回一趟咸阳也不太难。而诗人却忍受着日夜思归而不能的煎熬，在并州这个异乡竟度过了几十年的漫长岁月，可见必有不得已的原因。客居的时间越久，思归之情越加急切；而思归之情越切，就越感到客居时间的漫长。二者是互为因果的。对故乡的思念、怀恋，对异乡并州的厌倦，都随着客居时间之越来越漫长而愈加强烈、深重。三、四句所抒写的感情，正是在这样的背景与前提下产生的。

在思乡之情日夜煎熬的情况下，不但不能回咸阳故乡，反而又“无端又隔桑干水”。这“无端”与“又”颇可玩味。“无端”，即所谓“没来由地”。诗人渡桑干北去，旅次朔方，自然是有具体原因的。这里说“无端”，表达的是一种身不由己之感。透露出此行本非所愿，而且出于自己意料，但又为某种原因所迫，不能不去，就像命运在摆弄自己。当时一些下层文士，为了谋生，不得不长期流寓异乡，甚至到边远地区去游宦，就像韩愈在《送董邵南游河北序》中所说的那个连连不得志于有司，无奈而游河北，希望在藩镇幕下求职的董生一样。尽管诗人没有明言，读者却不难从“无端”的自怨自叹中体味到他的苦衷。“又隔”，贾岛集作“更渡”。前者是说自己现在“旅次”的朔州与自己数十年旅居的并州、数十年思忆的故乡咸阳之间又隔了一条桑干水，“旅次”与“隔”正相呼应。“更渡”却是正在行进的行旅中的动态，与题中的“次”字明显脱节，改诗者当初大约没有想到这一层。诗人因为“日夜忆咸阳”，心总是朝向南方，哪怕往南走几十里，也会感到离家又近了一些；反之，哪怕再往北挪几十里，也会离家乡更远了。桑干河离并州虽不过数百里，但对日夜盼望南归的诗人来说，却无异于一道长城分成塞内塞外。中国境内自南往北，每隔一条较大的河流，自然而然就有一个显著变化。并州在唐代是著名的北都，政治、经济、军事地位都相当重要，而离并州数百里的桑干河北的朔州，则已接近荒寒的朔漠地区。所以“又隔桑干水”，就不止是再向北走了数百里，而是在心理上与故乡咸阳又隔了一道难以逾越的坎，跨进了荒寒的异域。这对于一个日夜思归的人来说，心理上增添的与故乡的隔绝感是可想而知的。“无端又隔”四字中，正含有事与愿违的感慨。

第四句是全诗的精彩处。前三句起、承、转，抒写的还都是常情。第三句虽抒发了身不由己、事与愿违之感，也还是生活中常有的情事，第四句却完全出乎意料，反乎常情。对这句诗，谢枋得与王世懋有不同的理解（见笺评引录）。谢的理解自然比较片面肤浅，因为前面两句明说日夜思念咸阳，丝毫没有流露出对并州的任何好感，如果“交游欢爱，与并州无异”，那还何必“日夜忆咸阳”呢？但王世懋的解说也不是没有可议之处。他指出末句含有“并州且不得住，何况得归咸阳”这层意思，是对的，但他绝对否定诗人对并州的感情，则很难解释何以“却望并州”之际，竟会感到“似故乡”。可以设想，如果仅仅是为了表达“离咸阳更远了，回故乡的希望更渺茫了”这样一层意思，而对并州仍然像原来那样怀着厌倦、厌烦的心理，那么诗人是绝不会写出“却望并州似故乡”的诗句来的。一切都以时间、地点、条件为转移。在不同的条件下，对同一事物的态度、感情也是可能发生变化的。当诗人长期客居并州，日夜思归时，对并州是厌倦的，巴不得早一刻离开；但当“无端又隔桑干水”，旅次更荒寒的朔北，回咸阳的希望更渺茫的情况下，却又突然感到回望中的并州竟有不少值得自己留恋追忆的地方，从而在心底里不由自主地涌起一种类似对故乡的感情。一切都是相比较而存在，并州与咸阳相比，自然是咸阳可亲，并州可厌；然而并州与桑干河北的朔州相比，则又显出并州的值得留恋。但是，如果认为诗人这时对并州已经怀有对故乡一样的深情，则又错会。末句的“似”字下得很有分寸。并州本非故乡，但在“无端又隔桑干水”的情况下，它竟成了望归而不得的“故乡”了。“似”字所透露的另一面正是貌似而实非。贾岛集把“似”改成“是”，不免执实拘泥，失去原作的活泛意味了。此时此刻，诗人心里想的也许是：纵使回不了咸阳，能在并州住下去也总比远赴朔漠好得多。可是，现在连这点微末的愿望也达不到了。无奈之中，竟把原先厌倦的异乡当作故乡来追忆了。末句在表现出对并州的某种追忆之情的同时，恐怕更多的是一种无奈和苦涩，一种含泪的自嘲。

与其说这首诗是通过“却望并州似故乡”进一层写出了思乡之情，不如说是通过长期客居异乡的人在迈进更加远离家乡的异域时发生的心理变化，深刻地表现了当时下层文士有家难归的处境和无法掌握自己命运的感慨。它的成功之处，主要是抓住了人们在特殊情况下心理的反常而又合乎情理的变化，予以集中的表现。谢枋得和王世懋两位诗评家，意见尽管相反，但对此诗在表现心理微妙变化方面的成就，似乎都没有注意到。